»In meiner Kindheit war ich als der Junge bekannt, dessen Mutter mit einem Engländer durchgebrannt war«, so beginnt die Geschichte von Myshkin und seiner Mutter Gayatri, die immer Künstlerin sein wollte und eines Tages aus der Enge ihrer Ehe und der Tradition ausbricht. Es sind die dreißiger Jahre, in Indien werden die Bestrebungen, sich von der britischen Kolonialherrschaft zu befreien, immer stärker, in Deutschland sind die Nationalsozialisten an die Macht gekommen.

Noch ist in dem kleinen Ort unterhalb des Himalaya, in dem Myshkin aufwächst, von der prekären Weltlage nichts zu spüren, hier sorgt schon die Ankunft von zwei Fremden für Aufregung. Der deutsche Maler Walter Spies und die Tänzerin Beryl de Zoete wollen den indischen Tanz studieren und finden in Gayatri eine kundige Führerin. Und Gayatri – sie ergreift ihre Chance, der traditionellen Ehe zu entfliehen, und zieht eines Tages heimlich mit den beiden weiter nach Bali, um sich als Malerin zu verwirklichen. Der Preis, den sie für ihre Freiheit zahlt, ist hoch: Sie muss ihren Sohn zurücklassen. Erst im Alter versucht Myshkin zu verstehen, wie alles zusammenhing, und erzählt die Geschichte seiner Mutter und seiner Familie.

Anuradha Roy hat mehrere Romane verfasst und lebt in Ranikhet, einer Stadt im indischen Himalaya. Die Autorin war 2016 für den Man Booker Prize nominiert, wurde u. a. 2011 mit dem Economist Crossword Prize und 2016 mit dem D.S.C. Prize for South Asian Literature ausgezeichnet. Ihr Roman »Der Garten meiner Mutter« kam auf die Shortlist des JCB Fiction Prize 2018, des Hindu Literary Prize 2019, wurde nominiert für den Walter Scott Prize for Historical Fiction 2018 und gewann den Tata Book of the Year Award for Fiction 2018. Zuletzt erschien bei Luchterhand ihr Roman »Ton für die Götter«.

Werner Löcher-Lawrence, geb. 1956, studierte Journalismus, Literatur und Philosophie und ist der Übersetzer von u. a. Hilary Mantel, Anthony Doerr, Meg Wolitzer und James McBride.

Anuradha Roy

Der Garten
meiner Mutter

Roman

*Aus dem Englischen
von Werner Löcher-Lawrence*

btb

Die Originalausgabe erschien 2018 unter dem Titel
»All the Lives We Never Lived« bei MacLehose Press,
einem Imprint von Quercus Publishing Ltd, London.

Penguin Random House Verlagsgruppe FSC® N001967

1. Auflage
Genehmigte Taschenbuchausgabe Juni 2023
btb Verlag in der Penguin Random House Verlagsgruppe GmbH,
Neumarkter Straße 28, 81673 München
Copyright © der Originalausgabe 2018 Anuradha Roy
Copyright © der deutschsprachigen Ausgabe 2020 im
Luchterhand Literaturverlag, München
Umschlaggestaltung: Covergestaltung: semper smile, München
nach einem Entwurf von Buxdesign, München
unter Verwendung eines Gemäldes von © Walter Spies / Afterhours Books
Druck und Einband: GGP Media GmbH, Pößneck
MSP · Herstellung: sc
Printed in Germany
ISBN 978-3-442-71770-5

www.btb-verlag.de
www.facebook.com/penguinbuecher

Für meine Mutter
SHEELA ROY
und für
SHEILA DHAR
(1929–2001)

»Die Erinnerung erzählt ihre eigene Geschichte.«

Tobias Wolf, *Das Herz ist ein dunkler Wald*

»Tagore ist ganz begeistert … Es scheinen auf
Bali noch viele Dinge erhalten zu sein, die in
Indien schon verlorengegangen sind.«

Walter Spies, Brief an die Mutter
vom 21. September 1927

I

In meiner Kindheit war ich als der Junge bekannt, dessen Mutter mit einem Engländer durchgebrannt war. Der Mann war eigentlich Deutscher, aber in einer indischen Kleinstadt galten in jenen Tagen alle weißen Ausländer im Allgemeinen als Briten. Dieser unbekümmerte Umgang mit Fakten ärgerte meinen gebildeten Vater, selbst unter so entsetzlichen Umständen wie dem Verlust seiner Frau an einen anderen Mann.

Der Tag, an dem meine Mutter wegging, war ein Tag wie jeder andere. Es war ein Monsun-Morgen. Ich war neun und ging in die St Joseph's School, die nicht weit von unserem Haus entfernt lag, nur fünfzehn Minuten mit dem Fahrrad. Mein Rad war noch ein wenig zu groß für mich. Ich trug meine Uniform: weißes Hemd, blaue Shorts und Schuhe, die morgens schwarz glänzten und mittags staubigbraun waren. Mein glattes Haar bildete knapp über den Augenbrauen einen geraden Pony. Morgens war es eine nasse Kappe, die mir auf dem Kopf klebte. Meine Mutter schnitt es. Sie setzte mich auf einen Hocker in den Innenhof hinter der Küche, und während der halben Stunde, die sie zum Schneiden brauchte, waren nur verschiedene Variationen von »Wie lange noch?« und »Beweg dich nicht!« zu hören.

Jeden Morgen, bevor ich zur Schule fuhr, klingelte ich so lange mit meiner blechernen Fahrradklingel, bis meine Mutter herauskam, den Nacht-Sari verkrumpelt, Haar und Gesicht noch wirr vom Schlaf. Sie kam und lehnte sich gegen die weißen Verandasäulen, als könnte sie so im Stehen weiterschlafen. Sie war eine Spätaufsteherin, im Sommer wie im Winter, und blieb so lange im Bett wie nur möglich, das Kissen fest umschlungen. Banno Didi, meine Ayah, weckte mich und machte mich für die Schule fertig, dann klingelte ich meine Mutter aus dem Bett. Ich sei ihr Wecker, sagte sie.

Meiner Mutter war es egal, wie sie aussah, und doch war sie immer beeindruckend, ob herausgeputzt oder mit über die Stirn geschmierter Farbe. Wenn sie malend draußen in der Sonne saß, trug sie einen breitkrempigen Strohhut mit einem roten Band, in das sie Blumen, Pinsel, Federn steckte, was immer ihr ins Auge fiel. Keiner meiner Freunde hatte eine Mutter, die Hüte trug, auf Bäume kletterte oder den Sari hochzog und Fahrrad fuhr. Meine tat das alles. An dem Tag, als sie sich beibrachte, Fahrrad zu fahren, gab sie nicht auf, wankte, fiel, leckte sich das Blut von den Schrammen und stieg wieder auf. Sie schrie vor Lachen und zeigte die Zähne wie ein Wolf, sagte mein Vater. Sie fuhr geradewegs in die Reihe Blumentöpfe vor der Veranda, ihr langes Haar löste sich, die Augen funkelten, und ihr Sari riss über dem Knie auf. Aber sie sprang zurück auf den Sattel, und weiter ging es.

Ich erinnere mich nicht, dass meine Mutter anders war an dem Morgen, bevor sie mit dem Engländer davonlief, der ein Deutscher war. Bauchige schiefergraue Wolken warteten auf uns, so tief, dass man glaubte, sie berühren zu können. Als meine Mutter herauskam, um mir nachzuwinken, sah sie zum Himmel hinauf und schloss mit einem Kiekser die Augen, da Wassertropfen auf sie herunterwehten.

»Der Regen der letzten Nacht hat noch nicht aufgehört«, sagte sie.

Die großen Bäume, die dem Haus Schatten spendeten, glänzten, und wenn der Wind hineinfuhr, schickten sie Schauer von ihren nassen Blättern auf uns herab.

»Die Wolken sind so dunkel, es wird ein schöner Tag. Es wird regnen und regnen, und wenn die Sonne herauskommt, gibt es einen Regenbogen von hier bis zum Bahnhof.« Sie wischte sich mit dem Saum ihres Saris über das Gesicht. »Beeil dich, damit du nicht nass wirst. Hast du ein zweites Hemd in der Tasche? Du darfst nicht bis auf die Haut durchnässt im Unterricht sitzen, sonst bekommst du Fieber.« Ich wollte schon losfahren, da rief sie mich noch einmal: »Warte, stell das Fahrrad ab und komm her.« Sie drückte mich eine lange Minute fest an sich, küsste mich oben auf den Kopf und auf die Stirn. Ich zappelte kräftig, um mich zu befreien, ich war sentimentale Zurschaustellungen ihrer Zuneigung nicht gewohnt und fühlte mich unbehaglich und verlegen. Aber ihre Umarmung erfüllte mich mit pulsierendem Glück, und ich trat in die Pedale und hoffte, sie sah, wie schnell ich durch die Pfützen fuhr und den Matsch zerteilte.

»Vergiss nicht, was ich gesagt habe!«, rief sie hinter mir her. »Komm nicht zu spät.«

»Ich bin rechtzeitig zurück«, schrie ich. »Ich fahre schnell.«

Als kleiner Junge hatte ich oft hohes Fieber; ich wachte mit dem Gefühl auf, mein Körper würde brennen, und stellte fest, dass mein Kopf nach hinten über einen Eimer gelehnt war und jemand kaltes Wasser darübergoss. An die Krämpfe erinnerte ich mich später nicht, nur an die große Erschöpfung danach, die feuchte Haut und die Stimme meiner Mutter nahe bei meinem Ohr: »Wird er wieder gesund? Wird er wieder gesund?« Mein Großvater sagte: »Tief einatmen«, und drückte mir sein Stethoskop auf die Brust. Er brachte seinen baumwollweißen Kopf näher an mich heran und leuchtete mir mit einer kleinen Lampe in den Mund. »Aaah?«, murmelte er. Danach mischte er bittere Tränke, die er in verkorkte, mit Strichen markierte Flaschen füllte. Im Zimmer war es still. Den ganzen Tag glitten Schatten hindurch, und alles, was ich hören konnte, war meine Mutter, die herein- und hinausraschelte, besorgtes Flüstern, das Klacken einer Flasche, die zurück in ein Regal gestellt wurde, das Gluckern von Wasser, das sich in ein Glas ergoss. Wieder glitt ich ins Dunkel.

Mein Kosename war Myshkin, und im Unterschied zu Kindheitsnamen, die mit den Menschen, die sie benutzten, zu fernen Erinnerungen verbleichen, blieb er mir. Mein Großvater nannte mich wegen der Krämpfe so, nach dem epileptischen Prinzen in einem Buch von Dostojewski, Prinz Myshkin in *Der Idiot*, erklärte Dada mir.

»Ich bin kein Idiot«, sagte ich.

»Wenn du das Buch liest, wirst du einer sein wollen«, entgegnete er. »Es sind die Unschuldigen, die die Menschheit menschlich machen.«

Mein Fieber und die Anfälle trugen mir das Mitleid und die Ratschläge der Verwandtschaft ein, was meine Mutter wütend machte. Einmal stieg ich die Treppe aufs Dach hinauf, und ein Onkel aus Karachi klopfte mir mit einem Lineal gegen die Beine und sagte zu meinem Vater: »Siehst du, wie sein Knie zuckt? Das ist ein sicheres Zeichen für eine Knochenkrankheit. Kein Wunder, dass der Junge so schwächlich ist. Ich kenne da einen Mann. Ich gebe dir seine Adresse. Er versorgt ganz Indien mit Medizin.«

Dieser Onkel war die Art Besserwisser, die meine Mutter verabscheute. Worum immer es ging, ob um Botanik oder Architektur, er kannte sich bestens aus. Es war nie einfach eine Säule, sie musste dorisch oder korinthisch sein, und wenn er an der großen Kirche an der Ecke zur Bell Metal Road vorbeikam, zeigte er mir die *Strebebögen* und schüttelte den Kopf, wenn ich nicht verstand, was da strebte. Meine Mutter fragte ihn, woher er wisse, dass meine Knochen schwach seien, und er antwortete: »Ganz einfach. Ich war nur einen Hauch von einem Abschluss in Medizin entfernt, aber am Ende war mir die Sache zu öde.«

Er wandte sich mir zu: »Sag mir, was ist schwerer, ein Kilo Eisen oder ein Kilo Wolle?«

Ich spürte, wie ich mich verspannte. Ich war sicher, es war eine Fangfrage, aber bevor ich mich bremsen und nachdenken konnte, kam es auch schon aus mir heraus: »Eisen.«

»Denk noch mal nach«, sagte er mit einem Grinsen. »Denk nach, Junge. Ein Kilo einer schweren Substanz ist genauso schwer wie ein Kilo einer leichten Substanz.« Jetzt klopfte er mir mit dem Lineal auf den Kopf und sagte: »Du darfst nicht in allem schwach sein, klar? Wenn der Körper schwach ist, muss der Geist gestählt werden!« Ich müsse mich darauf konzentrieren, meinen Verstand zu schärfen, indem ich Schach lernte, sagte er. »Aljechin, Tarrasch, Capablanca! Große Geister in schwachen Körpern, allesamt.«

Ich wusste nicht, wer diese Schachmeister waren, und auch nicht, ob sie schwache Körper hatten. Ich konnte nur nicken und nach einem Fluchtweg suchen – und meine Mutter sorgte dafür, dass dieser Onkel nie wieder zu Besuch kam. »Myshkin hat Windpocken; Bannos Sohn hat die Masern; der Khansama scheint Cholera zu haben. Man kann nicht vorsichtig genug sein«, schrieb sie zurück, wenn er seinen Besuch ankündigte. Sie sorgte dafür, dass die Entschuldigung eine langwierige, ansteckende Krankheit war, und wenn jemand einwandte, dass eine solche Serie von Ansteckungskrankheiten in einer Familie mit einem Arzt kaum glaubhaft sei, sagte sie, je abwegiger die Ausrede, desto offensichtlicher sei die Wahrheit dahinter.

Ich wurde älter, und das Fieber und die Krämpfe kamen seltener. Wie sich herausstellte, war es keine Epilepsie. Ein paar Wochen, dann Monate und schließlich ein Jahr lang geschah nichts. Nach dem zweiten ruhigen Jahr hörte mein Großvater auf, mir beim leisesten Hinweis auf Erschöpfung ein Thermometer in den Mund zu schieben, und die Verwandten schlugen nicht länger Besuche bei Quacksalbern vor, die ferne Cousins zweiten Grades mit einem in einer Neumondnacht zu schluckenden Trank geheilt hatten. Nach dem dritten Jahr wurden die Anfälle zu Geschichten aus meiner Vergangenheit, obwohl sie auch heute noch nachwirken: Die Krankheit hat meine Augen ruiniert. Vom sechsten Lebensjahr an musste ich eine Brille tragen, deren Gläser von Jahr zu Jahr dicker wurden. Ohne meine Brille wurde die Welt ein Gemälde von der Art, wie meine Mutter sie gelegentlich kopierte: Farbtupfer neben anderen Farbtupfern, die einen See mit einem Boot oder Wasserlilien auf einem Teich darstellen konnten.

Manchmal nehme ich die Brille ab, um die Dinge anders als andere Leute zu sehen. Farben und Worte verschwimmen, Bedeutungen ändern sich auf der Seite vor mir. In der Ferne wird alles zu einem Pastellnebel. Es hat etwas Beruhigendes, nicht gut zu sehen, was die Klarsichtigen nie verstehen werden.

Fast sechzig Jahre sind seitdem vergangen, in denen ich vielleicht halb so viele Brillen verbraucht habe. Es ist das Jahr 1992. Die Gegend um mein Haus herum ist so weit verwahrlost, dass ich die Brille öfter absetze, damit aus dem Müllhaufen vor meinem Tor eine Ansammlung heller Farben wird und aus der Plakatwand dahinter ein verschwommenes blau-gelbes Rechteck, das der Bungalow sein könnte, der dort stand, bevor er von blindäugigen Apartments ersetzt wurde.

Was sich nicht geändert hat, ist die Vorfreude, mit der ich den Postboten erwarte. Kürzlich wurde sie belohnt, ein Päckchen kam. Ein gepolsterter Luftpostumschlag, dick, und der Poststempel besagt, dass er drei Wochen unterwegs war, vom kanadischen Vancouver bis hierher. Ich habe ihn oben auf die Kommode gelegt. Jeden Tag bringe ich ihn mit nach unten, fühle sein Gewicht, nehme das Messer, mit dem ich ihn aufschneiden will, und dann trage ich ihn zurück. Der Umschlag hat etwas mit meiner Mutter zu tun, ich weiß es, und ich zögere, ihn aufzumachen. Was, wenn etwas Belangloses darin ist?

Was, wenn nicht?

Am Morgen nach seinem Eintreffen wachte ich vom

Geheul meiner Hunde auf – wer weiß, warum sie so heulten –, und im selben Moment erfüllte mich der Gedanke, dass ich unbedingt mein Testament machen musste. Es gibt etliches, woran die Leute sich erinnern sollen, deshalb muss ich es niederschreiben. Anderes sollen sie vergessen, das muss ich verbrennen. Und ein paar Setzlinge muss ich noch pflanzen, auch wenn ich nicht mehr erleben werde, wie sie zu Bäumen heranwachsen. Ich muss mich darum kümmern, dass für meine Hunde gesorgt ist und Ila genug zum Überleben hat. Sie ist verwitwet und wohnt mit Tochter und Enkelin im Haupthaus. Der Mann ihrer Tochter ist bei der Handelsmarine und das halbe Jahr nicht da. Ila hängt von mir ab.

Es ist irrational, so sicher zu sein, dass meine Zeit vorüber ist, wo ich doch erst Mitte sechzig bin, doch ich spüre die Erde schon seit ein paar Jahren auf ihrer ungelenken Achse schwanken. Ich könnte meine trüben, düsteren Gedanken zur Seite schieben und den Umschlag öffnen, doch ich entscheide mich dagegen. Im Moment bleibt er dort liegen und pulsiert mit der gleichen Energie wie jeder andere ungeöffnete Brief auf dieser Welt.

Aber warum ihn nicht öffnen? Was wird er am Ende enthalten, was ich nicht weiß? Schiebe ich eine Freude hinaus, oder habe ich Angst vor dem, was ich darin finden könnte?

Es könnte eine Fotografie oder Zeichnung von meiner Mutter sein, vielleicht auch nicht. Es gab eine Zeit in meinem Leben, lange ist es her, ich war dreizehn und hatte gerade angefangen zu rauchen, da dachte ich, wenn ich ein Bild von ihr vor mir hätte, würde ich das glühende Ende meiner Zigarette in die Kreise ihrer Augen drücken, so wie ich es mit den gummiartigen grauen Zecken im Fell meines

Hundes machte. Ich würde sie blenden. Den Fluch ihrer abwesenden Anwesenheit durchbrechen.

Über mich selbst entsetzt, zerschoss ich dann mit meinem alten Luftgewehr hinten im Garten eine Flasche oder fuhr mit der Sichel durch das lange Gras, um mich von der Übelkeit zu befreien, mit der mich solche Gedanken erfüllten.

Ein Testament zu machen sollte für mich keine so große Bedeutung haben wie vielleicht für begütertere, erfolgreichere Männer mit Vermögen und Besitztümern, um die sie sich sorgen müssen. Ich besitze kaum etwas und lebe noch in dem Haus, in dem ich geboren wurde; nicht im selben Teil, sondern dem alten Nebengebäude hinten auf dem Grundstück. Nur ein paar Jahre war ich nicht hier, nachdem ich in New Delhi meine erste Stelle angetreten hatte. Dort arbeitete ich mit einem Engländer namens Alick Percy-Lancaster zusammen, der nach der Unabhängigkeit für die Planung der öffentlichen Parks verantwortlich war, für das Pflanzen der Bäume, die die Hauptstraßen säumen sollten, und der die Baumschulen der Regierung leitete. Ich war zwanzig und hätte mir dort ein Leben aufbauen können, doch ich blieb nicht lange. Ich brauchte Muntazir und das Gefühl der nahen Berge. Als Mr Percy-Lancaster 1956 beschloss, nach Rhodesien zu gehen, kam ich zurück nach Hause. Ich machte einen Termin mit der Bezirksverwaltung und erklärte dem Leiter, dass unsere Stadt mehr als nur ein paar Gemeindearbeiter verdiente, die unsere Parks bewässerten und Bougainvilleen pflanzten; eine Gartenbauabteilung sei vonnöten, für den ganzen Bezirk. Es gehe um Ökologie, Stadtplanung, Botanik und Wassermanagement: Das Ganze sei eine Wissenschaft, für die eine qualifizierte Person gebraucht werde. Ich hatte meine Zeichnungen und Pläne mitgebracht, die zeigten, wie unsere Stadt in eine grüne, baumbestandene Oase von großer Schönheit verwandelt werden konnte, die Außenbezirke in Wassereinzugsgebiete. Am Ende erschöpfte mich meine eigene Redseligkeit.

Für den Leiter der Bezirksverwaltung war es seine erste Stelle, er war nicht viel älter als ich und darauf aus, etwas zu bewirken. Zu meiner Überraschung hatten meine Überredungskünste Erfolg, und es wurde tatsächlich eine neue Abteilung gegründet. Für eine ganze Anzahl Jahre war ich ihr einziger Mitarbeiter. Der Leiter des Gartenbaus. Ich hatte niemanden, den ich leiten konnte, auch kein eigenes Büro, nur einen Schreibtisch in einer Ecke der Stadtverwaltung, saß aber jeden Morgen der Versammlung eines halben Dutzends Gärtner vor, tippte Protokolle, die niemand las, und ging den Rest des Tages durch die Stadt, machte Notizen und sagte mir, dass die Veränderung von Landschaften ein langsames Geschäft war.

Meine gartenbauliche Tätigkeit brachte mich in Teegärten in Assam und Obstgärten in Himachal; einmal wurde ich Gutachter in einem Schmetterlingspark, ein anderes Mal ökologischer Berater eines Nationalparks, kam jedoch immer wieder auf meine eigene Stelle zurück, der glorreiche Gärtner einer kleinen Stadt. Während andere Leute Konten, Geld und Häuser für ihre Nachkommen angesammelt haben, deute ich auf baumbestandene Straßen und sage: »Das ist es, was ich euch hinterlasse.« Ich zeige ihnen die Reihe *Ceiba speciosa* vor dem Gericht, die sich jedes Jahr leuchtend rosa verfärbt. Trostlose kleine Viertel, in denen ich entlang der Straßen abwechselnd weiß und purpurrot blühende Bauhinien gepflanzt habe, werden von den orchideenähnlichen Blüten, die das schartige Pflaster bedecken, für Wochen verwandelt. Bülbüls und Sittiche kommen in Schwärmen und ernähren sich von den Blüten. Beleibte Matronen bitten kleine Jungen, in die Bäume zu klettern und ihnen die Knospen zum Kochen zu pflücken. Da man mich längst für einen Sonderling hält, habe ich keine Hemmungen, die Frauen mit erhobenem Stock anzugehen.

»Lasst die Knospen in Ruhe. Lasst sie blühen!«

Sie weichen von den Bäumen zurück, fluchen und brummen. »Alter Spinner, machst dich wegen nichts verrückt.« Sie nennen mich einen Griesgram, eine humorlose Nervensäge.

Das stört mich nicht. Das ist es, was ich der Welt hinterlasse, denke ich in grandiosen Momenten wie diesem, da ich mit Papier und Stift vor mir dasitze und bereits *Ich, Myshkin Chand Rozario* geschrieben habe. Ich hinterlasse der Welt Bäume, die der Stadt Schatten, Früchte und Blüten schenken. Ich bin alt genug, um gesehen zu haben, wie von mir gepflanzte Setzlinge zu über zehn Meter hohen Bäumen heranwachsen.

Ich muss an die Kassien und Flammenbäume entlang der Begum Akhtar Marg denken, einer Straße in der Nähe des Bahnhofs. An allen erdenklichen Fäden habe ich gezogen und Briefe an Journalisten und Gouverneure geschrieben, um dafür zu sorgen, dass sie so genannt wurde. Eine Frau, die der Welt ihr gesamtes unruhiges Leben lang Leidenschaft und Musik geschenkt hatte – und sie benannten die Straßen nur nach Politikern. Hinterher pflanzte ich *Delonix regia* und *Cassia fistula* auf beiden Seiten, was die Romantik und Intensität der Sängerin widerspiegeln sollte. So ist die Straße heute ein Feuerwerk aus Rot und Gold, den ganzen Sommer über.

Ich kann mich erinnern, wie ich die Begum Akhtar Marg wütend mit dem Fahrrad hinuntergefahren bin, als sie nichts als ein öder, brutheißer Pfad auf dem Weg von der Schule zum Bahnhof war. Es war der Sommer 1942, und ich musste unbedingt zum Bahnhof, bevor ein Zug wegfuhr, war doch das Gerücht bis zu uns in die Schule gedrungen, dass er etwas geladen hatte, was noch nie einer gesehen hatte. Der Bahnsteig war ganz in Oliv und Khaki getaucht, so viele Soldaten waren versammelt. Einige Leute drängten sich zwischen ihnen hindurch und starrten den Zug an. Er war lang, hatte vergitterte Fenster, und jede einzelne Tür wurde von Polizisten bewacht. Hitze summte um die Wagen. Ich legte meine Hand auf einen davon, und es fühlte sich an, als würde er mir die Haut verbrennen. Ein Polizist grinste mich an und fragte, ob ich hineinklettern und mit ins Gefängnis wolle.

Durch die Fenster konnte ich Männer sehen, die zu benommen wirkten, um etwas anderes tun zu können, als mit toten Augen nach draußen zu stieren. Es waren tatsächlich nur Männer im Zug. Weiße Männer. Sie hielten die Köpfe gegen die Fenstergitter gelehnt, einige schliefen, andere waren wach, aber wie betäubt, müde Zootiere, in Käfige gezwängt, die zu klein für sie waren. Ihre Gesichter waren schmutzig und abgespannt, das fettige Haar klebte ihnen verschwitzt auf den Schädeln, überall saßen Fliegen, doch sie taten nichts dagegen. In der Düsternis der Abteile, weiter drinnen, waren noch mehr Männer. Arme und Beine baumelten von den oberen Pritschen, Körper lagen auf andere schlafende Körper gesackt.

Ich hatte nie so erbärmliche weiße Menschen gesehen. Bis auf die Knochen abgemagerte, kranke Inder war man gewohnt, aber Weiße waren von Geburt aus anders.

Ich ging den Bahnsteig entlang und wieder zurück, während der Zug immer noch wartend dastand. Transporte ausländischer Kriegsgefangener fuhren normalerweise ohne Halt durch Muntazir. Einige Leute sagten, der Zug stehe heute hier, um Trinkwasser und Essen aufzunehmen, andere meinten, ein paar Gefangene seien durch die Hitze gestorben und ihre verwesenden Körper würden ausgeladen, weil sie so stanken.

Die Gleise führten von Muntazir aus noch gut dreißig Kilometer weiter bis zu den Ausläufern des Himalaya, von dort würden die Männer ins nahe Dehradun transportiert, wo sie für den Rest des Krieges eingesperrt blieben. Italiener wurden hauptsächlich nach Rajasthan geschickt, Polen nach Jamnagar und die Deutschen nach Dehradun, so zumindest stand es in den Zeitungen. Das Lager bei Dehradun war das größte, und neben den Deutschen wurden dort noch Leute aus etlichen anderen Ländern festgehalten, zu Tausenden, aus fernsten Fernen hergeschickt, sogar aus Afrika und dem Mittelmeerraum. Mein Großvater sagte, die Welt spiegele sich im Kleinen im Lager dort.

Der Zug pfiff ein paarmal ungeduldig, setzte sich in einer Rauchwolke in Bewegung, und einer der Männer drückte sein Gesicht gegen das Fenster vor sich. Sein Kopf war kahlrasiert, winzige Insekten sirrten um die wunden Stellen auf seinem Schädel. Ich konnte einen Streifen graue Haut durch sein offenes Hemd sehen. Der Mann lächelte mich direkt an. Ich zögerte eine Sekunde, rannte dann mit dem Zug mit und zog ein paar Bonbons hervor, die ich in der Tasche hatte. Ich reichte sie dem Mann durch die Gitterstäbe. Niemand hielt mich auf, einen Schuljungen, der einem Zug hinterherlief. Ich rannte mit, bis der Schatten des Blechdachs über dem Bahnsteig endete, der Bahnsteig in grasüberwucherte Erde überging und ich unter einem teilnahmslosen weißheißen Himmel stand. Mir war schwindlig vom Wechsel des Lichts, und vor meinen sonnengeblendeten Augen schwammen helle bunte Punkte.

Was hatte ich am Bahnhof zu finden gehofft? Ich wusste nicht, dass die Antworten auf Hunderte von Fragen in meinem Kopf in einem Mann schlummerten, der wie betäubt von der Hitze vorn im vierten Wagen des Zuges lag und sich mit jedem Rußstoß der Lokomotive weiter von mir entfernte.

Als sich meine Augen an die Helligkeit gewöhnt hatten, konnte ich nur noch den Bewachungswagen sehen, mit einem Soldaten, der zum entschwindenden Bahnhof zurücksah, in der einen Hand eine grüne Fahne, in der anderen einen Krug Wasser. Er legte den Kopf in den Nacken und schüttete das Wasser über sich, über Gesicht und Hemd.

Seit langer Zeit schon habe ich die Gewohnheit, aufzuschreiben, was ich an interessanten Pflanzen und Bäumen sehe, ob auf meinen täglichen Runden durch die Stadt oder auf Reisen, schon seit meinen ersten botanischen Expeditionen mit zwei Studienfreunden. Heute stelle ich fest, dass meine forschen wissenschaftlichen Skizzen und Zeichnungen, die diese Notizen begleiten, besondere Wanderungen durch Berge und Marschland frisch vor meinen Augen erstehen lassen: lange Nächte in dünnen Zelten, den Leoparden, der völlig reglos, so ausdruckslos und bedrohlich von einem Ast auf uns herabsah, dass es uns das Blut im Körper gefrieren ließ, den Fluss, der mich beinahe mit sich gerissen hätte, als ich mich zu weit vorbeugte, um ein Kraut zu untersuchen, und den Felsen, auf dem ich den Halt verlor, als ich mich nach einem Saxifraga reckte, das außerhalb meiner Reichweite war. Ein botanisches Tagebuch. Ein Streckenplan meiner Unternehmungen. An manchen Tagen kommt es mir vor, als wäre meine Zeit auf dieser Erde nichts als eine verschwommene, belanglose Szene, durch ein vorbeirasendes Fenster betrachtet, und dann bremsen mich meine Skizzen herunter, holen mich an einzelne Orte zurück und geben ihnen Namen und Bedeutung. Eine Notiz über die Unterschiede zwischen einer *Datura suaveolens* (Engelstrompeten, unschädlich) und einer *Datura stramonium* (Stechapfel, giftig) bringt eine ganze Geschichte zurück – Augenblicke unseres Streits an jenem Abend über die Unterschiede zwischen den beiden Pflanzen; wie wir Reis gekocht haben in unserem Topf, geraucht und über Dinge geredet, über die man nur redet, wenn man jung ist und weit weg von zu Hause um ein Feuer sitzt, in Dunkelheit gehüllt, ringsum nur das Rascheln der Bäume, dazu der schwindelerregende Geruch des Stechapfels und unserer starken, filterlosen Zigaretten. Ich persönlich brauche das geschriebene Wort. Damit etwas eine Bedeutung bekommt, muss es niedergeschrieben werden, muss auf dem Papier Gestalt annehmen, bevor es in meinem Kopf ganz zum Leben erwacht. Nur als geordnete Reihe von Worten erlangt es eine Bedeutung und ein Muster.

Ich habe mein noch nicht gemachtes Testament zur Seite geschoben.

Der Umschlag liegt vor mir, immer noch verschlossen,

das Bild eines Gottes mit Kräften, die ich nicht ergründen kann. Bevor ich die Vorbereitungen für ein geordnetes Ende meines Lebens treffe, scheint es mir notwendig, aufzuschreiben, was ich an seinem Beginn als bedeutsam erachte.

Als ich bereits vor Längerem damit anfing, die Jahre meines Erwachsenwerdens in einen stimmigen Zusammenhang zu bringen, stellte ich fest, dass ich meist nur eine vage Vorstellung von der Zeit oder dem Wetter an dem jeweiligen Tag hatte, über den ich schrieb, den Worten, die damals gesagt worden waren, und der genauen Abfolge der Geschehnisse. Dennoch bleiben viele Dinge, die ich eigentlich vergessen möchte, schmerzlich lebendig. Bilder ziehen wie in Dunkelheit gehüllte Lichtblitze durch meine Erinnerung. Erst versuchte ich, sorgfältig zu sein, nahm Kontakt zu meinen Exkursionsgenossen vom College auf und stellte Dinu Fragen: Erinnerst du dich an das? Daran nicht mehr? Seine Erinnerungen unterschieden sich so oft von meinen, dass unsere Gespräche im Streit endeten. Ich kehrte an die Orte meiner Kindheit zurück, um einzelne Sachverhalte zu überprüfen – gab es da wirklich eine Höhle am Fluss oder eine schaurige Villa an der Ecke von Hafizabagh, wohin mich mein Großvater einmal mitgenommen hatte? Wir hatten zwei Pferde auf der Wiese davor grasen sehen, und drinnen in dem großen, höhlenartigen Bau gab es Himmelbetten, emaillierte Waschbecken, Jardinieren und einen Ballsaal mit einem Schwingboden, in dem der wildäugige Nawab von Hafizabagh in einem schmutzigen Baumwollunterhemd und einem Lungi erschien und meinen Großvater anbettelte, alles im Haus für ihn zu verkaufen, denn er hatte kein Geld mehr.

Am Flussufer fand ich ein Kraftwerk, dessen vier monströse Kamine so viel Rauch ausstießen, dass sie alle Farbe aus dem Himmel sogen. Die Villa von Hafizabagh war noch da, wobei die Hälfte eingefallen und der Rest von Zeit, Wind und Regen geschwärzt war.

Erzählen wir die Geschichte eines Lebens und ganz besonders die des eigenen, können wir nicht so tun, als hätte sich alles tatsächlich so zugetragen. Unsere Erinnerungen sind Bilder, Gefühle und flüchtige Blicke, manchmal ausgestaltet, manchmal nur in Umrissen. Zeit verfestigt sich und löst sich auf. Wir haben keine genaue Erinnerung daran, wie lange etwas dauert: ein paar Tage, Wochen, einen Monat? Ganze Zeitspannen sind ohne jeden Inhalt, während andere im Nachhinein bedeutsam werden. Ich glaube, das ist bei den meisten Menschen so. Wenn mir Freunde im Laufe der Jahre in einzelnen Punkten widersprachen, begann ich, daran zu zweifeln, dass ich mich selbst auf alten Fotografien wiedererkennen würde – diese Person auf den Schwarz-weiß-Bildern war eine andere. Wer zu intensiv darüber nachdenkt, mag sich in den Wahnsinn grübeln.

In einem seiner Gedichte sagt Rabindranath Tagore:

Ich kann mich nicht an meine Mutter erinnern
Aber wenn am frühen Herbstmorgen
Der Duft des Shiuli durch die Luft treibt
Empfinde ich den Geruch des Morgengebets im
Tempel als ihren Geruch.

Der Dichter verlor seine Mutter, als er vierzehn war. Ich war erst neun, als meine Mutter wegging. Wie kann es da sein, dass sie mir so nahe ist wie mein eigenes Spiegelbild? Bis in jede Einzelheit präsent und doch unerreichbar in einem anderen Element gefangen. Ganze Gespräche erlebe ich wieder, Vorfälle, Streitigkeiten, die Art, wie sie ihre Augen mit dem Kajalstift umrandete. Ich sehe die frischen Blumen in ihrem Haar, den roten Kumkum-Punkt auf ihrer Stirn, der nachmittags ausnahmslos verschmiert war. Ich höre sie Reime rezitieren, damit ich sie auswendig lernte, sehe das Blattgold ihrer Haut und die schräg stehenden Augen mit dem spitzbübischen Glanz. Ich bin sicher, mich an all das wirklich zu erinnern und nicht einer Einbildung zu erliegen, die sich aus Fotos und Geschichten zusammensetzt.

Doch je älter ich werde, desto weniger sicher bin ich mir meiner Sicherheit.

Eine Altersgenossin meiner Mutter, zu der ich später mehr zu sagen habe, hat ein Buch geschrieben, in dem sie sich an Geschehnisse erinnert, die zweiundvierzig Jahre zurückliegen. Ich kann nur eine unbeholfene Übersetzung davon liefern, wie sie beschreibt, auf welche Weise die Zeit auf das Gedächtnis einwirkt.

»Als ich die Treppe hinunterging, zitterte ich …«, schreibt sie, um sich dann mit der Frage zu unterbrechen:

Geschah das an genau dem Tag? Ich kann nicht sicher sein. Ich habe nicht Buch geführt. Ich stütze mich weder auf ein Tagebuch noch auf meine Erinnerung. Ich kann nicht sagen, ob ich die Ereignisse niederschreibe, wie sie geschehen sind, eines nach dem anderen. Was damals eins nach dem anderen zu geschehen schien, hat heute weder einen Anfang noch ein Ende. Heute, in meiner Gegenwart, existieren jene Tage nebeneinander – oh, ich kann es nicht erklären. Warum ist es so schwer zu

erklären? Schließlich sah Arjuna das ganze Univer-
sum, Vergangenheit und Gegenwart, in Sri Krishnas
offenem Mund. Ich sehe die Dinge auch so. Du musst
mir glauben. Es sind keine Erinnerungen, es ist meine
Gegenwart. Mit jedem Moment komme ich dem Jahr
1930 näher. Ich spüre das Jahr 1930 auf meiner Haut.

Bei mir ist es das Jahr 1937, das ich auf meiner Haut spüre.

2

منتظر

Zum größten Abenteuer im Leben meiner Mutter kam es nur Monate, bevor sie meinen Vater heiratete, und viele ihrer Streitigkeiten endeten mit den Worten meines Vaters: »Der Ärger mit dir, Gayatri, ist, dass du allein von deinen Erinnerungen leben willst. Von vergangener Herrlichkeit.« Er stellte das in dem milden Ton fest, den er beim Streiten annahm, erst bei ihr, später auch bei mir – als wäre er der einzige Mensch mit Sinn und Verstand unter lauter von unlogischen Leidenschaften fehlgeleiteten Leuten. Mein Vater glaubte, dass Gefühle an einer kurzen Leine zu halten waren. Oder sie drohten, mit dir durchzugehen. Wenn meine Mutter verärgert schien, sagte er: »Du gewinnst nichts, wenn du die Beherrschung verlierst.«

Das freudige Abenteuer, in dessen Erinnerung meine Mutter sich flüchtete, wenn der Alltag sie überwältigte, war eine Bootsfahrt. Ihrer Erzählung nach war es im Jahr 1927, sie stand kurz vor ihrem siebzehnten Geburtstag und ruderte mit ihrem Vater, Agni Sen, über einen See in Bali. Sie fuhren zu einem mitten auf dem See verankerten Floß, und als sie näher kamen, konnte sie sehen, dass ein Mann darauf lag, auf dem Rücken, das Gesicht unter einem Strohhut verborgen, wie ihn Bauern auf dem Land trugen. Der Mann schob den Hut zur Seite, als er das Platschen ihrer Ruder hörte, und stand auf. Er war groß und hager, und der Wind blies ihm das goldene Haar aus dem Gesicht. Er hätte eine Galionsfigur am Bug eines Schiffes sein können. Die Ärmel seines weißen, offenen Hemds hatte er bis zu den Ellbogen hochgekrempelt. Seine Hose war sandfarben. Der Mann begann zu lachen, als er sie sah. »Den ganzen Weg aus Indien – und Sie wissen, wo ich mich auf Bali verstecke!« Er hielt Gayatri eine sonnengebräunte Hand entgegen und sagte: »Kommt, kommt an Bord, wo ihr schon mal hier seid.«

Der Mann war ein deutscher Künstler und Musiker namens Walter Spies, und während der nächsten paar Wochen nahm er Gayatri, ihren Vater und deren Freunde zu Tanzaufführungen und Konzerten mit, an Strände und in Malschulen. Sie saß neben ihm, jeder einzelne Nerv unter Spannung, während er ihr die Geschichten zu den Tänzen erzählte, die sie da sahen. Rama und Sita, Hanuman und Ravana waren mythologische Gestalten, die sie von zu Hause kannte. Hier waren sie anders und doch vertraut. Wie seltsam, dass die meisten Leute um sie herum dachten, das ganze Ramayana spiele auf Java und habe keine Verbindung zu Indien! Gayatri konnte nur staunen, dass die Mythen und Legenden, mit denen sie aufgewachsen war, in veränderter Form so weit von zu Hause existierten. Es war genau das, was ihr Vater ihr zeigen wollte und warum er sie auf diese Reise durch die East Indies mitgenommen hatte.

Im frühen zwanzigsten Jahrhundert war das ungewöhnlich – heute kann man kaum begreifen, wie ungewöhnlich. Es war nicht so, als reisten Inder nie ins Ausland, aber ein Vater, wie wohlhabend er auch sein mochte, der sein Geld dafür ausgab, die Begabungen seiner Tochter zu fördern, das war selten. An Töchtern interessierten allein die Talente, die als Köder wirkten, um einen Mann einzufangen. Aber Agni Sen stand den Dingen um sich herum skeptisch gegenüber, sah den Unterschied zwischen Talenten und Begabungen, und in seiner Tochter hatte er einen Funken erkannt, der ganze Städte erleuchten konnte, wenn er genährt wurde. Er stellte Lehrer für Gayatri ein, sie sollte Sprachen und Malerei lernen, aber auch Tanz und klassische Musik, und das in einer Zeit, in der Frauen sangen und tanzten, um reiche Männer zu unterhalten, und dafür verlacht wurden. Er nahm sie mit in musikalische Salons und die Ateliers von Künstlern. Zu den historischen Stätten Delhis, dann weiter weg.

Vor einer dieser Stätten, als Gayatri auf einem Steinblock saß und eine Kuppel und den Eingang skizzierte, brach ein Schwarm grauer Tauben aus einem Fenster hervor, das einzige Lebenszeichen in diesem verfallenen Palast aus dem elften Jahrhundert. Die Szene rief in ihrem Vater die gewohnten Gedanken über Vergänglichkeit und Verfall hervor, den Aufstieg und Niedergang von Imperien, aber er erklärte Gayatri auch, wenn sie zurückdenke an die Terrakotta-Figuren, die man im Tal des Indus gefunden hatte, an die Wandbilder, die Juwelen gleich in Felshöhlen leuchteten, die in der Erde versunkenen Stupas und unter Wasser liegenden Tempel, und dann wieder diese Gräber und verfallenen Paläste betrachte, wo Banyanbäume aus den Rissen sprossen, könne sie sehen, dass Macht, Tyrannei und Grausamkeit dieser Zivilisationen nicht überlebt hatten, die Herrscher waren gefallen, und ihre Höflinge lagen in parallelen Reihen schmaler Marmorsärge neben ihrem König, auch ihre Katzen und Frauen, allein die damals geschaffene Schönheit habe überdauert. Die filigranen Fenster, die Kalligrafie auf Stein, die Vollkommenheit der Kuppel, die sie auf Papier zu bannen suche. Die Schöpfer dieser Dinge, die Steinmetze, Bildhauer, Maler, denen keine Rolle in den großen Machtspielen zukam, deren Geist für untergeordnet gehalten wurde, deren Meinungen keinerlei Einfluss hatten und deren Besitztümer nichts zählten: Ihre Werke blieben, nachdem alles andere verschwunden war. Wenn die Welt in Aufruhr geriet und Zerstörung unvermeidbar schien, war Kunst keine Schwäche mehr, sondern ein Refugium, und ihre Fragmente blieben, nachdem sich der Kreis aus Aufstieg, Fall und Zerstörung geschlossen und einen neuen Anfang genommen hatte.

Macht zerfällt, Menschen sterben, doch die Schönheit besiegt die Zeit, erklärte er ihr auf die Weise, in der ältere Männer ihre Weisheit mit den Jungen teilen.

Gayatri hörte zu, und die ganze Zeit über wanderte ihr Stift in schnellen Linien über die Seite ihres offenen Skizzenbuchs. Die Kuppel nahm Gestalt an, dann der Bogen darunter. Eine Taube flog mit drei schnellen Strichen auf. Sie reisten von Agra zur Totenstadt Fatehpur Sikri, dann nach Jaipur. Sie ritt auf einem Elefanten, klammerte sich an den sich wiegenden Rücken eines dahinschreitenden Kamels, und sein Geruch ließ sie würgen. Sie zeichnete das Kamel.

Als sie älter war, fuhr Agni Sen weiter mit ihr fort, nach Santiniketan, um die gleiche Luft wie Rabindranath Tagore und seine Schüler zu atmen. Auf dieser Reise erzählte ihm ein Freund, der den Dichter gut kannte, Rabindranath plane für das nächste Jahr eine Reise nach Java. Das Wissen setzte sich in Agni Sens Gedanken fest, keimte und ließ ihn nicht wieder los: Warum nicht mit Gayatri auch dorthin fahren, mit demselben Schiff wie der Dichter? Welch bessere Chance gab es für sie, Rabindranath kennenzulernen, mit ihm zu sprechen und von ihm zu lernen, als die Enge eines Schiffes? Wer wusste, wohin das für Gayatri führen mochte? Der Dichter sollte mit einer Gruppe Freunde reisen, einschließlich Dhiren, der Agni Sen von dem Plan erzählt hatte. Briefe flogen hin und her, Zugfahrkarten und Kajüten auf Schiffen und Dampfern wurden gebucht, Pässe waren vorzulegen, und am Ende einer komplizierten Planung unterrichtete Gayatris Vater, erschöpft und triumphierend, Tochter und Familie von der Reise. Er würde mit Gayatri nach Angkor Wat, Borobudur und zu anderen Tempeln Javas fahren und ihr zeigen, dass es ein gemeinsames kulturelles Erbe Asiens gab, das von der Kolonisation nicht geschluckt worden war.

Die Reise nach Java und Bali sollte am 12. Juli 1927 mit einer Passage von Madras nach Singapur beginnen. Gayatri und ihr Vater würden auf demselben Schiff wie der Dichter und seine Freunde fahren und nach den gemeinsamen Tagen während der Überfahrt und einer Woche in Singapur allein nach Kambodscha weiterreisen, aber rechtzeitig in Bali ankommen, um dort aufs Neue mit Tagore und seiner Begleitung zusammenzutreffen. War das nicht zu viel angesichts von Agni Sens Alter und seinen Herzproblemen?, hatte sich Gayatris Mutter gesorgt. Was für ein gefährlicher, überspannter, teurer Plan! Ihre Einwände wurden abgetan.

Sie standen an der Reling, als Rabindranath an Bord kam, erschöpft von seiner dreitägigen Reise von Kalkutta nach Madras. Er kam mit Freunden, gebildeten, herausragenden Männern, die einen Kreis um ihn formten, um ihn vor lästiger Bewunderung zu schützen. Agni Sen musste sich mit der kürzestmöglichen Vorstellung begnügen, während Gayatri den großen Dichter nur aus der Entfernung sah, niemand durfte ihm nahe kommen. Das hatte Agni Sen nicht erwartet. Dhirens besitzergreifender Eifer verletzte ihn, und er zog sich hinter ein Buch zurück.

Später fanden sie heraus, dass dem Dichter, der mit drei Tagen kontemplativer Einsamkeit gerechnet hatte, während draußen vor dem Zugfenster die Landschaft Indiens an ihm vorbeizog, nichts in der Art vergönnt gewesen war. In Kharagpur, dem ersten Halt nach Kalkutta, war eine Gruppe Schuljungen in sein Abteil geklettert und hatte ihm eine kunterbunte Sammlung Notizbücher entgegengestreckt: Schulhefte, zu Hause zusammengefügte Blätterbündel. Sie wollten Autogramme, und einer bettelte Rabindranath an, ihnen ein neues Gedicht zu schreiben, bevor sich der Zug wieder in Bewegung setzte. Auf dem Weg nach Süden hielten sie etwa stündlich an, und immer war der Bahnsteig übervoll mit Menschen, die gehört hatten, dass er in diesem Zug sitze. An einer der Stationen stieg ein alter Mann zu ihm ein, legte die Hände zu einem Namaste zusammen und begann eine Rede in einer Sprache, die wie Telugu klang, beendete sie, verbeugte sich tief und ging wieder. An einer anderen trat ein Mann aus der Menge ans Fenster des Dichters, hielt ein Messingtablett mit einer Zitrone, Weihrauch und Blumen in die Höhe, entzündete den Weihrauch, ließ ihn über Rabindranath wehen und verschwand ohne ein weiteres Wort wieder in der Menge. Ein Bittsteller flehte ihn an und überzog ihn mit einer Predigt, über Nacht zu bleiben, um im Godavari zu baden, der, darauf bestand er, heiliger sei als der Ganges. In Kakinada kam ein Englischlehrer, der eine Weile in Kalkutta gelebt hatte, in den Zug, sprach in stockendem Bengalisch zu dem Dichter und gab gleich wieder auf, weil er den eingeübten Text vergessen hatte. Da er dem großen Mann aber unbedingt auf literarisch angemessene Weise eine gute Reise wünschen wollte, zitierte er mit Donnerstimme Tennyson: »Eine halbe Meil, eine halbe Meil… Vor, in Sturmeseil!« In Rajahmundry standen zweihundert Studenten und sagten, sie hätten sich im Datum geirrt und warteten schon seit dem Vortag auf ihn. Der Dichter saß müde und grau auf seiner Pritsche, gegen das Fenster gedrängt und verborgen hinter der Masse wogender Körper, die »*Rabindranath ki Jai!*« und »*Vande Mataram!*« riefen. Nachts kamen Leute herein und leuchteten mit ihren Laternen in sein schlafendes Gesicht.

Wenn er gedacht hatte, auf dem Schiff draußen auf hoher See endlich Frieden zu finden, hatte Rabindranath sich getäuscht. Ein amerikanischer Pastor und seine Frau drangen auf ihn ein, sobald er sich dem Deck auch nur näherte, obwohl er sich jedes Mal abwandte und um Rettung flehende Blicke zu seinen Freunden schickte. Da den beiden nicht zu entgehen war, gewährte er ihnen aber schließlich ein Gespräch, worauf sie ihm, kaum dass sie saßen, zu beweisen versuchten, dass das Christentum sehr viel mit dem Hinduismus gemein habe.

»Da habe ich große Zweifel«, sagte Rabindranath.

»Oh, auch wir haben Gottvater!«, sagten sie.

»Aber sehen Sie, wir haben auch Gott, die Mutter, Gott, den Sohn, Gott, den Freund, Gott, den Liebhaber. Wir haben sogar Gott, die Liebste«, sagte Suniti Chatterji, einer der Begleiter des Dichters, mit einem verschmitzten Leuchten in den Augen. Der Pastor erkannte die Unmöglichkeit einer ruhmreichen Bekehrung und ließ den alten Mann fortan in Ruhe. Der saß in seinem Liegestuhl, lauschte dem Meer, las und lehnte sich mitunter einfach zurück und schloss die Augen, als sei er unendlich müde.

Gayatri schritt auf ihn zu, zog sich wieder zurück. Sie wollte ihn fragen, ob sie nach Santiniketan gehen konnte, um bei Nandalal Bose malen zu lernen. Seit ihrem Besuch dort träumte sie nur von Santiniketan. Sie sehnte sich danach, zusammen mit anderen Studenten, mit Farbtöpfen und Bündeln von Pinseln, unter freiem Himmel zu sitzen und ihre eigenen Pigmente zu mahlen. Angeblich machte man es dort so. Einer der Freunde, die mit Rabindranath reisten, war der stellvertretende Direktor der Kunstakademie von Santiniketan, hatte sie erfahren, und es kam ihr alles wie von Gott bestimmt vor: Sie würde dem Dichter von ihrem Besuch in der Akademie erzählen, und wie sehr sie sich gewünscht habe, selbst zugelassen zu werden, es aber nicht möglich gewesen sei. Und er würde dem stellvertretenden Direktor sagen, er solle sie umgehend in die Schule aufnehmen.

Derartigen Träumen nachhängend, lehnte sie an der Reling, kein Land in Sicht, nur blaues Wasser, und ihre Überzeugung brannte in ihr wie eine kleine, beständige Flamme: Diese Reise würde sie in ihre Zukunft führen. In ihr einzig mögliches Leben.

Doch sie sprach den Dichter nicht an. Sie wollte nicht zu seinem Gefühl beitragen, belagert zu werden.

Ein, zwei Tage hielt sie Abstand an Deck, kam seinem Platz nie nahe, ging aber auch nicht so weit weg, dass er sie nicht bemerkte. Ihre kalkulierte Zurückhaltung funktionierte: Eines Morgens rief er sie zu sich, und sie lief zu dem leeren Stuhl neben ihm, bevor er seine Meinung ändern konnte. Er verfügte über eine Präsenz, die das Deck wie eine zweite Sonne erhellte, und Gayatri brachte kein Wort heraus, saß aufrecht und angespannt da und wartete, dass er zu sprechen begann. Er sagte nichts. So weit ihre Augen sehen konnten, gab es nur tanzende Wellen und von der Sonne aufgehelltes Blau, darüber ein weißes Spitzenmuster aus Wolken am ansonsten klaren Himmel. Plötzlich fragte er sie, ob sie bemerkt habe, wie das Schiff ständig seufze, wenn es durch Schaum und Wellen schneide. Klang dieser nie endende Seufzer nicht so, als wüschen die Wasser des Ozeans die Erde mit Tränen der Trauer?

Sie wusste nicht, was sie so ungehörig werden ließ, doch sie brach in Lachen aus. »Ich bin nicht traurig, ich denke nicht an Tränen. Das Wasser ist blau und wunderschön, und ich möchte es malen.« Schon hielt sie sich eine Hand vor den Mund, entsetzt, ihm widersprochen zu haben. War er jetzt so beleidigt, dass er nicht mehr mit ihr redete? Aber es muss genau diese spontane Weigerung gewesen sein, sich ehrerbietig zu zeigen, diese Frische in der Ödnis der unablässigen Anbetung, die ihn fortan ihre Gesellschaft suchen ließ. Jeden Tag bat er sie, zu kommen und sich zu ihm zu setzen. Und sie erzählte ihm so redselig und bis ins Detail von ihrem Tanzunterricht und ihrer Malerei, dass sie sich, als sie später darüber nachdachte, vor Scham ganz elend fühlte, aber falls er es eitel oder absurd fand, ließ er es sich nicht anmerken. Und er war es auch, der ihrem Vater von dem Deutschen erzählte, den sie auf dem Floß finden würden. Dieser Künstler, Walter Spies, wisse mehr als jeder andere über Tanz und Kunst in jenem Teil der Welt, sagte Rabindranath. Ihm sei gesagt worden, dass Spies sein Führer auf seinen Reisen dort sein werde. Gayatri müsse ihn ebenfalls kennenlernen.

»Eines Tages wirst du nach Bali und Java reisen, Myshkin«, sagte meine Mutter am Ende dieser Geschichten. »Ich fahre mit dir hin. Wir machen die gleiche Reise, finden Walter wieder, und er zeigt uns tausend Dinge.« So oft erzählte sie mir von ihrer Reise, fügte neue Einzelheiten hinzu und ließ andere aus, ein ständiges Erinnern und Vergessen, dass ich sie bald in- und auswendig kannte. Ich lauschte dem Summen ihrer Stimme, klar wie von einem Bergbach gewaschen, und sie vermochte Dinge damit anzustellen wie kein anderer. Diese Stimme wurde zu einem tiefen Brummen, wenn Löwen in ihren Geschichten vorkamen, voll und melodisch, wenn sie sang, hob und senkte sich wie die eines Singvogels, wenn sie mich dazu bringen wollte, mein Glas Milch zu trinken, und reichte bis in die äußersten Ecken eines Raumes, wenn sie flüsterte.

Die Reise nach Bali sollte Gayatris letzte mit ihrem Vater sein. Tage nach ihrer Rückkehr brach er auf dem Weg zur Arbeit zusammen. Sie hat nie viel über die Wochen danach erzählt, und ich stelle mir vor, dass sie nie zuvor so traurig gewesen war. Ihr ganzes Leben war sie das vom Vater vergötterte Kind gewesen, der sie zu all dem machte, was ihre Mutter nicht war – versiert, gebildet, sich ihrer Begabungen bewusst. Und ihre Mutter machte sie, einer völlig verdrehten Logik folgend, für seinen Tod verantwortlich: Wäre Gayatri nicht so eigensinnig gewesen mit ihrem Wunsch, um die Welt zu fahren, wäre ihr so nachgiebiger Vater niemals auf die Idee gekommen, sich diese törichte Reise auszudenken. All diese Reisen, mehr als zwei Monate fern von zu Hause! Zugreisen, Seereisen, Autofahrten und all das merkwürdige Essen. Aßen diese Menschen auf Java nicht sogar ein Tier, das sich von Ameisen ernährte?

Auf den Fotografien meiner Mutter aus ihrer Kindheit sind nur sie und ihr Vater zu sehen. Als ich die Bilder als Kind sah, kam mir das nicht weiter komisch vor, doch je älter ich wurde, desto mehr faszinierte es mich. Warum war da keiner ihrer Brüder mit auf den Fotos? Nahm Agni Sen seine Söhne nirgends mit hin? Wo war seine Frau während all der Reisen?

Ich habe meine Großmutter nur zweimal gesehen, einmal als Kleinkind und dann im Alter von sechs oder sieben Jahren. An das erste Mal habe ich keine Erinnerung, beim zweiten Mal, erinnere ich mich, musste ich würgen, weil es in ihrem Zimmer faulig und irgendwie chemisch roch. Ihre Haut war wie verdorbener Teig, und die ganze Zeit, die wir bei ihr saßen, beschwerte sie sich mit schriller Stimme, sie bekomme nichts Rechtes zu essen, die Schwiegertöchter seien Hexen und die eigene Tochter auch nicht besser. Meine Mutter blickte finster drein und sagte mir immer wieder, ich solle draußen spielen gehen, aber Großmutter befahl mir, im Zimmer zu bleiben. Als wir endlich aufstanden, um zu gehen, griff sie in ihre Bluse und zog einen verkrumpelten Rupienschein hervor, den sie mir in die Hand drückte. Er war noch warm von ihrer Haut, und es fühlte sich an, als berührte ich sie. Ich ließ den Schein fallen und rannte hinaus, den Gang und die Treppe hinunter und aus dem Haupteingang auf die Straße, und da erst atmete ich aus und nahm einen großen Zug Stadtluft mit dem Geruch heißen Öls aus einem nahen Samosa-Laden. Meine Mutter kam eine Minute später, nahm meine Hand und zog mich von der Straße weg. »Glücklich?«, sagte sie. »Du wolltest doch nach Delhi, oder?«

Gayatri war so viel jünger als ihre fünf Brüder und erst

zehn, als der Letzte von ihnen heiratete. Das Getümmel und die Feierlichkeiten der Hochzeit, die Unmengen Blumen, die Shehnai-Spieler hoch auf einer Plattform über einem reich geschmückten Tor, all das gehörte zu ihren lebendigsten Erinnerungen. Begeistert hatte sie vor der rotgoldenen Braut gestanden und gerufen: »Ich will auch heiraten! Ich will eine Braut sein!« Die Ironie ihres kindlichen Wunsches konnte sie natürlich nicht erahnen.

Gayatris Tanz- und Musiklehrer wurden direkt nach dem Tod ihres Vaters entlassen. Die Familie entschied, dass sie ohne Verzögerung zu verheiraten sei, eine junge, vaterlose Tochter war eine zu große Verantwortung für ihre Brüder. Was als Nächstes kam, stellte mein Vater als Romanze dar, die er immer wieder gern erzählte, jedes Mal mit neuen Ausschmückungen. Meine Mutter hörte mit unbewegter Miene zu und fuhr mit den Fingern auf ihrem Sari herum. Mein Vater erzählte, wie sich die Kunde, dass ein passender Mann für sie gesucht wurde, ausbreitete. Verwandte schlugen mögliche Kandidaten vor – nicht viele, weil es hieß, meine Mutter sei *taze*, scharfzüngig und oberschlau, im Übrigen tanzte das Mädchen auch noch und nahm Gesangsunterricht. Und wer wusste, was sie während ihrer Reisen angestellt hatte? Warum nur musste ein junges Mädchen Ozeane überqueren? Es war alles etwas zu viel. An dem Punkt unterbrach mein Vater seine Erzählung, sah sie an und sagte: »Ich hatte nie Angst vor Verstand und Temperament. Was ist eine Frau ohne Verstand?«

Mein Vater war schon vor der Heirat ein regelmäßiger Besucher im Haus meiner Mutter gewesen. Wann immer er nach Delhi kam, sah er nach seinem alten College-Professor Agni Sen und hatte auch meine Mutter über die Jahre immer wieder erlebt: zunächst als junges Mädchen, dann als Teenager, und als er hörte, dass sein alter Lehrer gestorben war, kam er unangekündigt zu Besuch – um sein Beileid auszudrücken, würde er sagen. Es war zufällig ein günstiger Moment, Gayatri wurde der Familie eines möglichen Bräutigams vorgeführt. Der Kandidat und seine Verwandten saßen in einer Reihe im Wohnzimmer und wurden von meiner Mutter mit Tee versorgt, damit sie nicht nur die künftige Braut, sondern auch ihre gastgeberischen Qualitäten aus der Nähe betrachten konnten. Bald schon würden sie Gayatri bitten, ihnen etwas vorzusingen und zu zeigen, wie lang ihr Haar war. Mein Vater erzählte, er habe auch aus der Entfernung, während er wartete, sagen können, das Gayatri gleich das Teetablett auf den Boden werfen würde. Ein paar Minuten später sah er sie aus dem Zimmer stolpern und die Treppe hinauflaufen, immer zwei Stufen auf einmal nehmend, und in einem anderen Teil des Hauses verschwinden. Das bestärkte ihn in dem Entschluss, mit dem er gekommen war: Er würde sie retten. An dem Punkt unterbrach meine Mutter die Fingerspiele auf ihrem Sari, richtete sich auf und schüttelte den Kopf. »So war es nicht! So war es ganz und gar nicht!«

»Stimmt es nicht, dass du schnaubend hinausgelaufen bist? Und dem Bräutigam heißen Tee über die Kleider geschüttet hast? Sind sie mit einem Angebot gekommen? Nein? Q.e.d.!« Mein Vater liebte es, Argumente mit einem »Q.e.d.«, *quod erat demonstrandum*, zu beenden, das er mit dem Zeigefinger in die Luft schrieb.

Meine Mutter war eine bengalische Hindu aus Delhi, mein Vater ein Anglo-Inder aus Nordindien. In Muntazir, unter Hindus, galt die Familie meines Vaters als gottloser Haufen Christen, während sie für Christen heidnische Hindus waren. Aber mein Vater verachtete Kategorien wie Kasten und Religionen, er bestand darauf, dass alle Menschen in den Augen der Natur gleich waren. An einen Gott glaubte er nicht, er war schon als Junge Atheist gewesen. Der einzige Gott, dem er folgte, war die Nation, und das war es, was er Gayatris Familie erklärte, die in ihm bisher keinen möglichen Bräutigam gesehen hatte.

Warum kamen sie überein, dass mein Vater der Richtige war? Hatten sie Angst, dass meine Mutter all ihr Teegeschirr vor zukünftigen Bewerbern zerschlagen würde? War er der einzige Bewerber für ein vaterloses Mädchen ohne Mitgift, das sang und tanzte und in fremden Ländern Dinge getan hatte, über die sich vor Kindern nicht spekulieren ließ? Wurde meine Mutter zu diesem überraschenden neuen Kandidaten nach ihrer Meinung gefragt? Ich weiß es nicht. Wahrscheinlich nicht. So erpicht waren sie darauf, sie loszuwerden, dass sie bereit waren, den Skandal in Kauf zu nehmen, eine Tochter mit einem Außenseiter zu verheiraten. Der beunruhigende Unterschied lag im Alter der beiden: Sie war siebzehn, er dreiunddreißig. Aber sie würde zu ihm aufschließen, sagten sie sich, Altersunterschiede wurden mit jedem verstrichenen Jahr unbedeutender. Im Übrigen werde die Mutterschaft ihre Wildheit schon zähmen. Sie heirateten im September, einen Monat nach Agni Sens Tod.

Mein Vater wiederholte seine Vorstellungen zu Mutterschaft und Reife, wenn er damit fertig war, von meinen »Segelohren« zu reden. Er endete: »Malen, Singen, Tanzen, das sind wundervolle Dinge. Jeder Mensch braucht ein Hobby. Aber daneben gibt es auch ernste Dinge. Versuch doch, auch mal etwas anderes zu lesen als Romane. Ich habe dir so viele Bücher geschenkt und ... was ist mit der Geschichte Indiens? Hast du auch nur das erste Kapitel gelesen? Denk an Myshkin.«

»Myshkin? Myshkin! Was hat der damit zu tun?«

»Er sieht ein Beispiel in dir. Was für eines gibst du ihm, wenn du so durch den Garten tanzt? Und Ram Saran und Banno sitzen kichernd in den Büschen. Unsere Würde, Gay, ist unser wertvollster Besitz.«

»Ich hätte gedacht, Fantasie oder Glück, nicht Würde. Und das war ein einziges Mal. Vor fünf Jahren. Da war Myshkin noch zu klein, um etwas zu lernen.«

»Jetzt ist er älter.«

»Und ich tanze nicht mehr im Garten. Ich tanze nirgends mehr. Ich habe alles aufgegeben. Ich singe nicht mehr, tanze nicht mehr und male kaum mehr. Was willst du noch?«

»Du sollst nicht mit alldem aufhören, ich bitte dich nur, weniger ... wie soll ich es nennen ... impulsiv zu sein.«

»Im-pul-siv.« Meine Mutter sagte das Wort, als probiere sie es an.

»Hast du auch nur irgendeine Vorstellung davon, wie geduldig ich bin? Manchmal verzweifle ich. Alle bewundern mich als fortschrittlichen Mann. Er lässt seiner Frau alle Freiheiten, sagen sie im College. Er lässt sie tun, was ihr gefällt. Und doch neulich ...«

»Meine Freiheit ist also etwas, das du in einem verschlossenen, eisernen Safe aufbewahrst? Um sie mir zuzuteilen, wenn du es für richtig hältst?« Wenn meine Mutter so aufbrauste, hörte die Uhr auf zu ticken, und der Hund verkroch sich unter dem Bett.

»Ich bitte dich nur, nicht so mit mir zu reden«, sagte mein

Vater. »Als wären wir auf einem Fischmarkt – und in Hörweite unseres Sohns. Was wird er daraus lernen? Ich verzweifle.«

Die Verunsicherung meines Vaters war echt. Die beiden waren wie zwei auf einer einsamen Insel gestrandete Menschen, die über keine gemeinsame Sprache verfügten. Ich erinnere mich an einen Vorfall mit ihrem Farbenkasten. Meine Mutter hatte in einem Geschäft in Kalkutta Farben und Pinsel bestellt, die aus England geliefert wurden. Nach einer langen, ungeduldigen Wartezeit kam die Sendung, in braunes Packpapier gehüllt und mit einer Schnur zugebunden. Die dicken neuen Tuben mit Kobaltblau, Viridiangrün und ihrer Lieblingsfarbe, gebranntem Umbra, lagen frisch ausgepackt auf einem Bett aus zerrissenem Papier. Mehrere Tage lang bewunderte meine Mutter die Vollkommenheit der Tuben, nahm sie in die Hand und legte sie in ihren Farbenkasten, bevor sie sich dazu bringen konnte, eine von ihnen zu öffnen und die erste Farbschnecke herauszudrücken.

Dann, eines Tages, nahm mein Vater die Farben mit sich ins College und sperrte sie weg. Ich kann mich nicht erinnern, warum, vielleicht um sie den Unterschied zwischen Hobbys und höheren Dingen zu lehren. Nach einer Woche brachte er sie wieder zurück, legte sie auf den Esstisch und ging ins Bad, als hätte er nichts getan, was man als Übertretung hätte werten können. Meine Mutter sah ihre Farben, ließ alles stehen und liegen, nahm den Kasten, trug ihn hinaus in den Garten und schleuderte ihn in die entfernteste Ecke. Die wertvollen Tuben und Eichhörnchenhaar-Pinsel lagen im Gestrüpp verstreut. »Jetzt sind sie endgültig weg. Bist du glücklich?«, schrie sie durch die verschlossene Badezimmertür.

An dem Tag schickte mich mein Vater auf Knien durch Wildblumen, Dornengebüsch und stachliges Gras. Schweißüberströmt musste ich jede einzelne Tube und auch noch den letzten Pinsel aufspüren. Er folgte meiner Mutter in die Küche, in die Vorratskammer, sogar auf die Terrasse, wo sie ihre Saris zum Trocknen aufhängte, und sagte immer wieder: »Es war doch nur ein Scherz, Gay, verstehst du das nicht?« Einige Wochen später kam er von der Arbeit zurück und brachte ihr als Friedensangebot einen unerschwinglichen, üppigen Kunstband mit.

Es gab eine zerbrechliche Befriedung, die uns für mehrere Tage zusammenhielt. Meine Mutter sang bei der Arbeit, und mein Vater las Fundstücke aus der Zeitung vor. Er erklärte, er werde sie in diesem Sommer nicht nach Delhi fahren lassen, da das Haus ohne sie zu still und düster sei. Ich sehnte mich danach, dass unser Leben immer so wäre.

Obwohl mich die Viertelstunde im Krankenzimmer meiner Großmutter in Delhi abgestoßen hatte, war ich mit dem Rest der Reise durchaus glücklich. Mein Vater hatte uns nach einem Tag allein gelassen und war nach Muntazir zurückgefahren. Seine strengen Anweisungen hörten erst auf, als seine Tonga hinter der nächsten Ecke verschwand: »Lauf nicht alleine herum. Schwimm nicht im Fluss, er ist viel tiefer, als es scheint. Lass dich von deinen Cousins nicht mit ins Kino nehmen, dafür bist du noch zu jung.«

Das Haus, in dem meine Mutter aufgewachsen war, war so groß, dass ich es in der Woche, die wir da waren, nicht ganz erkunden konnte. Ich fand mich in Höfen wieder, die in weitere Höfe führten, seitlich auf einem Rasenfleck stand ein Bassin voller Lotus, von Veranden führten dunkle Treppen in die Höhe, und wer wusste, wohin? Entlang schmaler Korridore reihte sich Raum an Raum, Terrassen öffneten sich auf verschiedenen Ebenen. In jeder Gruppierung von Räumen lebte einer meiner Onkel mit seiner Familie, und alles mutete und fühlte sich unterschiedlich an. Ein Zimmer hatte einen langen belgischen, verstellbaren Spiegel auf einem Ständer, ein anderes Singvögel in einem Käfig. Das Essen für die ganze Familie wurde in einer lehmverputzten Küche zubereitet, in der Feuer loderten und Köche mit Kellen, lang wie Besen, in riesigen Töpfen rührten. Wir nahmen die Mahlzeiten auf dem Boden ein, Metallteller und Schüsseln vor uns, die Kinder an einem, die Erwachsenen am anderen Ende. Am Kopf saß der älteste Bruder meiner Mutter, ein schmächtiger, aschgrauer kleiner Mann. Seine Stimme hatte etwas von einer Holzsäge, und wenn sie durch den Raum raspelte, hielten alle inne, um respektvoll zuzuhören.

Ich entwickelte eine hundeartige Anbetung für den Sohn des dritten Onkels, der ein paar Jahre älter als ich war. Er nahm mich unter seine Fittiche, einen begierigen, ehrfurchtsvollen Schützling. Er sagte: »Komm, wir machen was«, und klopfte mir auf eine Art auf die Schulter, die mich vor Stolz platzen ließ. Er war schlaksig und groß, und wenn er lächelte, wurden seine Augen zu Schlitzen. Alle nannten ihn Tobu. Kaum dass mein Vater weg war – nachdem er mich vor allen Genüssen des Lebens gewarnt hatte –, nahm mich Tobu mit zum Yamuna, der ziemlich nahe am Haus vorbeifloss, und sagte, ich solle mich bis auf die Unterhose ausziehen. Dunkelgrüne Wassermelonen, groß wie Fußbälle, wuchsen auf dem sandigen Flussufer. Er schnitt eine mit dem Messer ab und rollte sie zu mir hin. »Halte sie dir vor die Brust«, instruierte er mich, »und ich bringe dir das Schwimmen bei.« Dann riss er sich die eigenen Kleider vom Leib und sprang in das braune Wasser. Ich stand am Ufer und wich zurück, weg von Tobu, dem Fluss, der Melone. »Komm herein. Ich pass auf dich auf«, rief er mir zu. »Komm. Ich lass dich nicht ertrinken.« So lernte ich schwimmen – eine Wassermelone im Arm, um nicht unterzugehen. Tobu leitete mich an, und seine Stimme klang mir in den Ohren: »Beweg deine Beine, beweg deine Beine, Idiot!«

An einem jener Tage gingen Tobu und ich und ein paar andere Kinder aus dem Haus zum Zirkus Olympus, zusammen mit meiner Mutter und meinem jüngsten Onkel. Die Vorstellung fand in einem bunten Stoffzelt statt, das stark nach Tierfell roch. Wir hatten Plätze ganz vorn, weil meine Mutter die Karten gekauft hatte, und sie war nie vernünftig, wenn sie verschwenderisch sein konnte. Ich hielt Tobus Hand gepackt, als wir das Zelt betraten, hatte Angst und wollte wieder weg, nach Hause, wo ich sicher war, doch das konnte ich nicht gestehen, weil ich mich nicht lächerlich machen wollte. Meine Mutter würde die Erste sein, die sich über mich lustig machte. Ängste und Tränen verschaffen niemandem ein Victoria-Kreuz, sagte sie immer. Wenn ich weinte, wandte sie sich ab und seufzte: »Komm schon, Myshkin, wir sind aus hartem Holz geschnitzt, du und ich. Hast du mich jemals weinen sehen?«

Die ersten Nummern kamen und gingen: Mr Doso auf seinem Einrad, die Seiltänzerinnen Miss Olga und Miss Zulla, die Tiger, die mit Captain Gavin in den Ring schlenderten, der ein Schild mit der Aufschrift »R. B. Tigers« hochhielt, als er sich vorstellte. Als Nächstes kamen ein Elefantenbulle und ein afrikanischer Löwe, dann ein indischer Löwe in einem Geschirr, der einen klapprigen Wagen zog. Ein dürrer Junge in einem Dhoti trieb ihn mit einer Gerte an und streckte uns die Zunge heraus, als wir lachten. Drei Mädchen, Juanita, Pepita und Senorita, formten ein Trapez-Trio. Die Mittlere, Pepita, lächelte mir jedes Mal zu, wenn ihre Schaukel nach vorn schwang. Sie hatte Zöpfe, die durch die Luft flogen, während sie hoch im Zelt hin- und herschaukelte. Nach dem dritten oder vierten Mal sprang sie von der Stange, drehte sich mehrfach in der Luft und landete direkt vor uns auf den Füßen. Sie zwinkerte mir zu.

Dann kam die Nummer, auf die wir gewartet hatten. Der Zauberer Iwan, der Schreckliche, erschien zum Klang der Trompeten in der Manege. Er trug genau den purpurnen Umhang und die goldenen Seidenhosen wie auf den Plakaten des Zirkus. Es war, als wäre er direkt von den Reklametafeln gestiegen und lebendig geworden. Er arbeitete sich durch die üblichen Tricks, mit denen ich über die Jahre vertraut werden sollte. Er zeigte uns einen leeren Topf und schüttete mehr Wasser heraus, als in einen ganzen Eimer gepasst hätte, zog Vögel aus Hüten und schloss mit verbundenen Augen einen Schrank auf und las einen Brief vor, den jemand aus dem Publikum in eine der Schubladen gelegt hatte. Er befreite sich aus Ketten, die um ihn gewickelt und mit Schlössern festgemacht worden waren. Und dann richtete er plötzlich den Blick auf meine Mutter und sagte: »Kommen Sie, ich brauche eine Freiwillige. Wenn Sie mutig genug sind, Madam, kommen Sie her zu mir.« Er trat theatralisch ein Stück zurück und wartete. »Unsere Show kann ohne Sie nicht weitergehen.«

Meine Mutter saß zwischen mir und einem kleinen Neffen, und vom Ende der Reihe reckte mein jüngster Onkel den Kopf in unsere Richtung und sagte: »Gayatri, geh nicht. Bleib, wo du bist. Was für eine absurde Forderung ist denn das?«

Die Worte ihres Bruders waren die klare Garantie dafür, dass sie das Gegenteil tun würde. Schicklichkeit, Nüchternheit und Gehorsam waren genau die Dinge, deren Negierung sie zum Ziel ihres Lebens gemacht hatte. Der Zauberer hielt den Blick auf sie gerichtet, spöttisch, herausfordernd. Genau wie ihr Bruder. Die Entscheidung war klar. Sie stand auf, rückte die graue, paillettenbesetzte Stola über ihrem dunkelblauen Sari zurecht, stieg in die Manege und kletterte auf die Plattform in der Mitte. Trompetenstöße und Trommelwirbel. Im Zelt war es still, als hielten alle Leute den Atem an und fragten sich, was der Zauberer wohl mit meiner Mutter machen würde. Ich hatte gehört, dass sie Leute mit Schwertern zerteilten oder in eine Kiste schlossen und in Stücke schnitten. Meine Hände waren eisig vor Angst. Meine Knie wackelten. Ich spürte, wie Tobu mir einen freundschaftlichen Klaps auf den Kopf gab und flüsterte: »Ihr passiert schon nichts.«

Der Zauberer hielt ein schwarzes, mit silbernen Sternen besticktes Tuch in die Höhe, schüttelte es demonstrativ, verbeugte sich vor meiner Mutter und sagte: »Sehen Sie selbst, Madam, es ist nichts drin oder drunter. Darin versteckt sich kein Ungeheuer. Der Zirkuslöwe nicht, kein Hund und auch keine Schlange oder ein Alligator. Habe ich recht?«

Meine Mutter lächelte. Der Zauberer sagte: »Ihre Kinder sitzen in der ersten Reihe. Dort. Wie heißt der kleine Junge? Ist das Ihr Sohn? Der mit der Brille? Überlassen Sie ihn mir eine Woche, und ich zaubere ihm seine schlechten Augen weg und gebe ihm neue. Er hat Angst – was wird dieser gemeine Zauberer mit meiner Mutter machen, denkt er. Sagen Sie es ihm. Da ist nichts in dem Tuch.«

Meine Mutter wiederholte seine Worte. »Da ist nichts in dem Tuch.«

»Ich will Ihnen sogar sagen, Madam, dass es ein sauberes Tuch ist. Es kommt direkt aus der Wäscherei. Es riecht nach Blumen. Ich kann sehen, dass Sie aus einer vornehmen Familie stammen, Madam, und ich danke Ihnen, dass Sie meinen Auftritt schmücken. Niemals würde ich ein altes ungewaschenes Tuch für Sie benutzen. Nicht viele Damen aus vornehmen Familien würden sich so öffentlich zeigen.« Darauf erfolgte ein weiterer Trommelwirbel, Trompeten erklangen, und ein rotnasiger Clown sprang aus dem Nichts hervor und überraschte uns mit seinem Geschrei: »Nein, nein, nein! Vornehme Damen tun so was nicht! Der Zirkus gehört Spaßmachern und Clowns! Er ist was für dressierte Esel und Grautiere.« Der Clown wankte herum und wieherte wie ein Pferd. Der Zauberer schwang den Stab in seine Richtung und sagte: »Verschwinde! Hinweg, du übelriechender Klumpen Dummheit.« Jaulend lief der Clown hinaus.

Ich sah, dass meine Mutter leicht gereizt wirkte. Ich kannte diesen Blick so gut, der meist einer Explosion oder einem geblafften, knappen Satz voranging. »Ich habe nicht den ganzen Tag Zeit«, hätte sie gesagt, wenn ein anderer ihr so etwas zugemutet hätte. »Sie vielleicht schon.«

Mit viel Trara bat der Zauberer meine Mutter jetzt, sich auf einen niedrigen Hocker unter einem Kreuz aus vier Stäben zu setzen. Mit großer Geste zeigte er uns ein weiteres Mal das schwarze Tuch und drapierte es dann so über die Stäbe, dass meine Mutter nicht länger sichtbar war. Ich konnte nur noch die zeltgleiche Form des Tuches sehen. Die Augen Iwans, des Schrecklichen, leuchteten. Insekten schwirrten um die heißen Gaslichter, die den Schweiß auf seiner Haut schimmern ließen. Sein hennaroter Schnauzbart war mit Pomade geformt. Wenn er sprach, flog ihm silbriger Speichelstaub aus dem Mund.

Der Zauberer rief: »Wo ist die Dame hin? Ist sie nach Persien? Oder hat sie sich nach Aschgabat geflüchtet? Ist sie in Peschawar oder Rawalpindi? Weil…«, und es erklang ein weiterer Trommelwirbel, als er das sternenbesetzte schwarze Tuch wegzog und nichts mehr darunter war. Meine Mutter war nicht mehr dort, wo sie noch vor wenigen Sekunden gesessen hatte.

Das Mittagessen – Kababs, Korma und Roti von einem Imbiss nahe der Moschee – stieg mir in die Kehle, als wollte es mit einem einzigen Schwall aus mir heraus. Ich kann mich nicht erinnern, wie sie zurückkam und wann wir nach Hause gegangen sind. Ich weiß nur noch, wie ich geschrien und geheult habe und in die Manege zu springen versuchte, als ich die Leere sah, wo sie hätte sein sollen, und dass mir Tobu die Hand aufs Gesicht drücken und zischen musste: »Es ist nur ein Trick, sie ist gleich wieder da.«

Sie hat mir nie erklärt, wie der Trick funktionierte. Über viele Wochen hin bat ich sie, mir zu verraten, wie sie verschwunden und wieder zurückgekehrt war, aber sie lächelte nur geheimnisvoll und sagte: »Es gibt Dinge im Leben, die du nie verstehen wirst, Myshkin. Manchmal geschehen Sachen, die niemand begreift.« Zuerst war ich noch zu wütend gewesen, um sie zu fragen. Da hatte ich sie nur geschlagen und getreten und geschrien: »Geh weg! Bleib beim Zauberer. Ich sag's Papa.« Den ganzen Weg zurück schalt sie mich aus: »Myshkin, du machst alles kaputt. So zu schreien. Wann wirst du endlich groß? Wirklich, ich kann rein gar nichts mehr tun, ohne dass es ein Riesentheater gibt. Als wäre der Himmel zerbrochen und eingestürzt.«

In Delhi bei ihrer Familie sprach sie eine Mischung aus Bengalisch, Hindi und Englisch, und ich bekam nicht immer mit, was sie sagte, aber ich sah, wie wütend sie war, und ich war der Grund dafür. Ich unterdrückte meine Schluchzer und begann, einen Stein vor mir her zu treten. Meine Regel war, dass er nicht in ein Schlagloch oder einen Gully fallen durfte, ich musste diesen einen Stein bis nach Hause treten. Wenn ich ihn verlor, durfte ich keinen anderen nehmen. Meine Zehen schmerzten, durch den Schuh hindurch, doch ich trat ihn immer weiter voran.

»Und warum sollte er nicht schreien?«, sagte ihr Bruder und stellte sich ihr in den Weg, damit sie stehen blieb. »Verstehst du nicht, was so etwas mit einem Kind machen kann?«

»Komm, Myshkin«, sagte meine Mutter und trat an ihm vorbei. »Hör damit auf, du tust dir nur weh und ruinierst deine Schuhe. Ich denke, es ist an der Zeit, nach Hause zu fahren. Es ist nie eine gute Idee, zu lange in meinem liebevollen Elternhaus zu bleiben.«

Hatte ich wirklich geglaubt, meine Mutter sei tot, als der Zauberer sie verschwinden ließ? Dass sie für immer weg war, in einer Rauchwolke verweht? Wusste ich, was der Tod war? Vielleicht. Ich litt als Kind unter Anfällen von Melancholie, und als ich mit vielleicht fünf oder sechs Jahren abends im Bett meiner Eltern lag, offenbar schlafend, tatsächlich aber hellwach, und um mich herum lachten und schwatzten die Leute, da liefen mir die Tränen herunter, weil der Gedanke kaum aushaltbar war, dass meine Mutter, mein Vater, mein Großvater und Dinu alle eines Tages sterben und mich allein lassen würden. Wie derlei Überlegungen in meinen Kopf gelangten, kann ich nicht sagen, aber seitdem frage ich mich, wann einem Kind bewusst wird, dass es den Tod gibt. Gibt es da einen genauen Moment? Hält der Gedanke mit dem Leben selbst schon Einzug in unser Denken, zur Zeit der Zeugung? Erfahren wir, dass es ihn gibt, wenn wir Grashüpfer und Ameisen sterben sehen? Oder wenn wir einen nahen Menschen verlieren?

Als meine Mutter uns an jenem Monsuntag des Jahres 1937 verließ, fragte ich mich eine Weile, ob sie gestorben war, während ich in der Schule saß, und niemand es mir sagen wollte. Aber Märchen waren nichts für meinen Vater, der an Aufrichtigkeit und Genauigkeit glaubte. Ich denke, er sagte uns, dass sie eine kurze Reise unternahm, weil er wirklich davon überzeugt war. Nur das kann der Grund für sein ungerührtes Festhalten am üblichen Alltagstrott während der nächsten Wochen gewesen sein. Er machte seinen frühmorgendlichen Spaziergang, kam zurück, trank sein Glas heißes Wasser mit Honig und Zitrone, war wie üblich um acht fertig und bestieg sein Fahrrad in seiner seit Jahren unveränderten Uniform aus einer handgewebten Baumwoll-Kurta mit passender Hose. Er schob eine Klammer in den Stoff der Hose, damit er sie unterwegs nicht mit Schmutz bespritzte, fuhr zum College, wo er Vorlesungen über alte Zivilisationen hielt, das Mogulreich und historische Schlachten, und ging dann für zwei Stunden zur Gesellschaft indischer Patrioten. Um sechs kam er zurück und trank seine Tasse Darjeeling mit drei Tropfen Milch. Danach las er, hörte auf seinem Grammofon Musik, fragte mich beim Abendessen über die Schule aus und ertrug die Geschichten meines Großvaters über die Patienten in der Klinik.

Von Zeit zu Zeit kam einer seiner Studenten, um eine Abschlussarbeit oder einen Aufsatz zu besprechen, doch die größte Veränderung nach dem Weggang meiner Mutter bestand darin, dass wir weniger Besucher hatten, die bei uns wohnten oder nur zum Essen kamen. Heute weiß ich, es muss daran gelegen haben, dass die Leute Anstoß an ihrer Flucht nahmen und die Schande für die Familie damit beantworteten, so zu tun, als existierten wir nicht länger. Damals dachte ich jedoch, es liege daran, dass meine Mutter nicht da war und es nichts Aufregendes zu essen gab. Stattdessen kam Banno Didi jetzt morgens zu meinem Großvater, stellte sich vor ihn und seufzte so matt wie fatalistisch: »Was kochen wir heute?«

»Was immer uns nicht umbringt.«

Banno Didi neigte zu theatralischem Selbstmitleid und fühlte sich stets ausgenutzt, dabei dominierte sie alles und war geradezu monumental. So ging sie denn wieder und murmelte so laut, dass alle es hören konnten: »Kein hilfreiches Wort, und wenn das Essen nicht nach ihrem Geschmack ist? Wem wird dann die Schuld gegeben? Wem, wenn nicht der armen Banno? Die arme Banno, wer sorgt sich schon um sie?«

Sie hatte bereits lange vor der Zeit meiner Mutter angefangen, für die Familie zu arbeiten, als Putzfrau und Wäscherin, hatte über die Jahre an Autorität und Bedeutung gewonnen und sich zur Haushälterin und Ayah gemacht.

Mit ihrer einschüchternden Stimme, die bis hinaus zum Kuhstall trug, kommandierte sie alle im Haus herum. Sie hatte eine ledrige, alte Haut, färbte ihr Haar mit Henna orange und kaute Zarda-Paan, dass sich die Backen mit dem Saft wölbten und ihr blutfarbene Speichelrinnsale links und rechts aus den Mundwinkeln liefen. Mein Großvater, der es genoss, meinen Kopf mit, wie er es nannte, »nützlichen Ideen« zu füllen, hatte mir erklärt, der beste Zeitpunkt, ihr etwas zu sagen, sei, wenn sie den Mund so voll habe, dass sie ihn nicht zum Antworten öffnen könne. Ich versuchte, seinem Rat zu folgen.

3

منتظر

Mein Großvater wurde in Dehradun geboren und erbte ein Möbelgeschäft von seinem Vater, das Rozario & Sons hieß. Mein Urgroßvater, ein Geschäftsmann namens Chai Rand, hatte eine anglo-indische Frau geheiratet, Lucille, und da er glaubte, ihr Zuname Rozario würde in einem Land, das von den Briten regiert wurde, für gehobener gehalten werden als sein eigener, nannte er sein Geschäft nach ihr. Warum er einen portugiesisch klingenden Namen wählte und keinen eindeutig englischen, sorgte bei meinem Großvater anhaltend für Verwirrung. »Auch wenn wir Woodburn, Carlyle oder Wright hießen«, sagte Dada mit wehmütiger Stimme, »wären wir doch immer noch Holzmagnaten.«

Erst war nur der Laden unter dem Namen Rozario bekannt, doch nach und nach stand er für die ganze Familie. Der merkwürdige Name meines Großvaters, Bhavani Chand Rozario, wurde von seinen engen Freunden zu Batty Rozario verkürzt; für mich war er Dada, und alle anderen nannten ihn Dr. Rozario. Mein Vater hieß jedoch Nek Chand. Er hatte den Namen »Rozario« abgelegt, da er für ihn nach Kolonisiertsein stank. Weil er ein fortschrittlicher Mann war (sagte er), überließ er mir die endgültige Entscheidung, was meinen Namen betraf, drängte mich aber, in seine patriotischen Fußstapfen zu treten, und schrieb mich in der Schule als Abhay Chand ein. Abhay: furchtlos. Er hatte keinen göttlichen Namen ausgesucht, wie es andere Leute taten. Und Abhay war kurz und leicht zu behalten. Aber aus irgendeinem Grund nannten mich selbst meine Lehrer allesamt nur Myshkin Rozario.

Auf unsere Religion konnte man aus unserem Namen jedenfalls nicht schließen, aber das machte nichts, weil sowieso niemand im Haus sicher zu sein schien, was wir denn nun waren. Es gab keinen Schrein mit Hindu-Göttern wie bei Dinu zu Hause, auch kein Kreuz mit Engeln und Heiligen wie bei Lisa McNally. Meine Mutter fastete nicht für das Wohlergehen ihrer Familie, und ich sah sie auch nie beten. Eine der wenigen Übereinstimmungen zwischen ihr und meinem Vater war ihr fehlender Glaube an irgendeine Art von höherer Macht. Wenn etwas danebenging, gaben sie sich selbst die Schuld, geschah etwas Gutes, dankten sie ihrem Glück. Was Rai Chand betraf, war die einzige Religion in seinem Leben, so mein Großvater, das Ziel, Geld zu machen, gewesen. Hätte eine Bekehrung zum Christentum, Jainismus oder Islam seine Aussichten verbessert, hätte Rai Chand keinen Grund gesehen, sie nicht zu vollziehen.

Mein Urgroßvater verdiente sein Vermögen mit Holz. Zur Zeit des großen Krieges von 1857, als das obere Indien zu einem Schlachthaus wurde, kamen seine beiden Eltern um. Rai Chand floh in einem Ochsenkarren aus Sikandra, halb unter Stroh versteckt. Er war fünfzehn. Ich habe Dada oft gebeten, die Geschichte der Flucht seines Vaters noch einmal zu erzählen, und gestaunt, dass Rai Chand zu der Zeit nur ein paar Jahre älter war als ich, ganz allein auf der Welt, ohne Eltern, auf dem Weg ins Ungewisse. Wie ich ihn beneidete! Ich stellte ihn mir dürr und mit Brille vor, so, wie ich war, aber tief im Herzen wusste ich, dass er anders gewesen sein musste, mehr wie Dinu: die Art Junge, die schnell rennen, böse fluchen, leicht lügen und Mangos mit einer Schleuder vom Baum schießen konnte. Immer, wenn ich die Geschichte ein weiteres Mal gehört hatte, wanderte ich durch unseren Garten, ein Stück Palmzucker und etwas trockenes Fladenbrot im Gürtel, den ich mir aus einem alten Lumpen gemacht hatte. Das war alles an Essen, was Rai Chand mit auf seine Flucht genommen hatte – sagte Dada. Ich versteckte mich hinter den Büschen und drückte mich beim Viehschuppen herum, wo unsere beiden Kühe, Lalli und Peeli, ihr Futter kauten und große Fladen Dung produzierten. Trotz des Gestanks und der aufdringlichen Fliegen suchte ich im Stall hinter Stapeln alter Jutesäcke Schutz und wehrte eingebildete britische Soldaten ab.

An jenem Tag des Jahres 1857, erzählte Dada, kam Rai Chands Ochsenkarren nur bis zum nächsten Dorf. Danach ging er zu Fuß, wurde mitgenommen, hungerte und bettelte sich in den Norden und gelangte etappenweise über Dehradun in die Region Garhwal, dann noch höher hinauf in den Himalaya bis in die Nähe der Quelle des Ganges, an einen Ort reißender Bäche und schroffer Abhänge, wo der Regen im Winter zu Eis und Schnee wurde und die Berghänge mit Zedern bedeckt waren. Nachts brüllten Leoparden, schrien Antilopen und heulten Schakale. Aber diese lauernde Wildnis war weniger furchterregend als die marodierenden Mobs mit ihren blutroten Augen, und dort, in Harsil, stieß Rai Chand auf den fernen Außenposten eines Engländers namens Frederick Wilson, der vor Jahren schon hierhergekommen war. Rai Chand schloss sich Wilsons wilder Truppe schwer trinkender Holzfäller und Jäger an, die von der Jagd, von Tierpräparationen, Fell- und Moschusexport lebten und zwischendurch als Führer für britische Bergreisende arbeiteten. Auf einer dieser Expeditionen, die er mit Wilson über die hohen Bergpässe führte, lernte Rai Chand seine Frau Lucille kennen.

Als die Briten anfingen, Eisenbahnen zu bauen, und Holz für die Schwellen brauchten, wandte sich Wilson dem Holzgeschäft zu. In den dichten, abgelegenen Wäldern ringsum wuchsen riesige Himalaya-Zedern, die Jahrhunderte gebraucht hatten, um ihre sechzig Meter Höhe zu erreichen. Ihr Holz war ölig, widerstand allem zeitlichen Verfall, war termitenresistent und praktisch unzerstörbar. Er fällte sie zu Tausenden und flößte sie hinunter nach Haridwar. Bald schon wurde er zu einem örtlichen Potentaten, der seine eigenen Münzen prägte. Manche sagten, er sei mächtiger als der Radscha von Garhwal gewesen.

Eine von Dadas Geschichten war, wie er eines Nachts bei den Überresten einer Seilbrücke campiert hatte, die Wilson, wie es hieß, über den Jadganga gebaut hatte. Am Himmel stand ein voller Mond, das Laub der Bäume leuchtete wie Quecksilber, niemand war in der Nähe. Nur das sanfte Rauschen des Windes war zu hören, doch dann wurde die Stille durch das Getrappel von Hufen durchbrochen, das näher und näher kam – an dieser Stelle drückte ich immer mein Gesicht an Dadas knochige, nach Tabak riechende Brust und hatte seine lächelnde, flüsternde Stimme über mir: »Und weißt du, wer da kam, mein kleiner Myshkin? Der Geist eines weißen Mannes, ganz in Weiß, auf einem weißen Pferd mit weißen Hufen. Der Geist von Frederick Wilson, der seine Brücke über den Fluss suchte. Dann hörte ich ein fernes Klingeln von Fußringen und bekam solche Angst, dass ich um mein Leben rannte.«

Ich versuchte, mir den rennenden Dada vorzustellen, doch das war nicht einfach. Ich hatte ihn nie gehetzt erlebt. Er war zufrieden, wenn die Welt auf ihn wartete – dass er einen Satz beendete, den letzten Mundvoll von seinem Teller löffelte, sich anzog, das Haus verließ oder in einen Wagen kletterte. Ich habe oft darüber nachgegrübelt, was ihn von anderen Männern unterschied und die Leute mit Ehrerbietung ihm gegenüber erfüllte, und es war Folgendes: Er war niemals in Eile, weil er wusste, wenn auch nur instinktiv, dass alle hören wollten, was er sagen, und sehen wollten, was er tun würde. Nichts erschütterte ihn. Als einmal ein großer rotärschiger Affe während des Mittagessens in unser Esszimmer eindrang, auf den Tisch sprang, sich hinhockte und eine Orange nach der anderen schälte, war er der Einzige, der sitzen blieb, den Affen amüsiert ansah und sagte: »Sir, sind die Orangen nach Ihrem Geschmack? Vielleicht hätten Sie lieber einen Apfel?«

Es war profitabel, mit Wilson befreundet zu sein, und Rai Chand war jahrelang so etwas wie sein Manager, rekrutierte Holzfäller aus dem Bezirk Kangra, Sägewerker aus dem Punjab und überwachte das Holzlager in Haridwar. Seine Auswahl war gut, und als er auch selbst ein beträchtliches Vermögen angesammelt hatte, machte er eine Schreinerei auf. Nach einigen Jahren besaß er Werkstätten in Dehradun, Karatschi und Muntazir, und auch in Nainital, wo er sich ein Sommerhaus baute. Rozario & Sons waren in allen Erholungsorten von Kumaon und Garhwal als Möbeltischler für Sahibs bekannt.

Der Erfolg hielt nicht an. Rai Chand und Lucille starben innerhalb einer Woche an Cholera, als mein Großvater sechzehn war. Er und seine Geschwister wuchsen in den Häusern von Lucilles Verwandten auf. Trotz dieser Umbrüche hatte Dada einige Überbleibsel aus Rai Chands Tagen retten können, die in seinem Schlafzimmer zu sehen waren. In einer Ecke lag ein Tigerfell über einem Sofa, den Kopf nach vorn gerichtet, so dass einem die Bernsteinaugen durchs Zimmer folgten. Der Präparator hatte das Maul geöffnet, und die langen, gelben Fangzähne schienen zum Angriff bereit. Die Tatzen ragten seitlich über die Armlehnen. Ein mottenzerfressener, ewig lauernder Glanzfasan, den Frederick Wilson, wie es hieß, selbst gefangen und ausgestopft hatte, präsidierte über eine andere Ecke des Zimmers, und bei der Tür zu Dadas Ankleidezimmer hing ein Tropenhelm auf einem uralten Gewehr. Als ich klein war, war es ein Ritual zwischen uns, dass ich mich sonntagnachmittags zu Dada hineinschlich und er rief: »Da bist du ja, alter Knabe! Wir haben keine Zeit zu verlieren! Wir müssen den Tiger erlegen!« Und dann stülpte er mir den Helm auf den Kopf, steckte sich selbst seine Pfeife in den Mund und strich mit dem Gewehr über der Schulter um das Tiger-Sofa herum. In seinem Schrank hielt er eine Flasche Whisky verborgen, um ihn in Ruhe, vorm Abstinenzlerblick meines Vaters geschützt, genießen zu können. An diesen Nachmittagen holte er ihn heraus. »Trinken wir uns etwas Mut an, Myshkin«, verkündete er, »bevor wir diesen teuflischen Menschenfresser jagen. Es wird ein langer, harter Tag im burmesischen Regenwald werden. Hier, nimm auch einen.« Damit gab er mir ein leeres Glas, und ich kippte den vorgestellten Whisky in einem Zug hinunter.

Ich kann nicht sagen, ob es der frühe Verlust seines Vaters

war, der Dada zu einem Arzt und nicht zu einem Möbel-
händler werden ließ, oder ob er einfach nicht den Geschäfts-
sinn seines Vaters geerbt hatte. Seine Brüder besaßen ihn
auch nicht, obwohl einer von ihnen an den Resten des Ge-
schäfts in Karatschi festhielt und ein Leben des vornehmen
Verfalls lebte, mit von meinem Großvater geliehenen Geld.
Es gab immer noch einen großen Laden in unserer Stadt,
der einzig substanzielle Teil der Besitztümer seines Vaters,
den mein Großvater offiziell geerbt hatte. *Rozario & Sons,
seit 1857* stand nach wie vor in grünen und goldenen Let-
tern auf einem hölzernen Schild, das die gesamte Vorder-
seite über der Eingangstür überspannte. Unten, neben der
Tür, gab es ein kleineres Schild, kaum größer als die Schul-
tafel eines Kindes, mit der Aufschrift: *Dr. Bhavani Chand
Rozario, Allgemeinarzt*, schlicht Weiß auf Schwarz. Es
fehlte der Wust an Abkürzungen wie bei anderen Ärzten,
und nur wenige Leute wussten um den medizinischen Aus-
bildungsgang meines Großvaters, der in Indien angefangen
und in England seinen Abschluss gefunden hatte. Er war
noch dort, als meine Großmutter krank wurde, und er hatte
nicht rechtzeitig zurückkommen können, um ihr Leben
zu retten. Es war Teil der örtlichen Überlieferung, dass der
Tod seiner Frau Dr. Rozario so tief getroffen hatte, dass er
schwor, niemals wegzugehen und in einer großen Stadt Geld
und Ruhm zu suchen, sondern als Arzt für die Menschen im
medizinisch schlecht versorgten Muntazir zu sorgen.

Mein Großvater betrieb seine Ramschladen-Klinik mit
der gleichen Selbstsicherheit wie ein weiß gewandeter Chi-
rurg eine Station in einem funkelnden Krankenhaus. Seine
Praxis war von dem alten Laden abgetrennt, in dem immer
noch alle möglichen Dinge anlandeten, vom leicht mitge-

nommenen Teeservice über alte Sessel bis zu Kristall-Weingläsern, die die Leute verkaufen wollten. Fand ein Tisch oder ein Service jemandes Gefallen, regelte Dada das Geschäftliche und gab den Besitzern das Geld. Solange niemand die Sachen wollte und sie nicht wieder abgeholt wurden, bildeten sie das Mobiliar seiner Klinik.

Und genau dort tauchte Walter Spies im Jahr 1937 eines Tages auf.

Ich traf Walter Spies zum ersten Mal an einem Sommernachmittag, in einer jener langweiligen, endlosen Stunden des Tages, wenn sich das Haus anfühlte, als laste ein Bann auf ihm, und alle wie betäubt waren von der Hitze. Jalousien überzogen die vordere Veranda mit sich wiegenden Streifen aus Licht und Dunkelheit. Die Ventilatoren surrten, die Jalousien raschelten, der mit Sägespänen bedeckte Eisblock, der jeden zweiten Tag geliefert wurde, zerschmolz zu einer immer größer werdenden Pfütze. Mehr geschah an einem Sommernachmittag in unserem Haus nicht.

Rozario & Sons lag an einer Ecke der Arkade, unter Miss McNally's Home Away From Home, einer Reihe Zimmer, die sie kurz- und längerfristig vermietete. Um zu unserem Haus zu gelangen, musste man die ganze Arkade hinuntergehen, vorbei am Prince Ideal Barber, der Minerva Laundry, den Peshawar Fruits, Books & Books und Ishikawa, dem Zahnchirurgen. Die Zahnklinik war schon vor meiner Geburt geschlossen worden, weil Dr. Ishikawa, wie man mir erzählte, nachdem er bereits zwanzig Jahre in Muntazir praktiziert hatte, eines Morgens aufgewacht war und mit einem Mal nur noch Japanisch sprechen konnte. An seiner Klinik hing immer noch das große Schild mit den fleischigen rosa Lippen über zwei Reihen weißer Zähne, er selbst wurde jedoch nur noch gesehen, wenn er zum Einkaufen zum Markt trottete oder zur Post, um Geldanweisungen aus Yokohama abzuholen. Er verständigte sich mit Zeichensprache.

Um die Ecke hinter seiner Klinik, vorbei an einem verwilderten Grundstück mit dem Grab eines muslimischen Pīr, stand unser Haus, einer von vier einfachen, geweißelten Bungalows mit Veranden vorn, der damals schon versteckt hinter großen Bäumen lag. Heute ist er der einzige, der noch steht. Dinus ist als Letzter verschwunden. Links und rechts wachsen große Gebäude auf, aber das Haus selbst ist noch ziemlich so, wie ich es aus meiner Kindheit in Erinnerung habe. Dämmrige, kühle Stille, hohe Räume, lange Spiegel und schweres Mobiliar. Es riecht nach alten Büchern, nach Möbelpolitur und Moschusöl. Auch die Uhr im Esszimmer schlägt noch so tief wie früher. Der Grund um unser Haus war immer zu wild, um ein Garten genannt zu werden, aber damals wie heute stand er voller Bäume, Gras und Büsche – ein verwuchertes Geheimnis, wo sich Chamäleons von Orange zu Grün verfärbten, wenn sie sich in Blätter verwandelten. Auf der einen Seite wohnte Dinu, auf der anderen standen zwei weitere Häuser, die uns nicht interessierten. Die Straße vorn führte mit leichtem Gefälle zum Fluss hinab, der quer dazu floss, und an jenem Nachmittag saß ich mit Dinu an seinem Ufer und fischte.

Im Schatten der Bäume, die sich dort, wo er einen Bogen beschrieb, über den Fluss beugten, hielten wir unsere Schnüre ins Wasser. Seit fast einer Stunde saßen wir da und hatten noch nichts gefangen; vielleicht erkannten uns die Fische mittlerweile am Klang unserer Schritte und ließen sich nicht länger von den Würmern täuschen, die wir so fleißig ausgegraben und auf unsere Haken gesteckt hatten. Auf der anderen Seite des Flusses, mit einer roten Flagge auf dem spitz zulaufenden Dach, stand ein kleiner, steinerner Tempel. Genau dort tauchte ein Mann auf. Eine Weile verharrte er am Ufer, legte eine Hand über die Augen und sah in unsere Richtung.

»Das ist ein Engländer«, sagte Dinu.

Wir hatten schon Engländer gesehen. Große Männer, umgeben von Trauben schleimender indischer Lakaien, deren Aufgabe es war, andere Inder zu verscheuchen. Dass ein Engländer bei uns am Fluss auftauchte, war so unwahrscheinlich, als erschiene da ein Pinguin oder eine Giraffe.

Dinu nahm den Blick nicht von dem Mann und sagte: »Er ist nackt.«

Der Ausländer trug nichts auf dem Leib, nur ein paar Shorts, sonst nichts, nicht mal Schlappen oder Schuhe. Während wir noch stritten, ob er nun nackt genannt werden konnte oder nicht, sprang er ins Wasser und schwamm mit kräftigen, sensenartigen Zügen auf uns zu. Der Fluss war nicht sehr breit, und wir waren auch schon darin geschwommen, aber nie quer hindurch, sondern immer am Ufer entlang. Wir warteten, wie gelähmt vor Angst und Aufregung, während er näher kam. Wenn er den Kopf aus dem Wasser hob, um einzuatmen, sahen wir sein Gesicht, das helle Haar und einen verzerrten Mund.

Er zog sich direkt vor uns aufs Ufer hinauf, und wie ein Schiff wirkte er größer, als er aus dem Wasser kam. Ich musste den Kopf in den Nacken legen, um sein Gesicht zu sehen, das voller nasser Haarsträhnen hing. Ich weiß noch, wie beeindruckt ich, obwohl noch ein Kind, von seiner Schönheit war, aber vielleicht war es auch nur seine ungewöhnliche Färbung und die merkwürdige Art, wie er sprach. Seine Brauen glänzten wie dunkles Gold, und die Stirn erhob sich hoch über eine gerade, ziemlich lange Nase.

Er sagte: »Ihr Jungs habt mir doch nicht meine Sachen geklaut, oder?«

Dinu und ich rappelten uns hoch, die Angelruten ineinander verfangen, und standen stramm wie in der Schule, wenn der Lehrer uns ausfragte. »Wir haben nichts genommen, Sir«, sagte Dinu. »Bei meiner Ehre, Sir.« Er war ein paar Jahre älter als ich, ein wenig größer, Arme und Beine waren plötzlich in die Länge geschossen, und er erinnerte an einen Bambus, der umzukippen drohte. Seine losen, zu großen Shorts flatterten über den vernarbten Knien. Der Engländer lächelte, seine Augen leuchteten amüsiert. »Ich heiße nicht Sir, sondern *Vaaltor*«, sagte er. Er beugte sich vor, um seine Kleider hinter einem Busch hervorzuholen, und zog seine nassen Shorts aus, uns den Rücken zugekehrt. Ich hatte noch nie die nackten Hinterbacken eines erwachsenen Mannes gesehen, der größte Grad von Nacktheit bei mir zu Hause war der seltene Anblick meines Vaters oder Großvaters mit einem Badetuch um die Hüften. Dinus Augen traten alarmiert vor, doch der Mann schwatzte, als wäre es ganz normal für ihn, in Gegenwart zweier fremder Jungen splitternackt dazustehen. Sein Englisch klang anders als das, welches wir aus der Schule kannten. Manchmal hielt er inne, um nach Worten zu suchen, sagte dann etwas in einer fremden Sprache, und wir mussten raten, was er meinte. Er sei Künstler, sagte er, habe am Ufer gemalt und sei auf die andere Seite geschwommen, um sich den Tempel anzusehen. Er sei hier, um nach einer lange verschollenen Freundin zu suchen, und plane, etwa vierzehn Tage in unserer Stadt zu bleiben, vielleicht auch länger. Kamen wir oft an den Fluss? Wohnten wir in der Nähe? Er richtete sich auf, mittlerweile ganz angezogen und mit Schuhen an den Füßen, und schwang sich eine Stofftasche über die Schulter. Ah, Rozario's, sagte er, natürlich hatte er das Schild unter seinem Zimmer in Miss McNally's Gästehaus gesehen. War das ein Antiquitätenladen? Was auch immer, es wirkte interessant, vielleicht würde er sich die Sache einmal ansehen. »Warum nicht gleich heute? Nehmt ihr mich mit hin, Jungs, bitte? Vielleicht gibt es da einen Klapptisch für mich.«

Weshalb ich Walter Spies eines heißen Nachmittags des Jahres 1937 mit zu meinem Großvater brachte: um einen Klapptisch in einer Arztpraxis zu finden.

In meiner Kindheit fühlte sich Muntazir wie ein Dorf an, eine Siedlung aus dem Mittelalter, die der Fortschritt an den Ohren in die heutige Zeit gezogen hatte. Gebäude suchten nach Platz zwischen Obstgärten mit Lychees, Mangos und Netzannonen, waren Stolpersteine in einer Landschaft mit mehr Bäumen als Häusern. Im Frühling, wenn auf den nackten Ästen Hunderter Kapokbäume große, fleischige Blüten explodierten, färbte sich unsere Stadt scharlachrot, im Winter zur Senfblüte schienen die Felder mit goldenen Tüchern bedeckt. Zwischendurch leuchtete das Zuckerrohr dunkelgrün oder der Weizen rostbraun. Und in der Ferne sah man an klaren Tagen die blaugrünen Höcker der Ausläufer des Himalaya. Mir fallen die Farben auf, wenn ich durch die Seiten der alten Skizzenbücher meiner Mutter blättere. Ich kann sehen, wie sich die Landschaft in ihr Denken gegraben hat.

Die Straße ins Gebirge verlief durch unsere Stadt, und die ebenfalls nach Norden führende Eisenbahnlinie endete, wo das flache Land auf die beginnenden Berge stieß. Unser Bahnhof hatte Gewölbedächer, hohe Fenster, hoch aufragende Säulen und Mauern mit Zinnen: Es war ein großartiges gotisches Gebäude, wenn auch nur drei oder vier Passagierzüge jeden Tag hineinschnauften. Die anderen dampften vorbei und stießen große, bauchige schwarze Rauchwolken aus, als wären sie zu bedeutsam, um in einer so unwichtigen Stadt zu halten.

Eine unserer Lieblingsbeschäftigungen, von Dinu und mir, war es, in der Dämmerung zu den Gleisen nicht weit von unserem Haus zu laufen und den Zügen zuzusehen, wie sie in einem plötzlichen Sturm aus Licht und Lärm vorbeiratterten. Wir warteten auf die Tage, wenn einer langsam genug vorbeifuhr, dass wir die Leute drinnen sehen konnten. Wenn ich meinen Großvater fragte, warum so wenig Züge bei uns im Bahnhof hielten, erklärte er mir in sorgenvollem Ton, dass Muntazir auf Urdu so viel bedeute wie *mit banger Ungeduld auf etwas warten*. Das Schicksal unseres Bahnhofs sei, in der Hoffnung darauf zu leben, dass Züge anhielten, doch er sei zur Enttäuschung verurteilt.

Die Nawabs, die einst unsere Stadt regiert hatten, waren von den Engländern abgesetzt worden, und viele der Dinge, die es bei Rozario & Sons zu kaufen gab, stammten aus ihren verfallenden Herrenhäusern, die eines nach dem anderen verkauft wurden. Die Klinik meines Großvaters, nicht weit von unserem Haus, stand im Zwischenreich zwischen den von den Engländern erbauten Quartieren und der alten Stadt der Nawabs.

Walter Spics hielt inne, um die Schilder außen an der Klinik zu inspizieren, und klopfte verwirrt auf das kleinere, *Dr. Bhavani Rozario*. Er linste in die in der Mitte unterteilten Fenster. Mein Großvater machte oft Hausbesuche, aber heute konnte ich ihn drinnen sehen, wie er mit jemandem redete. Ich drückte die schwere Glastür auf und fühlte mich wichtig, weil ich ihm einen Besucher brachte – einen ausländischen Besucher. Dada war damit beschäftigt, einem rundgesichtigen Mann mit einem Flaschenbürsten-Schnauzbart die Funktionsweise einer Kuckucksuhr zu erklären. Der Mann starrte die Uhr an, als wollte er den Vogel daraus hervorlocken. Sie sprachen eine Mischung aus Hindustani und Englisch, und Dada sagte: »Sie wird nicht schneller auf vier Uhr vorrücken, wenn wir darauf warten. Ich glaube eher, dass Uhren langsamer werden, wenn man das tut.«

»Wie meinen Sie das? Geht die Uhr nach?«

»Nein, das ist es nicht. Sie geht auf die Minute genau – nein, nein, ich richte meine Arbeit mittlerweile nach dem Ruf des Kuckucks aus. Wobei, ich weiß nicht, was ich tun soll, wenn Sie die Uhr mitnehmen. Was ich meinte, war, dass, ebenso wie das Wasser langsamer zu kochen anfängt, wenn Sie den Kessel anstarren …«

»Der Zeiger einer Uhr, die man anstarrt, nicht auf die volle Stunde vorrückt«, vollendete Walter Spies das, was Dada sagen wollte. Er nahm die Uhr, drehte sie um und betrachtete ihre Rückseite.

Dem potenziellen Uhrkäufer fiel die Kinnlade herunter, und seine runden Backen bebten erschreckt, da ihm ein Ausländer so zwanglos nahe kam. »*Hari Om*«, rief er, und dann in trotzigem Ton: »*Jai Hind.*«

Und auf Hindi fortfahrend, sagte der Mann zu meinem Großvater: »Wie Sie wissen, weigere ich mich, etwas mit den Engländern zu tun zu haben, solange wir ihre Sklaven sind. Es ist abstoßend für mich, dass sie dieselbe Luft wie wir atmen. Ich werde ihr Freund sein, sobald sie mich und meine Landsleute als ihresgleichen behandeln, keine Minute früher.« Er stieß mit seinem Stock auf den Boden, vielleicht um zu probieren, ob er sein Gewicht noch tragen würde, und erhob sich von seinem Stuhl. »Ich komme später wieder... vielleicht.« Verärgert schob er sich an Walter Spies vorbei, und nach einer Explosion grellen Sonnenlichts, das hereinfiel, als er die Tür öffnete, versank die Klinik wieder in ihrem gewohnt düsteren Halbdunkel.

Es entstand eine unangenehme Pause. Mein immer ruhiger Großvater wirkte durch die brüske Flucht des Mannes verunsichert. Es machte die Sache nicht einfacher, dass ich mit schriller Stimme fragte: »Warum sagt er, er hasst die Engländer, weil sie dieselbe Luft atmen? Gibt es noch eine andere?«

»Ich bin kein Engländer, ich komme aus Deutschland. Da gibt es solche Uhren«, sagte Walter Spies. »In meinem Elternhaus haben wir auch eine. Als Kind, als ich den Kuckuck sah, dachte ich, es ist ein richtiger Vogel, und schloss ihn ins Herz – und dann fand meine Mutter Brotkrumen bei der Uhr. Ich habe ihn jeden Tag gefüttert. Jeden einzelnen Tag.« Er stellte die Uhr zurück und ließ den Blick durch die Klinik gleiten. Der Raum hätte das übervolle Wohnzimmer eines wahllosen Sammlers sein können. Die Kuckucksuhr war eine von fünf, die die volle Stunde nie gleichzeitig verkündeten. Es gab geheimnisvolle Flaschen und Kugeln, Spieldosen und Wasserpfeifen, Bücher, Tische und eine bunte Auswahl Stühle, alles zum Verkauf. Auf den Stühlen warteten Dadas angehende Patienten darauf, ins innere Heiligtum gerufen zu werden, das mit einer hölzernen Trennwand und einer Pendeltür vom Rest abgetrennt war.

Auf der anderen Seite der Tür gab es die üblichen Utensilien eines Sprechzimmers, einschließlich von Plakaten, auf denen die menschliche Anatomie in ihren grausigen Einzelheiten zu sehen war. Ein Glas ganz oben in einem Regal faszinierte mich besonders. Es war mit einer klaren Flüssigkeit gefüllt, in der eine Hand mit zwei schlaffen, zusätzlich am Daumen hängenden Fingern schwamm, mit Fingernägeln und allem. Wem gehörte der handlose Körper, von dem sie abgetrennt worden war? Es war die in ein Schauglas gezwungene Essenz von allem, was ich fürchtete und verabscheute, und doch konnte ich den Blick nicht davon abwenden. Ich war sicher, eines Tages würde diese Hand aus dem Glas entkommen und mich packen.

Walter Spies sah mit einem gedankenverlorenen Lächeln zu ihr hinauf, drehte sich kurz um, sagte: »Darf ich?«, und ging, ohne auf eine Antwort zu warten, auf die Hintertür zu. Wenn man sie öffnete, stellte man fest, dass die Klinik ziemlich unerwartet auf einen Innenhof hinausführte, in den eine Treppe aus Lisa McNally's Home Away from Home herabführte und in dem sie die Wäsche ihres Gästehauses an langen Leinen aufhängte.

»Ah! Da führt die Treppe hin. Ich hatte mich schon gewundert.«

»Ich habe Lisa gebeten, die Wäsche nicht da aufzuhängen…«, sagte Dada. »Kommen Sie hier entlang, lassen Sie mich Ihnen zeigen…« Er versuchte, Walter Spies von der Erbärmlichkeit des Hofes wegzuziehen. Einmal hatte er genug Mut gefasst, Lisa zu sagen, die Wäsche schade dem

Ansehen, doch sie hatte erwidert, mit nassen Laken sei kein Krieg zu gewinnen, was meinen Großvater ausreichend verblüfft hatte, um ihn zum Schweigen zu bringen.

Falls Walter Spies registrierte, was für ein heilloses Durcheinander dort im Hof herrschte, ließ er es sich nicht anmerken. Als er seinen Rundgang beendet hatte, kam er zurück und setzte sich auf einen der zum Verkauf stehenden Stühle, als wollte er sich dort häuslich einrichten, und erst nach zwei Tassen Tee und einer halbstündigen Unterhaltung erklärte er Dada, dass er weder aus Zufall noch als Tourist in unsere Stadt gekommen sei.

»Ich suche«, sagte er, »nach einer gewissen Gayatri Sen. Ich habe sie und ihren Vater auf Bali kennengelernt. Sie ist so etwas wie eine gute Freundin. Ich war bei ihr zu Hause in Delhi, und man sagte mir, ihr Vater sei lange verstorben und sie hier in der Stadt verheiratet. Ich habe sogar eine Adresse. Hier, in meinem Notizbuch, irgendwo hier. Ah, ja. Nummer drei, in der Pontoon Road. Ist das in der Nähe? Vielleicht kennen Sie sie?«

Ich muss an eine Szene aus der Kindheit meiner Mutter denken. So oft hat sie mir den Vorfall geschildert, dass er mir klar vor Augen steht. Meine Mutter ist dreizehn oder vierzehn, und sie rennt über einen unbefestigten roten Pfad durch einen Wald in Bengalen. Die Ditabäume über ihr stehen in voller Blüte, und wenn diese auch kaum einen zweiten Blick wert sind, sorgt ihr Geruch doch dafür, dass ihr schwummrig wird. Um sie herum ist alles riesig und wild, und der leuchtend blaue Himmel wird von den Blättern in zackige Stücke zerschnitten. Die Stimme ihres Vaters klingt undeutlich in ihren Ohren: »Gayatri, die Vögel! Dort!« Sie hebt den Blick und sieht Reiher davontreiben, als hätte der Wind weißes Papier aus den Büchern der Kinder in der nahen Schule gerissen. Sie streckt die Arme aus, als würde sie fliegen, und dreht sich im Kreis, bis ihr schwindlig wird. Sie rennt ohne Pause und Ziel und kommt erst wieder zum Stehen, als sie die Schule erreicht. Sie kann Musik hören. Ein Lied. Es ist eine neue Schule, die Rabindranath gegründet hat, ein heiterer Ashram, in dem sie Mädchen und Jungen in ihrem Alter oder jünger sieht, und sie singen auf Bengalisch, das sie versteht, aber trotz eines Nachhilfelehrers nicht gut lesen kann. Das Lied lässt sie innehalten. Blut steigt ihr zu Kopf, und sie muss sich an einem Baum festhalten. Der kranichgestreifte Himmel, die Blätter und Blüten. Das Lied kommt ihr gleichzeitig süß und schmerzlich vor, so etwas hat sie noch nie empfunden, und sie dreht sich zu ihrem Vater um und ruft: »Ich möchte hierbleiben! Lass mich bei ihnen hierbleiben!« Schon, als sie es sagt, fühlt sie in ihrem Herzen das Gewicht all der Dinge, die sie an ihr Leben in Delhi binden. Ihre Mutter ist ständig krank und kommt nicht mehr aus dem Bett, und ihr Vater braucht sie als seine kleine Freundin, so nennt er sie immer, bei sich zu Hause.

»Eines Tages werde ich weit, weit weg leben«, sagt sie mir am Ende der Geschichte, die Hand feierlich auf dem Herzen, als ich sie erstaunt ansehe. Ihre Nasenlöcher sind geweitet, ihr Blick ist eindringlich auf mich gerichtet, und sie zieht ihre dicken, geraden Brauen so weit zusammen, dass sie sich miteinander verbinden. Sie kratzt sich den Kopf mit dem hölzernen Ende eines Pinsels und schiebt das Haar zu einem unordentlichen Büschel zusammen. »Ich nehme dich mit mir mit, Myshkin. Wir durchstreifen die Welt und erleben viele Abenteuer. Wir schließen uns einem Zirkus an und leben in einem Zelt. Keinem Zirkus wie dem mit dem Zauberer. Einem guten. Mit kleinen Elefanten.«

»Lass uns heute schon gehen!«, rufe ich. Sieben Jahre bin ich da alt, ich kann mir nicht vorstellen, aufzuwachen und mich nicht an sie kuscheln zu können, warm und schläfrig. Mein Magen zieht sich zusammen. »Gehst du weg? Nimmst du mich auch wirklich, wirklich mit?« Als sie nicht antwortet, sage ich: »Nimmst du auch Tante Lisa mit?« Lisa McNally ist ihre beste Freundin, sie sehen sich jeden Tag mindestens einmal. Meine Mutter kann sie oder mich unmöglich zurücklassen, und wenn sie sagt, sie geht nicht ohne Lisa, heißt das, dass auch ich mitkomme.

Meine Mutter lacht ihr unergründliches Lachen und sagt: »Was immer du tust, hör nie auf zu träumen.« Sie drückt meine Ohren zurück, vielleicht stehen sie eines Tages nicht mehr derartig ab, sagen ihre Augen, sie springt vom Sofa hoch, auf dem wir gesessen haben, und schüttelt ihren Sari aus. Wenn sie sich zum Ausgehen anzieht, ist es immer etwas Glitzerndes, Hübsches, mit dazu passenden Ohrringen. Im Haus macht sie sich nicht die Mühe, trägt alte, mit Gelbwurz gefleckte Baumwollsachen und geflickte Blusen in verblichenen Farben. Aber sie bindet jeden Tag einen süß riechenden Blumenstrang um ihren Haarknoten. Der Gärtner pflückt abends, nachdem er die Pflanzen gegossen hat, weißen Jasmin von den Büschen am Rand des Gartens und flicht ihn zusammen. Oder sie nimmt ein, zwei rote Frangipaniblüten. Wenn ich nahe bei ihr sitze, zieht mir der schwere Geruch der Blumen in die Nase. Sie zwickt mich in die Ohren und sagt: »Es ist Zeit, mit dem Abendessen anzufangen. Und haben sie das Wasser aufgefüllt? Geh und sieh, wo Banno Didi ist.« Sie klimpert mit den Schlüsseln zu ihrem Schrank, als wäre es ein ganz normaler Tag. Als würde ein Tag nach dem anderen auf genau die gleiche Weise auf diesen folgen.

Manchmal singt meine Mutter abends das Lied von jenem Tag in Santiniketan. Sie singt es nur, wenn sie und ich allein auf dem Dach sitzen und (sagt sie mir) wenn der Himmel wie ein Nadelkissen aus Sternen ist, so dass sie wenigstens zweitausendzweiundzwanzig von ihnen zählen kann. Es ist unser Lied, meines und ihres, sagt sie, und wann immer ich mich traurig oder ängstlich fühle, soll ich es singen. Als ich kleiner war, nahm sie mich auf den Arm und drehte sich mit mir im Kreis, während sie sang, jetzt schwebt sie mit ausgestreckten Armen über das Dach, ein Vogel im Flug. Nach Sekunden schon vergisst sie, dass ich bei ihr bin.

Ein Himmel voller Sonne und Sterne,
Das Universum explodiert vor Leben,
Und mittendrin: Ich!
Ich habe einen Platz gefunden.
Aus Staunen geboren,
Deshalb geboren – mein Lied.

In der Unendlichkeit der Zeit
Dreht sich die Erde.
Mit Ebbe und Flut der Gezeiten
Wiegt sich die Erde.
In meinen Adern, meinem Blut
Spür ich ein Pochen.
Aus Staunen geboren,
Deshalb geboren – mein Lied.

Ich öffne die Ohren,
Ich öffne die Augen,
Ich schütte meine Seele
In den Schoß der Erde.
Ich erkunde das Unbekannte
Im Vertrauten.
Aus Staunen geboren,
Deshalb geboren – mein Lied,
Unter einem Himmel voller Sonne und Sterne.

Ich halte im Schreiben inne und lege meinen Füller zur Seite. Es ist ein Sheaffer mit breiter Feder, der viele Fässchen Tinte geschluckt und meine Finger geschwärzt hat. Ich denke zurück an jenen Nachmittag in Rozario & Sons und frage mich, ob das der Moment war, der alles verändert hat. Hätte Walter Spies nicht den verrückten Plan gefasst, eine junge Frau zu suchen, die er zehn Jahre zuvor getroffen hatte, wären mein Vater und meine Mutter dann zusammen geblieben, unbehaglich in ihre häusliche Schachtel gesperrt, mit Ecken und Kanten gegeneinander reibend, bis sie mit den Jahren abgeschliffen und geglättet worden wären? So scheint es mit den meisten Verheirateten zu gehen, die ich kennenlerne. Oder war das Ende der Verbindung meiner Eltern unvermeidlich und nur eine Frage der Zeit?

Ich bücke mich, um die beiden Hunde zu meinen Füßen zu streicheln. Sie knurren im Schlaf und machen klar, dass sie nicht gestört werden wollen. Ihrerseits haben sie keine Bedenken, mich aus dem Schlaf zu holen, und ich frage mich, wie sie mich dazu gebracht haben, sie umso mehr für ihre Unschuld zu lieben, mit der sie mich wegen allem, was sie brauchen, drangsalieren. Nachts liegen sie in meinem

Bett, den Kopf auf meinem Kissen, manchmal stupsen sie mich an, dann wieder winseln sie laut. Ich streichle sie zurück in den Schlaf. Ich brauche sonst niemanden. Ich bin mit meinen Tieren auf eine Weise zufrieden und ausgefüllt, wie ich es nie mit anderen Menschen war. Die Leute halten mein Alleinsein für Verschrobenheit oder ein Symptom des Versagens, als stünde ich Tieren und Bäumen näher, weil ich von den Menschen betrogen wurde oder niemanden gefunden habe, den ich lieben konnte. Ihnen ist schwer zu erklären, dass mir der Schatten eines Baumes, den ich vor Jahren gepflanzt habe, oder ein Hund, der erfolglos einem Schmetterling hinterherjagt, etwas verschafft, was keine menschliche Gesellschaft vermag.

Vielleicht liegt es daran, dass es von Beginn an Tiere und Bäume in meinem Leben gab. Da waren natürlich unsere Kühe, aber mein Freund von allem Anfang an, und manchmal mein einziger Freund, war eine Hündin, Rikki. Mein Großvater hatte sie gefunden – oder sie ihn: In den nachfolgenden Jahren führte er viele einseitige Diskussionen mit ihr zu diesem Thema. Eines kalten Dezembers, damals war ich drei, fand sich ein Welpe auf der Straße vor der Klinik, spielte dort allein mit sich, jagte Papierschnitzel und den eigenen Stummelschwanz. Kurze Zeit später schlüpfte der rehbraune kleine Kerl in die Klinik. Mein Großvater hob ihn hoch und brachte ihn nach hinten in den Hof. Konnte er ihn dort lassen? Er fragte Lisa McNally, da er hoffte, sie würde ein Auge auf ihn haben, aber Lisa sagte, sie werde keinesfalls nach ihm sehen, keine Hunde mehr, habe sie beschlossen, nachdem ihrer gestorben sei. Lisa war nur etwas älter als meine Mutter, aber in jenen Tagen alt genug, um als alte Jungfer abgeschrieben zu werden, die dankbar für jede

Gesellschaft sein sollte, auch für einen Hund. »Oh, diese Lisa«, seufzten ihre Verwandten. »Was für ein Witz, wohin ihr hohes Ross sie getragen hat, die will keiner mehr.« Lisa sagte, es gefalle ihr so. Sie sei schon immer ein Einzelstück gewesen.

Lisas Verstocktheit, was Einzelstücke und Welpen anging, gab den Ausschlag. Dada brachte den kleinen Hund mit nach Hause und sagte, wir sollten ihn Rikki nennen, nach Kiplings Mungo. Ich hatte noch andere Hunde, aber keiner war so verstört wie Rikki, wenn man wegging, und so außer sich vor Freude bei der Rückkehr. Es war, als wäre die Angst, ein weiteres Mal auf der Straße zurückgelassen zu werden, ihr alles beherrschendes Gefühl. Oder vielleicht verstehen Hunde auch von klein auf, dass du, wenn du deinen Freund gefunden hast, jeden Moment deines Lebens mit ihm verbringen solltest. Warum auseinandergehen?

Die Vorstellung einer andauernden menschlichen Gemeinschaft ist ein Schreckgespenst für mich. Ich habe nie geheiratet. Die Worte Gabriel Oaks zu Bathsheba, auch wenn sie bei Thomas Hardy romantisch gemeint sind, schienen mir immer eine Drohung: »Und wenn wir zu Hause am Kamin sitzen und Ihr blickt auf, bin ich da – und wenn ich aufblicke, seid Ihr da!« Vor vierzig Jahren gab es eine Frau, die mich bei sich haben wollte, wann immer sie aufsah. Kadambari. Sie war nicht die Einzige, ein Mann muss nicht sehr viel tun, um begehrt zu werden. Ich war einmal größer als mein Vater, und die Segelohren, die mir meine Mutter an den Kopf zu drücken pflegte, haben sich wunderbarerweise bald von selbst angelegt. Ich hatte einen Abschluss und eine Stellung in Delhi, und wenn ich nach Hause kam, stellte ich fest, dass die Mädchen in meiner Gegenwart fröhlicher wurden, und ihre Eltern luden mich ein und priesen, wie sehr ich nach meinem Großvater käme. »Ah, der alte Dr. Rozario, so klug und scharfsinnig, und wie gutaussehend«, sagten sie. »Wenn er nur zwanzig Jahre länger gelebt hätte! Aber du bist sein Spiegelbild, Myshkin, das ist ein Trost.« Ich wusste, das stimmte ganz und gar nicht, aber ich war zu der Zeit zu naiv, um zu verstehen, was sie im Schilde führten.

Letzte Nacht, wahrscheinlich weil ich all die Erinnerungen hervorkrame, wachte ich aus einem Traum auf, in dem ich mit Kadambari zusammen war, und trug ihren schweren, dunklen Geruch wieder in mir. Sie kam nachts zu mir, in Delhi, wenn ihre Eltern glaubten, sie liege sicher im Bett. Sie schlich herein, schloss die Tür ab, warf ihren Sari zur Seite, riss die Knöpfe ihrer Bluse auf, kletterte aus ihrem Petticoat und stand im Lampenlicht bei der Tür, ausgezogen und triumphierend, um sich von mir betrachten zu lassen, bevor wir auch nur ein Wort gewechselt hatten. Sie bestand auf der Öllampe. Kein elektrisches Licht.

Als ich gestern aus meinem Traum erwachte, schloss ich die Augen wieder, um für ein paar Momente ihr glühendes Gesicht in mir zu bewahren, wie in Schmerz verzerrt, das Haar zerzaust. »Nicht aufhören. Mach immer, immer so weiter«, hauchte sie in meinem Traum.

Ich schaltete das Licht an.

4

منتظر

Es muss kurz nach seinem ersten Besuch in der Klinik gewesen sein, dass Walter Spies zu uns nach Hause kam. Ich
habe keine Erinnerung daran, was meine Mutter sagte oder
tat, als sie ihn nach einer Ewigkeit wiedersah. Vielleicht war
ich gar nicht da, als sie erneut voreinander standen. Woran
ich mich erinnere, ist die Frau, die mit ihm zu uns kam, und
wie sie im Garten herumwanderte, den Kopf senkte, um
an einer Blume zu riechen, mit einem aufgeregten Schrei
auf einen Pfau zuschoss, der eine nahe Mauer entlang-
stolzierte, und eine grüne Mango von einem tief hängenden Ast pflückte. Ich betrachtete unsere Mangos als meinen persönlichen Besitz, den ich nach meinem Gutdünken
verteilen konnte, und Golak und ich schützten sie die langen, heißen Nachmittage über mit unseren Schleudern vor
den Affen. Welches Recht hatte jemand, sie einfach so, ohne
um Erlaubnis zu fragen, zu pflücken? Erst hatte ich Angst,
zu protestieren, schließlich war sie eine Engländerin, doch
dann konnte ich meinen Unwillen nicht länger verbergen
und sagte: »Die Mango ist zu klein, die durfte nicht ge-
pflückt werden. Essen können Sie sie sowieso nicht, sie ist
sauer und hart.«

Die Frau war dünn wie ein Bleistift. Ein Vorhang pechschwarzen Haars klebte ihr im Gesicht, und sie trug lange, schwarze Sachen, die ihr um die Glieder schlotterten. Ein Zauberer oder eine Hexe. Ihr Kleid war weit und lang genug, um alles darunter verstecken zu können. Einen Zauberstab. Einen Besenstiel.

Sie unterbrach ihren Rundgang, drehte sich um und nahm mich in den Blick. »Weißt du, wovon ich mich ernähre? Ich esse rohe Eier mit Zucker. Bohnen aus Dosen und Weintrauben direkt von den Reben. Dazu kleine, im Ofen gebackene Jungen. Mit extra viel Salz.« Ich wich zurück. »Für gewöhnlich verabscheue ich Kinder«, sagte sie. »Aber du – ich mag, wie du aussiehst. Komm mit. Zeig mir alles.«

Sie lächelte nicht, während sie sprach, und nahm ihren Rundgang wieder auf, als erwartete sie, dass ich ihr selbstverständlich folgen würde. Als ich es nicht tat, blieb sie stehen, streckte eine Hand aus und sagte: »Komm schon, worauf wartest du?« Ihre Finger waren voller Ringe, und um den Hals trug sie Perlen, an langen Ketten. »Siehst du? Sieben Ringe. Alle aus Silber. Und sie klackern, wenn ich das jetzt mache. Willst du es sehen?« Ich hatte Schwierigkeiten, alles zu verstehen, was sie sagte, ihr Englisch klang anders, als ich es gewohnt war. Aber den Teil, dass sie kleine Jungen aß, hatte ich mitbekommen und hielt Abstand.

»Beryl.« Mr Spies rief nach ihr. »Bitte, benimm dich. Stiehl nicht ihr Obst und verschrecke den Jungen nicht. Komm her und lerne deine Führerin für indischen Tanz kennen. Das ist die Lady, von der ich dir erzählt habe. Sie hat mich auf dem Floß auf dem See gefunden.«

Beryl de Zoete brach ihr Gespräch mit mir ab, wandte den Blick auf meine Mutter und lief zu ihr hin. Sie überragte sie weit, beide taten das, und sie streckte die Hände aus und sagte mit gesetzter Stimme: »Sehr erfreut… endlich! Ich muss *tausend* Tänze sehen. Kathak, Bharatanatyam, alle. Ich muss sie verstehen. Ich brauche jemanden, der die Sprache kennt und mir erklärt, worum es geht. Ich bin völlig orientierungslos. Wollen Sie mir helfen?«

Beryl de Zoete sagte, sie habe bei Émile Jaques-Dalcroze in Dresden-Hellerau Tanz studiert, der eine Form lehre, die sich Eurythmie nenne. Es sei einer der Zufälle des Lebens, meinte sie, dass lange, nachdem die Tanzakademie ihre Arbeit eingestellt habe, Walter Spies gekommen sei, um in der daraus entstandenen Künstlerkolonie zu leben. In ihren frühen Jahren, bis sie durch eine Erbschaft nicht mehr arbeiten musste, hatte Beryl Tanz unterrichtet. Sie galt als distanziert, merkwürdig in der Art, wie sie sich kleidete und verhielt, aber alle gaben zu, dass sie selbst in Menschen, die keinerlei musikalisches Gespür hatten, ein Gefühl für Rhythmus zu entfachen verstand.

Beryl war Engländerin, sprach jedoch drei oder vier weitere Sprachen so flüssig wie Englisch, und ich habe die vage Erinnerung, dass sie ein Buch mit sich herumtrug, das man von hinten nach vorn las. Vielleicht war es auf Persisch geschrieben, das sie ebenfalls zu lernen versuchte. Mein Großvater fand schon bald heraus, dass sie einen Abschluss aus Oxford hatte, um die Welt reiste und über Tanz schrieb. Sie erzählte ihm, sie habe es mit der Ehe probiert, aber versagt, und den Großteil ihres Lebens mit einem Übersetzer aus dem Chinesischen verbracht, der auf einem Auge blind und zwölf Jahre jünger als sie sei.

»Er spricht nicht, aber da ich genug für uns beide rede, funktioniert es wunderbar«, sagte sie.

Sein Name war Arthur Waley, und ich bin vor nicht allzu langer Zeit noch einmal auf ihn gestoßen, durch ein Buch mit den Aufsätzen Beryl de Zoetes, das er herausgegeben hat. Namen aus einer verschwundenen Zeit. Namen aus einer Zeit, in der mein Universum so wirklich wie traumgleich war. Bis ich das Buch sah, war ich nicht sicher, ob ich Beryl für eine reale Person hielt. In der persönlichen Mythologie meiner Kindheit war sie bei Tag ein Mensch und wurde nachts zu einem alten Weib, das tatsächlich Kinder verspeiste. Ich wusste da noch nicht, dass sie im Gegenteil Menschen rettete, jüdische Tänzerinnen und Tänzer aus Deutschland, die sie davor bewahrte, von den Nazis getötet zu werden, indem sie sie nach England verschwinden ließ und dabei jeden einzelnen Freund in Dienst nahm, den sie hatte.

Nicht lange nach ihrem ersten Treffen muss Beryl de Zoete beschlossen haben, dass auch Gayatri Rozario, so jung, schön, begabt, gequält und unterdrückt, ganz offensichtlich gerettet werden musste. Einige Tage später, vielleicht auch Wochen, als sie zu einer regelmäßigen Besucherin in unserem Haus geworden war, erzählte sie die Geschichte einer Mann-Frau, die sie auf ihren Reisen in der Libyschen Wüste getroffen hatte, in der Oase Siwa.

Ich höre die Geschichte immer noch so, wie Beryl sie eines Abends erzählte, mit ihrer melodischen Stimme, die den Garten erfüllte. Sie denken, es ist niemand zu Hause. Beryl schwingt auf der Schaukel vor und zurück, die in einem unserer Bäume hängt, und meine Mutter sitzt auf der steinernen Bank gleich daneben. Ich komme vom Spielen zurück, und als ich auf meinem Weg zum Haus durch die Schatten hinten im Garten husche, stoppt mich der Klang dieser Stimme. Meine Mutter hat nur Augen für Beryl und konzentriert sich so sehr auf sie, dass sie mich nicht bemerkt, obwohl ich mich nahe an sie heranschleiche. Sie hat die Ellbogen auf den Knien und das Kinn in den Händen. Ihr Sari ist ihr über die Brust gerutscht, aber mein Vater ist nicht da, um sie als schamlos auszuschelten, und sie kümmert sich nicht weiter darum.

»Auf dem Weg zurück durch die Oase klopften wir an die Tür einer jungen Frau namens Aisha, die in Siwa für ihr Singen und Tanzen und ihre Missachtung aller Konventionen berühmt war und die ich kannte. Aber sie war nicht zu Hause. Dass eine Frau in Siwa allein lebte, ist so unerhört, als würde sie in England mit zehn Männern zusammenleben. Ihre Geschichte geht so: Sie war früher die Frau oder Geliebte eines englischen Captain, der dort eine Größe war und in Siwa ein kleines Hotel unterhielt. Nach seinem Verschwinden ertrug Aisha den Gedanken nicht, wieder das übliche, völlig abgeschiedene Leben einer Frau in Siwa zu führen, und besaß die Eigenwilligkeit, sich zu einem Mann zu machen, gerade so, wie es in leicht anderer Form bestimmte energische Engländerinnen zu Ende des letzten Jahrhunderts getan hatten, indem sie keine Mieder mehr trugen, sich die Haare abschnitten, frei bewegten und von Herzen das Missfallen erwiderten, das die Männer für sie empfanden. Aishas Fall wog jedoch weit schwerer, und sie löste es auf eine andere Weise und weniger ehrbar als unsere ›neuen‹ Frauen. Aber sie hat sich auch die Haare abgeschnitten und trägt das lange weiße Hemd oder die Jibbah, die von den ärmsten Männern Siwas getragen wird. Sie lebt von Näharbeiten, verkauft Arm- und Fußreifen, Ringe und Körbe und unterhält abends einen wenig angesehenen

Salon, in dem sie Männer mit Trommeln und Singen unterhält.«

Ich hatte Siwa für einen Hindu-Gott gehalten, doch es schien, dass der Name andere Bedeutungen haben konnte. Habe ich die Geschichte deshalb nie vergessen? Oder weil später klar wurde, welch starken Eindruck sie auf meine Mutter gemacht haben musste?

In dem Jahr, als sie in unser Leben traten, hatten Beryl de Zoete und Walter Spies bereits ein Buch über den balinesischen Tanz fertiggestellt. Den indischen Tanz zu dokumentieren war ihr nächstes Projekt. Als Walter Spies meine Mutter zum ersten Mal sah, war sie ein junges Mädchen, das klassischen indischen Tanz lernte. Er erinnerte sich vage an Dinge, von denen sie gesprochen hatte, zum Beispiel ihren Traum, sich einer Truppe wie der von Leila Roy oder Uday Shankar anzuschließen und in Santiniketan zu tanzen. Tanz und Ballett veränderten sich in Indien, hatte sie ihm erklärt. Sie befreiten sich von den neckisch-koketten Gesten, dem Lippenbeißen und dem Wimpernklimpern und wurden athletischer und musikalischer. In einer dieser modernen Truppen wollte sie tanzen – das hatte sie ihm mit der Überzeugung der Jugend erklärt, die keinen Grund hat, anzunehmen, dass sich das Leben für gewöhnlich anders entwickelt als geplant. Walter Spies konnte nicht wissen, dass der Tanz und das leidenschaftliche junge Mädchen, das er kennengelernt hatte, für immer getrennt werden sollten.

Meine Mutter hatte noch ein Paar schwere Fußringe aus der Zeit, als sie von ihrem Tanzlehrer in Delhi unterrichtet worden war. Manchmal holte sie die Ringe aus ihrer Schachtel, schüttelte sie, um ihren *Jhan-Jhan*-Klang zu hören, und legte sie wieder zurück. Ich habe sie nur einmal tanzen sehen, in Lisa McNallys Wohnzimmer, zu einem Strauß-Walzer vom Grammofon. Das Zimmer stand voller kleiner Tischchen, gestrickter Katzen und Mini-Big-Bens, die ins Taumeln gerieten und durch die Gegend flogen, während sie mit Lisa im Kreis herumwirbelte. Weiter und weiter drehten sie sich, bis die Musik aufhörte und sie in einem Haufen aus purpurner und türkiser Seide auf das Sofa plumpsten.

Kein anderes Haus in der Straße, kein Freund der Familie, kein anderer Junge in der Schule, niemand, den wir kannten, bekam Besuch von Leuten aus einem anderen Land. Und diese Leute waren nicht einfach nur von anderswo, sie lebten auf einer Insel, auf allen Seiten vom Indischen Ozean umgeben, in dem es Tausende und Abertausende weiterer Inseln gab, etliche noch unerkundet, manche nicht mehr als ein paar aus dem Wasser ragende Felsen, und einige waren wie eine Welt im Kleinen, mit Bergen, Tempeln, Palästen, Seen, Flüssen, Feldern, Dörfern und Städten. Meine Mutter erklärte mir, man könne in ein paar Tagen von einem zum anderen Ende dieser Insel gehen und wenn man anderswohin wolle, müsse man mit dem Schiff fahren. Dinu und ich fingen an, Spiele mit Haien, Alligatoren und Schiffen zu spielen. Wir lebten von über offenen Feuern gebratenen wilden Schweinen und Fischen, aßen Fantasie-Feigen und kletterten auf eingebildete Kokospalmen, um die Milch der Kokosnüsse zu trinken, die wir mit den Macheten öffneten, mit denen wir auch das Wild erlegten.

Kurz nachdem unsere Besucher angekommen waren, fuhr meine Mutter eines Morgens mit ihnen in einer Tonga davon. Sie hatte von einem Kathak-Tanzmeister gehört, der

in einem alten Teil Muntazirs lebte und lehrte, tief im Labyrinth schmaler Gassen aus dem letzten Jahrhundert voller
alter Häuser, Moscheen, Märkte und Bordelle. Als sie in die
Tonga kletterte und sich neben Beryl de Zoete setzte, fing
der runzelige alte Wächter von Dinus Haus an zu rufen:
»*Bibiji!* Sag den Sahibs, dass ich ihr Land gesehen habe! Ich
habe das schwarze Wasser für sie überquert und für sie ge-
kämpft! Getötet! Sag ihnen, sie sollen mir Land geben! Sag
ihnen, ich brauche ein Haus! *Khabardar!*«

Der Wächter konnte kaum noch sehen und hören, trug
aber noch die Uniformmütze, die er als Soldat im Ersten
Weltkrieg bekommen hatte. Jeden Abend marschierte er
vor Dinus Tor auf und ab und warnte alle möglichen Ein-
dringlinge: *»Khabardar, Khabardar!«*, so laut, als stünde
er immer noch auf dem Schlachtfeld. Es hieß, irgendwo in
ihm stecke eine Kugel. Mein Großvater, der nachts von den
Schlachtrufen des Wächters aus dem Schlaf gerissen wurde,
meinte, der Mann solle zurück nach Ypern oder in eine An-
stalt geschickt werden, aber Dinus Vater war der Ansicht,
dass ausgediente Soldaten unseren Respekt verdienten, ob
verrückt oder nicht. Meine Mutter dachte das auch. Sie
winkte ihm aus der Tonga zu und rief: »Das werde ich! Ich
werde es ihnen sagen, Kharak Singh! Sie werden dem König
von England einen Brief schreiben!«

Hatte meine Mutter um die Erlaubnis meines Vaters gebeten, bevor sie mit ihren neuen Freunden losfuhr? Ich
weiß es nicht. Ihr muss klar gewesen sein, dass sie damit
Tratsch und Spekulationen schürte. Ich frage mich, ob sie
es genau deswegen getan hat. Sie brach zu ihrem Abenteuer
auf, nachdem mein Vater zur Arbeit gegangen war, und kam
noch vor seiner Rückkehr zurück. Abends war sie unge-

wöhnlich sittsam, rührte in der Küche in einem Topf, dann in einem anderen und mühte sich um eine freundliche, angeregte Unterhaltung. Auch mein Vater hatte eine amüsante Geschichte zu erzählen, über einen Studenten, der sich angewöhnt hatte, seinen brahmanischen Zopf an einen Haken in der Decke zu binden, wie es der bengalische Gelehrte Vidyasagar getan haben soll, um beim Lernen spät in der Nacht nicht einzunicken. Alles ging bestens, bis ich einen Beitrag zum Gespräch leistete.

»Ma, wenn du das nächste Mal mit Mr Spies Tonga fährst, nimm mich doch bitte mit.«

Es wurde still im Zimmer.

Ich kannte diese Stille. Ich fürchtete sie. Ich senkte den Kopf und betrachtete meine Füße. Ließ sie hin- und herpendeln. Der in der Luft hängende Geruch von Vanille und Milch des Brotpuddings, den wir gegessen hatten, verursachte mir Übelkeit. Ich wollte, dass die Uhr schlug, der Hund bellte, ein Ast zu Boden fiel. Dass irgendetwas zu hören war.

Dada fuhr mir durchs Haar und nahm meine Hand: »Sehen wir mal nach, ob die Eule wieder oben auf dem Dach sitzt, Myshkin«, sagte er.

So war meine Mutter immer gewesen. Sie war so unbekümmert, dass sie den Wetterbericht erst las, wenn ihr Boot schon Kilometer von der Küste entfernt war. Ich konnte sie mir nicht anders vorstellen. Als ich älter wurde, begriff ich, wie sehr sie sich von anderen Frauen unterschied – den Frauen von Verwandten und Müttern von Freunden. Dinus Mutter hätte nie auch nur im Traum daran gedacht, das Haus zusammen mit zwei Fremden in einer Tonga zu verlassen und in den Rotlichtbezirk der Altstadt zu fahren, um einen traditionellen Tanzlehrer aufzusuchen, dessen Arbeit darin bestand, professionelle Kurtisanen auszubilden. Dinus Mutter war allein als »Dinus Mutter« bekannt, niemand erinnerte sich an ihren eigentlichen Namen. Sie kam kaum aus dem Haus und traf keine Männer, abgesehen von Verwandten und meinem Vater und Großvater. Das ganze Jahr über trug sie einen gestärkten Sari mit dem passenden Goldschmuck und einen makellosen roten Punkt zwischen den Brauen. Warum sollen Frauen in der Stadt herumvagabundieren?, fragte sie jeden, der es hören wollte. Würde irgendein göttlicher Geist herabsteigen und derweil den Haushalt überwachen? Es war eine Schande, das war es wirklich, und ja, jeder konnte doch sehen, wohin das alles geführt hatte. So wie Gayatri in den Tag hineingeschlafen hatte, wenn alle anderen schon auf waren, wie sie einmal nach Delhi gestürmt war und ein krankes Kind zu Hause zurückließ, wie sie mit Arjuns verkommenem Bruder Brijen schwatzte, wann immer er zu ihr ins Haus kam. Der Alkohol hatte Brijens Verstand verwirrt, aber was war mit ihrem? Dazu kamen hundert andere Sachen, die aufzulisten viel zu mühsam war, aber alle zusammen waren sie ein Zeichen für das, was kommen musste.

Dinus Vater, Arjun Chacha, war noch entschiedener. »Hast du den Verstand verloren?«, sagte er zu meinem Vater am Tag nach der Tongafahrt. »Indischen Tanz studieren? Was gibt es da zu studieren, mein Freund? Er wurde erfunden, damit Männer Frauen betrachten können, nicht damit Frauen sich Frauen ansehen.« Er schlug auf die Haube seines Autos und lachte. »Behalt deine Mädchen-Frau im Auge, Nek. Erinnerst du dich, wie sie in deinem Garten herumgetanzt ist? All deine Bediensteten …«

Mein Vater räusperte sich, hob eine Braue und machte eine Geste zu mir hin. »Ist sie das?«, sagte er mit äußerst ruhiger Stimme. »Dein Gedächtnis für Belanglosigkeiten ist weit besser als meines.« Was immer mein Vater meiner Mutter bei uns zu Hause sagen mochte, außerhalb achtete er sorgfältig darauf, Leuten nicht den kleinsten Hinweis auf einen Misston zu geben, und auf eine eigentümliche Weise konnte ein Einspruch von Dinus Eltern ihn davon überzeugen, dass meine Mutter nichts Falsches getan hatte. Warum sollte sie nicht gehen, wohin sie wollte (im vernünftigen Rahmen natürlich)? Auch Frauen hatten Rechte. Das hatte er Mukti Devi gerade erst in der Gesellschaft für indische Patrioten sagen hören, in einer feurigen Rede, mit der sie die Männer ermahnte, ihre Frauen aus der Parda zu befreien und dafür zu sorgen, dass sie sich am Unabhängigkeitskampf beteiligten.

Mein Vater griff fest nach meiner Hand, während er sprach, und ich hatte das Gefühl, dass er mich warnen wollte, den Mund nicht aufzumachen. Gewöhnlich trug er Latschen, doch an dem Tag hatte er trotz der Hitze neue schwarze Lederschuhe an, die komisch groß für seine Füße schienen. Seine Hosenbeine flatterten etliche Zentimeter über ihnen, und die mageren, in weißen Socken steckenden Knöchel sahen dazwischen wie Stöcke aus. Und als wäre das nicht schon merkwürdig genug, hatte er eine dieser Stoffmützen auf, die einem umgedrehten Boot ähnelten. Ich versuchte, meine Hände aus seinen zu befreien. Er ließ nicht los.

Dinus Vater streichelte sein Auto und wechselte das Thema. »Das ist ein neues Modell. Ein Dodge. Irgendwann dieser Tage nehme ich dich mal mit und setze dich am College ab, bevor ich zum Gericht fahre. Du wirst nicht glauben, wie ruhig er fährt. Als wärst du auf einem Schiff.«

»Ich bin ein Fußgänger, wie du weißt. Wenn wir uns schneller voranbewegen sollten, hätten wir einen Benzintank im Bauch.«

Dinus Vater schüttelte verzweifelt den Kopf, blies die Backen auf und ließ die Luft mit einem *Fffft* entweichen. »Weißt du, Nek, wir sind Freunde, seit wir Kinder waren, und ich verstehe dich immer noch nicht. Eines Tages wirst du deine versponnenen Philosophien aufgeben müssen. Es wird Zeit, dass du die Freuden des Lebens entdeckst.«

Arjun Chacha hatte einen runden Wanst, dicke Backen und weite Nasenlöcher, unter denen ein üppiger schwarzer Schnauzbart strotzte. Jeden Morgen kam ein Barbier in sein Haus, um ihn zu rasieren, ihm die Haare zu machen, den Schnauzer zu stutzen und die Nasenhaare zu schneiden. Er besprenkelte sich mit Old Spice, bevor er zu Gericht ging, und man wusste immer, wann er vorbeigekommen war, weil er eine Duftwolke hinter sich herzog. Niemand könne ihm vorwerfen, sein Geld nicht zu genießen, sagte Arjun Chacha mit einem Lächeln, man müsse wissen, wie man es verdiene, aber auch, wie man es ausgebe.

»Ich stehe jeden Abend, bevor ich schlafen gehe, am offenen Fenster und sehe hinaus in die Dunkelheit. Der Sommerwind weht, die Bäume sind verstaubt und halbtot, aber ich weiß, bei Tagesanbruch werden die Pflanzen gewässert, der Fahrer wird den Wagen waschen, die Kühe werden gemolken, die Mangos reifen, und ich habe fünf Fälle anhängig, zehn Kliententermine, Advokaten, mit denen es zu sprechen gilt, Anwälte zu beauftragen, die Tuchfabrik in Kanpur und Weizen- und Zuckerrohrfelder zu verwalten. All das geht mir durch den Kopf, und ich staune. Das ist mein Königreich, das habe ich geschaffen, und es ruht auf mir.«

»Wie wahr, wie wahr«, murmelte mein Vater und versuchte, von ihm wegzukommen. Er sollte mit mir zum Augenarzt, wobei ich gern zu spät kam. Sehtests waren schlimmer als Schulprüfungen. In der Schule hatte ich eine winzige Chance durchzukommen, bei Sehtests nie.

Dinus Vater jedoch war noch nicht ganz fertig. Er war jetzt voll in Schwung, der Advokat, dessen Eloquenz und anglifizierter Akzent bis zum Gerichtshof in Allahabad legendär waren.

»Es geht nicht nur um Verbesserungen an einem Haus, Nek. Wenn ich an die fünfunddreißig Leute denke, die unter mir arbeiten, schwillt mir die Brust vor Stolz.« Er klopfte sich auf den mächtigen Leib. »Mein fauler Lebemann von einem Alkoholiker-Bruder, der in jeder Gasse eine Affäre hat. Ein Schriftsteller! Ein bekannter Name! Aber denkst du, er verdient auch nur eine einzige Paisa, die er nicht versäuft? Dann sind da noch meine alte Mutter, meine Tanten, die Bediensteten. Der ganze Trupp. Ich denke an die Köche, die Hausmädchen, den Fahrer – ich kann ein friedvolles Summen hören, wie den Motor eines guten Wagens, hinten aus dem Haus. Und würde irgendwer die Verantwortung für einen senilen alten Wächter übernehmen, so wie ich es tue? Hätte sich einer um Munshiji gekümmert? Dieses idiotische Überbleibsel eines Buchhalters aus den Tagen meines Vaters! Wenn sie einmal unter meinen Fittichen sind, wissen die Leute, dass ich sie nicht fallenlasse. Aber sie folgen *Regeln*. Jeder Hund, jede Katze, jeder Mensch braucht klare Regeln.«

Er formte eine fleischige Faust und reckte sie vor. »Das ist das Eisen, Nek, unter Seide und Samt. Was Familien brauchen, was dieses Land braucht, ist eine gütige Diktatur. Mehr ist dazu nicht zu sagen. Die Leute rufen, werft die Engländer hinaus, das sind Tyrannen. Ich sage, behaltet sie hier. Ohne sie gibt es Anarchie. Wenn ich einen Befehl gebe, ist er in Stein gemeißelt, mein Freund. In Granit geschnitten. Gayatri ist eine aufgeweckte junge Frau. Aber mit wem sie sich umgibt! Wann wirst du das Steuer deines eigenen Schiffs ergreifen?«

Ich spürte, wie es in meinem Vater rumorte und er kurz davorstand, etwas Beleidigendes zu sagen, doch da kam ihm das Krachen berstenden Glases zuvor. Es kam aus dem Haus hinter Arjun Chacha, darauf folgte eine kurze Stille, dann das anschwellende Crescendo von Frauenstimmen. Wir konnten Dinu brüllen hören: »Es ist einfach so passiert! Es war ein Versehen!« Arjun Chacha reckte den Kopf zu seiner Tür hin. »Dieser Idiot mit seinem Kricketball… Dinu, Dinu! Wenn der heute nicht den Stock zu spüren kriegt…«

Arjun Chacha hielt sich für großzügig, weise und vor allem gerecht. Seine drei Söhne hatten die besten Kricketschläger und Fahrräder, die neuesten Luftgewehre und das höchste Taschengeld, aber Dinu lebte in ständiger Angst vor seinem Vater und wurde gelegentlich, besonders wenn er beim Brechen einer Regel erwischt worden war, zu einer Audienz einbestellt.

Er stapfte dann in Arjun Chachas Büro, und schon ging es los: »So, junger Mann, in welcher Klasse bist du jetzt? Bist du Schulsprecher? Warum nicht? Sag mir, wie heißt die Hauptstadt von China? Wer ist der Premierminister in

Großbritannien? Steh gerade, Junge, den Kopf hoch, den Kopf hoch.« Die Fragen kamen wie aus einem Schnellfeuergewehr. Dinu hatte kaum Gelegenheit, eine Antwort zu murmeln, und die ganze Zeit über machte sein Vater noch etwas anderes, schrieb zum Beispiel Bemerkungen an den Rand eines Dokuments oder fragte seinen Schreiber, ob die Aufgabenliste für den nächsten Tag schon fertig sei.

Dinu war älter als ich und in der Schule mein Beschützer. Wenn mir die Jungen zu Leibe rückten, ging er auf sie los, schlug, trat, und wenn sie größer waren, rammte er ihnen den Kopf in den Magen, ohne Angst vor den Folgen. Zu Hause war er jedoch wachsam wie ein gejagtes Tier. Ich denke, er wusste, dass er nie den Vorstellungen entsprechen würde, sondern immer zu schlaksig, zu unbeholfen, zu linkisch wäre. Weder sein Kopf noch sein Kricketspiel würden den Ansprüchen seines Vaters je genügen.

Mein Vater war nicht wie Dinus, er beorderte mich nie zu sich oder verhörte mich. Trotzdem war ich wachsam. Meine Mutter wusste das, und wenn ich Schwierigkeiten machte, musste sie nur sagen: »Warte, bis dein Vater nach Hause kommt, warte, bis er hört, was du angestellt hast.« Aber mein Vater war eher abweisend, und was uns beschäftigte, konnte er nicht ernst nehmen.

So saßen mein Großvater, meine Mutter und ich eines Abends zusammen und redeten über nichts Besonderes, als er hereinkam und in bedeutungsvollem Ton verkündete, die Polizei habe heute im College eine Razzia gemacht. »Drei Studenten sind in Gewahrsam. Brutale Verhöre, kein Zweifel. Sie haben nichts Aufrührerisches getan.« Er vergrub den Kopf in den Händen, als wäre er Atlas, und das Gewicht der Welt hätte sich verdoppelt. »All diese Angst und Wut, soll ein Studentenleben so aussehen? Ums Lernen sollte es gehen, ums Entdecken. Im Moment macht es euch noch nichts, aber in ein paar Jahren wird Myshkin mit dazugehören.« Er seufzte. »Wir sind Gefangene im eigenen Land.«

Die Unterhaltung war unterbrochen, niemand vermochte den Schuldgefühlen zu entgehen, mit denen mein Vater den Raum flutete. Es gehörte sich nicht, über etwas anderes zu reden als Politik, wenn unsere Brüder und Schwestern für uns ins Gefängnis wanderten. Ich verstand das alles nicht, nur den Teil mit den Revolutionären, die Bomben warfen und Armeen aufstellten, um gegen die Briten zu kämpfen. Das wollte ich auch, aber mein Vater war der Ansicht, dass Gandhis gewaltlose Methoden moralischer und wirksamer waren. Das sagte auch Mukti Devi, und er war völlig von ihr überzeugt. »Ihr müsst kommen und ihr zuhören«, drängte er uns. »Die Luft um sie herum ist erfüllt von Opfergeist und Einsatzbereitschaft. Wer ein paar Stunden in ihrer Gegenwart verbringt, fühlt sich von Grund auf gereinigt.«

Mukti Devi war die Leiterin des Muntazir Seva Ghar, auch »Gesellschaft für indische Patrioten« genannt. Ursprünglich hatte sie anders geheißen, dann aber den Namen gewechselt, zu Mukti, was »Freiheit« bedeutete – da hatte sie bereits zwei Gefängnisstrafen hinter sich und hörte auf einem Ohr nichts mehr, nachdem sie vom Schlagstock eines Polizisten getroffen worden war, weshalb sie den Kopf schräg hielt, wenn sie von jemandem angesprochen wurde. Bevor ich sie kennenlernte, hielt ich sie für eine komische Person, die immer nur sang und Baumwolle spann. Dann, eines Tages, bestand mein Vater darauf, dass ich mit zu einem Treffen kam. Trotz meiner Proteste musste ich eine weiße, handgewebte Kurta tragen, und als wir am Treffpunkt ankamen, sah ich, warum: Alle dort waren weiß gekleidet, der Hof der Gesellschaft war ein rastloses Meer weißer Leute, die sich setzten, aufstanden und herumgingen. Mukti Devi war noch nicht da, und die Leute tranken Tee, knackten Erdnüsse und schwatzten angeregt miteinander. Als sie schließlich durch eine Seitentür kam, senkte sich eine erwartungsvolle Stille über die Menge. Ich sah Mukti Devis breites, offenes Lächeln, ganz ähnlich dem von Mahatma Gandhi. Während sie nach vorne ging, sprach sie die Leute um sich herum an, die sie alle kannte: »Nun, Mushtag, wie ich sehe, füttert Ihre Frau Sie gut. Sunita, wie kann es sein, dass Sie immer noch so hübsch sind? Ramu, na, sieh mal einer an, die Geheimpolizei persönlich! Sagen Sie dem Inspector, dass ich sein Hotel vermisse!« Sie schüttelte sich vor Lachen, und der Beamte in Zivil ließ den Kopf hängen.

Mukti Devis Haut hatte die Farbe einer gekochten Kartoffel, mit grünen, sich durch ihre Arme ziehenden Adern. Ständiges Fasten hatte sie so dünn werden lassen, dass ihre Schultern ganz eingefallen waren und die Schlüsselbeine wie Stäbe wirkten, an die man Haken hängen konnte, dennoch schien sie nicht zu leiden. Wenn man überhaupt etwas über ihre Verfassung sagen wollte, schien sie die Welt ungemein unterhaltend zu finden. Im Schneidersitz hockte sie auf ihrer Baumwollmatratze und betrachtete ihre Zuhörerschaft wie eine winzige, amüsierte Gottheit. Als sie mich zwischen zwei, drei beleibten Männern in der zweiten Reihe eingeklemmt sitzen sah, rief sie mich zu sich auf den Platz neben ihr und sagte: »Ist das nicht viel besser? Es ist immer gut, die Leute vor sich und sie nicht im Nacken zu haben.« Die Gastredner eröffneten die Versammlung, aber sie schienen kein Ende zu finden, worauf ich langsam einzudösen begann. Da beugte sie sich zu mir und flüsterte: »Weißt du, was ich von der britischen Herrschaft halte? Ich glaube, das Beste an Lord Clive ist, dass er nicht länger unter den Lebenden weilt. Es lässt sich etliches dafür sagen, tot zu sein.« Und dann, ohne eine Sekunde Pause, unterbrach sie die Ausführungen eines schwergewichtigen Mannes zu den Provinzwahlen mit einem scharfen Kommentar, den alle beklatschten. Als sie ihre eigene Rede begann und ich sah, wie die Leute im Saal alles andere einstellten, teils sogar das Atmen, begriff ich auf eine unbestimmte kindliche Art, wie außergewöhnlich ihre Ausstrahlung war.

Meine Mutter und mein Großvater gingen nie zu einer ihrer Veranstaltungen, und mein Vater konnte sie auch nicht vom Wert der Entsagung überzeugen. Ein spöttisches Lächeln umspielte die Lippen Dadas, wenn mein Vater der Askese und spartanischen Diäten das Wort redete, und wie notwendig es für alle wohlhabenden Inder wäre, einmal eine Woche in einem Slum zu leben. Mein Vater selbst tat wenige dieser Dinge, und er war auch nie verhaftet worden. Stattdessen beklagte er sich über die Schwierigkeiten, die es bedeute, für die Freiheit zu kämpfen, während man für genau die Regierung arbeite, die man stürzen wolle. Aber wie sonst sollte er ausreichend Geld verdienen, um seine Familie zu unterhalten? Wenn er doch nur alleinstehend wäre! Dann würde er von der Luft leben und sich ganz dem Kampf für die Freiheit verschreiben.

Dada sagte nie etwas zur Ironie dieser Situation, aber einmal, nur einmal, nannte er ihn einen *Dilettanten*. Da ich es

nicht besser wusste, fragte ich meinen Vater, was das bedeute.

»Ein Dilettant?«, sagte mein Vater. »Dein Großvater sagt,
ich bin ein Dilettant? Ist das so?«

Dada druckste herum. »Myshkin hört Sachen, die er
nicht versteht, und plappert dann ins Blaue hinein. Da muss
er etwas falsch verstanden haben.«

Mein Vater dilettierte munter weiter. Er wachte vor Sonnenaufgang auf und spazierte mit der Gesellschaft am Fluss
entlang. Täglich machte Mukti Devi mit ihren Anhängern
einen Spaziergang. In ihrem eigenen, ein Stück entfernt liegenden Viertel ging es los. Sie hielten kleine Messingzimbeln
in der Hand, die sie sanft gegeneinander stießen, während
sie dahinliefen, Hymnen und patriotische Lieder sangen.
Gasse um Gasse, noch bevor die Vögel aufwachten, liefen
sie durch die dunkle Hitze, und ein ruhiger Strom Menschen sickerte aus den Türen entlang ihres Wegs, bis es eine
kleine, von Mukti Devi angeführte Prozession wurde. Die
Zimbeln wurden lauter, verharrten vor unserem Tor und
warteten auf meinen Vater, darauf ging es bei Dinu vorbei
zum Fluss, und die Klänge und Lieder wurden leiser, bis sie
nicht mehr zu hören waren. Sie wanderten am Ufer entlang
und kamen in Hafizabagh heraus, wo sie eine Stunde auf
dem Grund der Villa des Nawab saßen, dessen zwei Pferde
in der Nähe grasten. Dort sangen sie weiter Hymnen und
lauschten den Reden Mukti Devis. Anschließend kam mein
Vater zurück nach Hause und trank ein Glas lauwarmes,
honiggesüßtes Zitronenwasser, während ich mich für die
Schule bereitmachte.

Meine Mutter begleitete ihn nicht auf diesen Ausflügen.
Sie lag auf ihrer Liege auf der Terrasse, die Laken zerknüllt,

den Sari durch ihren unruhigen, hitzebedrängten Schlaf um die Knie gebauscht, über sich den offenen Himmel, der jetzt von Vogelgezwitscher und Brijen Chachas Morgengesang erfüllt wurde. Wenn er seine Ragas beendet hatte und ich vor der Fahrt zur Schule meine Fahrradklingel ertönen ließ, wachte sie auf, klammerte sich aber noch an den letzten Fetzen Schlaf, bis mein schrilles Klingeln nicht mehr zu überhören war.

5

منتظر

Beryl de Zoete und Walter Spies waren mehrere Wochen von Bali nach Muntazir unterwegs gewesen, und obwohl sie geplant hatten, vierzehn Tage zu bleiben, um anschließend in andere Landesteile zu fahren, sagte Beryl, sie habe das Gefühl, noch nicht einmal mit all den Dingen *angefangen* zu haben, die sie hatten unternehmen wollen. Und so gehe es schon die ganze Zeit, sagte sie, deshalb hätten sie so lange gebraucht, um herzukommen. Ursprünglich hätten sie auf Java gar nicht pausieren wollen, doch dann sei es so zauberhaft gewesen, und in Batavia sei ihnen ganz schwindlig geworden, so viele wunderbare Skulpturen habe es zu studieren gegeben, so viele Dinge zu kaufen, so viele Freunde aus der Zeit zu besuchen, da Walter dort das westliche Orchester des Sultans geleitet habe. Auf dem Schiff nach Singapur dann hätten sie sich mit Leuten angefreundet, die darauf bestanden, dass sie für ein paar Tage blieben, bevor sie nach Madras weiterfuhren, und so sei es die ganze Reise über weitergegangen, in den kleinen wie den großen Orten. »Warum nicht für eine Ewigkeit bleiben, wo es Grund zum Verweilen gibt? Warum noch eine Minute bleiben, wenn es Grund zum Aufbruch gibt?«, sagte sie, und ich weiß, dass meine Mutter ihr aufmerksam zuhörte, denn ich fand die Worte in ihrem Notizbuch, in Anführungszeichen.

Walter Spies war rastlos, er wollte die Stadt verlassen, natürliche Landschaften und Landbewohner sehen. Er hadere mit den Städten, sagte er, sie sorgten dafür, dass er sich nach Wildnis und einfacheren Lebensweisen sehne. Bald schon fand er ein nahes Dorf, in das er sich zum Malen zurückzog, und verbrachte drei Nächte in der Lehmhütte eines Bauern. Wie es ihm gelang, mit den Leuten zu kommunizieren, wusste niemand zu sagen, aber er kam mit glänzenden Augen zurück, eine Leinwand halb fertig, und wollte schon in der darauffolgenden Woche wieder los.

Die beiden Männer, die er im Dorf kennengelernt habe, sagte er, hätten etwas, das sein tiefstes Mitgefühl anspreche. Sie hatten vor ihrer Hütte auf einer aus Schnüren geflochtenen Pritsche gesessen und wollten gerade essen, als er auftauchte. Verloren und müde, wie er wirkte, luden sie ihn ein, sich zu ihnen zu setzen, und schoben ihm einen Teller mit einem heißen, dicken Roti zu, auf dem ein großer Klecks weiße Butter schmolz. Nach seinem langen Marsch war er hungrig und aß, ohne weiter nachzudenken, alles auf. Später, als er begriff, wie arm die Familie war, wurde ihm bewusst, dass jemand im Haus, wahrscheinlich eine Frau, an dem Nachmittag wegen ihm beim Essen leer ausgegangen war. Sie sagten nichts, sondern boten ihm abends noch zwei Rotis, Eingelegtes und rohe Zwiebeln an, dazu in ihrem Hof einen Platz zum Schlafen. Ihre Güte überwältigte ihn, und er ließ ihnen alles Geld da, das er in der Tasche hatte, wobei das nicht der Grund für ihr Verhalten gewesen war, da war er sicher. Sie erinnerten ihn an Dorfbewohner auf Bali, sagte er, in einem solchen Maße unaufdringlich und leise, dass Außenstehende ihren Anstand für Dummheit und sie für unverständige Bauern halten mochten. Aber nichts konnte weiter von der Wahrheit entfernt sein. Sie waren kultivierte, zivilisierte, gütige Menschen. Ihr Gespür für Kunst und Musik war überragend.

»Ihre Musik habe ich nie gehört«, sagte Dada.

Walter Spies sprang von seinem Stuhl auf, fuhr sich erregt mit der Hand durchs Haar und wedelte mit seiner Pfeife durch die Luft. »Sie ist grandios! Das königliche Gamelan habe ich zum ersten Mal, als ich nach Java kam, in Yogyakarta gehört. Erst spielten sie leise, wie in Tropfen, dann kamen die tiefen, alles erschütternden Schläge des Gongs, so tief, dass sie einem fast Angst machen konnten. Und das wilde Trommeln dazwischen. Manchmal versiegte die Musik einfach und kam dann zurück, Tropfen für Tropfen, von irgendwo. Mit wilder, leidenschaftlicher Freude hat sie mich erfüllt! Ich wollte nichts anderes mehr, als ihr zuzuhören und alles über sie zu lernen.«

»Und haben Sie es getan?«, fragte Dada.

»Ich musste Geld verdienen. Ich hatte keine Arbeit und war gerade erst mit einem Frachter angekommen. Sie können sich sicher vorstellen, wie ich mich fühlte, als ich nach dieser Erfahrung auf einem Klavier Foxtrott spielen musste, damit sich die holländischen Fleischhaufen danach bewegen konnten.«

»Also, ich habe nichts gegen Foxtrott«, sagte Dada. »Ich habe zu meiner Zeit auch Foxtrott getanzt, und sogar Walzer. Lisa McNally kann Ihnen das bestätigen.«

»Ach, kommen Sie, Dr. Rozario.« Walter Spies lachte. »Etwas Besseres haben Sie nicht? Ich suche nach indischer Musik. Finden Sie sie für mich.«

Am Ende kam es eher zufällig zu seinem ersten Zusammentreffen mit unserer Musik. Eines Abends spazierten Dada, er und ich – ich erinnere mich an keine weiteren Begleiter – zu einem kleinen Dargah auf einer Anhöhe gleich vor Muntazir, mit Blick über die Stadt. Wir hatten Essen dabei, eine Sturmlaterne und ein paar Decken, da wir planten, die Nacht im Freien zu verbringen. Der Himmel war klar, nur eine sich ausbreitende schwarze Wolke verdeckte den Mond. Die Ränder der Wolke glommen silbrig, und helle Strahlen schnitten den Himmel in bleiche Streifen. Während der Mond nach Westen schwamm, erschien kurz ein Stück von ihm, verschwand aber wieder hinter der Wolke. Und dann sahen wir weit unter uns eine Bewegung, konnten aber nicht sagen, was es war.

Die Zeit verging, die Bewegung hörte auf, verschwand aus dem Blick, bis sie wieder auftauchte: eine dahinschlingernde Reihe Glühwürmchen. Sie kam näher, und wir sahen, es war ein Strom Frauen und Mädchen mit Kerzen in den Händen, die ihre Gesichter erleuchteten. Das Mädchen an der Spitze der Prozession hätte einer der Engel aus den Kunstbüchern meiner Mutter sein können, ätherisch, ruhig, entrückt und überirdisch schön. Die sanften Stimmen verbanden sich zu einer langsamen, melancholischen Melodie. Der Chor schwoll an und senkte sich, schwoll wieder an. Als er ganz erstarb, hob das Mädchen an der Spitze den Kopf und sang ganz allein mit einer reinen, hohen Stimme, die bis zur Wolke und dem dahinter versteckten Mond zu reichen schien. Es war eher ein melodischer Singsang als ein Lied. Eine Marsiya, flüsterte Dada, ein muslimischer Trauergesang, wie eine Totenklage, die für gewöhnlich im Muharram, dem ersten Monat des islamischen Kalenders, gesungen wurde. Was betrauerten sie? Ich wusste es nicht, ich hatte so etwas noch nie gehört. Auch Mr Spies nicht.

Sie gingen an uns vorbei, ohne uns zu sehen, und weiter zu dem Schrein. Eine Weile konnten wir sie noch hören, aber gedämpfter, dann verblichen die Stimmen, und das Kerzenlicht wurde schwächer. Als wäre ein Bann gebrochen, schlüpfte der riesige Vollmond hinter der Wolke hervor. Er war so groß, dass man die Flecken darauf sehen konnte.

Mr Spies saß da und sah von der Anhöhe auf die wenigen Lichter hinunter, die zu dieser Stunde in der fernen Stadt glitzerten – unserer Stadt. »Warst du je auf einem Schiff, Myshkin?«, sagte er gedankenversunken. »Als es mir unerträglich wurde, in Deutschland zu leben, beschloss ich, nach Java zu gehen. Aber wie kommt man nach Java? Ich brauchte ein Schiff, also verdingte ich mich als Schiffsarbeiter. Ich war achtundzwanzig, der Älteste an Bord. Zu nichts gut! Ich tat so, als verstünde ich nur Russisch, damit sie meine Dummheit auf Sprachschwierigkeiten schoben. Sie gaben mir sehr einfache Aufgaben. Eine war, aus dem Krähennest Ausschau zu halten. Was ein Krähennest ist? Du kletterst eine Leiter in einen kleinen, sich hin- und herwiegenden Korb auf einem Schiffsmast hinauf und beobachtest von dort das Meer um dich herum. Ob irgendwas auf dich zukommt… Ich habe gesungen, und das Wasser rundum war schwarz. Wasser, weißer Schaum, Sterne. Nur Himmel, Wasser und Sterne! Und ich dachte, so möchte ich das Leben! Ich will die Zeit nicht mit Kunst vergeuden, wenn ich leben kann. *Das* ist das Leben! Genau in seiner Mitte zu sein und jede Minute intensiv zu spüren. Diese Mädchen hier heute Abend singen zu hören. Ich habe noch nie so bewegende menschliche Stimmen gehört. Hier auf diesem Berg. Nichts über uns außer Mond und Himmel. Nichts um uns außer Stille, trockene Hitze und der Wind im Gras. Das ist das Zentrum von allem.«

Er holte eine Mundharmonika aus der Tasche, hob sie an die Lippen und begann zu spielen. Der Klang erfüllte die Luft, als stünde ein Orchester auf unserer Anhöhe. Er bewegte sich im Takt der Musik, seine nackten Füße pochten auf die Erde. Die Melodie, die er spielte, schien hochzuspringen und in die Nachtluft zu tauchen.

Danach steckte Mr Spies sein Instrument wieder weg. »Ein Schubert-Lied. *Die Forelle.* Kennen Sie es, Dr. Rozario? Auf dem Klavier klingt es besser. Oder der Geige.« Eine Zeitlang sagte er nichts und sah auf die Lichter unter uns. Er war da, aber nicht bei uns. Dann zog er sein Hemd aus, rollte es zu einem Kissen zusammen und legte sich ins Gras. Er fuhr mir durchs Haar und sagte mit einem schnellen Grinsen: »Ich bin glücklicher als ein Schwein im Matsch! Das Glück findet mich einfach.« Und mit einem Lächeln auf dem Gesicht schloss er die Augen.

So flach auf dem Rücken, wölbte sich sein Bauch nach innen, und die Rippen ragten auf wie der Korpus eines Boots. Sein Gesicht war so ebenfalls schärfer geschnitten, mit Winkeln und Höhlungen. Die Augen geschlossen, völlig schutzlos lag er da, ein Mann, dem alles angetan werden konnte. Er war etwas, das nach einer langen Reise bei uns angeschwemmt worden war. Treibholz. Ein Schiffswrack. Eine Flaschenpost, die ich nicht zu entziffern vermochte.

Bald nach dieser Nacht im Freien beschloss Mr Spies, dass er die klassische indische Musik ernsthaft kennenlernen musste. Er brachte meine Mutter dazu, Brijen Chacha zu überreden, dass er ihm Zugang zu privaten Musiksoireen und den Häusern alter Meister verschaffte, damit er ihnen beim Üben zuhören konnte. Bei einem jungen Mann namens Afzal Khan, der selbst noch Student war, nahm er Sarod-Unterricht. Afzal war schlank und anmutig, mit langen Fingern und langen Haaren. Er schminkte sich die Augen mit Kajal, trug Goldstecker in den Ohren und roch nach Gewürznelken. Mr Spies fand ihn so faszinierend, dass er ihn mit in sein Zimmer im Gästehaus nahm und ganze Nachmittage fotografierte. Mehrmals behielt er ihn über Nacht da, weil das erste Licht morgens das beste für Porträts sei, sagte er.

Eines unvergesslichen, kerzenerleuchteten Abends in Lisas Gästehaus, nachdem Mr Spies ihm vom Schattentheater auf Bali erzählt hatte, ließ Afzal einen Freund auf der Sarod spielen und schuf allein mit seinen Händen eine Arabeske zarter Schatten auf der Wand: einen Vogel, eine Blume, zwei Rehe. Am Ende ging Walter Spies auf die Knie und gab Afzals Händen einen theatralischen Kuss, erst der einen, dann der anderen.

Das Saitenspiel trug zur allgemeinen Kakofonie in Lisa McNallys Gästehaus bei, wo Beryl Kathak zu tanzen versuchte. Aber sie mochte es nicht. »Das ist so öde, öde, öde! Wie ein Flamenco ohne die Erotik! In zwei Wochen habe ich Füße, so flach wie Bügelbretter!« Ein Handelsreisender, der in Lisas drittem Zimmer wohnte, beschwerte sich über den Lärm der stampfenden Füße, und der Lehrer hatte schnell genug von Beryl. Unter vier Augen sagte er meiner Mutter, er habe noch nie einem Storch das Tanzen beigebracht, und schon gar nicht in einem anglo-indischen Gästehaus. Er war ein in weitem Umkreis anerkannter Lehrer, und wenn sie etwas lernen wolle, sagte er, werde sie in sein Haus kommen müssen, wo er seine übrigen Schüler unterrichtete.

Unser Leben schien ein neues Muster angenommen zu haben, zu dem jetzt auch unsere Besucher gehörten. Die seismischen Bewegungen, die auf die erste Expedition meiner Mutter mit ihnen in den alten Teil der Stadt folgten, verhinderten jeden weiteren Versuch dieser Art, im Übrigen schliffen sich die Dinge ein. Beryl fand einen alten englischen Bekannten in der Truppenunterkunft, einen Offizier mit einem Klavier, das Mr Spies benutzen durfte. Vielleicht wurden im Haus kleine, unliebsame Veränderungen vorgenommen, ich war mir ihrer nicht bewusst. Ich spürte die Hitze des Sommers nicht, sondern lebte mit Dinu in meiner eigenen Fantasiewelt, in der ein anderes Wetter herrschte. Abwechselnd schlüpften wir in die Rolle der Nazis, vor denen Mr Spies geflohen war, oder standen im Krähennest von Schiffen und sichteten Piraten, die wir niederschossen. Manchmal wurden wir zu Soldaten auf Seiten der Revolutionäre in Spanien, lebten von Oliven und Wein und töteten jeden Priester, der in Sicht kam. Ich sehnte mich nach einem richtigen Krieg, in dem ich mich im Dschungel verstecken und schießen konnte. Ich sah nicht, dass die Schlacht in Muntazir bereits begonnen hatte, inner- und außerhalb des Hauses.

Mein Gespür dafür, wie lange die Besucher schon da gewesen waren, ist vage, Abfolge und Einzelheiten der meisten Geschehnisse, die ich beschrieben habe, mögen mehr Mutmaßung und Rekonstruktion als die Art von Wahrheit sein, die vor Gericht als Beweis gelten kann. Einen Abend jedoch werde ich niemals vergessen, klar bis in jedes Detail hinein. Wenn ich heute daran zurückdenke, weiß ich, dass es der Tag war, an dem die Erde bebte und sich ein Riss in ihr auftat, der zu einem Abgrund werden sollte.

Der Abend läuft Szene für Szene wie ein Film, den ich zu oft gesehen habe, in meinem Kopf ab. Mein Vater kommt nach Hause, findet Walter Spies auf einem Rohrstuhl vor, wie er unseren Banyanbaum malt, und in einem anderen Teil des Gartens demonstriert Beryl de Zoete, was unter Eurhythmie zu verstehen ist. Lisa ist ebenfalls da, in einem roten Kleid mit ausgestelltem Rock, den sie anmutig hochhält, während sie Beryls Schritten zu folgen versucht. »Lass deinen Körper fließen, lass ihn sich mit der Erde bewegen, spüre die Freude«, sagt Beryl. »Und lass deinen Rock los!« Sie sagt, die Tanzform basiert auf dem Prinzip, dass die Emotion der Musik mit dem ganzen Körper ausgedrückt wird, aus einem intensiven Gefühl heraus soll das entstehen. Für uns scheint es eine Menge energisches Herumwedeln mit Armen und Beinen in offenbar gegensätzlichen Rhythmen zu sein. Vielleicht sieht es für den Betrachter weniger gut aus, als es sich für den Tänzer anfühlt. Dennoch pfeift meine Mutter und ruft: »Lisa, du bist dafür wie geboren!«

Brijen Chacha liegt mit ausgestreckten Beinen im Gras und sagt begeistert wie ein Besucher einer Soirée mit Urdu-Musik: »*Wah, wah!*« Selbst zu dieser Stunde hat er eine Flasche Rum bei sich, dazu einen stählernen Becher, an dem er zwischen anerkennenden Rufen nippt. Vor irgendwoher kommt ein Grashüpfer und beginnt versuchsweise, seine Kurta zu erkunden, doch er sieht und hört nichts als die tanzenden Frauen, bis sich meine Mutter vorbeugt und das Insekt mit einem Blatt von seinem Rücken wischt.

Mein Vater hat zwei Studenten dabei, ernste Jungen mit schwarzgerandeten Brillen und Stapeln von Büchern in den Armen. Sie starren die Tänzerinnen an. Banno Didi, Ram Saran und Golak haben ihre Arbeiten zur Seite gelegt und sehen von den Stufen aus zu, die den hinteren mit dem vorderen Garten verbinden. Um besser sehen zu können und weit genug entfernt zu sein, dass die Erwachsenen unsere Rufe und unser Lachen nicht hören, stehe ich mit Dinu, Mantu, Raju und Lambu Chikara auf der Mauer zwischen Dinus Haus und unserem.

Seine Studenten erwarteten fraglos, dass das Haus ihres Lehrers ein stiller Tempel der Gelehrsamkeit war, sagt mein Vater später, und am nächsten Tag würde es das ganze College wissen, dass Professor Nek Chand in seinem Garten Tanzunterricht von einer Art abhalte, wie man es in Muntazir noch nie gesehen habe, während seine Frau mit fremden Männern dasitze und einer Engländerin in einem Kleid zupfeife. Mein Vater findet das nicht komisch. Verliere dein Gesicht, und du verlierst deine Autorität. Verliere als Lehrer deine Autorität, und dir bleibt nichts mehr.

»Autorität. Respekt. Disziplin. Wann ist je etwas Neues durch gehorsame kleine Sklaven entstanden? Dein College klingt wie ein Gefängnis.«

»Disziplin hat nichts mit Sklaverei zu tun, Gayatri. Alles braucht eine Methode. Anarchie führt zu nichts.«

Ich stehe im Schatten vor ihrer Schlafzimmertür und kann meine Mutter am Frisiertisch sitzen sehen. Sie zieht nacheinander die Haarnadeln aus ihrem Knoten. Auf dem Tisch vor ihr liegt eine überreife Mango, die ich an dem Morgen dort habe liegen lassen, und sie steckt die Nadeln in sie hinein, bis die Frucht wie ein derangiertes Stachelschwein aussieht. Sie rupft sich das gelblich gewordene Jasminblütenband aus den Haaren und schüttelt wütend den Kopf. »Ich nehme mir eine Schere, schneide das alles ab und werfe die Nadeln weg.«

»Was hat das jetzt damit zu tun?«

»Weißt du, dass es heute Frauen gibt, die Flugzeuge lenken? Und du hältst mir einen Vortrag über Autorität und Respekt, weil ich mit Freunden im Garten sitze!«

»Mit Freunden? Seit wann sind das deine Freunde? Vor ein paar Wochen kanntest du sie noch nicht einmal, und jetzt sind es deine Freunde? Ist es, weil sie Ausländer sind? Sind dir Inder nicht mehr gut genug?«

»Das ist lächerlich, und das weißt du. Das ist so engstirnig von dir«, sagt meine Mutter. »Im Übrigen war Brijen auch da, und er ist, soweit ich weiß, kein Ausländer. Und auch Lisa nicht.«

»Brijen macht die Sache noch anrüchiger, nicht weniger. Die Mengen, die er trinkt, ich frage mich, wie er seine Bücher schreiben kann. Und ich – engstirnig! Wie oft habe ich dich gebeten, mit zu den Versammlungen zu kommen und Mukti Devi anzuhören? Um deine Augen für etwas Neues zu öffnen. Menschen kennenzulernen, die über die eigenen banalen Bedürfnisse hinausdenken. Unser Land befindet sich im Aufruhr, unser Volk kämpft für seine Freiheit, und du denkst nur an dich selbst.«

»Was werde ich von der Freiheit der großen Nation haben? Sag mir das! Wird sie auch mich frei machen? Werde ich mir aussuchen können, wie ich leben will? Könnte ich allein in ein Dorf wandern wie Walter? Könnte ich dort hingehen und malen wie er? Oder die Straße hinuntergehen und ein Lied singen? Könnte ich die Nacht unter den

Sternen verbringen, draußen vor der Stadt, wie es dein Vater gerade getan hat? Selbst Myshkin ist freier als ich! Rede du mir nicht von Freiheit.«

»Alles zu seiner Zeit, Gay. Jetzt ist nicht der Moment, nur an deine Bedürfnisse zu denken«, sagt mein Vater mit einem Seufzen. Er schweigt eine Weile, und als er wieder spricht, tut er es langsam und geduldig, als hätte er einen besonders begriffsstutzigen Schüler vor sich. »Das ist dein grundsätzliches Problem. Deine Vorstellungen sind oberflächlich, du siehst nicht den Unterschied zwischen persönlicher und nationaler Freiheit. Wir schlagen gerade eine monumentale Schlacht. Wir kämpfen für die Befreiung einer ganzen Nation von fremdländischer Unterdrückung. Männer und Frauen opfern alles und schieben ihre eigenen Wünsche zur Seite. Eines Tages, wenn die Briten hinausbefördert sind, enden Jahrhunderte der Unterdrückung, und wir werden alle frei sein. Die Unberührbaren. Die Armen. Wir werden einen neuen Tag heraufziehen sehen, und selbst die Luft wird anders sein. Und du? Du denkst nur an Frisuren und Liedersingen.«

Meine Mutter wendet sich vom Spiegel ihres Frisiertischs zu meinem Vater um. In ihren Augen lodert es. »Weißt du, was ich tun würde, wenn ich jetzt plötzlich frei wäre? Ich würde dieses Haus verlassen, würde weggehen und nie wieder zurückkommen. Nach Santiniketan würde ich gehen und Rabi Babu zu Füßen fallen. Um Zuflucht würde ich ihn bitten. Dort würde ich malen und zum Himmel aufsehen können, ohne das Gefühl zu haben, unter einer Glaskuppel gefangen zu sein. Dort wäre die Luft ganz sicher besser.«

Meine Mutter schleudert die mit Nadeln gespickte, triefende Mango in eine Ecke des Zimmers. Sich selbst wirft sie aufs Bett, vergräbt das Gesicht in den Händen und schluchzt vor Wut. Ihre Schultern beben, ihr Haar verbirgt ihr Gesicht wie ein Schal. Mein Vater sieht den gelben Mangobrei wie Erbrochenes die Wand hinuntergleiten und wendet sich wieder ihr zu. Vorsichtig streckt er eine Hand nach ihrer Schulter aus und legt sie darauf. Sie schüttelt ihn ab.

»Hör zu, Gay, du lässt es klingen, als säßest du in einem Gefängnis«, sagt er in flehendem Ton. »Ich will nicht, dass du dich so fühlst. Ich will, dass du glücklich bist, so wie ich dich zum ersten Mal gesehen habe. Mit deinem Vater ... in jenen Tagen, als ich ihn besuchen kam, weißt du noch? Nur wegen dir bin ich gekommen, du weißt, dass ich dich von Beginn an geliebt habe. Du hast immer an der Tür gewartet und mich hereingelassen. Nach oben in sein Arbeitszimmer hast du mich geführt, hast ein Tablett mit Tee gebracht. Ich habe dir ein Buch mit Renaissancegemälden geschenkt. Du hast es noch, das mit den Botticelli-Engeln, die du so liebst. Sag mir nicht, mir sind deine Gefühle egal. Ich will nicht, dass du dich eingesperrt fühlst, natürlich nicht. Ich weiß, du hattest Hobbys, und ich möchte, dass du sie auch weiter betreibst. Jeder braucht ein Hobby. Besonders Frauen, die so zu Hause eingebunden sind.«

Die Schluchzer meiner Mutter werden lauter und immer unkontrollierter. Sie murmelt unverständliche, tränengesättigte Worte.

»Ich wünschte, wir würden nicht so streiten ... alle können uns hören, ich bin sicher. Kannst du dir vorstellen, was das für Myshkin bedeutet? Weine nicht, Gay, hör bitte auf. Denk an ihn.«

»Myshkin, Myshkin.« Die Stimme meiner Mutter klingt erstickt. »Als ob nichts anderes wichtig wäre. Als ob die

Welt ihre Bedeutung verloren hätte, nachdem er geboren wurde.« Während der nächsten paar Minuten ist nur zu hören, wie meine Mutter mit aller Macht versucht, sich nicht von ihrer Verzweiflung überwältigen zu lassen. Sie verachtet Tränen, aber an diesem Tag ist der Damm, den sie in sich aufgebaut hat, gebrochen. Mein Vater sitzt wortlos neben ihr. Endlich steht er vom Bett auf.

»Wenn du so über dein eigenes Kind denkst, hat es wenig Sinn, dieses Gespräch weiterzuführen.« Er nimmt ein Buch von einem Beistelltisch. »Hast du je an meine Gefühle gedacht? Dass ich vielleicht auch welche habe? Dass du vielleicht nicht die einzige Person in diesem Haus bist, die sich eingesperrt fühlt?«

Mein Vater kommt auf die Tür zu, und ich ziehe mich in einen dunkleren Teil des Flurs zurück. Nachdem er gegangen ist, stehe ich noch lange vor ihrem Schlafzimmer. Die Schluchzer meiner Mutter sind jetzt gedämpfter, manchmal ist nichts mehr zu hören, und die stillen Augenblicke werden länger, so dass ich es wage, ins Zimmer zu blicken. Ich sehe, dass meine Mutter flach auf dem Bauch liegt, das Gesicht in einem Kissen vergraben, unter einem dunklen Wust Haare. Ihre ausgestreckten Hände sind zu Fäusten geballt, als würde sie kämpfen.

Von Picasso wird gesagt, dass er ein ungewöhnlich genaues visuelles Gedächtnis hatte. Sein Blick ging tief, war ruhig und intensiv, ganz so, als fotografierten seine Augen, was er sah, und schrieben es in sein Gehirn ein. Wollte er eine neue Interpretation eines alten Gemäldes malen, verbrachte er Stunden im Museum und studierte es, Tag um Tag, um anschließend aus der Erinnerung zu arbeiten. Ich weiß nicht, wie seine Art auf die Männer und Frauen wirkte, die ihm Modell saßen. Als er ein Porträt von Gertrude Stein malen sollte, beobachtete er sie fast ein Jahr lang, und wenn sie in seinem Atelier saß, stand er da und betrachtete sie, ohne auch nur einen Strich zu zeichnen oder zu malen. Als er sie dann porträtierte, tat er es aus dem Gedächtnis.

Ich bin kein Picasso. Ich bin kein Künstler. Ich kann auch nicht sehr gut addieren und subtrahieren, wie es Männer tun, die zu überleben wissen. Das muss mit ein Grund für meine Nähe zu Pflanzen sein, und warum ich meine Liebe zu ihnen zu meinem Lebensinhalt gemacht habe. Pflanzen fordern dich nicht auf, einen Satz zu formen oder eine Gleichung zu lösen, sie bitten dich nur, regelmäßig für sie da zu sein, beständig, fürsorglich und wachsam. Das war ich. Und während ich Bäume und Pflanzen beobachtete, begann ich, sie zu zeichnen. Das war lange, nachdem meine Mutter uns verlassen hatte. Ich bin ein guter Zeichner, ich habe Stapel von Skizzenbüchern voller Blätter, Blüten, Blumen und Bäume. Ich hatte zugesehen, wie Mr Spies den Banyanbaum in unserem Garten malte und sich auf jedes Blatt und jede herabhängende Wurzel konzentrierte, als müsste er sich jeden einzelnen Millimeter einprägen. Der Baum steht immer noch im Garten, hat fast den doppelten Umfang, und ich kann nicht mehr sagen, wie oft ich ihn in seinem Stil zu malen versucht habe. Ich habe auch zugesehen, wie er Insekten, Blumen und Hunde gemalt hat. Seine künstlerische Fähigkeit, über bloße Präzision hinauszugehen, besitze ich nicht, aber seine Aufmerksamkeit fürs Detail habe ich als junger Mensch in mich aufgesaugt.

Mr Percy-Lancaster war von meinen botanischen Zeichnungen beeindruckt. Wenn ich ihm eine Pflanze beschreiben wollte, die ich gesehen hatte, sagte er immer nur: »Hören Sie auf zu reden, mein Junge, zeichnen Sie sie für mich.« Ich weiß, dass ich auch jetzt noch so gut wie jede Linie einer Pflanze aufs Papier zu bringen vermag, die ich vor zwei Tagen oder einer Woche gesehen habe. Auch wenn ich die Pflanze nicht mehr vor Augen hatte, konnte ich schnell einen Eindruck von ihr vermitteln, genug für ihn, um sie zu identifizieren, und manchmal bewertete er meine Zeichnung auch als »genau beobachtet« oder gar »schön«. Einmal benutzte er das Wort »exquisit« und schlug vor, ich solle einige meiner Zeichnungen rahmen. Noch Tage, nachdem er so lobende Worte gebraucht hatte, erfüllte mich ein befriedigtes Glühen, denn er war nur sehr schwer zufriedenzustellen.

Der Grund für meine Abschweifung liegt darin, dass ich zu Beginn dieser Aufzeichnungen nicht sicher war, woran ich mich überhaupt erinnern konnte. Jetzt stelle ich fest, dass sich ganze Ereignisse aus meiner Kindheit, je intensiver ich mich mit der Zeit beschäftige, die ich beschreibe, neu vor meinen Augen abspielen. Ich bin nicht sicher, ob ich damit weitermachen möchte. Ich wache nachts auf, kann nicht sagen, wo ich bin, und meine Träume und Alpträume bringen längst vergangene Geschehnisse an die Oberfläche, in nicht wiedererkennbarer Form. An dem schrecklichen Streit meiner Eltern an jenem Abend ist jedoch alles wiedererkennbar. Es ist, als wäre es gestern gewesen, das Schluchzen meiner Mutter ist in meinen Kopf eingebrannt.

Myshkin. Myshkin. Als ob nichts anderes wichtig wäre. Als ob die Welt ihre Bedeutung verloren hätte, nachdem er geboren wurde.

Meine Ankunft hatte meine Mutter erstickt, ihre Welt zusammenschnurren lassen, sie gequält. Das war es, was sie für ihren Sohn empfand. Für mich war das damals wie ein Schlag in den Magen, und es ist Jahre her, dass ich mir erlaubt habe, darüber nachzugrübeln. Aber ich musste es zulassen. Schließlich schreibe ich darüber.

Hin und wieder frage ich mich, warum ich das tue: alles noch einmal überdenken und mir vor Augen rufen, niederschreiben, für wen? Sind wir das, was wir getan haben, oder das, was wir darüber aufzeichnen und hinterlassen? Vielleicht beides nicht. Irgendwo habe ich gelesen, wie jemand Rabindranath Tagore gegen Ende seines Lebens sagte, er solle seine Autobiografie schreiben. Der Dichter fragte, warum. Vielleicht, weil die Welt von seinen romantischen Verstrickungen wissen wolle? Verlangte Lüsternheit nach Lebensgeschichten? Er werde es nicht tun. Er habe so schmerzliche Phasen durchlebt, dass er es nicht ertragen würde, sie sich wieder vor Augen zu rufen.

Es ist auch für mich nicht leicht, mir Schmerzen neu zu vergegenwärtigen, und es ist auch nicht die Vorstellung, anderen Menschen mein Leben zu erzählen, die mich dazu bringt, hier zu sitzen und zu schreiben. Ich habe keine Nachkommen, und ich bin auch kein berühmter Mann, der Neugier erregt. Vielleicht ist es einfach eine Möglichkeit, Zeit herauszuschinden: Ich habe immer noch nicht den Umschlag von Lisa McNallys Verwandten in Vancouver geöffnet. Er ist jetzt Wochen alt, und ich habe ihn weggeschlossen, damit ich ihn nicht so oft sehe und mich frage, was wohl darin ist. Warum mache ich ihn nicht einfach auf? Wovor habe ich Angst?

Ich habe Angst vor frischem Schmerz.

So wie unsere Füße neue Schuhe an ihre Form anpassen, damit sie nicht mehr wehtun, habe ich mir meine Vergangenheit angepasst. Sie passt mir mittlerweile ganz gut, ich kann in ihr leben. Es ist eine Hülle, in die ich mich zurückzuziehen vermag, ohne eine Verletzung fürchten zu müssen. Ich will sie nicht gegen eine neue Version der Vergangenheit eintauschen.

Während ich das hier schreibe, finde ich es allerdings auch überraschend, wie viel ich mir mit völligem Gleichmut wieder vor Augen rufen kann. Mit Glücksempfinden sogar. Es war gar nicht so schlecht, wirklich nicht, habe ich zu meinen Hunden gesagt, als wir heute Morgen spazieren gegangen sind. So viel Fischen, so viel Kricket. Die lange vergangenen Mätzchen meines Großvaters mit seinem Tigerfell und dem Tropenhelm. Meine Erkundungsfahrten mit dem großen schwarzen Fahrrad.

Seht ihr, sage ich zu den Hunden, hier führte die Straße zum Fluss entlang, als sie noch nicht abgesperrt war. Der Fluss? Nun, das Kraftwerk nimmt jetzt das ganze Ufer ein, da wollen wir sowieso nicht mehr hin, aber gehen wir dahin, wo Dinu gewohnt hat. Da steht jetzt eine fünfstöckige Festung, in der Fremde leben, und die niedrige Mauer zwischen unseren beiden Häusern, über die Dinu und ich jeden Tag mehr als ein Dutzend Mal sprangen, ist jetzt drei Meter hoch, mit Stacheldraht oben. Das Einzige, was sich in der Pontoon Road nicht geändert hat, sind das Grab des Pīrs und mein heruntergekommener Bungalow mitsamt seinem verwilderten Garten. Selbst der Name, Pontoon Road, der mich immer an eine längst abgebaute Behelfsbrücke über den Fluss erinnerte, ist geändert worden. Aber es ist nicht wichtig, wie sie heute heißt, für mich ist es immer noch die Pontoon Road.

Die Hunde kommen durchs Tor gerannt, ich schließe es

hinter ihnen. Im Banyanbaum, den Mr Spies so gern zeichnete, tobt ein ausgewachsener Vogelkampf, es fliegen Federn und Blätter. Und da ist die steinerne Bank, auf der meine Mutter saß, als Beryl die Geschichte Aishas erzählte, die sich die Haare abschnitt und zu einem Mann wurde. (Die Schaukel, die am Baum neben der Bank hing, ist lange nicht mehr da.) Die Bank anzusehen ist leicht. Ich kann sogar hingehen und mich daraufsetzen, ohne dass etwas passiert. Ich klopfe auf den Platz neben mir, und meine beiden Hunde klettern hinauf und versuchen, sich gegenseitig wieder hinunterzubefördern. Ständig tollen sie freundschaftlich balgend herum. Die Verrücktheit ihrer Eskapaden und die unschuldige Gewalt ihres Spiels lässt mich alles andere für eine Weile vergessen.

Hinter uns steht der Niembaum, dann kommt das Beet, in dem ich Gemüse ziehe. Ich habe einen wunderbaren Verbündeten, einen Gärtner, der zusammen mit mir in der Baumschule der Regierung arbeitete. Damals war Gopal jung, heute ist er in seinen mittleren Jahren und kommt ein-, zweimal die Woche mit seinem Khurpi im Bund auf seinem quietschenden Fahrrad hergefahren. Er riecht nach frischem Dung und Rauch. Wir haben unsere Gewohnheiten, er und ich. Jetzt, im Frühling, laufen wir durch den Gemüsegarten und überlegen, wo wir Flaschenkürbisse, Jamswurzeln und Okra pflanzen wollen – das sind die einzigen Dinge, die im Sommer in meinem Garten wachsen, und der Trick ist, Plätze für sie unter den Bäumen zu finden, damit sie etwas Schatten haben. Es gibt sehr wenig Wasser zum Gießen. Ich weiß, ich klinge wie Mr Percy-Lancaster, wenn ich Gopal damit auf die Nerven gehe, dass er wieder mal den Schlauch nicht abgedreht hat.

Ich bin mit Mr Percy-Lancaster noch Jahre, nachdem ich wieder in Muntazir war, in Kontakt geblieben, und selbst heute denke ich an ihn, wenn ich ein gärtnerisches Problem habe, für das es keine Lösung zu geben scheint, rede mit ihm und frage ihn, was ich tun soll. Ich stelle mir seine Antwort vor, all seine möglichen Antworten, und das hilft mir meistens, das Problem zu lösen. Im Reden mit abwesenden Leuten, denen, die zu früh gegangen sind, als unser Gespräch noch nicht beendet war, verfüge ich über jahrelange Übung. Es gibt Tage, da meine Fragen im Nachhinein dumm scheinen und ich das Gefühl habe, ich hätte sie nie stellen dürfen. Bei solchen Gelegenheiten muss ich an Mr Percy-Lancasters Gewohnheit denken, mit chinesischen Sprichwörtern aufzuwarten. Wie Karnickel aus einem Zylinder zauberte er sie hervor, für jede Gelegenheit hatte er eines parat. »Lieber stumm bleiben und für einen Narren gehalten werden, als den Mund aufzumachen und alle Zweifel zu beseitigen«, war eines, mit dem er mich zum Schweigen brachte, als ich ihn etwas besonders Törichtes gefragt hatte, und wenn ich auch nicht mehr zu sagen weiß, worin meine Provokation bestand, ist mir das Sprichwort doch im Kopf geblieben und hat mir gute Dienste geleistet, hat mich Zurückhaltung und Verschwiegenheit schätzen und die unerträgliche Fähigkeit von Worten erkennen lassen, der Kontrolle zu entgleiten – man sagt, was man nie sagen wollte, oder kann bei weitem nicht ausdrücken, was man so unbedingt sagen will.

Eine von Mr Percy-Lancasters wiederkehrenden Beschwerden war, dass die Gärtner nicht den Unterschied zwischen leichtem und intensivem Bewässern kannten. »Sie lassen das Wasser laufen, bis das Beet völlig überflutet ist, und die Wiese und die Straße daneben ebenfalls.«

Sich um die grüne Lunge Delhis zu kümmern war seine Leidenschaft, und alles, was ihm dabei in die Quere kam, erboste ihn. Es konnten Sittiche sein, die die kleinen Wolfsmilchpflanzen anknabberten, Schakale, die ganze Blumenbeete aufwühlten. Oder Gärtner, die Samen falsch aussäten und trotz jahrelanger Ausbildung Instruktionen missachteten. So groß die Verdrossenheit aber auch war, es gab nichts außer der Gärtnerei, womit er sich beschäftigen wollte.

Einmal, als ich ihm sagte, ich dächte darüber nach, mir einen lukrativeren Beruf zu suchen und zu heiraten (auch die Zeit gab es in meinem Leben), hatte er dieses chinesische Sprichwort für mich: »Willst du eine Stunde lang glücklich sein, trinke Wein; willst du drei Tage lang glücklich sein, heirate. Wenn du acht Tage lang glücklich sein willst, schlachte dein Schwein und iss es auf. Soll das Glück aber ewig währen, werde Gärtner.«

»Die Gartenbauabteilung«, erklärte er mir, »ist aufgrund fehlender Einrichtungen nicht in der Lage, Ihnen Wein, Frau oder Schwein zu verschaffen, aber wir können Ihnen helfen, Gärtner zu werden.«

6

منتظر

Walter Spies kam meinen Großvater weit öfter besuchen als
Beryl, fast jeden Tag, wenn er nicht gerade draußen in den
Dörfern war. Von seinen Ausflügen aufs Land kam er beladen mit primitiven kleinen Saiteninstrumenten zurück, Ter-
rakotta-Tassen, Tierfiguren aus Ton und Bambusflöten, auf
denen er erfolglos zu spielen versuchte. Das alles brachte er
zu Dada, und ihre zusammensteckenden Köpfe, einer blond,
einer weiß, die sich über irgendein Stück zerbrochenen Ton
beugten, wurden in der Klinik zu einem alltäglichen Anblick.
Hinterher saßen sie eingehüllt in den Rauch ihrer Pfeifen und
tranken viele Tassen süßen, starken Tees, den Jagat, das Fak-
totum meines Großvaters, in den Pausen zwischen den Patienten aufbrühte. Mr Spies sagte Dada, dass er sich in der Klinik wohlfühlte und sie für einen höchst exzentrischen Ort
halte, in dem man alles finden könne: Gesundheit, Tee, Wissen oder auch eine alte Chaiselongue. Einmal stieß er auf ver-
knitterte Stapel alter Noten, die jemand hergebracht hatte,
und sie hielten ihn über Tage in Bann. Wenn Mr Spies warten musste, weil Dada sich um seine Patienten zu kümmern
hatte, skizzierte er die Leute, die vor den Falttüren warteten, oder er schrieb in das Notizbuch, das er immer bei sich
hatte.

Es seien merkwürdige Zeichnungen, erzählte Dada meiner Mutter. »Du wärst verblüfft, Gayatri, wie seltsam kindisch und gleichzeitig ganz und gar nicht kindisch sie sind.«

»Ich habe seine Zeichnungen gesehen, sie sind sehr gut«, sagte meine Mutter.

»Es ist das, was sie moderne Kunst nennen«, sagte mein Vater. »Vielleicht kann er gar nicht zeichnen.«

»Er ist kein Amateur. Ich würde eher sagen, es ist gut möglich, dass wir es mit einem Genie zu tun haben. Nein, wirklich, jetzt verzieh nicht das Gesicht. Wie viele von uns sind schon in der Lage, ein Genie zu erkennen, wenn wir eins sehen? Wir können es nicht, weil wir normal, gewöhnlich sind.«

»Ein Genie! Genauso gut könnte man sagen, dass Brijen ein richtiger Schriftsteller ist. Aber das ist er nicht. Er ist nicht mehr als ein Schreiberling. Dieser Spies scheint mir ziemlich gewöhnlich«, sagte mein Vater.

»Ganz und gar nicht, Nek. Ich denke, wir sind nicht fähig, seine... Brillanz zu erfassen.«

»*Brillanz!*«

»Ja, genau das sagte ich. Der Mann ist weder ein Angeber noch abweisend oder launisch, deshalb hältst du ihn für gewöhnlich. Ehrlich gesagt, bin ich sicher, noch nie jemanden kennengelernt zu haben, der sich als Künstler bezeichnet und trotzdem so unprätentiös ist«, sagte Dada. »Beryl hat mir erzählt, dass Walter in Europa die besten Lehrer hatte. Sie sagt, er verehrt einen Maler namens Rousseau und hat von einigen sehr bekannten Künstlern gelernt, die... was hat sie noch gesagt, wie sie heißen? Otto Dix und...?«

»Clay«, sagte ich. »Paul Clay.«

»Ja, natürlich, Paul Klee. Myshkin, was würde ich nur

ohne dich machen«, sagte Dada und klopfte mir auf die Schulter. »Gayatri, bitte sag Banno, die Kartoffeln brauchen mehr Butter.«

»Ich glaube, sie verfüttert die Butter an ihre eigenen Kinder«, sagte meine Mutter. »Ich wüsste nicht zu sagen, wo sie landet, wenn nicht in den Kartoffeln. Wir haben gerade erst ein großes Fass gemacht – Myshkin und Dinu haben schleudern geholfen, nicht wahr? Und es ist schon wieder halb leer.«

»Was soll das Gewese um die Butter? Mukti Devi isst zweimal am Tag, Daal-Roti und gekochtes Gemüse, und manchmal trinkt sie etwas Milch abends nach ihren Gebeten. Man kommt auch mit wenig sehr weit, wenn man begreift, dass wir essen, um zu leben, und nicht leben, um zu essen. Das sagt auch Gandhi. Kontrolliere deinen Appetit, dein gesamtes Verlangen. Ich wünschte, ich wäre willensstark genug.«

»Schlechter als das Essen einer bengalischen Witwe«, murmelte meine Mutter.

»Es ist gut, was eine bengalische Witwe isst. Gesund und einfach. Die Dinge hier auf dem Tisch? Damit ließe sich eine arme Familie zwei Tage ernähren, und das in einem Land, in dem die Hälfte der Bevölkerung nichts zu essen hat. Versucht, von anderen zu lernen. Wir kommen nicht auf die Welt und wissen bereits alles. Sei aufgeschlossen, Gayatri.«

»Aufgeschlossen?«, flüsterte meine Mutter. »Was ist mit deiner Aufgeschlossenheit, wenn es um Malerei geht?« Bei meinem Vater war ihre Stimme für gewöhnlich leise und kontrolliert, im Gegensatz zu seinem deklamatorischen Ton. Und doch gelang es ihm immer, Dinge herauszuhören, die ihm zu widersprechen schienen.

»Ich mag Bilder, bei denen ich sagen kann, was ich sehe«, erwiderte er. »Ich verstehe Abstraktionen in der Sprache, aber warum sollte ein Bild an der Wand erklärt werden müssen? Sollten Bilder nicht schön sein? Was sonst? Möchtet ihr Blumen, aus denen auch in Wirklichkeit Frösche werden?«

»Walter war im Krieg in einem Lager in Russland, weil er Deutscher war, und hat neue Dinge entdeckt. Kubismus, Futurismus und Expressionismus nennt er sie. Er hat Schönheit und Bedeutung in Linien, Rechtecken und Kreisen gefunden«, erklärte Dada und nahm sich noch etwas Fisch. »Danach hat er die Arbeiten von diesem Rousseau gesehen, sagt er, und dass sie ihn für immer verändert haben.«

»Ich werfe ihm nicht vor, dass er eingesperrt war. Hinter geradlinigen Gittern war und im eckigen Hof im Kreis laufen musste«, sagte mein Vater mit einem sarkastischen Lächeln.

»Jetzt komm aber, Nek, keine Vorurteile. Die sollte ein gebildeter Mensch nicht haben«, sagte Dada. »Vor allem kein Geschichtslehrer.« Dada hatte eine Art, betrübt den Kopf zu schütteln, die einem das Gefühl gab, ihn enttäuscht zu haben. Er hatte eine Hakennase, die hohe Stirn wölbte sich unter dichtem, silbergrauem Haar, und seine hellen, taxierenden Augen konnten einem das Gefühl geben, dass man jemanden vor sich hatte, den man beeindrucken sollte, es womöglich aber nicht konnte. Vielleicht hatte dieses Gefühl meinen Vater sein ganzes Leben lang beherrscht.

»Ich bin sehr aufgeschlossen, ich lese alle Arten von Literatur…«, begann er.

»Wie kannst du Bilder verdammen, die du nie gesehen hast?«, sagte meine Mutter und legte noch ein Stück Fisch auf meinen Teller. »Sie können auf eine andere Art gut sein. Myshkin, bitte iss das, stocher nicht nur darin herum. Literatur hat nichts damit zu tun. Leute, die Worte verstehen, verstehen oft andere Dinge nicht.«

»Ich verdamme überhaupt nichts«, platzte es aus meinem Vater heraus. »Ich wollte nur einen Scherz machen.«

»Du lässt diese Ansichten lustig klingen, doch das sind sie nicht«, sagte meine Mutter.

»Ein Mann darf eine Meinung haben, oder? Auch wenn er kein Künstler ist. Diese schwarz gekleidete Engländerin ist lächerlich, so wie sie auf der Veranda des Gästehauses herumhüpft und es Tanzen nennt. Warum sagst du Lisa nicht, sie soll dem ein Ende machen? Ich sehe, wie Leute von der Straße zu ihr hochgaffen. Wissen die überhaupt, was Tanz ist, im Westen? Sie haben nur ihr Ballett, und das besteht aus nichts als Schwänen, die auf Zehenspitzen Pirouetten drehen. Denkt nur an die Vielzahl an Tanzformen, die wir haben! Sie werden ihr ganzes Leben brauchen, um ihr Buch darüber zu schreiben. Shakeel hat neulich erst gesagt, dass ihm dieser deutsche Künstler wie ein Hochstapler vorkommt. Und Shakeel war in Europa und hat alle Kunst gesehen, die es zu sehen gibt.«

Es war die Gewohnheit meines Vaters, entweder Mukti Devi oder seinen Advokatenfreund Shakeel zu zitieren und ihnen das letzte Wort bei allem unter der Sonne zu geben. Shakeel sei belesen, pflegte mein Vater gern zu sagen, ein wahrer Gelehrter, der sich mit allem zu beschäftigen verstehe.

Onkel Shakeel hielt den Kopf schräg und hatte ein Auge, das sich nicht bewegte. Dinu sagte, es sei aus dem Boden einer Wasserflasche gemacht. Jedes Mal, wenn er zu uns kam, richtete er sein gutes Auge auf mich, während sich der Flaschenboden undurchsichtig für etwas anderes interessierte, und befahl mir, die Namen der Mogulkaiser in der richtigen Reihenfolge aufzusagen.

»Warum bei Aurangzeb aufhören?«, wollte er wissen, als ich zögerte. »Was war zwischen ihm und Bahadur Shah? Findet sich nicht all unser gegenwärtiges Elend in jenen Jahren? Nun, junger Master Rozario, was denkst du?« Er wedelte mit einem grauen Zeigefinger, an dem sich die Haut schuppte, in meine Richtung, ließ sich in einen Sessel sinken, schlürfte Tee und diskutierte mit meinem Vater über Politik.

Die Abneigung meiner Mutter ihm gegenüber grenzte an Ekel, und in diesem Augenblick löste schon sein Name einen ihrer jähen Wutanfälle aus. Sie knallte ihren Löffel zurück auf die Servierplatte. Mein Großvater rutschte unruhig auf seinem Stuhl umher und schien Anstalten zu machen aufzustehen. »Einige Menschen haben keine Zeit für Dinge, die nicht in ihr Weltbild passen«, sagte meine Mutter. »Sie denken, sie wissen alles, was es zu wissen gibt, und niemand kann dem etwas Neues hinzufügen. Sie pressen alle Freude aus dem Leben, trocknen und zerhacken es in kleine Stücke, die sie Regeln nennen. Was ist ein gutes Bild, was ist ein gutes Buch, was sollte man essen – sie wissen alles.«

Als meiner Mutter bewusst wurde, dass sie mit erhobener Stimme sprach und die Worte in einem Sturzbach aus ihr herauskamen, hielt sie inne, verschob die Teller auf dem Tisch und gab Dada den Fisch und mir die Butter, obwohl wir um nichts gebeten hatten. Ich hielt den Blick auf meinen Teller gerichtet und kaute auf dem kalten gebratenen Fisch herum. Damals wusste ich noch nicht, dass sich Dada genauso hilflos fühlte wie ich, wenn meine Eltern beim Essen stritten. Sollten wir einfach weiteressen, als wäre nichts? Sollten wir uns zu Wort melden und Partei ergreifen? In meinem Kopf herrschte zu solchen Gelegenheiten nichts als Verworrenheit. Ich wünschte mir, das Essen wäre vorbei, und warf heimliche Blicke auf die große Wanduhr, deren unnachgiebige Zeiger nicht schneller als gewöhnlich auf neun Uhr vorrückten, die Stunde, da es mir erlaubt war, vom Tisch aufzustehen. Eine riesige Spinne erkundete den grünen Vorhang, der eine Seite des Esszimmers bedeckte. Es hätte auch die Engländerin in ihrem schwarzen Kittel sein können, die langbeinig durchs Gras stakte. Dada bemerkte wenig überzeugend: »Heute hat mir ein Patient gesagt, er verliert seinen Geruchssinn. Was könne man tun? Was bedeute das? Er schmeckt nichts mehr, weil er nichts mehr riechen kann.«

Eine Zeitlang wollte niemandem etwas einfallen, was er sagen konnte. Die Geräusche von außerhalb des Zimmers wurden lauter. Ein Gezänk in der Küche, das Sirren eines Ventilators, der quakende Frosch draußen im Garten, der sich immer um diese Zeit zu Wort meldete. Das helle Winseln von Dadas Lunge, die husten und Luft auffüllen wollte. Endlich kam Banno mit einer goldenen Puddingkuppel, die auf dem Servierteller zitterte. Siruprinnsale liefen an den Seiten herunter, und das Ganze stand in einem schimmernden Karamellsee. Banno Didi stellte den Pudding auf den Tisch, und wir sahen ihn alle eine Weile einfach nur an.

»Nun, das nenne ich Kunst«, sagte mein Vater. »Eines Tages wird es Kunst geben, die man essen kann. Erst betrachtet man sie, macht tiefgründige, gebildete Notizen für einen Aufsatz darüber, isst das gute Stück dann und schreibt los.«

Mitunter konnte mein Vater das verschmitzteste Lächeln aufsetzen, und wenn das geschah, so kurz die Wirkung auch sein mochte, war es wunderbar. Meine Mutter blieb ungerührt, aber Dada ließ ein erleichtertes Seufzen hören und sagte: »Na, der wird uns schmecken, was, Myshkin?« Der Pudding, der uns beim Hereinbringen so enorm groß vorgekommen war, schrumpfte schnell zusammen. Ein kleines letztes Stück blieb übrig, und alle taten so, als sähen sie es nicht, bis mein Vater es auf seinen Löffel hob. Eine Sekunde lang hielt er das letzte Stück über seinen Teller, dann gab er es auf den meiner Mutter, die mit einem höflichen, angespannten Lächeln darauf antwortete. Sie nahm das Stück auf ihren Löffel, und wir warteten, dass sie es in den Mund steckte. »Myshkin soll es haben«, sagte sie jedoch. »Er hat sich an den Namen des Künstlers erinnert.«

Mein Vater saß schweigend da, während ich den Rest Pudding aß. Als der Tisch abgeräumt war, zog sich meine Mutter in ihr gemeinsames Schlafzimmer zurück. Sie habe fürchterliche Kopfschmerzen, sagte sie.

Wir schliefen im Sommer auf dem Dach, meine Eltern und ich. Dada sagte, die Nachtluft vertrage er nicht mehr, und er blieb in seinem Zimmer, wie erdrückend die Hitze auch war. Unsere Pritschen dort oben hatten Bambusstangen, an die sich Moskitonetze hängen ließen, und wenn ich daruntergeschlüpft war, hatte ich mein eigenes Zimmer unter freiem Himmel, mit meinen Eltern nicht weit entfernt. An dem Abend schickte mich mein Vater nach oben und sagte, er komme bald nach. Ich lag in der Dunkelheit und bedeckte meinen Kopf, damit mich die Geister in den Bäumen nicht sahen. Ich hörte Onkel Brijen auf dem Dach nebenan, der einen langsamen, eingängigen Thumri sang.

Für gewöhnlich saß er bis spät trinkend dort oben, und gelegentlich hielt seine Stimme inne, wenn er einen Schluck nahm, dann kam sie zurück. Der verrückte Hahn, der nur nachts krähte, unterbrach den Gesang, doch Brijen Chacha fuhr mit seinem geheimnisvollen, melodiösen Lied fort, als merkte er es gar nicht. Ich war dabei, in Schlaf zu fallen, als ich Schritte auf der Treppe hörte, riss mir das Laken vom Kopf und rief: »Wo warst du? Ich hatte Angst.«

»Wovor kann man hier Angst haben?«, sagte mein Vater mit müder Stimme. »Du schläfst jede Nacht hier oben, ist je etwas passiert?« Er hielt einen Krug in der Hand, holte mich aus dem Bett und sprenkelte Wasser auf die Matratze, um sie abzukühlen. Über das andere Bett, in dem er und meine Mutter schliefen, sprenkelte er nichts, und statt sich in ihr Bett zu legen, hob er mein Moskitonetz an. »Ist da noch Platz für mich?«, fragte er.

So lagen wir auf dem kühlen feuchten Laken unter unserem Moskitonetz und sahen durch die Maschen zum Nachthimmel hinauf. Mein Vater fächelte uns mit einem Palmblattfächer Luft zu und ließ hin und wieder den ermüdeten Arm sinken. Brijen Chacha setzte zu einem weiteren meditativen Lied an, wobei seine Stimme jetzt schläfrig klang.

»Erzähl mir noch mal, wie ich geboren wurde.«

»Das hast du schon so oft gehört, Myshkin. Sei still und hör Brijen zu, heute singt er schön.«

»Nein. Noch einmal.«

»Eines Sommermorgens war dein Dada im Garten, und ein sehr, sehr alter Mann in einer verblichenen blauen Kurta öffnete unser Tor und kam herein. Wie alt? Vielleicht hundert Jahre alt. Er hatte keine Zähne, und sein Kopf war verschrumpelt wie eine alte Zitrone. Die Schultern waren eingefallen. Dada dachte, er wäre müde, und fragte den alten Mann, ob er ein Glas Wasser wolle. Etwas Sharbat? Der alte Mann sagte, er müsse mit dem Zug nach Kanpur, um seine Tochter zu treffen, aber er habe sein Geld verloren. Jemand habe es ihm aus der Tasche gestohlen, was solle er jetzt nur machen? Er habe niemanden in Muntazir, kein Zuhause, keine Verwandten, keine Freunde. Dada stand auf und ging nach drinnen, holte seine Brieftasche und gab dem alten Mann genug Geld für den Zug und noch etwas mehr, damit er unterwegs essen konnte und seine Tochter finden.«

»War es dumm von Dada, einem Fremden so zu vertrauen, oder war es gütig?«

»Sag du es mir, Myshkin.«

»Dada war gütig. Es ist weiser, dumm und gütig als clever und kalt zu sein. Der alte Mann sagte ihm, du warst gut zu einem Fremden, so will ich auch gut zu dir sein. In Wirklichkeit bin ich ein Zauberer, und ich gewähre dir zwei Wünsche.«

»Und was hat sich dein Großvater gewünscht?«

»Sag du es mir.«

»Der erste Wunsch deines Großvaters war, einen Enkel genau wie dich zu bekommen. So wurdest du geboren. Sein zweiter war, dass wir alle, Dada, du, deine Mutter und ich, hier für alle Zeit glücklich zusammen leben würden, mit vielen Hunden, viel zu essen und Blumen im Garten. Und er hatte auch noch einen dritten Wunsch, von dem ich dir nie erzählt habe: dass sein Enkel abends früh schlafen gehen würde.«

Am nächsten Nachmittag kam Beryl de Zoete und hatte eine Tasche mit ihren Kleidern dabei. Sie gab sie meiner Mutter und sagte: »Du wärst so ein Engel, wenn du deiner Frau sagen würdest, sie soll sie waschen. Miss McNallys Wäsche ist… nun, wenn man es freundlich ausdrücken will, kann man sagen, dass die Kleider in ihrem Bottich nach Seife schreien, sie aber kaum einmal darauf antwortet.« In den Wochen, die sie nun schon da waren, hatte Beryl de Zoete meine Mutter oft schon um solche Dinge gebeten – um Noten, Tinte, Schneiderarbeiten, Einkaufstipps, Notizbücher, das Waschen ihrer Kleider, abgekochtes Trinkwasser, Insektenspray und Bücher, die sie lesen konnte. Das machte meinen Vater wütend.

Meine Mutter nahm die Wäsche mit einem müden Lächeln entgegen. Beryl de Zoete verengte die Augen und sagte: »Es sind nicht gerade diese Tage des Monats? Du siehst aus wie eine Eule, die bei Tag herumtapst.« Meine Mutter wandte sich ab, und Beryl folgte ihr. »Es ist sinnlos für mich, mit Walter zu diesen Tänzen zu gehen. Wir verstehen beide überhaupt nichts. Was soll ich machen? Ich bin ganz und gar nicht gut darin, etwas allein mit dem Kopf zu erfassen. Alles, was ich sage, habe ich mit eigenen Augen gesehen oder mit meinem Herzen gefühlt. Hilf mir, zu sehen und zu fühlen. Kannst du nicht mit uns kommen?«

Meine Mutter ließ den Kopf hängen. »Ich… im Haus ist viel zu tun. Und ich fühle mich nicht so gut.«

Wie konnte meine Mutter alles so falsch verstehen? Ich begriff nicht, wie sie all die Dinge vergessen haben konnte, die mein Vater ihr gerade erst erklärt hatte. Ich sagte: »Mein Vater sagt, sie darf das Haus nicht verlassen und mit Fremden in der Stadt herumlaufen.«

»Scht, Myshkin. Sei still.«

»Mein Vater sagt, ihr könnt gern zu Besuch kommen, wenn alle da sind…« Ein leichter Schlag auf meinen Kopf verhinderte, dass ich mehr sagte.

»Habe ich dir nicht hundertmal gesagt, du sollst nicht reden, wenn du nicht an der Reihe bist? Wenn sich Erwachsene unterhalten?«

»Auf Bali geschieht immer etwas, um deine Stimmung zu heben, wenn sie dir verdorben wurde. Hier auch. Das wird es hier auch geben«, sagte Beryl de Zoete, ohne dem Hin und Her zwischen meiner Mutter und mir Beachtung zu schenken. »Was sich heute noch als unüberwindbar darstellen mag, morgen gleiten wir hindurch. Pirouetten drehend.« Sie nahm den purpurnen Schal von ihrem Hals und legte ihn meiner Mutter um die Schultern. »Der steht dir weit besser als das öde Braun, das du heute trägst, meinst du nicht? Er bringt Farbe in deine hübschen goldenen Wangen. Du hast entzückende Augen, Kind, geh und wasche sie, lächle und trage etwas roten Lippenstift auf. Denk an morgen, was immer, wirklich immer, ein neuer Tag ist. Was für ein Trost.«

Die Miene meiner Mutter hellte sich auf, als hätte sie eine Idee. »Warte, Beryl«, sagte sie. »Setz dich und lies etwas, es dauert nicht lange.« Sie legte den Schal auf einen Stuhl, steckte sich das Ende ihres Saris hinter den Bund, band die Haare zu einem festen Knoten und lief, nach Golak rufend, in die Küche. Gemeinsam brieten sie sämtliche Samosas, die meine Mutter den ganzen Tag über gefüllt hatte. Sie waren für den Tee gedacht, und ich wusste, dass sich mein Vater darauf freute, aber sie gab Beryl das warme, duftende Paket. »Für dich und Walter«, sagte sie. »Als Entschuldigung, dass ich euch nicht länger bei der Arbeit an eurem Tanz-buch helfen kann.«

Als mein Vater von der Arbeit nach Hause kam, hörte ich ihn fragen: »Nur Toast? Ich dachte, du machst Samo-sas?« Er schob den Toast auf seinem Teller herum. Er hatte ein langes, sanftes Gesicht, das mit einem Mal noch länger wurde. Sein beherrschendes Kennzeichen waren die gro-ßen, dunklen Augen, die ein eigenes Universum aus Wut und Leidenschaft zu enthalten schienen. Einer seiner Kolle-gen sollte mir viel später sagen – mit einigem Neid, obwohl er da längst schon pensioniert war –, dass sich die meisten der Studentinnen im College in ihn, meinen Vater, verliebt und ihn für unglaublich gutaussehend, unerträglich tragisch und ihrer Hilfe bedürftig erachtet hätten.

Meine Mutter blieb unbewegt.

»Ich dachte, du hättest keinen Appetit mehr auf Gebra-tenes«, sagte sie. »Ich dachte, Mukti Devi hätte dir erklärt, die Völlerei sei eine noch größere Sünde als Stolz und Un-ehrlichkeit?«

Mein Vater tunkte seinen zähen, kalten Toast in den Tee, um ihn aufzuweichen. Ein Stück plumpste in seine Tasse.

7

منتظر

Was immer hinter den Krisen im Leben meiner Eltern
steckte – ihre gegensätzlichen Auffassungen dazu, was eine
Verfehlung war und wie die Welt gesehen werden sollte,
was notwendig, was maßlos war, wo Freiheit begann und
wo Unterdrückung –, die erste Krise in meinem eigenen
moralischen Universum kam in jenem Sommer aus einer
völlig unerwarteten Ecke.

In jenen Tagen, von den Mahlzeiten einmal abgesehen,
waren weder Dinu noch ich oft zu Hause anzutreffen. Wir
fischten oder spielten, hauptsächlich mit Banno Didis Söhnen Raju und Mantu sowie Lambu, dem Sohn von Dinus
Fahrer, der ein paar Jahre älter war als wir. Sein Gesicht
war bereits eine picklige Vulkanlandschaft, und seine Statur glich einer Kokospalme: Sein langer dünner, etwas ge-
beugter Körper war von den Hüften bis zu den Schultern
gleich schmal und endete in einem riesigen Haarwuschel,
der ihm, egal, was er tat, aufrecht vom Kopf abstand. Wir
hüpften immer um ihn herum und sangen einen Unsinns-
reim, der sich über seine Größe lustig machte. Es ging los
mit: »*Lambu chikara, Doh anne may barah.*« Er sang begeistert mit, wenn der Reim auch nicht unbedingt ein Kom-
pliment für ihn war. Doch Lambu war auch drahtig und

stark, und wir verließen uns auf seine schmalen Schultern, um an Äste und Regalbretter heranzukommen, die zu hoch für uns waren.

Lambu war unsere Brücke in die Welt der Erwachsenen. Er brachte uns das Rauchen bei, wusste, welches der Kräuter im Garten Marihuana war, und wir erfuhren von ihm auch ein paar rudimentäre Dinge über Sex und die Körperteile, die dafür wichtig waren. Das geschah eines Abends, als Lambu einen Stapel Rotis in einem Schuppen außerhalb der Küche von Dinus Haus machte. Mit teigverschmierten Fingern winkte er uns zu sich heran. »Wollt ihr was sehen? Behaltet es aber für euch.«

Der Schuppen wurde von einer Öllampe erleuchtet. Außerhalb der Reichweite der Lampe drängten sich dunkle Schatten mit aufeinandergestapelten Heuballen, in denen es vor Mäusen nur so wimmelte. Niemand aus Dinus Familie kam je hierher.

Wir hockten uns neben Lambu, der seinen Teigklumpen rund klopfte, noch etwas weiter formte und schließlich vorsichtig mit der Spitze seines kleinen Fingers teilte. »Seht ihr?«, sagte er.

»Aber klar«, sagte Dinu. »Das ist leicht.« Dinu gab nie gerne zu, dass er etwas nicht verstand, lieber bluffte er, wenn er nicht weiterwusste. Alles, was ich sehen konnte, war ein Klumpen Teig. Ich sagte es.

»Arschbacken, du Esel«, sagte Lambu und ließ mehrere Skulpturen der gleichen Art folgen. Er begleitete seine künstlerischen Anstrengungen mit einem Vortrag über die sexuellen Möglichkeiten, die jeder einzelne Körperteil bot, den er aus seinem Teig formte. Wir waren fasziniert.

Am nächsten Tag nutzte Dinu sein Wissen dazu, schmutzige Bilder an die Wände der Schultoilette zu malen. Ich habe nie herausgefunden, wie die Bilder mit dem Künstler in Verbindung gebracht wurden, aber in der Folge wurde Dinu zu seinem Vater zitiert. Dinu ging in sein Arbeitszimmer, Arjun Chacha schloss die Tür ab, und sie blieb lange zu. Mir wurde nicht erzählt, was drinnen geschah. Alles, was Dinu hinterher sagte, war, dass er dem das Genick brechen werde, der seinem Vater Lambus Rolle in der Saga verraten habe, weil Arjun Chacha zu dem Schluss gekommen war, dass Lambu einen schlechten Einfluss auf seinen Sohn habe und weggeschickt werden müsse. So hatte er seinen Fahrer entlassen und ihm befohlen, noch vor dem Abend die Bedienstetenunterkünfte zu räumen. Als der Fahrer um Gnade winselte und schluchzte, zeigte sich Arjun Chacha bereit, ihm Arbeit in der Tuchfabrik der Familie in Kanpur zu geben, unter der Bedingung, dass er seinen missratenen Sohn aus Muntazir mitnahm.

Ich weiß heute, dass die Versetzung in eine Tuchfabrik wie eine Gefängnisstrafe für einen Mann war, der das Landleben gewohnt war. Die Maschinen in den Fabriken waren alt und in schlechtem Zustand, und die Männer arbeiteten Monat um Monat lange Schichten in glühender Hitze unter Asbest und Blech, bis sie zusammenbrachen oder von einer Maschine getötet wurden. Lambus Vater wusste, was ihm bevorstand.

An dem Abend, nachdem der Fahrer zur Arbeit in der Tuchfabrik verurteilt worden war, wurden wir von kehligen Schreien, schrillem Wehklagen, Männerstimmen, Frauenstimmen, einem weinenden Kind und dem Geräusch zu Boden fallender Dinge geweckt. Von unserem Dach sahen wir Banno Didi, Golak und Ram Saran mit Laternen in der

Hand zu Dinus Haus hinübereilen. Leute versammelten sich auf dem Gelände hinter dem Haus, standen da und zerstreuten sich wieder. Dann ein paar herzzerreißende Schreie und ein Moment Stille, worauf es mit dem Lärm wieder von vorne losging, jetzt noch lauter.

Am Morgen erfuhren wir von Banno Didi, die es genussvoll erzählte, dass Arjun Chachas Fahrer, völlig betrunken und verrückt vor Wut darüber, seine Stelle verloren zu haben, Lambu verprügelt hatte. Wer hatte ihm gesagt, sich mit den Söhnen von Sahibs anzufreunden? Wusste er nicht, dass Bedienstete für sich bleiben sollten?

Lambu, der größer und stärker als sein Vater war, hatte zurückgeschlagen. Seine Mutter hatte versucht, ihren Mann und ihren Sohn voneinander zu trennen. Andere hatten sich mit ins Schlachtgewühl gestürzt, und dann war der Fahrer mit einem Schleifstein auf seinen Sohn losgegangen und hatte ihn damit bearbeitet. Schlag um Schlag. Niemand hatte ihn stoppen können. Der Stein hatte eine Seite von Lambus Gesicht zerschmettert, seinen Brustkorb zerschlagen und einen Arm gebrochen. Lambu lag im Krankenhaus, im Koma. Eine Seite seines Gesichts war nur mehr Brei.

»Hätte er ein Beil gehabt, hätte er den Jungen in Stücke gehackt«, sagte Banno Didi und kostete ihre Worte aus. Golak wusste nichts hinzuzufügen, was ähnlich grausig war, und sagte: »Also, ich habe einen Cousin, der sich mal seinen Daumen mit einem Messer glatt abgeschnitten hat.« Banno Didi schnaubte mit all der Geringschätzung, die dieser erbärmliche Unfall verdiente.

An dem Tag ging ich nicht zu Dinu. Ich verbrachte ihn lauernd in der kaputten alten Kutsche in einer Ecke unseres Gartens, und als alle zu Mittag gegessen hatten und die gewohnte Nachmittagsruhe eingesetzt hatte, lief ich zum Fluss hinunter. Ich legte mich flach ans Ufer, die Arme ausgestreckt, die Ohren auf den ausgedörrten Boden gedrückt. Das Gras war gelb, das Schilf braun verbrannt, und der Fluss hatte sich ein Stück zurückgezogen und einige Meter dunkler, rissiger Erde freigegeben. Die Sonne hing in einem Staubschleier, und das Wasser blitzte so grell, dass man nicht lange daraufschauen konnte. Wenn ich meine Augen öffnete, sah ich die Schatten schwarzer Drachen wie böse Omen über mir kreisen, also hielt ich sie geschlossen und drückte den Kopf umso fester auf die Erde. Vielleicht weinte ich, obwohl ich mich nach dem Erlebnis mit Iwan, dem Schrecklichen, vom Zirkus Olympus und gewarnt durch das, was meine Mutter über Tränen gesagt hatte, nicht mehr oft von ihnen überwältigen ließ. Ich begann zu spüren, wie sehr das Gras an meiner Nase kratzte, hörte das Summen der Insekten und dann, wie eine Stimme neben mir sehr leise sagte: »Worauf lauschst du da?«

Es war Walter Spies. Er war von der anderen Seite herübergeschwommen, wie er es fast jeden Tag tat, breitete sein Handtuch auf dem Gras aus und legte sich neben mich. Er war nass und roch nach dem Flusswasser. »Lauschst du der Erde?« Jetzt drückte auch er ein Ohr auf den Boden.

»Können Sie die Geräusche der Erde hören?«, sagte ich.

Sein Gesicht war neben meinem, und er schloss die Augen, um sich besser konzentrieren zu können. »Ja. Es klingt wie ein Donner, der ewig weitergeht, ja«, sagte er. Ganz sanft drückte er meinen Kopf mit der Hand fester nach unten. »Hör doch! Das mächtige Wesen ist wach.«

»Was für ein mächtiges Wesen?«

Walter Spies brach in Lachen aus. Er fuhr mir durchs

Haar. »Das stammt aus einem Gedicht. Einem englischen Gedicht, das Beryl sehr mag und aus dem sie immer zitiert, wenn die Sonne malerisch untergeht. Ich glaube, der Dichter meint Gott. Aber wie können wir je wissen, was ein Dichter meint?«

Wir drehten uns auf den Rücken. Die Drachen waren verschwunden, die Luft noch trüber, das Licht gelb und vage, ein Gewitter zog auf. Irgendwo sammelte sich der Wind, man konnte es spüren.

Bevor mir bewusst wurde, was ich da sagte, hatte ich es bereits ausgesprochen: »Lambu wird sterben. Es war mein Fehler.« Während Dinu in der Schule im Arrest saß, weil er die Bilder nach dem gemalt hatte, was Lambu uns gezeigt hatte, war ich nach Hause gerannt, mit diesem Wissen in mir, das sonst niemand hatte, und musste es einfach jemandem erzählen. Ich platzte förmlich, und kaum dass mich Dinus älterer Bruder fragte, warum Dinu noch nicht da sei, brach es aus mir heraus, was für eine Rolle Lambu bei seiner Schmach gespielt hatte. Dinus Bruder hatte es Arjun Chacha erzählt, und der hatte den Fahrer entlassen, und jetzt starb Lambu vielleicht.

»Aber sein Vater hat ihn geschlagen«, sagte Mr Spies. »Nicht du. Hättest du nichts gesagt, hätte es vielleicht jemand anders getan. Solche Dinge bleiben nie lange verborgen.«

Tränen füllten meine Augen, Wasser lief mir die Nase hinunter. Ich versuchte, nicht zu schniefen oder zu schluchzen, und hielt den Kopf gesenkt.

Ich hörte das Rascheln von Papier und die vertrauten Geräusche einer Pfeife, die gestopft wurde. Ein Streichholz wurde angerissen. Ich roch Tabakrauch und dachte daran, wie sehr Beryl de Zoete den Geruch hasste. Dann dachte ich an Lambu, und dass ich ihn vielleicht nie wiedersehen würde, selbst wenn er es überlebte, und das Elend schnürte mir aufs Neue die Kehle zu.

»Ich war heute Morgen sehr traurig«, hörte ich Mr Spies sagen. »Ich musste an jemanden denken, dem ich sehr nahestand. An meinen Cousin Conrad. Kosya habe ich ihn immer genannt. Er kam wegen mir nach Bali. Seine Arbeit war, sich um meine Tiere zu kümmern. Ich habe viele, weißt du.«

»Wie viele?«, fragte ich, ohne den Kopf anzuheben.

»Oh, Affen, Vögel, Frösche. Viele Tiere. Ich dachte immer, die Natur wäre das Beste überhaupt, der Dschungel der beste Ort von allen. Das habe ich Kosya gesagt. Wir sind durch den Dschungel gezogen und haben im Meer gebadet. Es war die reine Freude. Eines Tages dann sagte ihm jemand, im balinesischen astrologischen Kalender, das ist etwas, womit sie die Zukunft voraussagen, also da stehe, Kosya werde von Kala Rau gefressen werden. Wer Kala Rau ist? Ein großer Fisch. Was ist die Zukunft? Wer kennt die Zukunft? Ich habe fürchterlich gelacht und ihm gesagt, geh trotzdem schwimmen, sei nicht dumm. Einige Wochen später war das Wasser so trübe, dass niemand hineinwollte, aber Conrad zog sich die Sachen vom Leib und rannte hinein. Er tobte herum, lachte, schrie und zog Grimassen. So sehr, dass wir ihm, als er dann wirklich um Hilfe rief, keine Beachtung schenkten. Ich verehre die Natur, aber in ihr geschehen ständig schreckliche Dinge. Ein Hai biss ihm sein rechtes Bein ab. Wir brachten ihn ins Krankenhaus, er hat es nicht überlebt. Lange Zeit habe ich mich damit gequält. Meine Trauer war so groß. Ich dachte, Bali sagt dir, geh wieder weg, hier wirst du zerstört. Du hast etwas falsch gemacht. Du hast Kosya nicht vor den Haien gewarnt.«

Mr Spies legte mir eine Hand auf die Schulter und sagte: »Aber so war es nicht. Bali wollte mir nichts sagen.«

Seine Augen leuchteten blau im Nachmittagslicht. Sein Blick hatte die Kraft eines Vergrößerungsglases, das Papier mit gebündeltem Sonnenlicht in Flammen aufgehen lässt. »Der Kalender war ohne Bedeutung«, sagte er. »Der Hai tat das, was die Natur ihm gesagt hatte. Kräfte, die größer sind als Kosya, als ich oder der Hai, haben ihm den Tod gebracht. Es war eine Tragödie. Eine Tragödie, die zu groß war, um sie vorauszusehen oder aufzuhalten. Könnten wir in die Zukunft sehen, gäbe es vielleicht keine Tragödien.«

Ich erzählte niemandem von meinem Gespräch mit Mr Spies dort am Fluss. Ich kann nicht sagen, warum ich meine gewohnte Zurückhaltung ihm, einem Fremden, gegenüber an dem Tag aufgab, aber es war, als bestünde die Welt für einige Momente nur noch aus dem Platz am Ufer, dort, wo wir saßen, und in dieser verkleinerten Welt war ich sicher und konnte alles sagen und mich trösten lassen. Jahre danach noch sprach ich mit einem imaginären Mr Spies, wenn ich Probleme hatte, als wäre er tatsächlich da, ein Freund, dem ich vertrauen konnte. Auf unerklärliche Weise linderte das, was er an diesem Nachmittag sagte, mein Entsetzen darüber, was mit Lambu geschehen war, obwohl ich noch viele Wochen lang, wenn ich allein im Bett lag und die Augen schloss, nichts als sein Gesicht sah, verunstaltet wie geschmolzenes Wachs, in einem Nest aus Blumen auf der Totenbahre, auf der ihn die Bediensteten zum Verbrennungsort trugen. Der Kopf kippte immer wieder nach rechts, was Lambus in Tränen aufgelöste Mutter auch unternahm, um ihn gerade zu halten.

8

منتظر

Gestern habe ich mein Schreiben unterbrochen und einen Zeitplan aufgestellt. Das ging nur mit Logik und nicht über die Erinnerung. Soweit ich sagen kann, was in jenem Sommer 1937 in welchen Wochen und Monaten geschah, kamen Walter Spies und Beryl de Zoete Anfang Mai nach Muntazir und waren bereits eine Weile da, als Lambu getötet wurde, ungefähr Ende Mai oder Anfang Juni. Unsere Sommerferien müssen kurz danach angefangen haben, denn das Nächste, woran ich mich erinnere, sind die paar Wochen, in denen wir wie gewöhnlich in den Bergen von Kumaon Urlaub machten. Ich zählte wie immer die Tage, bis die Reise losging, die Vorfreude wuchs, während ich eine Zahl nach der anderen auf dem Kalender durchstrich. Der Zug brachte uns bis zum Ende der Bahnlinie, den Rest des Weges legten wir auf Pferden zurück. Die Nächte verbrachten wir in Dörfern am Wegesrand. Wir hatten fast den gesamten Hausstand auf Maultieren dabei: Töpfe und Pfannen, Herde, Bettzeug, Laternen und Wäsche. Golak und Rikki. Es gab das ganze Jahr über nichts Aufregenderes.

Wir trafen im Hof des Landhauses ein, das mein Großvater jeden Sommer mietete, gingen von Zimmer zu Zimmer, dann hinaus in den Garten und bejubelten die noch kleinen

Pfirsiche an den Bäumen oder ein neues Vogelnest. Aus den Fenstern konnte man die verschneiten Berggipfel sehen und tief unten im Tal die gelben und grünen Rechtecke der Felder rund um weiße Dorfhütten. In den Bergen musste ich morgens nicht wachgerüttelt werden, meine Augen öffneten sich, sobald die Sonne durchs Dachfenster strömte.

Während der Ferien war meine Mutter von einer fiebrigen Unbeschwertheit. Vielleicht lag es daran, dass mein Vater nur für etwa eine Woche zu uns in die Berge kam. »Der Sommer ist die beste Zeit für Recherchen und richtige Arbeit«, schrieb er. »Ruhe im Haus. Ich kann lesen und schreiben, so lange ich mag, und die Bibliothek im College ist leer.« Die Tage verbrachte er allein am Schreibtisch, abends traf er Shakeel, frühmorgens unternahm er seine Spaziergänge. »Morgens kann ich mich voll und ganz auf das alte Indien konzentrieren, abends auf die philosophischen Arbeiten. Ich habe ein Notizbuch angelegt, in das ich jeden Tag einen wichtigen Gedanken schreibe, der mir durch den Kopf gegangen ist. Gestern war es folgender: dass jeder denkende Mann Einsamkeit und Freiheit braucht, will er sein volles geistiges Potenzial entwickeln. In der alten Zeit gingen die Asketen weg, um zu meditieren. Das können wir heute nicht mehr machen, wir haben Anstellungen, wir haben Familien. Aber hätte Buddha wohl Buddha sein können, wäre er zu Hause geblieben? Was für ein lachhafter Gedanke. Ich werde mein Notizbuch mitbringen und euch meine Gedankenliste vorlesen, wenn ich komme. Ich kann es kaum erwarten. Wie widersprüchlich die Gefühle doch sind! Einmal wollen wir Einsiedler sein, tags darauf aber schon wieder Familienväter.«

Weder mein Vater noch sein Notizbuch vortrefflicher

Gedanken waren bei uns, als Walter Spies und Beryl de Zoete eines Tages auftauchten. Ich weiß nicht, ob Dada sie eingeladen oder ob sie den Plan mit meiner Mutter ausgeheckt hatten. Ich erinnere mich nur, dass es eines Tages draußen plötzlich einen ziemlichen Lärm gab, als wir uns gerade zum Mittagessen hinsetzten, und da waren sie, gefolgt von einer extravaganten Karawane mit Whisky und Gin für Dada und Lebensmitteln für uns alle. Unsere Tage wurden festlich. Golak ging Vorräte kaufen und kam mit einer Frau zurück, die einen Korb auf dem Kopf trug, in dem Hühner ängstlich zwischen Flaschenkürbissen und Auberginen saßen und gackerten. Meine Mutter zog mit den Besuchern in die Berge und malte und zeichnete, ohne sich um Essen oder Trinken zu sorgen. Als die drei zurückkamen, beladen mit Tannenzapfen und voller Geschichten über die Tiere, die sie gesehen hatten, weigerte sich meine Mutter, mir zu erklären, warum sie mich nicht mitnahm.

»Ich kann dich nicht überallhin mitnehmen. Im Übrigen braucht Großvater Gesellschaft«, war alles, was sie sagte, und überließ mich meinem Missmut, von dem ich mich einen halben Tag nicht befreien konnte. Ihre Freude hatte etwas Wildes, das mich argwöhnisch machte, als wäre sie zu einer Fremden geworden: Mit funkelnden Augen und offenem Haar pflückte sie Unmengen Wildblumen, huschte durchs Haus und machte jedes Glas und jede Flasche zu einer Vase. Noch die kleinsten Dinge erfüllten sie mit Begeisterung. »Kommt und seht«, rief sie, »eine Riesenmotte auf der Fensterbank!«

Wir wussten nicht mehr zu sagen, welcher Wochentag es war. Jeder Morgen begann mit dem luxuriösen Versprechen eines ganzen Tages, eines Abends und einer Nacht des Genusses. Aber mein Vater sollte bald kommen, und Mr Spies und Beryl waren schon eine Woche bei uns. Sie hatten vor, bald weiterzureisen. Es wurde nicht ausgesprochen, aber es galt als ausgemacht, dass sie uns verließen, bevor mein Vater kam.

Dada sagte: »Warum diese Eile? Wisst ihr nicht, was der Weise sagte?«

Beryl und Dada verbrachten Stunden gemeinsam auf der hölzernen Veranda, die das Cottage umgab. Sie lasen einige Tage alte Zeitungen, schrieben Briefe, und irgendwann, zu einem auf wunderbare Weise ohne ein Wort bestimmten Zeitpunkt, begannen sie, Gin mit Tropfen aus den grünen und gelben Zitronen zu schlürfen, die wie Papierlampions an einem Baum in der Ecke des Gartens hingen.

Beryl sah von ihrer Zeitung auf. »Was hat Ihr Weiser gesagt?«

»Oh, ich erinnere mich nicht genau, aber ich bin sicher, es war etwas wie: ›Warum wieder gehen, wenn du gerade erst angekommen bist, o du erschöpfter Reisender!‹ Wir pflücken heute unsere Aprikosen. Würden Sie nicht die Marmelade umrühren wollen?«

Am achten Abend, nachdem der Aprikosenkuchen gegessen war, Mr Spies die *Ode an die Freude* auf seiner Mundharmonika gespielt und Beryl wieder einmal dagegen aufbegehrt hatte, dass jemand im Haus rauchte, sagte sie: »Morgen müssen wir wirklich nach den Pferden schicken und uns verabschieden. Die Berge kommen nicht zu uns, wir müssen zu ihnen, Walter. Almora ist unsere nächste Station. Könnte es möglich sein, Gay zu überreden, mit uns zu kommen?«

Am zehnten Tag, als uns ein Telegramm meines Vaters erreichte, waren sie immer noch da: *Mukti Devi verhaftet. Kann nicht wie geplant kommen.*

»Was kann da geschehen sein?«, sagte Dada. »Sollten wir packen und zurückfahren? Ich hoffe, Nek landet nicht auch im Gefängnis mit ihr.«

»Den Politikern geht es im Gefängnis ziemlich gut! Sie schreiben Bücher, finden Freunde. Und sie werden nicht dünner.«

»Gayatri!«, sagte Dada. »Sei ernst. Mukti Devi könnte zu schwach für das Gefängnis sein.«

»Warum nur sperren sie eine harmlose alte Lady ein?«, sagte Beryl. »Meine Landsleute. Oh, was für eine Idiotie! Was tut die Welt sich an? Seht euch nur Walters Land an.«

»Deutschland ist nicht meine Heimat«, sagte Mr Spies. »Meine Heimat ist die Welt.« Er wandte sich wieder seiner Mundharmonika zu.

»Schatz, sei nicht albern und unterbrich mich nicht. Was, wenn es einen Krieg gibt? Wie viele Leute kann man vor dem Unhold retten?«

Mr Spies nahm die Mundharmonika herunter und sagte: »Auch wenn die Welt in Gefahr ist, wir müssen singen, tanzen und leben. In Asien bin ich frei. Wir sind Ozeane weit weg von alldem.«

»Nichts ist Ozeane von etwas entfernt, Walter. Die Welt ist rund, und die Ozeane münden ineinander«, sagte mein Großvater. »Wenn Sie einmal so alt sind wie ich, werden Sie verstehen, dass kein Ort vor dem Bösen sicher ist. Hat irgendwer Hitler ernst genommen, als er zum ersten Mal gesagt hat, dass er die Juden vernichten würde? Vor fünfzehn Jahren! Ich weiß noch, wie in den Zwanzigern alle sicher waren, er würde wieder nach Österreich verschwinden und seinen Gemüsegarten gießen.«

»Ich denke an das alles nicht. Worüber wir nachdenken müssen, ist, wie wir unser Leben leben, das Leben lieben, das Leben spielen, bis in sein Herz vordringen. Und uns nicht mit ernsten Dingen beschäftigen und zu Tode sorgen. Ich denke, ich werde die Bambusflöte spielen lernen. Ich bekomme ihren Klang nicht aus dem Kopf.«

»Oh, sei vernünftig, Walter Spies«, sagte Beryl. »Wenn sie Mukti im Gefängnis haben, könnten sie Nek als Nächsten verhaften. Ist es nicht allgemein bekannt, dass er ihr Hauptvertrauter ist?«

»Sorgen und Ängste! Wir sind in Gefahr, an ihnen zu sterben. Wir leben in Verzweiflung. Wir arbeiten in Verzweiflung, wo wir es doch aus Freude tun sollten! Du erschöpfst dich, die Zeit vergeht, du bist müde, und dann willst du alles nur noch hinter dir lassen und dahin, wo du das Leben vergessen kannst. Selbst Musik und Kunst werden zu einer Belohnung dafür, *das Leben zu ertragen*, das voller vorgestellter Ängste und Sorgen ist. Was kann ich tun, wenn das Leben mich nicht ernst nehmen will?«

Mr Spies nahm mich hoch und wirbelte mich im Kreis. »Das Leben ist ein langer Geburtstag. Und wenn nicht, müssen wir es dazu machen. Lasst die anderen kämpfen. Was mich betrifft, glaube ich, dass selbst, wenn Menschen sich gegenseitig umbringen und ganze Länder explodieren, immer noch Musik in allem ist und es überall Schönes gibt. Wir müssen es nur finden. Mr Tagore hat es gefunden, Gayatri hat es gefunden. Lass dir nichts anderes erzählen, Myshkin Rozario.«

Mr Spies lebte seine Philosophie und fand überall Musik. Eines Nachts gab es einen heftigen Schauer. Am nächsten Morgen atmete er die reingewaschene Luft ein und bat mich, ihm zu sagen, wie viele Geräusche ich in der Nacht gehört hätte. Ich nannte das Trommeln des Regens auf dem Dach. Das Donnern. Mr Spies zählte mindestens ein halbes Dutzend weitere Dinge auf. Das Wasser, das in den Regenrohren gurgelte. Den Regen auf einem Ziegeldach, dessen Geräusch sich von dem auf Blech- und Steindächern unterscheidet. Das Geräusch, mit dem Wasser auf Erde rinnt. Das Quaken von Fröschen und Kröten, das Sirren von Grillen und Zikaden. Das Rauschen des Windes in den Bäumen. Das Knarzen der Äste, wenn er sie hin- und herbiegt.

Ein, zwei Tage vergingen, und ein weiterer Brief meines Vaters kam, in dem er uns nach Hause rief. Mukti Devi saß eingesperrt in Muntazir, die Dinge befanden sich in der Krise. Wir sollten zu Hause sein, um unsere Solidarität zu zeigen. Wir konnten nicht einfach weiter Urlaub machen, als wäre nichts geschehen.

Und so traten wir die Rückreise an, während Beryl und Walter weiter nach Almora zogen. Nach ein paar weiteren Tagen in den Bergen wollten auch sie zurück nach Muntazir, sagten sie, und dann sei es langsam Zeit, die Koffer zu packen und nach Hause zu fahren.

Auf unserem Weg hoch in die Berge war jeder Schritt ein Abenteuer gewesen. Der Weg zurück nach unten war nichts als eine Plackerei. Die Pferde rochen nach Dung. Rikki lief auf dem Weg zur Bahnstation zweimal davon. Dada musste sich auf einer Veranda am Wegesrand hinlegen, weil ihm die Hitze so zusetzte. Golak hatte sich den Magen verdorben und verschwand immer wieder hinter den Büschen. Jedes

Mal, wenn wir auf Golak warten oder Rikki rufen mussten, setzte sich Dada auf einen Felsen oder eine Brüstung, was immer sich anbot, und sackte in sich zusammen, als würde er nie wieder aufstehen. Im Dak-Gästehaus, in dem wir übernachteten, waren die Betten so voller Ungeziefer, dass wir alle mit roten, juckenden Quaddeln aufwachten.

Kaum dass wir im Zug saßen und er sich in Bewegung setzte, lehnte meine Mutter den Kopf gegen das Fenstergitter und war nicht mehr ansprechbar. Ihr Blick ruhte auf der vorbeifliegenden Landschaft, und zweimal sah ich Tränen in ihren Augen glitzern. Sie rührte sich nicht. Sie hatte vergessen, dass wir bei ihr waren. Ich hatte Hunger, Rikki schnüffelte nach Futter, und Dada lag mit eingefallenen Wangen und Augen auf einer Pritsche, sein Atem ging flach, Krämpfe ließen seine Beine zucken. Er flüsterte: »Mischt etwas Salz und Zucker in eine Tasse Wasser und bringt sie mir. Sorgt euch nicht, es ist nur ein Hitzschlag.« Golak und ich wechselten uns dabei ab, Dada schlückchenweise Zuckerwasser in den Mund zu gießen. Er keuchte und öffnete den Mund wie ein Küken im Nest. Zwischendurch fiel er in Schlaf, ich auch. Wenn ich aufwachte, sah ich meine Mutter nach wie vor am Fenster sitzen, blind nach draußen starrend, das Haar vom Wind verweht. Sie aß nichts, trank nichts, sagte kein Wort.

Mukti Devi hatte auf dem Dach des Ashrams meditiert, als kurz nach drei Uhr nachts, wenn sie für gewöhnlich aufwachte, um zu beten, die Polizei kam. Sie gaben ihr kaum die Zeit, ihre Gebetsperlen zur Seite zu legen. Die wenigen Anhänger, die mit ihr im Haus der Gesellschaft wohnten, bekamen keine Antwort auf ihre aufgeregten Fragen: Wohin wurde sie gebracht? War sie verhaftet? Sie konnten die dunkle Masse des Polizeitransporters auf der nächtlichen Straße erkennen. Einer der Polizisten legte eine Hand auf Mukti Devis Schultern, um sie zur Tür zu schieben, und es war diese Geste, mehr noch als der Transporter und die frühe Stunde, die ihre Anhänger entsetzte. Dass ein Rüpel in Uniform die Macht hatte, ihre verehrte Führerin so anzufassen. Was sonst noch mochten sie ihr antun? Sie war alt, von schwacher Gesundheit, wie sollte sie die drohende Brutalität überleben?

Bei ihrer Verhaftung, sagte mein Vater, wurde ihr Mut offensichtlicher denn je. Eine auf sich gestellte Frau, die von einem Trupp stämmiger Männer ins Gefängnis geschafft wurde, aber kein Anzeichen von Furcht zeigte. Mit fester Stimme gab sie ihren Anhängern verschiedene Anweisungen. Sie forderte sie auf, keinerlei Aufruhr zu beginnen. Sie sollten genauso weitermachen wie bisher: Garn spinnen, meditieren, beten und gegen die britische Herrschaft demonstrieren, jedoch nur friedlich, so wie Mahatma es sagte. Sie sollten daran denken, Vögel, Hunde, Kühe und Katzen zu füttern, wie es die Gesellschaft täglich tat.

Die Wahrheit war, dass die Engländer ihren Einfluss fürchteten. Sie fanden es schwierig, sie als Verrückte abzutun, da inzwischen zu ihren morgendlichen Predigten gut zweihundert Leute kamen. Ein paar Tage vor ihrer Verhaftung hatte sie eine Versammlung auf dem staubigen Platz beim Fluss abgehalten, zu der mehr als tausend Leute gepilgert waren, einige aus fernen Dörfern. Sie hatte ihre Anhänger gedrängt, dafür zu sorgen, dass bis zum Jahresende auf indischen Gebäuden keine Union Jacks mehr wehten. Sie habe es metaphorisch gemeint, sagte mein Vater, aber einige übereifrige Protestierer waren zum Gericht und zur Post gestürmt, hatten mehrere Flaggen heruntergerissen und sie auf der Promenade am Fluss verbrannt – wo Inder nicht spazieren gehen durften, vom In-Brand-Setzen von Flaggen gar nicht zu reden. Der Statue Curzons vor dem Eingang des Colleges, in dem mein Vater unterrichtete, hatten sie einen Eimer über den Kopf gestülpt. Darauf folgten Tränengasgranaten und Prügel.

Angesichts des Aufruhrs wurde es für vernünftig gehalten, Mukti Devi ins Gefängnis einer anderen Stadt zu bringen, wo sie weniger Leute kannten. Die Polizei hatte dafür mit Bedacht eine ungewöhnliche Zeit gewählt, früh am Morgen, aber die Straße von der Polizeistation zum Bahnhof war übervoll mit Leuten. Mein Vater war auch da. Über Nacht hatte er die Vorsicht aufgegeben und trat aus dem Hintergrund hervor. Es schien ihm nicht länger wichtig, seinen Regierungsjob zu behalten. Er stand vorn an den Absperrungen zur Ausfahrt, die der Polizeitransporter herunterkommen würde. Er hatte mich mitgenommen, weil hier Geschichte gemacht wurde und ich Teil davon sein sollte. Er hielt meine Hand in der brodelnden Masse und ließ sie nur einen Moment los, als der Polizeitransporter kam und wir Mukti Devis Gesicht hinter dem vergitterten Fenster sehen konnten. Ich erwartete halb, dass sie mich zu sich rief und mir einen Reim ins Ohr flüsterte, aber sie hatte sich ihren weißen Sari um den Kopf gelegt, ihr Gesicht war kaum zu sehen, und alles, was sie tat, als sie die versammelte Menge sah, war, den Kopf zu neigen und die Hände zu einem Namaste zusammenzulegen. Der Transporter bog auf die Straße, und wir folgten ihm. Niemand schrie oder drängelte jetzt. Alles war verhalten wie bei einer Bestattung.

Uns war nicht erlaubt, in den Bahnhof hineinzugehen, und wir sahen den Polizeitransporter durch ein Tor darin verschwinden, von dessen Existenz wir bisher nicht gewusst hatten.

Es war erst ein oder zwei Tage her, dass wir aus unserem Zug aus Kathgodam gestiegen waren, aber der geschäftige Bahnhof, durch den wir da gegangen waren, glich nun einem Gefängnishof, der von Reihen in Khaki gekleideter Männer bewacht wurde. Ich zog an der Hand meines Vaters, damit er mit mir nach Hause ging, doch er blieb, bis die Nachricht die Runde machte, dass der Zug abgefahren sei.

»Wohin? Wohin?«, riefen alle.

»Nach Lucknow!«, antwortete jemand.

Die Menge zerstreute sich, als wäre ein Film zu Ende.

Wenig später nahmen Schulen und Colleges ihren Betrieb wieder auf, und mein Vater musste zur Arbeit. Er ging auch, doch man spürte einen bisher nicht gekannten Vorbehalt gegen das College in ihm. Er werde kein Iota mehr arbeiten, als er unbedingt müsse, sagte er, und es störte ihn nicht länger, wenn meine Mutter Brijen Chachas Detektivromane las, ihre Zeit mit Malen verschwendete oder mit ihren ausländischen Freunden unterwegs war. Kam er nach Hause, und Mr Spies und Beryl de Zoete waren da, verweilte er anstandshalber kurz bei ihnen und zog sich dann zurück, bis sie wieder gegangen waren. Zweimal fuhr er nach Lucknow, um Mukti Devi im Gefängnis zu besuchen. Wenn er zurückkam, platzte er förmlich vor Respekt und Verehrung.

»Sie ist eine Inspiration für alle Frauen. Das ist es, worum es bei der Befreiung der Frau geht«, sagte er. Die Erregung ließ seine Stimme zittern. Meine Mutter stand auf und verließ das Zimmer.

Mein Vater begann, sich weit stärker in der Gesellschaft zu engagieren. Er fuhr mit Gruppen von Leuten in die Dörfer, um die Menschen dort über Bewässerungsmethoden, Fruchtfolgen und Dünger aufzuklären. Oder seine Begleiter taten es, während er die Kinder unterrichtete. Nach dem College half er in einer Abendschule für die ungebildeten Armen aus. Ein Sturm nationalistischen Eifers ziehe durchs Land, erklärte er uns, weil es inspirierende Menschen wie Mukti Devi gebe. Er begann, die frühmorgendlichen Spaziergänge anzuführen, sie hatte ihn darum gebeten. Die Gänge endeten nicht mit einer täglichen Rede aus seinem Mund, sondern mit einem Gedanken für den Tag von einem Teilnehmer, der entsprechend ernsthaft zu sein hatte. Der tägliche Gedanke kam nicht unüberlegt, er musste vorher vorgeschlagen und von meinem Vater für gut befunden werden. Es war seine Idee, und sie rührte von seinen eigenen Grübeleien her, die er während unseres Sommerurlaubs niedergeschrieben hatte. Beim Frühstück berichtete er uns dann, was der heutige Gedanke gewesen war. Sein liebster stammte aus der *Bhagavad Gita*, Gesang 2, Vers 47, den er so aus dem Sanskrit übersetzte: »Arbeite um der Arbeit willen, nicht für dich selbst. Handle, aber verbinde dich nicht mit deinen Handlungen. Sei in der Welt, aber nicht Teil von ihr.«

Als er meinen unverständigen Blick sah, sagte er, ich müsse immer tun, was ich zu tun hätte, zum Beispiel meine Rechenaufgaben oder das Zimmer aufräumen, dürfe aber keine Belohnung dafür erwarten. Die Aufgabe selbst solle mich erfüllen, und ich solle nicht nach mehr verlangen.

»Mehr? Was mehr?«

»Wenn du dein Zimmer aufräumst, sollst du nicht denken, jetzt ist mein Vater zufrieden mit mir und wird mir Süßigkeiten mitbringen. Und genauso sollst du deine Rechenaufgaben machen, ohne zu denken, dass du der Beste in der Klasse sein wirst.«

»Aber ich bin doch nie der Beste. Und du bringst mir nie Süßigkeiten mit.«

»Genau«, sagte er und wandte sich wieder seinem Buch zu.

9

منتظر

Wie jedes Jahr gegen Ende des Sommers fuhr Dinus Onkel Brijen in ihrem Dodge zum Bahnhof. Dinus Fahrer hatte den Wagen tags zuvor gewaschen und poliert, so dass die blauschwarze Karosse wie ein Käfer glänzte. Dinu und ich strichen mit den Händen über die lange Haube und die beiden runden Scheinwerfer, die das Auto zu einem missbilligend blickenden Mann mit Brille machten. Wir tätschelten den Kasten mit dem Ersatzrad vor einer der Türen, spuckten auf das geflügelte Dodge-Logo und rieben mit den Ärmeln darüber. Wir steckten unsere Nasen durchs Fenster, um das Leder der Sitze zu riechen. Die Türen aufzumachen war uns verboten.

Am nächsten Morgen standen wir früh auf, setzten uns auf die Mauer und warteten darauf, dass Brijen Chacha vom Bahnhof zurückkam. Er holte eine Gruppe Musiker ab.

Dada sagte, Old Monk und alte Musiker seien das Wichtigste in Brijens Leben. Kaum aus den Windeln, hatte er eines schönen Tages sein erstes makelloses Lied gesungen, vor einem höchst erstaunten Publikum aus Koch, Kutscher und Ayah, dann mit neun einen ganzen Thumri, dem zwei Jahre später, mit elf, ein Liter Rum folgte, worauf er in einen Stupor verfiel. Seitdem hatte er weder das Singen noch das

Trinken aufgegeben. Wie um meinen Großvater zu bestätigen, saß Brijen Chacha bei Konzerten mit seiner Flasche Old Monk vorn in der ersten Reihe und leerte sie im Laufe des Abends bis auf den Grund.

Wir sichteten den Wagen auf seinem Weg zurück vom Bahnhof, als er um die Ecke bog und das wilde Gestrüpp um das Grab des Pīrs erreichte. Wir stellten uns auf die Mauer, um den Hauptsänger zu sehen, aber auf dem Rücksitz schien nur ein Haufen Stoffe zu liegen, von denen ein Ende wie ein Banner aus dem offenen Fenster wehte. Nachdem der Wagen in Dinus Zufahrt gebogen und unter dem Vorbau des Hauses verschwunden war, herrschte eine Weile Stille. Dann erklang Pferdegetrappel, und eine Tonga mit einem Durcheinander von Kartons, Truhen, Harmoniums, Wasserpfeifen und den langen Hälsen von zwischen Gepäck und Menschen herausragenden Tanpuras kam herbeigefahren. Die Sänger würden ein paar Tage bleiben.

Jedes Jahr lungerten wir tagsüber um die Sänger herum, dieses Mal jedoch durften wir nicht mal in die Nähe ihrer Unterkunft. Wir begriffen nicht, warum, bis wir Arjun Chacha seinen Bruder Brijen beiseitenehmen und fauchen hörten: »Eine Frau! Eine singende, tanzende Frau? Bring sie in den Mangohain und lade deine versoffenen Freunde ein! Nicht hier. Nicht vor unseren Frauen. Denk an unsere Mutter! Gott! Hat dich der Schnaps endgültig irre gemacht?«

Die Auseinandersetzungen zwischen Brijen und Arjun waren legendär. Sie vertrugen sich wie Wasser und Öl, sagten die Leute. Brijen war der Tropfen kaltes Wasser, der das rauchende, heiße Öl explodieren ließ.

Fast alle wohlhabenden Familien in unserem Bekanntenkreis hatten einen Bruder oder Onkel, in der Regel ledig, meist einer der Jüngeren, der seine Erbschaft verschleudert hatte und der Familie auf der Tasche lag, eine lebenslange Last. Bei den Chachas gab es einen Unterschied. Brijen war zehn Jahre jünger als Arjun, und ihr Vater (der in den Jüngeren vernarrt war) hatte, was ungewöhnlich für die Zeit war, seinen Besitz zwischen beiden gleich aufgeteilt. Aber da er wusste, dass er nicht gut darin war, Fabriken und Farmen zu führen, hatte Brijen so gut wie all sein Geld mit großer, zweifellos berauschter Geste seinem älteren Bruder vermacht und gesagt, ihm gehöre nichts als die Musik, und niemand, bis auf die Musik, werde ihn besitzen. Das stimmte nicht ganz, weil er sich seinen Unterhalt dann doch mehr oder minder mit Schreiben verdiente. Zwischen Trinken und Musik gelang es ihm, Romane auf Hindi zu ersinnen, die einen alkoholabhängigen Detektiv mit absolutem Gehör und einem perfekten Gedächtnis für Melodien zum Helden hatten. Diese Romane mit Titeln wie *Verstummte Fußkettchen* oder *Killer im Konzert* kamen in Fortsetzungen in einer Zeitschrift für Kriminalgeschichten heraus, und zum endlosen Verdruss meines hochgesinnten Vaters warteten auch seine Studenten gespannt auf jede neue Folge, genau wie meine Mutter.

Brijens weibliche Verwandte beteten ihn an. Er hörte ihnen zu, wenn sie ihr Herz ausschütten mussten, er gab keine Regeln vor, seine Augen tanzten, und seine Stimme ließ die Frauen dahinschmelzen. Er musste sich nur irgendwo hinsetzen, vom nächsten Kapitel seines Buchs erzählen, ein witziges Gedicht ersinnen oder nach einem Harmonium und einer Flasche rufen, und das Zimmer füllte sich mit Lachen und Gesang. Sein gutes Aussehen hatte etwas jungenhaft Sorgloses, und ganz Muntazir, so hieß es, war voller verzauberter Frauen, die auf ihren Veranden warteten und beteten, dass Brijen vorbeikommen und sich ihre Blicke treffen würden. Arjun konnte nur mit den Zähnen knirschen und Brijens Beliebtheit ertragen. So war es immer schon gewesen. Was Brijen von anderen Faulenzern unterschied, war nicht nur sein Schreiben, sondern dass sein musikalisches Talent unbestreitbar war. Er galt weithin als Autorität, und selbst berühmte Sänger betrachteten ihn als einen Freund.

Nicht jede Frau, die tanzte und sang, sei ein Hure, es sei an der Zeit, das zu verstehen, sagte Brijen zu seinem Bruder mit so geduldiger Stimme wie nur möglich. Akhtari Bai sei eine gefeierte, überwältigende Sängerin, und man müsse schon eine besondere Art Banause sein, um nicht auf die Knie zu gehen und dem Glück zu danken, dass sie eingewilligt habe, zu kommen. Und wenn sie auch einmal eine Kurtisane gewesen und in Filmen aufgetreten sei, niemand sonst singe so rein wie sie. Nur weil sie in Brijen schon vor Jahren eine verwandte Seele gefunden habe, sei sie überhaupt hier, und es sei ihre Pflicht als Gastgeber, dafür zu sorgen, dass sie sich so wohlig beherbergt fühle wie eine Perle auf einem Seidenkissen.

Als seine Argumentation nicht verfing, marschierte Brijen zu uns herüber, zu meiner Mutter. Wir waren es gewohnt, dass er zu allen möglichen Zeiten zu uns kam, um ihr Zeitschriften zu bringen, ihre neuen Bilder zu bewundern oder aus seinen Geschichten vorzulesen, doch dieses Mal trieb ihn ein ganz besonderer Wunsch. Konnte meine Mutter kommen und sich um die Sängerin kümmern? Arjun wollte keine Frau aus seiner Familie in ihre Nähe lassen, aber sie brauchte jemanden. Sie war eine leidenschaftliche Person, die innerhalb von Minuten außer sich zu geraten vermochte, und Brijen fürchtete, es würde sie verletzen, wenn man sie in ein Gästezimmer verfrachtete und dann sich selbst überließ, ohne dass jemand ein großes Gewese um sie veranstaltete. »Du wirst sie verstehen«, flehte er meine Mutter an, »du bist ebenfalls eine Künstlerin. Du malst, und du singst.«

Über die Jahre hörte ich viele Geschichten über die Sängerin Akhtari Bai, wie sie hieß, bis sie etwa zehn Jahre später einen Anwalt heiratete und zu Begum Akhtar wurde. Es war allgemein bekannt, dass ein Dichter in Lucknow, der verrückt nach ihrer Stimme und ihrer Schönheit war, durch die Stadt irrte und keine Worte mehr kannte außer ihren Namen, den er mit Kreide auf alle Mauern schrieb. Am Ende war er dem Wahnsinn verfallen und eines Tages tot auf der Straße gefunden worden. Und es hieß, der Nawab von Rampur sei so vernarrt in sie gewesen, dass er sie in Gold hüllte, schwor, ihr Lächeln sei strahlender als das Glitzern eines Diamanten, und noch ihr kleinstes Flüstern vergötterte. Aber sie wurde den goldenen Käfig leid, ersann voller Erfindungsreichtum alle möglichen Tricks, um ihn in Wut zu versetzen, und lief ihm schließlich davon, nicht ohne allen Schmuck mitzunehmen, mit dem er sie überhäuft hatte.

Am Tag vor dem Konzert in Dinus Haus wurde Akhtari Bai melancholisch und kramte meiner Mutter gegenüber alte Geschichten über falsche Versprechungen, gebrochene Herzen und dunkle Verschwörungen hervor. Meine Mutter verbrachte den ganzen Tag bei ihr, und als sie abends mit einem seltsam leuchtenden Blick zurückkam, roch sie nach Zigarettenrauch und Rum, war müde und fahrig und redete beim Essen von nichts anderem. Akhtari Bai war überzeugt, eine Rivalin versuche, ihr Kräuter ins Essen zu geben, die ihre Stimme für immer zerstören würden, sie spürte, wie ihre Stimme sie verließ und die Welt in sich zusammenstürzte. Als Kind war sie einmal vergiftet worden, ihre Schwester war daran gestorben, aber sie hatte überlebt, und sie wisse genau, wie es sich anfühlte, wenn sich Gift durchs Blut schlängelte, um die Adern leerzusaugen. Zwischen ihren Trauer- und Verdachtsanfällen brach sie in unkontrollierbares, lautes Lachen aus. Sie lachte, bis ihr Leib schmerzte, konnte aber nicht aufhören. Meine Mutter hörte ihr zu und fühlte mit ihr, und Brijen Chacha schickte Flasche um Flasche Rum herein, dazu Capstan-Zigaretten, während sein Bruder schäumte.

»Manchmal musst du einfach etwas haben. Du spürst, wie dich etwas hinzieht, und kannst nichts dagegen tun«, hatte meine Mutter einmal zu meinem Vater gesagt. Mir wurde erst viel später klar, dass sie von sich geredet hatte. Wann war ihr zum ersten Mal der Gedanke gekommen, uns zu verlassen? Ich habe so oft versucht, dahinterzukommen. Begann sie, nachdem sie Mr Spies und Beryl kennengelernt hatte, von Flucht zu träumen? War es im Zug zurück aus den Bergen? Vielleicht wurde es nach ihrem Zusammentreffen mit der Sängerin unausweichlich – das Gefühl, dass auch sie für ein anderes Leben gemacht war.

Ich spekuliere oft darüber, was Akhtari Bai ihr während der gemeinsam in jenem Zimmer verbrachten Stunden alles erzählt hat, als sie über verpasste Gelegenheiten und übereilte Gewagtheiten redeten. Diese junge, schöne Sängerin, die lebte, wie es ihr gefiel, nach Lust und Laune liebte, sich Wutanfällen hingab und durch ihr Können zu Ruhm und

Geld kam. Ich habe mir oft vorgestellt, wie meine Mutter eine von Akhtari Bais Capstans probiert und ihren ersten Schluck Rum trinkt. Wenn wir unsere Jagdspiele spielten und mein Großvater einen Schluck Whisky nahm, sprach er immer von »Mut antrinken«. Ich glaube, Akhtari Bai war der Mut, den meine Mutter sich antrank. Die Tage mit der Sängerin waren der letzte Schritt hin zu einer Entscheidung.

Am Abend des Konzerts summten Insektenwolken um die Gaslichter auf der vorderen Veranda. Makellos weiße Laken waren über einen großen Teppich gebreitet worden, auf denen mit schneeweißem Leinen bedeckte Polster und Kissen für die Sängerin und ihre Truppe verteilt lagen. Das sollte die Bühne sein. Alles erstrahlte in der Helligkeit der neuen Lichter. Der Rest des Gartens war in Dunkelheit gehüllt, sah man von den Hunderten darin flackernden kleinen Tonlampen ab. Räucherstäbchen waren entzündet worden, um den Abend in Duft zu hüllen und die Mücken zu vertreiben, und die zum Konzert herbeiströmenden Menschen schufen eine erregte, pulsierende Atmosphäre: Niemand konnte glauben, dass eine Sängerin von solcher Bedeutung, solchem Ruf und solcher Anziehungskraft in unsere biedere Nachbarschaft kam.

Eine Viertelstunde vor Beginn des Konzerts sah ich Gestalten durch die Schatten eilen und nach Akhtari Bai suchen, und als Brijen Chacha einen ihrer Begleiter ins Kreuzverhör nahm, gestand er, dass niemand wusste, wo die Sängerin war. Sie war seit einer Stunde oder länger nicht mehr gesehen worden. Brijen Chacha brüllte den Wächter Kharak Singh an, der mit einem alten Feldstecher über die

Mauer spähte und nach der Sängerin Ausschau hielt. »Beobachtest du Vögel mit dem Ding? Wo ist sie?«

Auf der anderen Seite des Hauses konnte man die Gäste schwatzen hören, während wir eine Suchmannschaft bildeten und ausschwärmten. Einige stiegen hinauf aufs Dach, andere streiften durch den Garten vorn. Ein besonders entschlossener Enthusiast, der Erfahrung darin zu haben schien, verloren gegangene Größen aufzuspüren, durchsuchte das Haus Zimmer für Zimmer und sah in den Betten und hinter Vorhängen nach, als sei von Schwermut befallenen Sängerinnen alles zuzutrauen. Aber im Haus war niemand, nur Dinus Mutter, Großmutter und seine Tanten, die davor gewarnt worden waren, herauszukommen, und teilnahmslos zusammenhockten. Am Ende entdeckte Rikki sie, und ihr Bellen verriet, dass sie leicht verängstigt war: ein leises, zögerliches Wuff, mehrmals.

Erst leckte die Stimme nur an unseren Ohren. Es war eine leise Stimme, die sich selbst ausprobierte, rissig an den Rändern. Es gab Pausen, Husten, das Räuspern einer heiseren Kehle, Neuanfänge. Aber nach und nach gewann die Stimme an Kraft, bis sie von hinten aus dem Garten bis vor zu uns drang. »*Wer weiß, warum allein dein Name meine Augen heute mit Tränen füllt?*«, sang sie, und die Dunkelheit rund um die Bäume schwamm in Trauer. Die Luft war gesättigt mit dem kräftigen Duft von Raat-ki-rani, dem Nachtjasmin, einem großen Busch, der hinter den Bäumen blühte. Akhtari Bai saß vor ihm, die Augen geschlossen, der Welt abhandengekommen, eine Hand auf einem Ohr, um alle anderen Geräusche auszusperren, während sie sang. Den Dupatta hatte sie vom Kopf genommen, ihr Nasenstecker glitzerte im Licht unserer Laternen.

»*Was ist es an diesem Abend, das meine Augen heute mit Tränen füllt?*«

Sie trug schimmernde weiße Kleider und ein Gold-Tikli mit Perlen, das eine Seite ihrer Stirn bedeckte. Wir konnten Beryl de Zoete neben ihr sitzen sehen, den Rücken aufrecht durchgedrückt, den Blick nicht vom Gesicht der Sängerin wendend. Bei ihnen stand meine Mutter. Sie lehnte an einem Baum, trug einen weichen weißen Musselin-Sari und keinen anderen Schmuck als ihre gewohnten goldenen Ohrringe und eine Kette aus verdrillten goldenen Gliedern um den Hals. Ihr Haar war zu einem Knoten hochgebunden, der sich durch all die Herumrennerei gelöst hatte. Purpurne Frangipaniblüten steckten darin. Sie sah uns und trat flüsternd zu mir: »Still. Sag Rikki, sie soll still sein.« Doch in dem Moment ließ Rikki, immer folgsam, ein schrilles Gebell hören.

Akhtari Bai hielt inne und rappelte sich hoch. Sie legte sich ihren Dupatta zurück über den Kopf und schüttelte die Falten ihrer Kleider aus. »Stehen Sie nicht auf, bitte«, flehte Brijen sie an. »Sie müssen singen, was immer Sie singen wollen und wo immer Sie es wollen. Wir kommen und hören Ihnen zu, welchen Ort Sie auch wählen.« Er drehte sich um und schrie, niemanden direkt ansehend, mit dramatisch geändertem Ton: »Bringt den verdammten Köter zum Schweigen!«

Meine Mutter streichelte Rikki und sagte zu Brijen: »Bitte, verlier nicht die Fassung. Ich bringe ihn weg.«

»Bleib, wo du bist«, knurrte er. »Du gehst nirgends hin.«

Akhtari Bai lächelte nicht, als sie sich an ihn wandte. »Warum sollte der Hund nicht bellen? Ich bin nicht mehr als ein Dorfgockel, der einen Koel nachahmt, der Hund weiß das. Aber diese Engländerin hier sagt, sie hat einen ganzen Monat in dieser Stadt verbracht und nichts gehört, was sich anzuhören lohnt.« Ihre Augen leuchteten in der Dunkelheit. »Ich habe Gayatri gesagt, lass mich der Memsahib zeigen, was richtige Musik ist! Der Duft dieser Blumen, der von Blitzen zerschnittene Himmel, ein Kopf voller Erinnerungen, und plötzlich kam dieser Ghazal und erfüllte mich. Das Witzige ist, dass ich endlich einmal nur für zwei Frauen gesungen habe und nicht für einen Saal voller Männer.« Sie brach in fröhliches Lachen aus. »Es ist schöner, für Frauen zu singen, Brijen Bhai! Sie hören zu und gucken nicht nur.«

Ihre Stimme war mit den Flüssigkeiten gesättigt, die sie getrunken hatte, und sie machte ein paar Schritte auf den Vorgarten zu. Sie schwankte. Vielleicht konnte sie im Halbdunkel nicht sehen, und sehr wahrscheinlich war sie etwas betrunken. Sie streckte die Hand nach Beryl de Zoete aus, fasste ihren Ellbogen und stolperte über Erdklumpen und Grasbüschel. Es hatte etwas Zartes und Bewegendes, zu sehen, wie eine so kleine, unsichere Frau ihr Vertrauen in eine Fremde aus einem anderen Land setzte, die sie weit überragte. Beryls wallendes schwarzes Kleid verfing sich unter ihren Füßen, die Feder, die sie sich in das Schmuckband um ihren Kopf gesteckt hatte, flog davon, doch sie ließ die Hand der Sängerin nicht los und führte sie langsam in sicheres Gelände.

Als sie den Vorgarten erreichten, hob Akhtari Bai den Kopf zum Himmel. Zuckende Blitze zogen darüber, verschwanden und kehrten wieder. Ein tiefes Rumpeln drang durch die Bäume zu uns. »Wer weiß, ob das das Ende des Sommers oder der Anfang des Regens ist? Wer weiß, ob irgendetwas das Ende oder der Anfang ist?«, sagte sie mit einem breiten, unbestimmten Lächeln. Ihre Lippen waren tiefrot, die Augen dick mit Kajal umrandet.

»Nun, Ihre Sängerin scheint ihren Mut zurückgewonnen zu haben«, sagte mein Vater zu Brijen Chacha. »Mit Hilfe einer guten Dosis, kein Zweifel.«

Wir gingen zur Veranda hinüber, und ein ungeheurer Wind kam auf, blies die Lichter aus und wehte die weißen Laken in wilden Bündeln bis ans Ende des Gartens. Manche Leute rannten, um sich unterzustellen, andere hoben die Gesichter zum Himmel, um die ersten Tropfen des Monsuns zu spüren. Der Regen befreite die in der trockenen, heißen Erde gefangenen Gerüche, und Akhtari Bai atmete tief durch und rief: »Jetzt werde ich singen!« Sie ließ Beryl los, lief durch den Garten auf die Veranda und rief: »Kommt, kommt, wir setzen uns alle auf die Veranda. Ich singe euch ein Monsun-Lied.« Alle stolperten zur Veranda, um einen Sitzplatz zu finden, die Etikette verflog im böigen Wind.

Mitten in all dem Durcheinander sah ich meine Mutter. Ihr Haar wallte bis hinunter zur Taille, und rote Blüten hingen darin verfangen, als wäre sie durch einen Blumenregen gelaufen. Gold glitzerte um ihren Hals und an ihren Ohren, ihr Sari glitt übers Gras. Ihr Gesicht leuchtete im Schein der Gaslichter, und im Bruchteil einer Sekunde sah ich die Hand eines Mannes, die sich nach ihr ausstreckte, ihr ein paar heruntergefallene Blüten in die Hand legte und sie schloss. Ich sah diese Hand und den Ärmel eines Hemds oder einer Kurta, ich konnte es nicht sagen. Einen Moment lang leuchteten Schweiß und Regen auf ihrem Gesicht, dann verschwand sie im Schatten.

Das ist das klarste Bild, das ich von ihr in meinem Kopf trage.

10

Ein paar Tage nach dem Konzert verriet meine Mutter mir ein Geheimnis. Ein Geheimnis, von dem sonst keiner wissen würde, wie das Lied, das sie mir auf dem Dach vorgesungen hatte. Ich musste versprechen, niemandem ein Wort davon zu sagen, nicht einmal Rikki. Sie setzte mich auf einen Stuhl und kniete sich vor mir hin, so dass ihr Gesicht auf einer Höhe mit meinem war. Als ich die Füße vor und zurück schwang, um mit den Hacken gegen den Stuhl zu treten, griff sie nach meinen Knien. »Hör auf damit, sei ruhig, du musst mir zuhören.« Ich gab mir Mühe, obwohl meine Beine eine Minute später wieder anfingen, wie von selbst.

Sie hielt meinen Kopf zwischen den Händen und legte ihre Stirn gegen meine. So aus der Nähe hatte sie riesige Augen, ihr Atem war warm und feucht, ihr Haar kitzelte an meiner Nase, und ich schielte, um sie richtig zu sehen.

»Ich gebe dir meine Gedanken weiter, kannst du sie spüren? Es sind sehr wichtige Gedanken«, sagte sie flüsternd. »Kannst du sie für mich aufbewahren?« Sie kniff mir sanft in die Nase und sagte: »Was für eine kleine Eule du mit dieser Brille bist. Wer hat dich so runde Gläser aussuchen lassen?« Sie drückte meine Ohren zurück, flach gegen den Kopf. All diese ungewohnte Aufmerksamkeit, ich wurde misstrauisch. Waren das Vorbereitungen, um zum Augenarzt zu gehen?

Als sie mir sagte, worin das Geheimnis bestand, schien es nicht so wichtig. Das Geheimnis hatte zwei Teile. Der erste war, dass ich am nächsten Nachmittag unbedingt pünktlich aus der Schule zurückkommen musste. Nicht eine Minute zu spät. Das sei entscheidend, sagte sie.

Das Zweite war, dass sie mich auf eine kleine Reise mitnehmen würde. Etwas Besonderes, nur für mich, aber unter der Bedingung, dass ich rechtzeitig aus der Schule da war und keiner Menschenseele ein Sterbenswörtchen davon sagte. Nicht mal Dinu. Wenn ich irgendwem etwas verriet, würde sie mich nicht mitnehmen.

Bauchige schiefergraue Wolken warteten am nächsten Morgen, so tief, dass man glaubte, sie berühren zu können. Als meine Mutter herauskam, um mir nachzuwinken, sah sie zum Himmel hinauf und schloss mit einem Kiekser die Augen, da Wassertropfen auf sie herunterwehten.

»Der Regen von letzter Nacht hat noch nicht aufgehört«, sagte sie.

Die großen Bäume, die dem Haus Schatten spendeten, glänzten, und wenn der Wind hineinfuhr, schickten sie Schauer von ihren nassen Blättern auf uns herab.

»Die Wolken sind so dunkel, es wird ein schöner Tag. Es wird regnen und regnen, und wenn die Sonne herauskommt, gibt es einen Regenbogen von hier bis zum Bahnhof.« Sie wischte sich mit dem Saum ihres Saris über das Gesicht. »Beeil dich, damit du nicht nass wirst. Hast du ein zweites Hemd in der Tasche? Du darfst nicht bis auf die Haut durchnässt im Unterricht sitzen, sonst bekommst du Fieber.«

Ich wollte schon losfahren, da rief sie mich noch einmal: »Warte, stell das Fahrrad ab und komm her.«

Sie drückte mich eine lange Minute fest an sich, küsste mich auf den Kopf und auf die Stirn. Ich zappelte kräftig, um mich zu befreien, ich war sentimentale Zurschaustellungen ihrer Zuneigung nicht gewohnt und fühlte mich unbehaglich und verlegen. Aber ihre Umarmung erfüllte mich mit pulsierendem Glück, und ich trat in die Pedale und hoffte, sie sah, wie schnell ich durch die Pfützen fuhr und den Matsch zerteilte.

»Vergiss nicht, was ich gesagt habe!«, rief sie hinter mir her. »Komm nicht zu spät.«

»Ich bin rechtzeitig zurück«, schrie ich. »Ich fahre schnell.«

Während der Tag voranschritt, wuchs das Geheimnis meiner Mutter in mir, ganz so, als füllte sich ein Ballon langsam mit Luft. Ich konnte mich nicht auf meine Aufgaben konzentrieren und musste einen Teil der Mathestunde draußen stehen, zur Strafe, weil ich nicht aufgepasst hatte. Nach unserer Spielstunde schloss einer der Jungen aus unserer Klasse, Egbert Samuel, den Sportlehrer im Geräteraum ein. Keiner der anderen Lehrer bekam es mit, und der Sportlehrer schlug zwei Stunden gegen die Tür, bis er herausgelassen wurde. Der Rektor kam und wischte mit einem langen Stock durch die Luft. »Aufstehen, alle. Wer war das?«

Schweigen. Verhöre. Die gewohnten langwierigen Bestrafungen. Die Einzelheiten sind banal, aber das alles dauerte so lange, dass es, als ich zu meinem Fahrrad kam, nur noch zehn Minuten bis zu der Zeit waren, da ich, wie mir meine Mutter gesagt hatte, zu Hause sein sollte. Ich zog es aus seinem Ständer. Weiße Blitz-Stacheldrähte schossen durch den schwarzen Himmel. Die Vögel waren in ihren Nestern verschwunden, weil sie dachten, es wäre Nacht. Die Beeren des Jambulbaums kamen mit dem Wind herabgeschossen, und ich erinnerte mich an Ram Sarans Beharren darauf, dass der Wind den Regen wegblies. Aber er sagte auch, die Jambulbeeren bedeuteten, dass ein Regensturm nahe sei. Was war jetzt richtig?

Der Regen kam in dichten Scherbenschleiern vom Himmel und brachte niederprasselnde Hagelkörner mit, die vom Boden wieder hochprallten. Schon nach einer Minute konnte ich nicht weiterfahren und musste unter einem Baum Schutz suchen. Ein Ast krachte auf die Erde, und der Weg, auf dem ich weitermusste, wurde zu einem Strom. Etwa fünfzehn Minuten vergingen, vielleicht mehr, es fühlte sich an wie ein halber Tag. Nach einer Weile machte ich mich wieder auf, den Kopf gegen den Regen vorgebeugt. Kurz vor unserem Haus ließ ich mein Fahrrad zurück und rannte das letzte Stück. Triefnass kam ich ins Haus und rief: »Ma! Ma!«

Ich rannte ins erste Zimmer und rechnete damit, dass sie dort ungeduldig auf und ab lief. Aber mir kam nur Golak entgegen, gefolgt von Rikki, die an mir hochsprang, mir übers Gesicht leckte und mich wieder und wieder ansprang. Was sie mir sagen wollte, war sofort klar: Meine Mutter war nicht zu Hause.

»Bibiji ist vor einer Weile gegangen«, sagte Golak. »Sie sagte immer wieder, du kämst jetzt und sie werde dich mitnehmen. Aber dann war es zu spät, und sie musste weg. Nein, sie hat nicht gesagt, wohin sie ist.«

Abends, als mein Vater kam, war meine Mutter immer noch nicht zurück. Mein Vater legte die Stirn in Falten.

»Was? Bibiji ist nicht zu Hause? Wo ist sie? Sie hat nichts gesagt? Banno? Banno!«

»Das sage ich die ganze Zeit schon. Nicht ein Wort. Sie ist weg, ohne mir zu sagen, was ich kochen soll und wie viele zum Essen da sein werden. Was soll ich tun?«

Mein Vater verschwand im Schlafzimmer und blieb lange dort. Erst zur Essenszeit kam er wieder heraus und ging ins Wohnzimmer. Seine große, schmale Gestalt war irgendwie kleiner geworden, vielleicht weil sein Rücken so gebeugt war und er die Schultern hängen ließ. Banno Didi erzählte noch jahrelang, er sei wie ein vom Sturm flachgedrücktes Weizenfeld gewesen.

Als mein Großvater aus der Klinik kam, rief mein Vater uns beide ins Wohnzimmer und sagte, wir sollten uns setzen. Die Formalität, mit der er das tat, machte mir große Angst. Meine Mutter sei auf eine Reise gegangen, erklärte er uns, und werde eine Weile nicht zurückkommen. Es könne eine lange Weile werden. Eine Reise?, fragte mein Großvater verwirrt. Wohin? Warum denn bloß? Sei ihre Mutter in Delhi erkrankt?

Ich erinnere mich nicht an die Einzelheiten der Unterhaltung. Das Herz schlug mir gegen die Rippen. Meine Zunge fühlte sich dick und groß an, als wollte sie explodieren, wenn ich nichts sagte. Warum hatte ich in der Schule nicht so getan, als wäre ich krank, und war nach Hause geeilt? Was war das für eine Reise? Hieß das, falls sie lang war, dass sie eine Woche nicht da sein würde? Oder einen Monat? Angst und Verwirrung erfüllten mich mit einem finsteren, wirbelnden Schwindel.

Wegen des unsichtbaren Schilds, mit dem mich alle umgaben, dachte ich in den Tagen danach, dass meine Mutter wieder da sein musste, wenn ich aus der Schule kam, vom Fluss oder von Dinu. Erst ein paar Wochen später fügten sich das Gerede der Bediensteten im Haus und die Fragen und Kommentare in der Schule zu einem anderen Bild zusammen, und ich begriff.

Meine Mutter hatte uns verlassen. Sie war mit einem anderen Mann davongelaufen.

Mr Spies.

Mr Spies, der mit seiner Mundharmonika für uns gespielt, Bilder gemalt und mit Rikki Deutsch geredet hatte. Mr Spies, der Dadas engster Freund geworden war. Mr Spies und Beryl de Zoete hatten sich bei allen verabschiedet und bedankt und mit keinem Wort gesagt, dass sie meine Mutter mitnehmen würden. Selbst vor meinem Großvater hatten sie es verborgen.

Das war ein Treuebruch, der nicht zu vergeben war. Meine Mutter wusste, dass sie mit ihrem Weggang alle Brücken zwischen sich und ihrer Familie für immer zerstört hatte. Wer sollte einen solchen Verrat je vergeben? Niemals würde sie zurückkommen können, nicht mal zu mir.

Zunächst lebte mein Vater wie immer. Er tat so, oder zumindest glaubte er es, als hätte sich nichts verändert. Während die Tage vergingen und meine Mutter nicht wieder auftauchte, bekam mein Vater einen kleinen Buckel, als versuchte er, nicht gesehen zu werden. Vielleicht hörte er hier und da auch ein Kichern unter Studenten und Kollegen, jedenfalls ging er von einem Tag zum anderen nicht mehr zur Arbeit. Er fing nicht an, zu trinken oder zu rauchen, sondern saß nur den ganzen Tag auf dem Dach und las. Es gab keine Morgenspaziergänge mehr, und er ging auch nicht mehr in die Gesellschaft. Mit den Gedanken für den Tag hatte es ein Ende, und manchmal stand er morgens gar nicht auf und musste nachmittags angefleht werden, wenigstens etwas zu essen. An anderen Tagen wachte er im Morgengrauen auf, setzte sich still auf die Terrasse, die Augen geschlossen, den Rücken stocksteif, und murmelte unablässig ein Shloka vor sich hin. Das war außergewöhnlich für uns. Bis dahin war das Interesse meines Vaters am Spirituellen das eines Philosophen gewesen, fasziniert von den unterschiedlichen Denkgebäuden, aber immer skeptisch.

Ich begriff zu der Zeit nicht, was für eine katastrophale Schande das Verschwinden meiner Mutter für meinen Vater war. Es war nicht so, als wäre sie aus der Familie ausgebrochen, um für die Freiheit zu marschieren, zu einer glorreichen Märtyrerin zu werden und im Gefängnis zu landen. Das hätte ihn nicht umgeworfen. Gefeiert hätte er es als verspätete Rechtfertigung der Denkweisen, zu denen er meine Mutter über all die Jahre hatte bekehren wollen. Hatte mein Vater ihr etwas verweigert? Andere Frauen verschleierten ihre Gesichter, dienten ihren Männern, stickten und strickten – das hatte sie alles nicht gemusst. Meine Mutter hatte die Freiheit gehabt, zu tun, was sie tun wollte, zu gehen, wohin sie mochte, zu tragen, was ihr gefiel. Im vernünftigen Rahmen.

Doch selbst in seiner finstersten Stunde kann meinem Vater die Ironie der angeblichen Freiheit meiner Mutter nicht entgangen sein. Er hatte der Wahrheit immer ins Gesicht gesehen, wie grell sie ihm auch in die Augen stechen mochte: Er wusste, dass auch noch die kleinste ihrer kleinen Freiheiten von seiner Duldung abgehangen hatte. Sie hatte sich erdrückt gefühlt und war ausgebrochen. Nicht die Entsagung hatte sie gewählt, nicht die Opferung für ein größeres Ziel, nein, sie war so tief gesunken, wie man es als Frau nur konnte: Sie hatte Kind und Mann für einen Geliebten verlassen. Einen Ausländer. Bösartige, geflüsterte Worte folgten meinem Vater, wohin immer er ging. So wurde er zu einem Einsiedler und unser Haus ein Echoraum.

Viele Jahre später, als ich nach dem Tod meines Vaters seine Sachen durchsah, fand ich einen Brief meiner Mutter ganz hinten in der versteckten Schublade seines Zedernholzschreibtischs. Das Papier roch nach altem Harz und fühlte sich so dünn und zerbrechlich an wie von einer Wunde gelöster Schorf. Der Brief war nicht datiert.

»Ich komme nicht zurück. Ich sage dir das nur, damit du dir keine Sorgen um mich machst. Versuche nicht, mich zu finden oder aufzuhalten, bitte. Ich bin sechsundzwanzig, und das Leben läuft mir davon. Ich will mehr! Es gibt Dinge in uns, gegen die wir nicht ankämpfen können, sosehr wir uns auch mühen. Ich habe dich enttäuscht, und ich habe mein Kind enttäuscht. Vergib mir, wenn du kannst.«

Der Brief war melodramatisch genug, aber als wäre etwas Konkretes, Greifbares nötig, um das brutale Ausmaß dessen, was sie da tat, zu unterstreichen, vielleicht auch, um ihre ein paar Monate zurückliegende Drohung wahrzumachen, hatte sie sich ihr langes Haar abgeschnitten und mit dem Brief in einer Baumwolltasche zurückgelassen.

Ich fuhr mit den Fingern durch das Haar in der Tasche. Rau, stumpf, abstoßend, es hatte nichts von der duftenden Seide, die mir an jenem letzten Morgen über das Gesicht gestrichen war, als sie mich auf den Stufen zur Veranda zum Abschied geküsst hatte.

11

Kalkutta 1930. Ein sechzehnjähriges bengalisches Mädchen von ungewöhnlicher Intelligenz lernt einen rumänischen Studenten namens Mircea Eliade kennen. Jahrzehnte später schreibt dieses Mädchen, Maitreyi, einen Roman über einen jungen rumänischen Studenten, der in ihrem Hause lebte, als Schützling ihres Vaters. Sie nennt den jungen Mann Mircea Euclid und das heranwachsende Mädchen Amrita.

Im Roman bringt Amritas Vater Mircea eines Tages mit nach Hause und verkündet, dass er fortan bei ihnen wohnen wird. Er befiehlt seiner Tochter, ein Zimmer für den Besucher herzurichten, gemütlich und schön soll es sein. Solch ein Einsatz für einen Studenten war nicht ungewöhnlich für ihren Vater, sagt Amrita, noch war die Großzügigkeit ganz ehrlich:

Die Studenten meines Vaters waren bereit, einiges für ihn zu opfern, und er liebte sie auch, aber es war nicht die Liebe unkomplizierter Menschen, wie wir es sind, zueinander. Seine Art von Liebe ist ohne Wohlwollen für andere. Es ist Eigenliebe. Zum Beispiel liebt er mich, sehr sogar, aber nicht so sehr um meiner als um seiner selbst willen. *Seht doch, meine Tochter ist ein so*

einzigartiges Juwel, wie schön sie ist, was für wunder-
volle Gedichte sie schreibt, wie gut ihr Englisch ist. Das
ist meine Tochter. Seht doch, seht alle her!
Ich bin der Augapfel meines Vaters. Aber ich weiß,
wenn ich auch nur etwas gegen seine Wünsche tue,
wird er mich vernichten. Für ihn ist es völlig unwich-
tig, was mich glücklich macht.

Das ist meine unbeholfene Übersetzung, die Arbeit eines
Gärtners aus einer kleinen nordindischen Stadt. Maitreyi
Devi hätte mir womöglich meine Ungeschicktheit vergeben. Wer mit einer großen Abwesenheit gelebt hat wie sie,
erkennt den Drang, noch nach der schwächsten Ähnlichkeit
zu greifen und sie festzuhalten: den Winkel eines Kinns, die
Wölbung einer Stirn, einen Wutausbruch, eine besondere
Art, mit Worten umzugehen, die Freundschaft mit einem
Fremden. Meine Mutter hat sich zerrissen und die Fetzen
im Wind zerstreut, als ich neun war. Seitdem durchsuche
ich alles, was ich lese, nach Spuren von ihr, sehe und lausche
um mich herum.

Mircea ist in Maitreyi Devis Roman etwa zwanzig, er hat
dunkles Haar und hohe Wangenknochen. Erst fällt Amrita
nichts Besonderes an ihm auf, doch während die Wochen
vergehen, stellt sie fest, dass sie, nachdem alle anderen
längst gegangen sind, immer noch mit ihm am Frühstücks-
tisch sitzt; eine weitere Stunde verstreicht vor der Tür zur
Bibliothek ihres Vaters. Ihr Vater kommt beim Hinein- und
Hinausgehen an ihnen vorbei, sagt aber nichts. Niemand
tut etwas gegen ihr gemeinsames Nichtstun. Amrita beginnen Dinge an Mircea aufzufallen: wie seine Kurta oben
am Hals offensteht, das Dreieck blasser Haut hinter den

offenen Knöpfen. Dass seine Augen ganz anders aussehen, wenn er die Brille abnimmt.

Eines Tages sagt ihr Vater, er wird mit ihnen beiden Kalidas' klassisches Sanskrit-Poem *Shakuntala* durchgehen.

Vom nächsten Tag an begannen wir, gemeinsam zu lernen. Wer weiß, was die Leute in jener Zeit dachten, wenn sie mich zusammen mit einem Ausländer auf einer Matte auf dem Boden sitzen und Sanskrit lernen sahen. In den Augen der bengalischen Studenten meines Vaters erkannte ich neidisches Staunen. Ältere Frauen aus der Generation meiner Mutter waren voller Argwohn und rümpften die Nase; die in meinem Alter betrachteten uns mit großer Neugier. Mein Vater schenkte dem keine Aufmerksamkeit. Der Ausländer wurde nach und nach zu einem Teil der Familie.

Wenn ich diese Zeilen lese, wandern meine Gedanken zurück in die Zeit, da Walter Spies in unser Haus zu kommen begann. Missbilligung, Neid und Neugier waren identisch, und zwar gleichmäßig verteilt zwischen unseren Nachbarn und meinem Vater. Die Missbilligung meines Vaters wurde zu einer Art eifersüchtiger Wut, als meine Mutter Mr Spies näherkam. Vielleich erkannte er, dass es ihm trotz seiner Vorträge über Patriotismus und seiner Leselisten nie gelungen war, die Art von Leidenschaft in ihr zu wecken, wie Mr Spies es mit nicht mehr als einem hingekritzelten Adler oder der Skizze eines Gesichts vermochte. Spürte er die Gefahr einer Verbindung, die ihn ausschließen würde? Seine Antwort bestand darin, ihr zu befehlen, nicht mit den Besuchern auszugehen, sowie diese davon abzuhalten, in unser

Haus zu kommen. Aber meine Mutter zu zwingen, sich angemessen zu verhalten – das konnte nicht funktionieren. Er hätte wissen müssen, dass der Gehorsam ganz oben auf ihrer persönlichen Liste der sieben Todsünden rangierte, eng gefolgt von Anstand und Schicklichkeit.

Die Gitter des Käfigs um Amrita in Maitreyi Devis Buch wirken vertraut. Sie kann nichts ohne die Erlaubnis ihres Vaters tun, und seine Tyrannei, verkleidet als Besorgnis um ihr Wohlergehen, ist absolut. Sie sehnt sich danach, in den Fluss des Lebens zu springen, der, wie sie sehen kann, an ihrem Haus vorbeifließt, doch es ist verboten. Einmal ignoriert sie seine Einschränkungen und geht zum Totenmarsch für einen Nationalisten, und ihr wütender Vater brüllt sie an und wütet und wütet, bis sie nicht mehr kann.

Maitreyi Devi und meine Mutter waren nahezu gleich alt, und meine Mutter könnte sie sogar getroffen haben, als sie 1926 mit ihrem Vater nach Santiniketan fuhr, um Rabindranaths Schule zu besuchen. Auf dem Hinweg machten sie in Kalkutta Station. Agni Sen, selbst ein Gelehrter, hätte durchaus Grund gehabt, Maitreyi Devis Vater zu besuchen, einen Philosophen und Lehrer, der Rabindranath gut kannte. Ob sie und meine Mutter sich trafen, worüber sie redeten, so sie denn miteinander geredet haben, ich kann es nicht sagen. Aber als ich Devis bengalischen Roman las, dachte ich, dass meine Mutter, als sie mit Beryl und Walter unser Haus verließ, eine Tür aufbrach, die für Maitreyi Devi verschlossen geblieben war.

Als alter Mann, der seine Vergangenheit verstehen möchte, zwinge ich mich, Geschichten über Frauen wie meine Mutter zu lesen, und ich versuche, sie möglichst unpersönlich zu sehen, als eine Rebellin, die von anderen vielleicht bewundert wird, als eine Künstlerin mit einer Berufung, die so intensiv war, dass sie sie ihrer Familie und ihrem Heim vorzog.

Als Kind, das ohne Erklärung verlassen wurde, empfand ich nur Wut, Kummer und Verwirrung.

12

Andere Leute wichen dem Thema des Verschwindens meiner Mutter aus, für meinen Großvater schien es jedoch in erster Linie ein hilfreicher Termin im Kalender zu sein. »Wann hast du dir die Narbe da geholt?«, sagte er zum Beispiel. »War das, bevor deine Mutter gegangen ist, oder danach?« Es war seine Art, festzuhalten, dass es normal für ein Leben war, in zwei unterschiedliche Hälften zerbrochen zu werden, und man es eher leichtnahm. Ohne große Mühe wegsteckte. Als verließen Mütter ständig ihr Zuhause und ihre Kinder und als gäbe es von Sibirien bis Sialkot Jungen wie mich, die mühelos aus einem normalen Leben in ein mutterloses Leben eintraten, ganz so, als gingen sie durch eine offene Tür in ein anderes Haus. Meine Mutter war da gewesen und jetzt eben nicht mehr, das war alles. Mein Vater dagegen tat lieber so, als wäre meine Mutter eine Kerze gewesen, die heruntergebrannt und verschwunden war, ohne eine Spur zu hinterlassen, nicht das kleinste Restchen Wachs. Ich wusste instinktiv, dass ich sie in seiner Gegenwart nicht erwähnen durfte.

Etwa um die Zeit lief im Delite Cinema dreimal täglich *Die Rache des Toten* mit Boris Karloff. In dem Film ging es um einen Mann, der von seinen Feinden getötet und von einem Arzt zurück ins Leben geholt wurde, indem er ihm ein mechanisches Herz einpflanzte. Wiederauferstanden, hat der Mann einen sechsten Sinn, mit dem er seine Mörder aufspürt und jeden Einzelnen von ihnen in ein grausiges Ende treibt. Zum Schluss wird der wiederauferstandene Mann erschossen, und diesmal stirbt er in Frieden, gerächt. Dinu konnte nach dem Film eine Woche nicht schlafen, wachte immer wieder wimmernd auf und kroch Trost suchend zu seinem älteren Bruder ins Bett, nur um von ihm getreten zu werden und gesagt zu bekommen, er solle zur Hölle gehen.

Ich durfte keine Filme sehen, aber die Geschichte bewies für mich, dass der Tod umkehrbar sein konnte. In den ersten Wochen nachdem meine Mutter uns verlassen hatte, als ich noch dachte, sie wäre tot und niemand hätte es mir gesagt, lag ich nachts wach und redete mit dem, der sich um die Sterne über meinem Moskitonetz kümmerte – und um mich, um Rikki, um uns alle, wer immer das sein mochte. »Lass sie zurückkommen, in einer Woche, einem Monat oder einem Jahr. Wie Boris Karloff.« Und ich fügte meinem Gebet noch einen Nachsatz hinzu: »Lass sie genau so zurückkommen, wie sie war, nicht als Mörder.«

Ich hatte Träume, in denen die präparierte, abgetrennte Hand in der Klinik meines Großvaters davontrieb und ich ihr wütend, handlos hinterherrannte und schluchzend darum bat, dass sie mir wieder angefügt wurde. Wenn ich aus diesen Träumen aufwachte und vor Angst kaum atmen konnte, sah ich zuallererst nach, ob mein Arm in Ordnung war, so schmerzhaft und realistisch war mein Gefühl, einen Teil meines Körpers verloren zu haben.

Meine Mutter kam nicht zurück, aber mit dem nahenden Winter kam ein erster Brief von ihr, ein dicker Umschlag voller Worte und Bilder. Wenn ich auch nicht mehr genau sagen kann, in welchem Monat das war, weiß ich doch noch, wie warm sich ihre Bilder in meinen kalten Händen anfühlten. Das erste zeigte eine große Wasserfläche und dahinter das Hufeisen eines gelben Strandes, auf dem ein paar Palmen vertraulich die Köpfe zusammensteckten. Im Vordergrund sah man ein Geländer – sie muss es an Deck eines Dampfschiffs gemalt haben. Ein anderes Bild war eine gemalte Karte, auf der ein Schiff zu sehen war, das Indien von Madras aus verließ und durch weiß gekrönte Wellen und lächelnde Fische nach Singapur fuhr, und weiter nach Surabaya, Java und Bali. Wie eine Kinderzeichnung von Land und Meer. Alle Orte waren mit der ordentlichen kleinen Schrift bezeichnet, mit der meine Mutter Dinge etikettiert hatte. Ihre normale Handschrift war voller Kringel und Verzierungen und stieg vom Rand nach oben auf.

Wieder war mein Vater nicht zur Arbeit gegangen, und er war es, der den Brief vom Postboten entgegennahm und den Umschlag untersuchte. Er hielt ihn mir hin, das Gesicht ausdruckslos. »Er ist für dich. Dein allererster Brief.« Im Umschlag waren diese gemalten Bilder und Zeilen, die mit einem »Myshkin, mein Liebling« begannen und damit fortfuhren, zu sagen, wie viel sie an mich und an zu Hause denke und wie traurig sie sei, so weit weg zu sein. Sie fragte, wie es Dada und meinem Vater gehe, schrieb jedoch nicht, wann sie zurückkomme. Mein Vater wartete, bis ich den Umschlag geöffnet hatte, und als er sah, dass für ihn nichts darin war, drehte er sich um und ging ins Haus. Wir sahen ihn an diesem Tag nicht mehr, weder zum Tee noch zum Abendessen.

Der Brief änderte etwas in meinem Vater. Er war die letzte Note eines Klageliedes, das vor langer Zeit in seinem Kopf zu spielen begonnen hatte. Er sagte nichts, brachte während der nächsten Tage aber seine Sachen aus dem Eheschlafzimmer ins kleinere Nebenhaus. Es hatte zwei Zimmer, eine überdachte Veranda und stand ein Stück hinter dem Haupthaus unter einer Tamarinde. Ich hatte die Tür zu dem Häuschen selten einmal offen gesehen. Niemand musste dort hinein, wir hatten vergessen, wozu es eigentlich einmal gedient hatte.

Ram Saran trat heftig zu, um die von der Feuchtigkeit verquollene Tür aufzubekommen, und der beißende Gestank von Vogelkot drang wie Giftgas aus dem Inneren hervor. Tauben kamen in einem wilden Durcheinander von Federn, Flügeln und Schnäbeln herausgeflogen. Drinnen stießen wir auf Stapel alter, zu festen Blöcken verschmolzener Zeitungen, Stühle ohne Beine, leere Flaschen, Leinensäcke mit verhärtetem Dünger, einzelne Tischbeine, einen verbeulten Käfig aus engmaschigem Hühnerdraht, Rollen ausgefranster Kuhstricke, gesprungene Unterteile von Petroleumlampen und alte, nicht mehr funktionsfähige Feuerwerkskörper. Ram Saran machte ein großes Feuer und verbrannte, was brennen wollte. Das Feuer leckte und knisterte, und er hockte auf der Erde, wärmte sich die Hände, kratzte sich den Kopf und rauchte, bis einige der Feuerwerkskörper gegen alle Erwartungen in einem hellen Lichtschauer explodierten und ihn zurück zum Putzen trieben. Aber trotz seiner Mühen fühlten sich die Wände auch hinterher schmierig an, die weiße Farbe war vor langer Zeit schon zu einem schimmeligen, mit grauen Flecken vernarbten Gelb zerlaufen. Der Boden hatte ein stumpfes Rot, und auch noch so viel Schrubben konnte ihn nicht aufhellen. Die Risse, die ihn mit einem Netz durchzogen, blieben schmutzschwarz, unbeeindruckt von Seife und Bürste.

Nachdem der Raum gesäubert war, ließ mein Vater Ram Saran und Golak den Zedernholzschreibtisch und seinen Stuhl sowie die Bücher hinüberbringen. Von Rozario & Sons kamen ein schmales Bett und ein harter Stuhl, die beide dort schon vor sich hin kümmerten, so lange sich irgendwer erinnern konnte. Zusammen mit seinen Bücherregalen war das das gesamte Mobiliar, das mein Vater sich erlaubte. Er hatte keine Teppiche, keine Bilder, keine Uhr, kein Radio. In unserem Haus gab es Strom, das kleine Hinterhaus war nicht daran angeschlossen. Nach Einbruch der Dunkelheit musste es mit Kerzen und Petroleumlampen beleuchtet werden. Dada fragte meinen Vater, was er zu tun gedenke, wenn die Sommerhitze komme: Wollte er ohne Ventilator leben? Mein Vater meinte, das werde er sehen, wenn es so weit sei.

Jetzt war das Haus den ganzen Tag über leer. Dada war in seiner Klinik, mein Vater in seinem Häuschen hinten, wo er las. Wenn ich morgens zur Schule musste und nach hinten ging, um mich zu verabschieden, saß mein Vater auf dem Dach, hatte die Augen geschlossen und murmelte einige seiner neu entdeckten Mantras. Kam ich zurück, hatte er sich in seinem Zimmer verbarrikadiert. Ich aß allein zu Mittag und ging dann zu Dinu, oder ich rannte die Straße hinunter zu meinem Großvater und verbrachte den Nachmittag in der Klinik.

Der erste Brief meiner Mutter brachte auch meine Gefühle in Aufruhr. Immer wieder, wenn niemand da war, der sehen konnte, was ich tat, las ich ihn, allein für mich. Auf eine unklare Weise wusste ich vermutlich, dass ich ihn nicht hätte bekommen sollen, sondern dass dieser Brief eigentlich meinem Vater zustand. Wegen so vieler Dinge war ich auf meine Mutter wütend: weil sie meinem Vater nicht schrieb, weil sie uns verlassen hatte, weil sie mich nicht mitgenommen hatte, und doch wusste ich mehr als alles, dass ich sie zurückwollte, und wenn ich etwas sah, was mit ihr zu tun hatte, eine leere Vase, in der früher immer frische Blumen gestanden hatten, einen weißen, auf der Leine trocknenden Sari, krampfte sich in meiner Brust schmerzhaft eine Faust zusammen, fest genug, um mir die Rippen zu brechen.

Ich las diesen ersten Brief jeden Tag. Manchmal versteckte ich mich, um völlig ungestört zu sein, in der alten Kutsche, und ehe ich mich versah, fuhr ich wieder mit meiner Mutter Rad, saß auf meinem Sitz, und meine Beine schwangen über der Erde. Auf einem Schiff ließ ich Indien hinter mir und fuhr zu ihr nach Bali. Einen gefühlten ganzen Tag saß ich da und träumte, bis ich einschlief. Hungrig und verwirrt erwachte ich, Banno Didis und Ram Sarans Stimmen kamen näher und entfernten sich wieder. Ich sehnte mich danach, dass sie mein Leiden bemerkten, dass sie kamen und mich holten, doch sie hatten andere Dinge zu tun. Wenn ich dann aus der Kutsche kletterte und ins Haus ging, sah Banno Didi mich finster an. »Wo warst du wieder? Ohne einen Gedanken daran, zu baden, etwas zu essen oder zu lernen, nur immer herumtrödeln.«

Zu Beginn des Frühlings kam der Tuchrauer, wie jedes Jahr, um unsere Matratzen zu bearbeiten, saß draußen an seiner Raumaschine und schickte eine Baumwollwolke in die Luft, dass es aussah, als schneite es in unserem sonnigen Garten. Mein Vater kam und setzte sich auf eine Stufe in der Nähe, völlig vereinnahmt vom Surren der Maschine. Er legte das Kinn in die Hände und rührte sich nicht. Nach und nach bedeckten die weißen Baumwollflocken sein Haar und ließen ihn zu einem alten Mann werden. Auf seinen Schultern und seinem Schoß landeten sie. Den ganzen Tag saß mein Vater da und sah dem Tuchrauer zu, sagte nichts, tat nichts und nahm doch den Blick nicht von ihm.

Abends sagte er zu Dada: »Der Tuchrauer kommt jedes Jahr zu uns, und ich wusste nicht einmal seinen Namen. Vor ihm war es sein Vater, sagt er. Weißt du, wie er heißt?«

»Den Namen seines Vaters kannte ich, ich habe ihn mal bei einer Lungenentzündung behandelt. Es ging ihm ziemlich übel, wie ich mich erinnere«, sagte Dada. »Sein Name war … Lass mich nachdenken. Nein, ich bekomme ihn im Moment nicht zu fassen.«

»Genau«, sagte mein Vater. »Wir haben keinerlei Beziehung zu all diesen Leuten, die für uns arbeiten. Sie sind für uns nicht mehr als Vieh. Wobei wir die Namen unserer Kühe wissen, oder? Und die unserer Hunde. Aber wie heißt Bannos jüngstes Kind? Myshkin?«

»Er heißt Dabbu«, sagte ich. »Und die beiden anderen Mantu und Raju.«

»Du kennst sie nur, weil du mit ihnen spielst.«

»Mit ihnen zu spielen ist eine Art Freundschaft, Nek, oder etwa nicht?«, sagte Dada.

»Nun, *du* kanntest ihre Namen nicht, richtig?« Mein

Vater sah Dada an, der mit seiner Zeitung raschelte und sagte: »Stellt euch vor, Rajputana hat Lord Tennysons Elf geschlagen. Weißt du, wer Tennyson ist, Myshkin?«

»Typisch… Bring die Rede auf Kricket und gehe allem Unangenehmen aus dem Weg«, sagte mein Vater. »Können wir bitte das Thema wechseln? Kennst du die Namen von Bannos Kindern?«

»Wenn du entschlossen bist, zu beweisen, dass ich keine Verbindung zu den arbeitenden Massen habe, Nek, ja, das könnte stimmen, wobei ich sie jedes Jahr wegen eines Dutzends Krankheiten behandele. Ich denke, es reicht, wenn ich mich an Bannos Namen erinnere, in meinem Alter.« Er nahm die Brille ab, runzelte die Stirn und faltete die Zeitung zusammen. »Ich denke, ich gehe Lisa besuchen. Auf eine Tasse Kaffee.«

»Kaffee? Wirklich? Ist es das, was du da trinkst?« Mein Vater hob eine Braue und schüttelte den Kopf. Er stand vom Tisch auf und begann, im Zimmer auf und ab zu laufen, rückte hier ein Buch zurecht und dort eine Vase. Vor einem von meiner Mutter gemalten Bild blieb er stehen, einem Bild von einem Boot und einem Fluss, das sie wegen seiner Kindlichkeit hatte verbrennen wollen. Er betrachtete es, als hätte er es noch nie gesehen. Dann hob er es von seinem Haken, drehte es um und stellte es vorsichtig auf den Boden. »Es hat nichts mit dem Alter zu tun«, sagte er. »Es muss einen anderen Weg geben zu leben. Die Frage ist, wie man ihn finden soll. Einen einfacheren Weg. Einen wahrhaftigeren.«

Ein paar Tage später rief er Dada und mich wieder ins Wohnzimmer. Wir erwarteten Neuigkeiten: Vielleicht hatte meine Mutter ihm geschrieben, dass sie zurückkomme.

Aber nein. Er informierte uns, dass er eine Pilgerreise antreten werde. Er zitierte Xuanzang, den alten buddhistischen Pilger, der, sagte er, auf der Suche nach der endgültigen Wahrheit und um die Verwirrung seines Geistes zu ordnen, vor mehr als tausend Jahren von China nach Indien gewandert sei. Er zitierte Buddha, der offenbar gesagt hatte, es gebe auf dem Weg zur Wahrheit nur zwei Fehler, die man machen könne: nicht bis an sein Ende zu gehen und gar nicht erst aufzubrechen. Mein Vater hatte vor, in die Fußstapfen dieser großen Geister zu treten, er wollte nach Patna gehen, nach Nalanda, Lumbini und vielleicht noch weiter zu den Höhlen von Bhaja in der Nähe von Poona, nach Ajanta und Ellora, womöglich sogar bis nach Burma und Ceylon. Er sang die Namen dieser heiligen Orte mit atemloser Inbrunst, als rezitierte er Lyrik. Er wollte leben, wie es buddhistische Mönche taten, mittellos, Essen und Unterkunft von den Wohltätigen erbittend, wollte meditieren und mehr über den Buddhismus lernen. Er sagte nicht, wie lange er vorhatte, unterwegs zu sein.

Er ging, bevor ich aufwachte. Ich hörte nicht, wie er das Haus verließ. Das, erklärte Dada später, lag daran, dass er nicht mit einer Tonga oder einem Auto gefahren, sondern einfach aus dem Tor getreten war, mit nicht mehr als einem Stoffbeutel, in dem eine Decke, eine metallene Schüssel, ein Becher und ein paar Kleider waren. Er hatte Dada erklärt, er werde bis an den Rand der Stadt wandern, dann die Straße hinunter zum nächsten Dorf und weiter zu dem dahinter. Er werde um etwas Platz auf einem Ochsenkarren oder in einer Kutsche bitten, was immer in nördlicher Richtung unterwegs sei, und wo er bleibe, werde er die Nacht auf einer Veranda, in einem Tempel oder einem Teeladen an der Straße verbringen. Er habe mich nicht geweckt, weil das womöglich seine Entschlossenheit geschwächt hätte, schrieb er mir in einer Notiz, die er mit einer Rupie, für was immer ich wolle, zurückgelassen hatte. Ich solle mir keine Sorgen machen.

13

Nachdem mein Vater auf seine Reise ins Innere seines Selbst aufgebrochen war, holte ich die Briefe meiner Mutter wieder hervor: Ein zweiter war gekommen, und er war mehrere Seiten lang und überall mit Bildern und Zeichnungen illustriert. Ich versteckte ihn in einem Buch und nahm ihn mit in Dadas Klinik. Dort richtete ich mir eine kleine Ecke ein, mit einem Schrank und einer wackligen bemalten Trennwand, so dass ich von den wartenden Patienten abgeschirmt war. Auf dem Boden liegend, las ich jedes Wort, betrachtete jeden Pinselstrich.

Meine Mutter beschrieb Dörfer, Tänze, Medizinmänner, Regenwälder, Berge und fremdartige Blumen. »Es ist ein Bilderbuchland«, schrieb sie. »Eines Tages wirst du herkommen und es sehen. Es gibt Vulkane und Quellen, Flüsse, Seen und in Fels gemeißelte Tempel. Und Füchse, die fliegen können.« Sie hatte postkartengroße Bilder ihrer Umgebung gemalt, um mir zu zeigen, was sie meinte. Strohgedeckte Hütten inmitten grüner Felder, die sie mit dünnen, smaragdgrünen Strichen gemalt hatte, umgeben von großen Bäumen. In der Ferne erhob sich ein blauer, oben flacher Berg. Eine andere Seite war schwarz, mit einem orangeroten Feuer in der Mitte. Das Feuer brannte auf einer Lichtung, drum herum stand eine Gruppe Männer mit Stoffturbanen, deren Gesichter so orangerot wie das Feuer waren. Zwischen den Schatten von Blättern und Bäumen hinter ihnen konnte man den schwach glimmenden gelben Kopf eines Tigers erkennen. Beide Briefe endeten mit den gleichen Worten: »Mit so viel Liebe, dass der Himmel dafür nicht groß genug ist.«

Ich schob sie unter den Schrank, als Lisa McNally durch die Hintertür kam, gefolgt von einem jungen Mann, den sie Boy nannte. Boy trug ein Tablett mit einem aufgeschnittenen Kuchen, einem Glas heiße Schokolade und zwei Tassen Tee. Lisa hatte ein Ritual daraus gemacht, seit meine Mutter weg war. Sie kam jeden Tag etwa zur gleichen Zeit, und bevor sie ein Wort sagte, kündigte der Duft sie an – es war die Mischung aus Rauch, Vanille, Kaffee, alten Büchern und vielleicht Kampfer, nach der auch ihr Gästehaus roch. Sogar heute muss ich nur etwas davon in die Nase bekommen und bin gleich wieder in Lisa McNallys Home Away from Home.

Lisa setzte sich Dada gegenüber, schickte ein »Hallo, junger Mann« in meine Richtung und seufzte: »Was ich mir heute dachte, war, ob Nek mit …«, und hier flüsterte sie Dada etwas zu, das ich nicht hören konnte. Ich schlich mich mit meinem Kuchen und meiner heißen Schokolade in meine Ecke.

»Oh, jetzt aber ernsthaft, Lisa, sie ist eine Nonne«, sagte Dada. »Kannst du deine Fantasie nicht in Zaum halten? Mukti ist noch in Lucknow. Nek ist allein unterwegs. Auf einer unsinnigen Pilgerreise, deren Bedeutung allein er selbst kennt. Jeden Tag kommst du mit solchen Sachen.«

»Ich muss einfach immer daran denken, Batty!«

»Denk nicht so viel, Lisa«, hörte ich Dada sagen. »Das ist schlecht für die Verdauung, gibt Falten und Kopfschmerzen und verdirbt hübsche Gesichter.«

»Hübsche Gesichter sind keine guten Köchinnen.«

»Aber sie backen sehr gute Kuchen.«

Lachen und, einen Moment später, das Anreißen eines Streichholzes, dann Zigarettenrauch. Lisas zufriedenes Ausatmen erfüllte den Raum wie ein Seufzen, und während sich ihre Stimmen hoben und senkten, geschah etwas Komisches. Ich konnte Dada und Lisa nicht länger hören, ich war nicht mehr im Raum. Ich sah eines der Bilder meiner Mutter an und war dort, in dem Bild, das sie an Bord des Schiffes gemalt hatte. Ich sah mich in einem Liegestuhl sitzen. Es war nicht so, als stellte ich mir vor, in diesem Liegestuhl zu sitzen. Nein, ich hatte meinen Körper verlassen, wie eine Erbse ihre Schote, und rollte auf das Deck, in diesen Stuhl. Ich spürte den Wind in meinen Haaren, feuchte, warme Luft, eine wiegende Bewegung in mir. Meine Mutter saß mit an Deck und verweigerte jede Nahrung, jede Bewegung, sie war seekrank. Ich saß bei ihr. So weit wir sehen konnten, glitzerten Sterne am Himmel, wir spürten, wie der Wind wehte, wie er über uns strich und an uns vorbeitrieb. Als die Nacht voranschritt, fielen wir in unseren Liegestühlen in Schlaf, meine Mutter und ich, eingeschläfert vom Geräusch des Wassers. Am Morgen sahen wir andere Boote und Schiffe vorbeiziehen und passierten von Kokospalmen gesäumte Inseln. Die Farbe des Wassers wechselte von Blau zu Grün, zu Violett und Grau. Mr Spies spielte eine Melodie auf seiner Mundharmonika – die, die er an jenem Abend mit meinem Großvater unter einem vollen Mond gespielt hatte. *Die Forelle.* Rikki lauschte mit dem Kinn auf meinen Füßen.

Ich weiß nicht, wie lange ich auf dem Deck jenes Schiffs verharrte. Als ich aus meiner Ecke wieder herauskam, war Lisa verschwunden, auf dem Tisch stand weder Kuchen noch Tee, und Dada war hinter der Pendeltür und untersuchte einen Patienten, während zwei weitere vor der Klinik warteten. Meine heiße Schokolade stand unberührt in meiner Ecke. Eine dicke, ledrige Haut hatte sich auf ihrer kalten Oberfläche gebildet.

Die ganze Nacht, den ganzen nächsten und die darauffolgenden Tage über hatte ich nichts als die Noten der Mundharmonika in meinen Ohren. Der Seewind zupfte an meinen Haaren, wenn ich zur Schule und wieder nach Hause fuhr, der Niembaum und die Tamarinde wurden zu Kokospalmen, der Fluss hinter dem Haus zu dem Strom in Tjampuhan, an dem meine Mutter nachmittags zeichnete. Ich saß am Fluss, konzentrierte mich auf den Tempel auf der anderen Seite und zwang mich, nicht zu blinzeln, bis ich bis fünfundfünfzig gezählt hatte. Ich konnte sie dort sehen, den Kopf über ihre Arbeit gebeugt. Beim ersten Blinzeln verschwand sie.

Gelegentlich, vor allem während der ersten paar Monate, wenn ich aufwachte und meine Mutter nicht fand oder aus der Schule kam, und sie war nicht da, war die Leere ein Schock, wie das Eintauchen in einen Traum, in dem man vom Himmel fällt, immer weiter fällt, und unter einem ist nichts. Nur, dass es kein Traum war. Der Alptraum meiner Kindheit – was, wenn alle starben, und ich blieb allein übrig? – hatte eine Form angenommen, die ich niemals hätte voraussehen können. In unseren früher übervollen Räumen hallte es jetzt. Mein Großvater und ich aßen am selben Tisch zu Abend, auf unseren gewohnten Plätzen, die Stühle meiner Eltern ließen wir unberührt. Ich schlug wie immer mit den Füßen gegen meine Stuhlbeine, und jetzt war es Dada, der mir eine beruhigende Hand aufs Knie legte. Er nahm mich auch mit in die Bibliothek und wartete, bis ich mich für zwei Bücher entschieden hatte, und morgens, wenn ich zur Schule fuhr, sagte er mir von der Veranda auf Wiedersehen. Er nahm sich die Zeit, die Küchenvorräte zu inspizieren, und gab Banno Didi ihr tägliches Einkaufsgeld, wie es meine Mutter jahrelang getan hatte. »Es ist nie zu spät, etwas zu lernen, was, Myshkin?«, sagte er. »Sieh mich an, weißhaarig und mit falschen Zähnen, und doch lerne ich, wie man einen Haushalt führt. Als Nächstes sagen sie mir, ich soll Hemden flicken.« Sonntags ging er mit mir auf die belebten Straßenmärkte in der Altstadt, und wir kamen mit Körben voller exotischem Gemüse und Fisch zurück, mit dem niemand etwas anzufangen wusste. Dann trug er mir auf, im dicken alten Tagebuch meiner Mutter die Rezepte für Lotuswurzeln oder Bananenblüten mit Kokosnuss zu suchen, die sie aufgeschrieben hatte, und sie für Golak auf Hindi zu übersetzen, damit sie danach kochen konnte.

Heute bin ich so alt wie mein Großvater. Ich meine das großväterliche Alter, das er für mich immer haben wird. Sonst bin ich nicht so wie er. Ich könnte mich niemals so liebevoll um ein hilfloses, verlassenes Kind kümmern. Die Leute nennen mich einen mürrischen alten Bastard, ich weiß und verdiene es. Ich wüte gegen Dinge, die außerhalb meiner Kontrolle liegen, wettere gegen den Zerfall meiner Welt. Vor ein paar Jahren beschloss die Stadt, eine Überführung über das, was einmal die Atkinson Avenue war, zu bauen, und verurteilte damit vierundvierzig Niembäume auf beiden Seiten zum Tode. Ich hatte sie Jahrzehnte zuvor gepflanzt, als ich aus Delhi zurück war und die Leitung der Gartenbauabteilung übernommen hatte. Es war damals nicht leicht, Setzlinge vor vorbeikommenden Kühen und Ziegen zu schützen. Sie brauchten Schutzwände, aber Ziegel waren nach dem Krieg zu teuer und Eisenumzäunungen kaum zu bekommen. Stahl war Mangelware. Aus Zufall erhielten wir dann die alten Ziegel eines abgerissenen Hauses, und dieses Haus, in seine Einzelteile zerlegt, wurde zum Schutz meiner Setzlinge.

Als ich erfuhr, dass meine vierundvierzig Niembäume gefällt werden sollten, versuchte ich alles, um es zu verhindern, schrieb Briefe an Ministerien und so weiter. Die Delirien eines total übergeschnappten Narren. Ich ging von Tür zu Tür, schwitzend, blass, und hielt ein maschinengeschriebenes Gesuch in die Höhe, das die Anwohner unterschreiben sollten. Mein Brief drängte die Regierung, die Bäume nicht zu fällen. Sie sind fünfzehn Meter hoch, sagte ich, sie spenden Schatten, ihr Laub verjagt Insekten, und aus ihren Früchten wird Öl gemacht, Öl, das Kopfläuse tötet und die Haut schön und rein macht. Zur Sicherheit fügte ich noch einen Absatz über die Heiligkeit von Niembäumen hinzu: dass sie der Wohnsitz von dieser und jener Göttin seien, und das seit Jahrhunderten. Nichts wirkt in diesem Land besser als ein ignoranter religiöser Glaube oder Aberglaube.

Zumeist wurde mir die Tür vor der Nase zugeschlagen, da man mich für einen Räuber oder Waschmittelverkäufer hielt. In einem Haus sagte die Frau, die mir die Tür öffnete: »Sie sind ins Land der Verrückten hinübergewechselt.« Aber sie setzte mich unter einen Ventilator, brachte mir ein

Glas Wasser und unterschrieb meinen Zettel. Achtunddrei-ßig Unterschriften sammelte ich, schickte mein Gesuch an die Abteilung für Öffentliche Arbeiten und wusste nur zu gut, dass es nichts ändern würde.

An dem Tag, da klar wurde, dass der Tod meiner Bäume nicht zu verhindern war, pflückte ich sämtliche Rosen- und Hibiskusblüten in meinem Garten, ging zu den Niembäu-men an der Atkinson Avenue und legte sie ihnen zu Füßen. Drei verdreckte Jungen liefen mir hinterher. »Der wacklige Alte hat eine Schraube locker«, hörte ich sie hinter mir sin-gen.

Die Nacht verbrachte ich im Freien, unter einem meiner Schützlinge, und sah zu, wie sich der Himmel von Schmut-zig-Blau über Schmierig-Orange zu Krank-Schwarz ver-färbte. Im Laubdach über mir sah ich zarte junge Blätter, hellgrün vor dem ausgewaschenen Himmel. Ein paar Bül-büls hüpften von Ast zu Ast und fraßen sich an den Frucht-ständen satt. Ihre Flügel waren schwarz, der rote Fleck unter den Schwänzen leuchtete hell. Sie hockten da, und von Zeit zu Zeit sangen sie eine Melodie. Ich drehte mich, und da war Dinu, auf einen Ellbogen gestützt, die Augen geschlossen, die Schatten zeichneten ein Muster gefieder-ter Blätter auf sein Gesicht. Er trug eine Haarraupe auf der Oberlippe und kratzte mit einem Zweig den Namen eines Mädchens in die sandige Erde. Madhuri, Madhuri, Mad-huri. Wer war Madhuri? Ich wusste es nicht, und er sagte es mir nicht. Danach hielten wir beide Gewehre in den Hän-den und schossen auf einen Zug.

Als ich nach der Nacht unter den Bäumen nach Hause kam, saß Ila vorn auf der Veranda in ihrem Schaukelstuhl und versuchte, so zu tun, als wartete sie nicht auf mich. Sie senkte ihr Buch in den Schoß und legte los, kaum dass sie mich das Tor öffnen sah.

»Sieh dich an. Trockene Blätter im Haar. Vogeldreck auf den Schultern.«

»Ich bin unter einem Baum eingeschlafen«, sagte ich. »Ich hatte einen Traum. An alles kann ich mich nicht erinnern, aber Dinu kam darin vor. Er war vierzehn, ich zehn. Wir lagen unter einem Baum, und ein Bülbül sang.«

Sie hob eine Braue und sagte: »Ein Bülbül also. Und tanzten Pfauen dazu?«

Die Stirn ihres rundes Gesichts, ganz wie das ihrer Mutter, war in tiefe Falten gelegt, aber sie stand auf und brachte mir eine große Tasse Ingwertee und Toast und setzte sich wieder. Sie nahm das Buch, das sie gelesen hatte. Eine Weile blieb sie halb dahinter versteckt, und ich wusste, sie las, um ruhig zu bleiben. Ganz leise murmelte sie zwei, drei Zeilen des Gedichts, das sie las. »Die Winde brauchen einen Ursprung, wenn sie wehen, und Blätter Gründe zu zergehen…« Dann verstummte sie. Ihr Schaukelstuhl knarzte mit jeder ungeduldigen Bewegung.

Zur Erklärung und Entschuldigung sagte ich: »Sie fällen sämtliche Niembäume, die ich an der Atkinson Avenue gepflanzt habe. Ich musste bei ihnen sein.«

Ila las weiter. Ich konnte nicht sagen, ob sie mich gehört hatte, und wandte mich meinem Essen zu. Alles, was ich hinter dem blau-weißen Umschlag ihres Buches sehen konnte, waren ihre zusammengezogenen Brauen. Minuten später klappte sie das Buch zu und griff mit rastloser, gereizter Miene nach ihrer Kreuzstickerei. Sie spannt einen besonderen Stoff auf einen Rahmen und stickt Cottages mit Rosen und Malven darauf, Szenen aus europäischen

Landidyllen. Dem Ganzen fügt sie anschließend passende Gedichtzeilen hinzu: »Zwielicht und Abendglocke«, »Ein Schwarm goldener Narzissen« und so weiter. Die Stickereien werden gerahmt und hängen im ganzen Haus.

Ila fuhr mit ihrer Nadel durch den Stoff. »Du machst einem solche Sorgen. Ich war die ganze Nacht wach und habe mich gefragt, wo du warst. Ein alter Mann, der verschwindet. Einige kommen nie zurück. Weißt du, dass sich die Leute über dich lustig machen? Und kannst du dir das Hemd nicht richtig zuknöpfen? Du siehst zerzaust aus wie ein Schirm im Sturm.«

14

منتظر

Ich weiß, dass sie sich lustig machen, und es stört mich nicht.

Nachdem meine Mutter im Monsun 1937 weggegangen war, gab es Geflüster und Gezischel in der Schule, schwächer zunächst, das mir vorkam wie fernes, unverständliches Gezeter. Dann ging auch mein Vater, und die Geräusche kamen näher. Auf den Korridoren der Schule begleiteten mich Gekicher und anzügliche Fragen. Ich hörte auf niemanden und sprach mit niemandem. Dennoch geriet ich immer wieder in Streitereien und wurde von den älteren Jungen oft verprügelt. Eines heißen, staubtrockenen Tages, nach einem üblen Zusammenstoß, bei dem ich ein Stück eines Zahns und meine Brille ihre Bügel verlor, sagte Dinu: »Halt den Kopf unten, du Esel. Lass sie sagen, was sie wollen.«

»Das sind alles Lügen! Sie erzählen Lügen!«

»Was macht das schon?« Wir fuhren nach Hause, Dinu strampelte schneller, beschrieb auf der schmalen Straße eine Acht um mich herum, fuhr voraus und rief zu mir zurück: »Und es sind keine Lügen! Alle wissen Bescheid!« Damit raste er davon, damit ich keine Chance hatte, zu antworten.

Dinu war immer mein Beschützer gewesen und wie ein Geschoss auf alle losgegangen, die mich drangsalierten.

Etwa eine Woche vorher jedoch, umgeben von einer Meute älterer, johlender Jungen, hatte ich nach ihm Ausschau gehalten und gewünscht, dass er auftauchte. Ich sah ihn, ganz hinten am Rand der Meute. Er stimmte nicht in ihr Gejohle ein, beobachtete das Ganze aber mit einem Grinsen. Kaum dass er meinen Blick auf sich spürte, wandte er sich ab. Später sagte er, ich verstünde keinen Spaß, die Jungs meinten es nicht so, ich solle kein Spielverderber sein. Einmal hatte ich gesehen, wie er mich vor den anderen auf dem Korridor nachmachte: Mit schriller Stimme fragte er den Postboten nach einem Brief von seiner Mutter. Er vermied es mittlerweile, zusammen mit mir in der Schule gesehen zu werden, als schämte er sich. Zu Hause jedoch wollte er wie immer Kricket spielen, fischen gehen und herumalbern. So wurde dieser neue, immer veränderliche Dinu von einem Freund zu einem weiteren Element der feindlichen Mächte, die sich gegen mich wandten.

An dem Tag, als mein Zahn und die Brille daran glauben mussten, hatte ich ihn auf dem ausgedörrten Spielplatz gesehen, da war ich sicher, und wenn er auch nicht mitmachte, hatte er doch nichts getan, um den Mob davon abzuhalten, mich in den Staub zu treten, zu schlagen und mir die Brille wegzunehmen, damit ich nicht genug sah, um zurückzuschlagen.

An dem Nachmittag fuhr ich nicht nach Hause, sondern in die Klinik meines Großvaters, blutverschmiert, mit zerrissenem Schulhemd, die Shorts verdreckt. Ich ging direkt durch die Pendeltür. Dada war nicht in seinem Sprechzimmer. Warum saß er nicht an seinem Schreibtisch, wenn ich ihn brauchte? Ein roter Wutschleier weckte in mir den Wunsch, alles, was ich sah, kurz und klein zu schlagen. Ich nahm Dadas Ersatz-Stethoskop vom Tisch, wickelte es mir um die Faust und schleuderte es in die Ecke, wo es leblos liegen blieb, wie eine tote Schlange.

»Er macht einen Hausbesuch«, sagte Jagat und hob das Stethoskop auf. »Was ist mit dir? Hast du dich geschlagen? Geh und wasch dir die Schrammen aus.« Er schlurfte zu einem Schrank im Vorraum. »Ich hol die lila Medizin. Das wird brennen.«

Ich machte das Glas mit den Süßigkeiten auf, das Dada in seinem Schreibtisch hatte, um kleine Patienten zu bestechen, steckte mir zwei Bonbons in den Mund und lutschte darauf herum, ohne etwas zu schmecken. Vor mir standen Dadas medizinische Bücher, an der Wand hinter seinem Stuhl mit der hohen Rückenlehne hing das Schaubild eines Mannes mit roten und beigefarbenen Organen im Körper. Mein Blick fiel auf die präparierte Hand in dem Glas. Sie schwebte in ihrer klaren Flüssigkeit, bleich wie Wachs, die extra Finger wie Fragezeichen. Bevor mir bewusst wurde, was ich tat, hatte ich Dadas Stuhl ans Regal gezogen und holte das Glas herunter. Es war schwer. Die Hand bewegte sich darin, die zusätzlichen Finger wackelten eher für sich, als säßen sie nicht richtig daran fest. Ekel überkam mich, als ich die Hand gegen das Glas stoßen, zurücktreiben und gegen die andere Seite stoßen sah. Ich stieg vom Stuhl, öffnete meinen Rucksack und stopfte das Glas hinein. Die Tür schwang hinter mir zu, und ich war weg. Jagat rief: »Warte ... die Medizin!«

Ich fuhr, so schnell ich konnte. Das Glas schlug mir gegen den Rücken, wann immer ich durch ein Schlagloch rumpelte. Was, wenn es aufging? Ich versuchte, nicht an die Folgen zu denken. In unserer Straße warf ich mein Fahrrad zur Seite und rannte zu Dinus Haus. Links hatte es einen Anbau, in dem Arjun Chachas oberster Angestellter saß, Munshiji. Er stierte durch seine Eulenbrille auf Stapel von Papier und bohrte gedankenverloren in der Nase. Arjun Chacha war im Haus und sprach mit jemandem, ich konnte seine dröhnende Stimme hören: »Dieses Land geht vor die Hunde, der Kongress will Autonomie, aber *wer* soll dann regieren und *wie*?« Ich holte das Glas aus meinem Rucksack, und bevor Munshiji auch nur ein Wort herausbrachte, war ich schon ins Haus gerannt, riss die Tür auf und warf das Glas mit solcher Wucht hinein, dass es zersprang. »Lambu schickt Ihnen ein Geschenk aus der Hölle!«, schrie ich und rannte weg.

Den ganzen Tag und die ganze Nacht danach hatte ich Arjun Chachas Wutgebrüll in den Ohren und den grausigen Gestank des zersprungenen Glases in der Nase. Ich sah immer nur die schlaffe, gummiartige Hand in einer Pfütze auf dem Boden liegen. Einer der zusätzlichen Finger hatte sich gelöst und lag wie eine tote, kopf- und schwanzlose Eidechse ein Stück entfernt.

Nach dem Vorfall erwischte ich Dada dabei, wie er mich hin und wieder ansah, als versuchte er, sich über etwas klar zu werden. Nach ein paar Tagen sagte er, er hätte sehr viel zu tun und bräuchte so viel Hilfe wie möglich. Ob ich ihm nützlich sein könnte? Was er besonders brauche, sagte er, sei ein Junge, der ihm den Arztkoffer zu seinen Hausbesuchen trage, da er zu alt dafür werde, und es müsse auch jemand dafür sorgen, dass er auf dem Weg aus der Klinik nichts vergaß, denn auch dafür, sich an alles zu erinnern, sei er zu alt.

Wenn ich heute an diese Hausbesuche denke, muss ich lächeln, obwohl es so viele Jahre her ist. Ich sehe Dada vor dem Spiegel stehen, wie er sich das silbergraue Haar kämmt, das wild verwuschelt ist, da er gerade seine Nacht-Kurta aus- und eine frische angezogen hat. Wenn er fertig angekleidet ist und auch Brieftasche und Taschenuhr eingesteckt hat, sagt er: »Ist mein Assistent so weit?« Kommen wir zum Haus des Patienten, sind alle endlos erleichtert, und die ganze Familie drängt sich um Dada und übertönt sich gegenseitig, um ihm die Symptome zu erklären. Ich beschließe, niemals Arzt zu werden – die Bäuche der Kranken sind so haarig, ihre Zungen so grau, und sie riechen stets sauer, schal und verängstigt.

Immer öfter bringt mein Großvater jetzt Patienten mit nach Hause und sagt, ich soll ein Auge auf sie haben, wenn er nicht da ist. Es sind junge Männer mit Knochenbrüchen oder Kugeln im Leib, die er zusammenflickt und versorgt, bis sie in die Dunkelheit oder ein Zimmer im Home Away from Home verschwinden können, um wieder aufgepäppelt und kampfbereit gemacht zu werden. Die Verletzungen stammen von Polizeiknüppeln und Polizeikugeln, und die Männer können nicht ins Krankenhaus, sagt Dada. Für ihn sind es Patienten wie alle anderen, aber er weiß, dass die Polizei das anders sieht, und er könnte verhaftet werden, weil sie behandelt und nicht meldet. Wir dürfen keiner Menschenseele etwas davon sagen, schärft er dem ganzen Haushalt ein. Sprecht mit niemandem darüber. Zu mir sagt er, ganz besonders nicht mit Dinu oder seinem Vater. Es gibt Nächte, in denen niemand schlafen kann, weil die Männer stöhnen und ihre Schmerzen verfluchen. Ich bleibe wach und merke mir ihre Flüche.

Nachdem die Hausbesuche gemacht sind und die Klinik verschlossen ist, kommen wir zurück zu Banno Didi, die Teller für das Abendessen auf dem Tisch verteilt. Alle paar Tage, wenn keine Patienten im Haus sind, schiebt Dada seinen Teller unberührt von sich weg und sagt: »Gehen wir zu Lisa.« Dann verändert sich der Abend: helle Lichter, rosenbedruckte Vorhänge, Boy kommt und geht mit Terrinen, in denen weiche Hammelfleischstücke und dicke Kartoffeln in einer nach Ingwer und Zwiebeln riechenden Brühe schwimmen. Es gibt Brot und Butter, dann knusprig Frittiertes, aus dem Sirup und Bananen triefen. Von der Straße und den Gästen auf dem Korridor dringt Lärm herein, dazu die lauten Stimmen streitender Frauen in den Hütten auf der anderen Straßenseite. Dutzende von Lisa McNallys Vorfahren in Kleidern und Anzügen strahlen zustimmend von der Wand, wenn sie nach dem Essen Cole-Porter-Platten auflegt. *»So deep in my heart, you're really a part of me«*, singt sie, passt ihre Stimme der auf der Platte an und zwinkert Dada zu, der mitzusingen versucht. Schon bald verfehlt er die Noten und beginnt zu pfeifen.

Ich will, dass es mit der Musik immer so weitergeht, damit wir nicht zurück in unser leeres Haus müssen, wo es so ruhig ist, dass ich die in den Ecken der Veranda schlafenden Eulen atmen und meine Mutter auf dem Dach singen hören kann. Ihre Stimme kommt näher und treibt wieder davon. Ich spüre, wie sie mich im Kreis dreht, mein Kopf verliert jeden Halt, und ich will wach bleiben, bis sie mich findet, aber alles vermischt sich, und wenn ich die Augen öffne, ist es Morgen.

15

Der erste Brief meines Vaters an Dada kam aus Kashi, das er Benares nannte. Seine Hoffnung, dass er wie ein Mönch von dem leben würde, was die Leute ihm gaben, schien nicht aufzugehen. »Es gibt hier mehrere wohltätige Stellen, die Mönchen und Bedürftigen Essen geben«, schrieb er, »aber die, die ich gefunden habe, werden von Kastendenken beherrscht. Wenn man so etwas wie ein Brahmane ist, wird man mit Respekt verköstigt, sonst behandeln sie einen wie einen Bettler. Da, wo man auch für einen wie mich etwas hat, dessen Kastenzugehörigkeit unklar ist und der keiner Religion angehört, kurz, der eben nicht mehr als ein Bettler ist, gibt es nur trockene Rotis und Wasser, um den Magen zu füllen. In unserem Land arm zu sein und einer niederen oder unbestimmten Kaste anzugehören – jetzt habe ich eine Ahnung, was das bedeutet. Du wirst mich fragen: Warum tust du das? Ich weiß es nicht. Ich trage einen Sturm in mir. Du wirst sagen, dass ich zu meinen Pflichten zurückkehren und meinen Sohn großziehen soll. Ich weiß das, und ich werde es tun. Kannst du mir bis dahin zweihundert Rupien an die Adresse unten schicken? Auf unserem Postkonto ist genug. Ich werde hierbleiben, bis das Geld kommt, und dann weiter nach Norden wandern.«

Der Postbote kam nachmittags, kurz nachdem ich aus der Schule zurück war, und ich wollte, dass er an unserem Tor stoppte. Ich zählte seine Schritte, während er näher kam. Wenn es ein Brief von meinem Vater und nicht von meiner Mutter war, spürte ich, wie mir das Herz schwer wurde. Die Briefe meiner Mutter waren für mich, die meines Vaters immer für Dada, mit ein paar Zeilen, die er an mich richtete. Selbst wenn Dada seine Briefe vorlas, verstand ich sie nicht recht. Er legte sie weg und sagte: »Ich bewahre sie auf. Eines Tages wirst du sie lesen wollen.«

Die Briefe meiner Mutter waren weit länger unterwegs. Wenn sie kamen, waren sie für gewöhnlich bereits einen Monat oder mehr alt. Sie fühlten sich sehr ausländisch an, mit Ein- und Zwei-Cent-Marken, auf denen *Nederlandsch-Indie* stand, was mich auf den Gedanken brachte, dass es Spezialbriefmarken für Leute waren, die aus den Niederlanden nach Indien schrieben, und ich folgerte, dass Bali in den Niederlanden lag. Manchmal steckte meine Mutter einen toten Schmetterling mit in den Umschlag, manchmal ein Blatt oder eine getrocknete Blume. Sie schrieb über einen Vulkan, den man von Mr Spies' Haus in den Bergen in Iseh sehen konnte, schrieb von einem See-Mango-Baum mit großen, runden Früchten, die gleichzeitig giftig und eine Medizin seien. Sie zeichnete den See-Mango-Baum für mich, und auch Nelken- und Avocadobäume, malte Tempel und Häuser.

Nachts, wenn ich im Halbschlaf lag, stand ich am Fuß des Mount Agung, nur ein paar Reisfelder von ihm entfernt, und konnte meine Mutter und Mr Spies sehen. Er saß im Schatten eines Baumfarns, eine Gestalt in Grau und Weiß, neben ihm stand ein leerer Stuhl mit einer zurückgelassenen Tasche und einer grünen Flasche. Hinter ihm wuchs der Berg abrupt und massig aus den flachen Feldern auf, blau, grau und grün. Weiße Wolken umringten ihn etwa auf halber Höhe, und die Spitze über den Wolken ragte so hoch hinauf, dass sie die Sonne berührte, so wie sie es auf dem Bild meiner Mutter tat.

Wenn der Mount Agung ausbrach, kam erst nur Rauch, und die Luft wurde schwer und von einem Geruch erfüllt, der einem den Atem verschlug. Darauf folgte eine dicke Aschewolke, die aus der Spitze stieg, als befände sich ein ganzer zweiter Berg darin in Flammen. Ich konnte das orange Glühen des Feuers oben auf dem Berg sehen. Die Hitze breitete sich aus und drang in das kleine Haus in Iseh ein, und Minuten später schon rollten sich die Blätter der Pflanzen zusammen und trockneten zu Papier, die Hähne hörten auf zu krähen, und die Katze floh in eine Ecke. Die Rauchwolke wurde immer größer und dicker und trieb mit dem Wind nach Westen. Nach ein paar Stunden hörte der Rauch auf, die Hitze verging, und die schwarze Wolke klärte sich. Zurück blieb ein blasses Licht, bis spätnachts die Sterne herauskamen.

Ich sah aus dem Fenster meines Zimmers. Durch die offene Tür konnte ich meinen Großvater im Schlaf murmeln hören. Ich schlüpfte aus mir heraus und stieg zum Himmel über dem Dorf Iseh auf. Iseh in Sidemen, einer Provinz von Karangasem im Osten Balis, flüsterte ich. Iseh.

Wenn ein Brief meiner Mutter kam, untersuchte ich erst lange den Umschlag und die Briefmarken, bevor ich ihn öffnete. Hatte ich ihn gelesen, war es vorbei, und ich musste wieder warten. Ich zwang mich, den Brief erst am nächsten oder übernächsten Tag zu öffnen, spürte ihn in einer Ecke des Schreibtischs in meinem Zimmer glühen und pulsieren, während er auf mich wartete und ich in der Schule saß, mit Dinu fischte oder den Großvater bei seinen Besuchen begleitete. Er war etwas von meiner Mutter, das auf mich wartete.

Im letzten Brief hatte meine Mutter erzählt, dass Mr Spies an einem riesigen Bild arbeitete, einem von zwölf bei ihm in Auftrag gegebenen, schrieb sie, und dafür müsse er über die ganze Insel fahren und nach Ruinen suchen. Seine Affen kamen im Auto mit, und Mr Spies kaufte ihnen auf Straßenmärkten Bananen. Ich konnte den Markt vor mir sehen, als ich den Brief las, und spürte den Fahrtwind in meinen Haaren. Einer der Affen setzte sich auf meinen Kopf und durchsuchte meine Haare, und als meine Mutter sich umdrehte und es sah, schrie sie laut auf. Worauf er und die beiden anderen Affen aus dem fahrenden Auto sprangen und auf eine Kokospalme flüchteten. Mr Spies musste sich darunterstellen und sie beschwören und beschwatzen, dass sie wieder herunterkamen.

Die Affen kamen überallhin mit. Einmal fuhren wir zu einer Party in Den Pasar, der Hauptstadt. Lichter funkelten im Ballsaal, die Leute schwatzten unaufhaltsam, und alle wollten mit Mr Spies reden. Frauen in langen Gewändern und Männer in schwarz-weißen Anzügen, die Gläser mit einem Stiel in Händen hielten. Einer war laut und wichtigtuerisch. »Was für ein aufgeblasener Esel, dieser Holländer«, sagte Mr Spies, und als wir nach der Party wieder zum Auto kamen, küsste er seine Affen auf den Kopf und seufzte erleichtert: »Endlich ein paar Menschen.«

Bei der nächsten Reise ließ er die Affen zu Hause, und

als er zurückkam, musste er feststellen, dass sie das neueste der zwölf Gemälde zerrissen hatten. Es hatte ihn vier Monate Arbeit gekostet, und jetzt lag das Bild, das so gut wie fertig gewesen war, in zahllosen Fetzen auf dem Boden verstreut. Wie Regen rannen ihm die Leinwandstücke durch die Hände. Meine Mutter kniete sich auf den Boden, sammelte sie auf und beweinte die zerfetzten Arme, Beine, Augen, Bäume und Kühe. Ein paar Stücke legte sie mir in den nächsten Umschlag: Die Farbe leuchtete wie sonnenbeschienenes Gold. Die Schatten und das Licht gaben mir das Gefühl, die Leinwandfetzen würden leben. Mr Spies schien nicht im Geringsten verärgert, schrieb meine Mutter. Er kitzelte die Affen unter dem Kinn und riet ihnen, sich in Zukunft großer Kunst gegenüber respektvoller zu verhalten. Dann schloss er sich ein, um das gleiche Bild noch einmal zu malen.

Wohin immer er fuhr, bedeckten schimmernde Reisfelder die Hänge wie Spiegelscherben. Auf der ganzen Insel kannten die Leute Mr Spies. Selbst wenn sie ihn persönlich noch nicht gesehen hatten, wussten sie doch, wer er war, wenn sein Auto auftauchte, und kamen heraus, als wollten sie einen Freund willkommen heißen. Er saß auf ihren Veranden, zündete sich eine Zigarette an und lauschte ihren Geschichten. Als sie beim Radscha von Karangasem hielten, ging meine Mutter in die wunderbare große Küche, während Mr Spies mit dem Radscha im Garten hinten Arak trank. Das neue Notizbuch meiner Mutter füllte sich mit frischen Rezepten, Skizzen und Bemerkungen. Auf den Rand zeichnete sie die Dinge, für die sie keinen Namen hatte, und fragte später Mr Spies oder einen seiner Freunde, wie sie genannt wurden. So lernte sie ein wenig Balinesisch,

Holländisch und sogar Deutsch. Genug, um sich verständigen zu können.

Meine Mutter erzählte mir in ihrem Brief von ihrem neuen Notizbuch und fragte: »Wo ist mein altes Buch? Ich wünschte, ich hätte es mitgenommen.«

Das Notizbuch meiner Mutter lag, wo sie es zurückgelassen hatte, auf ihrem Frisiertisch. Es war mein Beistand während der Wochen, da kein Brief von ihr kam. Ich habe es immer noch. Es ist ein Tagebuch, das in die Zeit ihrer ersten Balireise im Jahr 1927 zurückreicht. Mit einem Pinsel hat sie *Gayatri* über die erste Seite geschrieben, und die Striche sind lang und ausladend. Eine Zeichnung, die ich mir auch heute immer noch ansehe, datiert auf den Juli 1927, zeigt ein glückselig lächelndes Mädchen, das auf dem Rücken in einer Blumenwiese liegt, umgeben von einem Himmel voller Sterne. Es ist ein Selbstporträt, das keinerlei Worte bedarf, um die Gefühle der Künstlerin heraufzubeschwören.

Während ihrer ersten Seereise führte meine Mutter nur unregelmäßig Tagebuch. Auf einer Seite seht in großen Blockbuchstaben: »Rabi Babu hat heute mit mir gesprochen. Er sagte, ich solle mich zu ihm setzen.« Je weiter man vorblättert, werden es weniger Worte und mehr Bilder, als wäre sie zu ungeduldig für lange Sätze, wenn ein paar Striche mit Stift oder Pinsel das Gleiche auszudrücken vermochten. Auf einigen Seiten hat meine Mutter ihr Tagebuch zu einem Haushaltsbuch werden lassen: was an Lebensmitteln gekauft, was an Löhnen gezahlt wurde. Es gibt einen Plan mit meinen Medikamenten bei Krämpfen und Fieber. Schüttelt man das Buch, fallen Dinge heraus: Bilder aus Zeitschriften, Karten für *Der Vagabund und das Kind*. Sie hatte mich zu einer Matinee mitgenommen und sich trotzig den Ansichten meines Vaters über das Übel von Filmen widersetzt. Als wir aus der Vorstellung zurückkamen, lief er auf der Veranda auf und ab, weiß vor Zorn. Danach gab es keine Besuche mit meiner Mutter im Filmtheater mehr.

Zwischen den Seiten ihres Notizbuchs mit den Rezepten für Khir mit Orangengeschmack und Begum Farhanas Pilaw hat meine Mutter mit Fotoecken das Bild einer jüngeren Version ihrer selbst mit ihrem Vater eingefügt. Ihre Augen leuchten, Zöpfe hängen ihr über die Schultern, und ihr Vater lächelt sie an, nicht in die Kamera. Es gibt noch mehr Fotos in ihrem Tagebuch, darunter eines von einem Picknick am See, von unserer Familie. Der See ist flach und weiß wie ein Bett, und wir sind davor aufgereiht. Ich sitze zwischen meiner Mutter und meinem Großvater. Ein Onkel aus Karatschi ist dabei, mit Frau und Sohn, und sogar Banno Didi, Dinu, Raju, Mantu, Lambu und Golak sind mit auf dem Bild. Nur nicht mein Vater. Im Tagebuch findet sich keine Spur von ihm.

16

Da er wusste, wie sehr ich Dinu um sein Luftgewehr beneidete, schenkte mir mein Großvater zu meinem zehnten Geburtstag auch eines, eine importierte, vernickelte Daisy. Nachdem ich mehrere Tage geübt und auf Mangos geschossen hatte, kam Dinu mit dem Plan, mein neues Gewehr anderswo auszuprobieren. Auf den Abendzug zu schießen, wenn er vorbeikam. »Sich bewegende Ziele, Myshkin«, sagte er. »Alte Büchsen und Früchte im Garten sind was für Babys.«

Dinu rauchte mittlerweile, und er hatte eine aus den Beständen seines Onkels geklaute Flasche Rum in seinem Zimmer. Er behauptete, ein Mädchen geküsst zu haben. Er war mir, was den Gang der Welt betraf, so weit voraus, dass ich mich ihm in all diesen Dingen fügte. So stopfte ich denn spätnachmittags meine Kugeln und das Gewehr in meine Tasche und kletterte durch hohes Gras und Wandelröschenbüsche zur Bahnlinie hinauf. Ich war ein gutes Stück kleiner als er und musste mich sputen, um mit seinem langbeinigen Galopp Schritt zu halten. In der Nähe der Gleise legten wir uns ins Gras, um auf den Abendzug zu warten. Wir redeten flüsternd, Dinu steckte sich einen Grashalm in den Mund, wie er es bei Cowboys in Western gesehen hatte, und schob sich einen vorgestellten Hut in den Nacken. Kein Wölkchen trübte den Himmel, die Welt war riesig, ich hatte keine Eltern, aber ein eigenes Gewehr. Ich riss einen Grashalm aus und kaute ebenfalls darauf herum.

Irgendwann vor Sonnenuntergang hörten wir ein fernes Pfeifen. Dinu rollte sich auf den Bauch und machte sich fertig. Er verengte die Augen. Mir kam der Gedanke, dass es ein Passagierzug sein konnte, und kein Güterzug. Ruckartig setzte ich mich auf. Unsere Kugeln konnten durch ein Fenster fliegen, und vielleicht setzten sie den Zug in Brand. Ich griff nach Dinus Arm, damit er aufhörte. Er schüttelte mich ab und legte das Gewehr erneut an.

Der Zug pfiff ein weiteres Mal, und dann war er bei uns, so nah, dass wir den Luftdruck spürten. Was, wenn mein Vater darinsaß, der aus Nepal zurückkam? Was, wenn meine Mutter in ihm war? Der Zug donnerte an uns vorbei, Dinu drückte den Abzug, ich riss an seinem Ellbogen und schrie in blinder Panik: »Nein, nein! Schieß nicht!«

Als der Zug vorbei war und der Lärm mit ihm verschwand, war kein anderer Laut zu hören. Das trockene Gras kitzelte mich, ich musste niesen und kämpfte dagegen an. Ich spürte, dass Dinu Kräfte sammelte, um mich halbtot zu schlagen, doch dann hörte ich ihn pfeifen: »Mein erstes bewegliches Ziel, Myshkin. Ich habe uns einen Vogel zum Abendessen geschossen.«

Er stand auf und bewegte sich vorsichtig auf etwas zu, das ein Stück entfernt im Gras lag. Das Gras bewegte sich. Dann kam ein wimmerndes Geräusch, gefolgt von einem Ächzen, und eine Männerstimme rief: »Mein Bein! Sie haben mich getötet! Hilfe! Sie haben mich getötet!«

Dinu drehte sich um und floh. Ich dachte nicht lange nach,

sondern rappelte mich hoch und rannte hinter ihm her. Er sprang über Steine und Erdhaufen, ich gab mir Mühe, an ihm dranzubleiben, schloss zu ihm auf und packte seinen Arm. »Wen hast du getroffen? Was ist passiert?«

Dinu schüttelte mich ab. »Mach das nicht, du Esel.«

»Aber was, wenn er tot ist? Wir sollten hingehen und nachsehen.«

Er blieb abrupt stehen und drehte sich zu mir um. Sein Gesicht kam ganz nahe an meines heran, er roch nach Rauch und hatte zwei rote, weißköpfige Pickel auf der Backe. »Und wenn er tot ist, was nützt es dann noch, nachzusehen? Kein Wort darüber zu irgendwem, verstanden? Wer hat dir gesagt, meinem Bruder das mit Lambu zu verraten? Du hast nichts als Mist zwischen den Ohren. Du hast meinen Ellbogen gepackt. Deswegen habe ich mein Ziel verfehlt. Der Mann ist verletzt, er geht zu deinem Großvater. Das ist alles.«

Noch Tage danach erstarrte ich, wenn ich einen humpelnden Mann sah. Ich packte mein Luftgewehr weg. Hin und wieder fragte ich Dada betont beiläufig nach seinen Patienten und hoffte, er würde mir erzählen, dass er einen Mann mit einer Kugel im Bein behandelt habe. Nach ein, zwei Tagen mit meinen Fragen hob Dada eine Braue und sagte: »So, so, Myshkin. Willst du am Ende doch Arzt werden? Sollen wir zusammen ein paar Abszesse aufschneiden?«

Dinu und ich redeten nicht über das Geschehene, als würde die bloße Erwähnung Trupps verwundeter Männer auf dem Kriegspfad hinter den Büschen hervorholen. Ich sah ihn fast eine Woche nicht, nur im Vorbeigehen in der Schule, wo ich ihn mied, und obwohl ich es da noch nicht hätte sagen können, wusste ich vermutlich, dass wir uns langsam voneinander zu lösen begonnen hatten.

Aber die schiere Länge einer Kinderfreundschaft kann sie trotz aller möglichen Missklänge noch lange dahinstottern lassen. Im Vertrauten liegt Sicherheit. Es ist Dinu, an den ich mich wende, wenn ich Einzelheiten aus meiner Vergangenheit verifizieren will, und unser Bemühen, uns an eine Sache zu erinnern, bringt uns auf eine andere, und so führt ein Ereignis zu einem zweiten und dritten, und schon folgen wir einer Reihe von Schildern ins Glück der Tage vor allen Erwachsenendifferenzen. Es war Dinu, der mich an die verbotenen Filme erinnerte, zu denen er mich heimlich mitnahm, an die Hefte mit Bildern von Filmstars, die wir horteten, bis sie fettig und abgegriffen waren. Wie wir auf dem Boden direkt vor der Leinwand saßen und während des letzten Kusses anerkennend pfiffen. Ich hatte unsere Faszination für die Schauspielerin Fearless Nadia ganz vergessen, die Hitze, die in unseren Körpern aufstieg, wenn wir ihre unglaublich langen nackten Schenkel sahen, und unsere Entschlossenheit, sie zu suchen, mit ihrer Peitsche und allem, und von ihren Kleidern zu befreien.

17

Mein Vater kam an einem stickigen Tag etliche Monate nach seinem Aufbruch zurück. Irgendwann vorher hatte er ein Telegramm geschickt: *Komme bald an. Saubere Zimmer.* Unsicher, welche Zimmer er meinte, hielt Ram Saran eine Woche lang Frühjahrsputz im kleinen Haus hinten und vorn im alten Schlafzimmer meiner Eltern. Er verscheuchte hoch an den Wänden sitzende Eidechsen, fegte glasige Spinnweben aus den Ecken, wischte Staub, schrubbte die Böden, polierte, was zu polieren war, rückte alles zurück an seinen Platz und sperrte danach die Räume zu.

Der gesamte Haushalt kam hervor, als mein Vater an der Tür erschien und »Ist jemand zu Hause?« rief. Ich sprang aus der kaputten Kutsche hinten im Garten, wo ich zusammen mit Sampih, einem Jungen, von dem meine Mutter häufig schrieb, Leute vor dem ausbrechenden Vulkan gerettet hatte. Rikki schoss aufs Tor zu, ihr Schwanz ein Wirbel des Glücks. Dada war in der Klinik, aber Golak, Ram Saran, Banno Didi und zwei ihrer Kinder, alle kamen herbeigelaufen, als sie seine Stimme hörten.

Ich war bereits vorn im Garten und sah, was sie noch nicht gesehen hatten. Mein Vater war nicht allein. Es war eine Frau bei ihm.

»Myshkin, komm her, ich bin zurück.« Mein Vater breitete die Arme aus, wie er es noch nie getan hatte. Er wirkte unbeholfen, wie eine Vogelscheuche auf einem Feld mit einem Möhrenlächeln im Gesicht.

Die Frau hielt ein kleines Kind auf dem Arm, wiegte den gesamten Körper hin und her und summte leise in einer Sprache, die ich nicht verstand. Das Kind wimmerte, dann heulte es und klang wie die Katzen, die nachts hinten in der Ecke unseres Gartens kämpften. Ich blieb, wo ich war. Ich konnte mich nicht dazu bringen, auf meinen Vater zuzugehen, ich hatte das Gefühl, meine Füße seien mit dem Boden verwachsen und ich könnte sie nie wieder bewegen.

»Myshkin«, rief er wieder. »Komm, lass mich sehen… Du bist gewachsen.«

Er kam auf mich zu, und ich trat einen Schritt zurück, schüchtern, als wäre er ein Fremder. Er brachte seinen Kopf neben meinen und umarmte mich unbeholfen. Wir waren beide steif wie Holzstecken. Seine Schultertasche fiel auf die Erde, als er sich zu mir vorbeugte. Ich machte mich los. Er war ausgemergelt, sein abrasiertes Haar begann erst wieder zu wachsen. Er hatte einen strähnigen Bart und roch nach altem Schweiß. Er fühlte sich ganz und gar nicht wie mein Vater an.

Da er die gaffenden Gesichter von Banno Didi und den anderen sah, sagte er: »Das ist Lipi, meine Frau. Mit ihrer Tochter Ilavati. Wir nennen sie Ila, jetzt ist sie auch meine Tochter.« Bevor er noch mehr sagen konnte, schlurfte Ram Saran davon, begann zu rennen und stieß aufgeregt etwas hervor, das zu zusammenhangslos war, als dass wir es hätten verstehen können.

Dada kam weit langsamer aus der Klinik zu uns, als Ram

Saran davongelaufen war, und fand meinen Vater, wie er durchs Haus ging und zu diesem und jenem eine Bemerkung machte. Die Frau und ihr Kind waren hinten im kleinen Haus. Ich stand am Rand des Küchengartens, unfähig, näher an das Häuschen meines Vaters heranzugehen, vermochte aber auch nicht, den Blick davon zu wenden. Lipi kam hin und wieder heraus auf die Veranda und sah sich nach Hilfe um. Banno Didi murmelte: »Wenn die Frau denkt, sie kann mir befehlen, ihr heißes Wasser zu bringen und so weiter, liegt sie falsch.«

Dada verschwand mit meinem Vater in seinem eigenen Schlafzimmer, und die Tür schloss sich hinter den beiden. Die Frau kam noch einmal auf die Veranda heraus und sah mich im Garten stehen. Sie rief mich, nicht bei meinem Namen, sondern mit einer Geste, und ich ging langsam zu ihr hin. In der Neigung ihrer Augen ähnelte sie meiner Mutter, sonst überhaupt nicht. War meine Mutter schlank und zart gebaut, so war diese Frau stämmig. Sie war auch nicht schön und in keiner Weise elegant. Sie trug einen groben, weiß-braunen Sari, der ihr um die Füße flatterte und zum Teil auch ihren Kopf bedeckte. In ihrer Nase hatte sie einen matten Goldstecker. Dazu kamen ein paar Armreifen und eine verdrehte rote Schnur um den Hals. Der Scheitel ihres straff gebundenen Haares war mit rotem Sindur gefärbt. Als ich näher kam, sagte sie auf Hindi: »Weißt du, für mich ist das wie eine neue Schule. Wirst du mir helfen? Sag mir, wo das Bad ist. Und die Küche.«

Mein Vater bestellte den Barbier und setzte sich mit einem Handtuch um den Hals nach draußen, um sich den Bart abrasieren zu lassen. Das Gesicht voller Schaum, drehte er sich zu mir und sagte: »Geh in die Klinik, Dada braucht dich. Er sagt, ihr macht die Hausbesuche zusammen. Das ist gut. Es ist etwas wert, zu wissen, wie die Leute leiden.«

Mein Großvater hatte tatsächlich einen Hausbesuch zu machen, und wir sagten während der Tongafahrt kein Wort. Ich fixierte meinen Blick auf die Ohren des Pferdes. Sie waren weiß, ansonsten war das Pferd dunkelbraun. Der Tongawalla schrie die Passanten an, sie sollten aus dem Weg gehen, und schlug mit der Glocke gegen die hölzerne Seitenwand der Kutsche.

Dada räusperte sich und sagte über das Hufklappern hinweg: »Es wird etwas dauern, aber eines Tages bist du vielleicht glücklich über die Gesellschaft der kleinen Ila. Eine Schwester.«

»Sie ist nicht meine Schwester.«

»Eine Freundin dann. Ihr werdet zusammen aufwachsen.«

Als Dada und ich wieder in der Klinik waren, kamen Lisa und Boy mit Tee und heißer Schokolade, obwohl es noch nicht Teezeit war. Es gab auch drei Lebkuchen. Lisa hatte von der neuen Frau meines Vaters gehört, und kaum dass sie durch die Tür war, sagte sie: »Batty, Batty, Batty! Der Wunder ist kein Ende! Der Buddhist hat wieder geheiratet. Du musst mir sofort alles erzählen, ich bestehe darauf.«

»Ach, Lisa, sie scheint eine angenehme Person zu sein. Ich bin sicher, es ist für uns alle ein Segen, wieder eine Frau im Haus zu haben. Zu viele Männer tun nicht gut.«

»Viel jünger als unser Nek, wie ich höre? Jünger sogar noch als Gayatri? Und was ist sie? Eine Nepalesin?«

Nach allem, was ich in der Klinik hörte, und dem, was

mein Vater in seinen Briefen geschrieben hat, denke ich, dass er von Benares in östlicher Richtung weiterzog, nach Kalkutta, wo er etwa einen Monat blieb und dann nach Norden aufbrach, auf den Himalaya zu. Sein Ziel waren die buddhistischen Klöster in Sikkim, aber mittlerweile hatte er einen Großteil des Geldes ausgegeben, das mein Großvater ihm geschickt hatte, und er war müde und krank. Er ging nicht weiter zu Fuß, sondern nahm den Zug, musste am Ende der Bahnlinie aber wieder gehen und schloss sich einer Gruppe Pilger an, die er im Zug kennengelernt hatte. Seine Füße waren bereits voller Blasen, und die Luft war so kalt und trocken, dass seine Finger aufsprangen und zu bluten begannen. Mit dem letzten Geld, das er hatte, kaufte er einen dicken Schal, den er tagsüber als Umhang und nachts als Decke benutzte, aber er hielt ihn nicht warm genug, wenn er draußen schlief.

Die anderen, mit denen er ging, waren weit robuster als er. Sie waren die Kälte und die Höhe gewöhnt, bewegten sich schneller voran und wurden zu kleinen, fernen Gestalten auf der nächsten Anhöhe, als mein Vater noch die erste hinaufkeuchte. Er machte Rast an einem Teestand am Ufer eines Flusses. In seiner Brust brannte es, er bekam kaum noch Luft, und sein Kopf schmerzte so heftig, dass er das Gefühl hatte, der Schädel müsse ihm platzen. Er war an Schluchten vorbeigekommen, an Wasserfällen, an strahlend im Sonnenlicht leuchtenden Gipfeln, Klöstern, an all den Dingen, auf die er ein Leben lang gewartet hatte, und doch fühlte er nichts als den Schmerz in seiner Brust. Sein Brustkorb war ein rotglühender Eisenkäfig, in dem seine Lunge um Luft kämpfte. Am Teestand bot ihm ein Mann eine Ecke für die Nacht an und entzündete ein Feuer. Er gab meinem Vater eine zusätzliche Decke, Tee und dampfenden Gerstenbrei, wofür er kein Geld annehmen wollte. Zum ersten Mal seit Tagen wurde meinem Vater wieder warm, doch der Atem rasselte ihm immer noch in der Brust, und er musste die Nacht aufrecht sitzend dösen, denn sobald er sich hinlegte, wollte der Husten nicht wieder aufhören.

Als er aufwachte, fand er sich von einer großen indischen Familie umgeben, ursprünglich aus dem Kumaon, sagten sie, dem Dorf Sunauli an der nepalesischen Grenze. Mein Vater erzählte ihnen von Rai Chand und Rozario & Sons' Geschäft in Nainital in den alten Tagen. Danach wollten sie kein Wort des Protests mehr von ihm akzeptieren, schließlich gehörte er fast zur Familie. Tatsächlich glaubten sie, dass einer ihrer Verwandten für Rai Chand gearbeitet hatte! Sie wohnten nicht weit entfernt, sagten sie und bestanden darauf, ihn zu sich mitzunehmen. Und in ihrem Haus, wo er immer noch schwach und asthmatisch war, lernte mein Vater Lipi kennen, die seine zweite Frau werden sollte.

»Eine Frau aus den Bergen? Ein Mädchen aus dem Dorf?«, fragte Lisa McNally, so leise sie konnte, aber nicht leise genug.

»Vielleicht, vielleicht auch nicht, sie ist gerade erst angekommen, Lisa. Wie soll ich das wissen? Sie spricht Hindi und scheint gebildet. Allerdings kann sie kein Englisch.«

»Haben sie sich ineinander verliebt? Ernsthaft, ich hätte nie gedacht, dass Nek es in sich hätte, nach Gayatri noch mal romantisch zu werden. Er war ihr so ergeben – nun, auf jeden Fall damals, als er nach Delhi gefahren ist, um sich als Kandidat vorzustellen. Weißt du noch, wie überrascht du warst? Nek Chand, der Asket, der über Jahre die Tochter seines Lehrers geliebt hatte, ohne ein Wort zu sagen! Und jetzt hat er es wieder getan.«

»Ich bin nicht sicher, ob deine romantischen Fantasien zutreffen, Lisa. Nach allem, was Nek mir gesagt hat, empfand er … wie hat er es ausgedrückt? Eine unendliche Dankbarkeit. Und Mitgefühl. Mitgefühl ist etwas Gutes. Ich bin stolz auf meinen Sohn. Und er sagte: Wut. Ihre Situation hat ihn wütend gemacht.«

Lisa schnaubte. »Sei nicht so sarkastisch. Mitgefühl taugt für kleine Kätzchen, Batty R., nicht für glückliche Ehen. Wirst du mich jetzt fragen, woher ich das weiß, wo ich doch nie in den heiligen Stand der Ehe eingetreten bin? Aber ich weiß es, Batty, eine Frau weiß solche Dinge. Und mit einem Kind! Wessen Kind?« Sie beugte sich begierig vor.

»Lipi ist die Witwe des jüngsten Sohnes. Dass sie Unglück bringt, dachten sie, eine Frau, deren Mann früh stirbt. Sie hat dieses kleine Mädchen, wäre es ein Sohn, hätte die Familie sie vielleicht besser behandelt. Sie hat sich um Nek gekümmert, ihm Essen gebracht und so weiter. Den ganzen Tag hat er sie im Haus gesehen, wie sie sich abrackern musste, und ihm kam der Gedanke, dass der Buddha das die ganze Zeit im Sinn gehabt hatte.«

»Ich dachte, der Buddha hätte seine Frau verlassen. Für seine Suche.«

»Ich muss meinen Sohn noch einmal ganz neu kennenlernen, Lisa. Ich verstehe so viele Dinge, die er sagt, nicht. All die Bücher, die er liest. Ein Leben in Meditation, nennt er es. Wie nennen Christen es? Sie müssen einen Ausdruck dafür haben, sie benennen doch so gut wie alles. Er folgt dem Buddhismus nicht einfach, sagt er, er lebt ihn.«

»Du heiratest nicht, um Gott zu dienen, Batty.«

Am Tag nach seiner Rückkehr kam mein Vater mit einer Entscheidung zu mir: Ich sollte seine neue Frau Maji nennen. So nannten sie in Lipis Teil der Welt Mütter.

Auch ich fasste einen Entschluss. Ich würde sie nie irgendetwas nennen.

Meinen Vater erfüllte eine neue Lust am Leben. Er traf alte Kollegen und Freunde, die er monatelang nicht gesehen hatte. Mukti Devi war während seiner Reise aus dem Gefängnis freigekommen, und er nahm wieder an den frühmorgendlichen Spaziergängen mit ihrer Gruppe teil. Er kehrte ans College zurück und begann, Zeitungsartikel zu schreiben. Gleich drei Ausgaben der Zeitung brachte er mit, in der sein erster Artikel erschien. Es war ein Essay über den Anfang seiner Pilgerreise von Muntazir zum nächsten Dorf, ohne ein festes Ziel danach.

»Die Welt hielt es für eine unausgewogene Entscheidung, diese Reise anzutreten, aber jeder wirklich spirituelle Mensch ist gleichzeitig verrückt und egoistisch. So viele große Suchende haben sich von Familie und Kindern abgewandt und sie über Jahre allein gelassen: War Buddha nicht in ähnlicher Weise schuldig? Aber würde deswegen jemand sagen, es war ein Fehler, dass er gegangen ist? Wie viele Millionen sind über Generationen gerettet worden, weil er die Kraft hatte, seine Familie zu opfern? Meine eigene verfehlte Suche endete in einer Art Scheitern: Ich lernte zu Füßen großer Meister, aber meine Aufmerksamkeit ließ nach. Mein Rücken schmerzte. Meine Insektenstiche juckten. Kurz, ich stellte fest, dass ich menschlich und kümmerlich und meine körperlichen Bedürfnisse größer als mein spiritueller Hunger waren. Es ist bitter für mich, das einzugestehen, aber notwendig: Die erste Notwendigkeit auf der Suche nach Wissen ist die Wahrhaftigkeit.«

Und so weiter und so fort. Seine Worte beeindruckten jedoch den Herausgeber der Zeitung, einen frommen Mann mit nationalistischen Neigungen, der spürte, dass seine Leser nach einer Feier der Enthaltsamkeit hungerten, und er bat meinen Vater, eine ganze Essay-Reihe über seine Reise zu verfassen: Was hatte die Not ihn gelehrt? Was hatte er über die Dörfer herausgefunden, in denen er verweilt hatte? Mein Vater kam von der Arbeit zurück, nahm eine kleine Mahlzeit zu sich und verschwand ins Hinterhaus. Bald darauf begann das Hämmern seiner Schreibmaschine. Wenn das Kind schrie oder ich mit meinem Luftgewehr schoss, beschwerte er sich, er könne sich nicht denken hören, weil es so laut sei. Das Klacken unter seinen ungeduldigen Fingern zerstückelte den abendlichen Vogelgesang und hörte erst auf, wenn auch das zögerliche Heulen der Eulen verstummte. Nur zum Abendessen kam er kurz heraus, die Haare zerzaust, die Augen übervoll mit Gedanken und Ideen, über die er mit niemandem sonst im Haus reden konnte.

Ich erkannte instinktiv, dass es der neuen Frau meines Vaters wichtig war, mir zu gefallen. Lipi lobte mich, auch wenn ich nichts Besonderes getan hatte, und sagte Ila, sie solle so werden wie ich. Kam ich aus der Schule, hatte sie frische Sachen auf mein Bett gelegt. Hatte ich mich gewaschen und umgezogen, wartete sie im Esszimmer auf mich. Eines Tages, als sie einen Teller mit frischgebackenem Puri und tomatenrotem Alu vor mich hinstellte, sagte ich: »Das ist das Gleiche wie gestern. Banno Didi weiß, dass ich das nicht mag.«

»Du hast es so freudig gegessen, da dachte ich…«

Auf eine unterschwellige, undeutliche Weise spürte ich selbst in meinem Alter, dass Lipis Bemühungen, sich einzufügen und alle glücklich zu machen, etwas Bemitleidenswertes hatten. Zum ersten Mal in meinem Leben bekam ich ein Gespür für meine eigene Macht.

Ich schob meinen Stuhl zurück und stand auf. »Tante Lisa wird mir ein Stück Kuchen geben.«

Am nächsten Tag hatte Lipi, wie vorausgesehen, dafür gesorgt, dass nachmittags Kuchen für mich da war. Sie wartete und sah mir bei jedem Bissen zu, und ich musste mich abwenden, um mich nicht angestarrt zu fühlen.

»Wie schmeckt der Kuchen?«, sagte sie. Sie hatte eine tiefe, singende Stimme. »Ram Saran hat ihn aus der Landour Bakery, er sagt, den mögen alle in diesem Haus.«

Ich trat gegen mein Stuhlbein und sagte erst etwas, als ich den letzten Bissen heruntergeschluckt hatte. »Er ist in Ordnung, aber der von Tante Lisa ist besser. Sie backt ihn selbst.«

Ich war schon halb aus dem Raum, als ich sah, wie Lipi nach dem Rest des Kuchens griff und einen Bissen nahm, einen so großen Bissen, dass ihr Mund zu klein dafür schien. Sie vermochte kaum zu kauen und bewegte die prallen Backen wie ein Frosch. Aber es gelang ihr, den Bissen zu schlucken, und noch einen. Dabei schniefte sie heftig, trotzdem tropfte es ihr aus der Nase. Ich stand da und starrte sie an, unfähig, zu gehen oder sie aufzuhalten, während sie alle Stücke auf dem Teller in sich hineinstopfte. Endlich floh ich in den Hof. Von dort hörte ich Würgegeräusche und Worte in einer Sprache, die ich nicht verstand.

Ich rannte davon, die Straße hinunter, am Fluss entlang

und zur Bahnlinie hinüber, wo ich mich an der Stelle ins Gras warf, wo Dinu den Mann getroffen hatte. Ich vergrub den Kopf im kitzelnden Gras. Ein Zug ratterte vorbei. Ich hob den Blick, die Augen voller Tränen. Ein Güterzug. Ein paar Meter entfernt lief ein altes Tongapferd durchs Gebüsch, wo man es zurückgelassen hatte. Sein Bauch war eingefallen, und an einem Vorderbein hatte es eine nässende rote Wunde. Es unterbrach sein Grasen und drehte den Kopf, um mich unter seinen dunklen Wimpern her anzusehen, als erwartete es etwas.

In meinem Kopf schwirrten Gedanken und Gefühle wie Bienen in einem Bienenstock. Sie summten, kollidierten und kämpften miteinander: meine Abneigung Lipi gegenüber, der Abscheu darüber, wie ich sie behandelt hatte, mein Bedürfnis, wegzulaufen und nie wieder nach Hause zu kommen, meine Sehnsucht nach meiner Mutter, meine Wut über ihr Verschwinden. Nichts, aber auch gar nichts ergab einen Sinn.

Ich weiß nicht, wann ich eingenickt war, doch dann wurde ich von einem anderen Zug geweckt. Langsam wie eine Tonga fuhr er vorbei. In der purpurnen Milde der Dämmerung leuchteten die Fensterrechtecke hellgelb. Ich sah Leute dahinter, die Gesichter durch die Fenstergitter gestreift. Der Speisewagen kam, mit Gläser und Tassen haltenden Männern und Frauen, als wären sie Schauspieler in einem vorbeifahrenden Film. Eines Tages würde ich meine Mutter in diesem Zug sehen, da war ich in dem Moment sicher. Von nun an wollte ich jeden Tag um diese Zeit herkommen, jetzt, da ich wusste, wann der Passagierzug hier vorbeifuhr – und irgendwann musste es geschehen, da würde sie hinter einem der Fenster sein.

Der letzte Wagen rollte vorbei. Das Gras raschelte. Um mich war eine enorme Leere und Stille, als wäre die Welt ein dunkles blaues Zelt, das die Sterne zu durchstechen begannen. Und ich war der einzige lebende Mensch darin.

18

Als mein Vater mit seiner neuen Familie zurückgekommen war, hatte ich zunächst das Gefühl, uns gehörte unser Haus nicht mehr. Wir hatten Besucher, die einfach nicht wieder gingen. Mein Großvater und ich benahmen uns beide vorsichtig, steif und unnatürlich. Er war nicht oft da, und ich auch nicht.

Aber die Wochen vergingen, wurden zu Monaten, und wir fingen an, uns an die Fremden zu gewöhnen. Dada begann, mit Lipi zu schwatzen, und es schien ihm sogar zu gefallen, mit ihr zusammenzusitzen, wenn sie kaum etwas sagten. Wenn er nach Hause kam, erzählte sie ihm, was tagsüber geschehen war und welche Streiche Ila sich wieder ausgedacht hatte. Dada strahlte und gluckste nachsichtig, nahm Ila auf den Arm und gab ihr einen Kuss. Ich verspürte eine Wut, die ich nicht begreifen konnte. Einmal, als niemand zusah, kniff ich Ila so fest ins Bein, dass es blutete. Sie behauptet, da immer noch eine Narbe zu haben.

Eines Tages kam Dada mittags mit einem Paket nach Hause. Ich schlich mich an ihn heran und drehte es, um die Briefmarken zu sehen. Nederlandsch-Indie? Er schob meine Hand weg und sagte: »Dieses nicht.« Er hielt es Lipi hin und sagte: »Es sind jetzt schon so viele Monate, und mir ist bewusst geworden, dass ich der neuen Braut nie ein Geschenk gemacht habe. Lisa hat mir beim Aussuchen geholfen. Ich hoffe, es gefällt dir.«

Lipis Gesicht wurde zu einem runden Bild des Unglaubens. Mein Vater mochte sie aus Armut und Knechtschaft befreit haben, aber er war kein Mann, der Geschenke machte. Das Einzige, was er ihr seit ihrer Ankunft gekauft hatte, waren fünf weiße, handgewebte Saris mit grün-safranweißen Borten, den Farben der Unabhängigkeitsflagge der Kongresspartei. Die trug Lipi jeden Tag, und man konnte nie sagen, wann sie den Sari gewechselt hatte, weil sie komplett identisch waren.

Lipi öffnete das Paket mit großer Sorgfalt, um das Papier nicht zu zerreißen, obwohl es doch nur braunes Packpapier des Ladens mit einem roten Band war. Darunter zum Vorschein kam ein Sari im hellsten Lindgrün mit winzigen silbernen Pailletten. Und eine Schachtel. Lipi öffnete sie und brach in ungläubiges Lachen über das schmale goldene Band und die beiden langen Ohrringe auf dem roten Samt aus. Sie nahm die Schachtel und ging zum Hutständer auf der Veranda. Er hatte drei Spiegel, groß und klein, in unterschiedlichen Winkeln zueinander, und sie hielt sich die Ohrringe an die Ohren und betrachtete sich.

Aber da war es mit ihrem Glück auch schon wieder vorbei, in genau diesem Moment kam mein Vater zurück.

»Was ist das?«

Lipi nahm eilig die Ohrringe herunter, erschrocken, sogar ein wenig ängstlich. Sie sah hilfesuchend zu Dada. Mein Vater hob eine Ecke des Saris an.

»Du trägst solche Kleider nicht, Lipi, du magst sie nicht«, sagte mein Vater. »Woher hast du …?«

»Mir wurde bewusst, dass ihr niemand ein Hochzeits-geschenk gemacht hat«, sagte Dada. »Ein Schwiegervater sollte seine Schwiegertochter mit einem großen Geschenk beglücken.«

»Das ist ein netter Gedanke, aber du weißt, sie trägt nur handgewebte Saris. Haben wir beide nicht gelobt, unser Leben in Einfachheit und Reinheit zu leben, Lipi? All das…« Er deutete auf das Halsband und den Sari. »All das ist nichts für uns.«

Mit diesem Urteilsspruch ging er nach drinnen. Wir konnten hören, wie er nach einer Tasse Tee rief. Dann kann er kurz noch einmal heraus und fügte eine Art Nachgedanken an. »Sie kann natürlich tragen, was sie mag. Die Wahl muss von innen kommen.«

Lipi hatte die Ohrringe und das Halsband längst wieder in die Schachtel gelegt. Sie stand neben dem Tisch, strich geistesabwesend über den neuen Sari und setzte sich neben meinen Großvater. Er steckte sich seine Pfeife an, und wenn er für gewöhnlich auch äußerst gesprächig war, starrte er jetzt doch nur mit abwesendem Blick in die Ferne, seine Pfeife ein rauchender Vulkan. Der Geruch des Tabaks waberte über die Veranda.

Lipi griff nach einer Strickarbeit und hielt erst wieder inne, als ein Mann und ein Junge ans Tor kamen und riefen: »Golak Bhai, bring die Mahlsteine. Lass sie uns zu neuem Leben erwecken.« Sie kannten sich aus, sie kamen alle paar Monate, um die schweren, flachen Steine zu bearbeiten, mit denen Golak die Gewürze mahlte. Sie gingen ums Haus herum in den Hof, und nach ein paar Minuten konnte man die Meißel auf dem Stein hören, ein schnelles, unregelmäßiges *Rat-ta-tatt*. Sie meißelten Fische, Wellen und Blumen in den Stein, bis er mit einer zarten Arabeske aus Vertiefungen überzogen war, mit denen sich Gelbwurz und Chili zermahlen ließen. Ich lief nach hinten, um die Muster entstehen zu sehen.

In den Briefen an meine Mutter berichtete ich ihr von meinen Tieren. Es gab jetzt einen neuen Hund, der eines Tages, noch ganz jung, hereingetapst kam und sich zu bleiben entschloss. Rikkis Welpen hätten Tikki und Tavi genannt werden sollen, aber da sie keine bekommen hatte, erhielt der neue Hund den Namen Tavi. Von Lipi oder dem Kind schrieb ich meiner Mutter nichts, nur dass mein Vater von seiner Reise zurück sei. Ich hatte Angst, dass meine Mutter, wenn sie erfuhr, dass jetzt eine andere Frau im Haus war, niemals zurückkommen würde.

Wenn meine Briefe fertig waren, steckte ich sie in einen Umschlag, den ich fest zuklebte und mit einem geschmolzenen roten Klecks von Dadas Siegelwachs versah. Niemand las, was ich meiner Mutter schrieb. Mein Großvater gab die Briefe auf, und kaum dass sie unterwegs waren, begann das Warten auf eine Antwort. Manchmal schrieb sie mir zweimal im Monat, manchmal kam zwei Monate lang gar nichts. Gelegentlich überkreuzten sich unsere Briefe, und ich sah Antworten und Fragen in der Luft hängen, Sätze, die sich irgendwo auf dem Indischen Ozean verpasst hatten. Wenn mich der Postbote rief, während Dinu und ich gerade spielten, hatte er so eine Art, sich zu setzen, seinen Stock hinzuwerfen, das Kinn aufzustützen und die Augen zu verdrehen, weil ich sofort aufsprang, ins Haus lief und den ungeöffneten Brief in mein Versteck legte.

Abends nach der Schule ging ich zum Fluss, träumte im Gras und wünschte, mein Vater wäre nie zurückgekommen. Seine bloße Gegenwart im verschlossenen Hinterhaus war erdrückend, jedes einzelne Rattern seiner Schreibmaschine ein Stein, den er nach der Welt warf. Wenn nur Mr Spies durch irgendein Wunder mein Vater werden könnte. Mr Spies war alles, was ich sein wollte. Er erkundete die Welt, machte Musik, malte, war mit Tieren befreundet und schlief in einem Boot auf einem See. Es war mir egal, dass er meine Mutter mitgenommen hatte, ich wünschte nur, ich wäre auch mitgekommen.

Während sich mein Vater zu Hause schnell zu einem krittelnden Oberlehrer entwickelte und Dada dazu trieb, immer länger in der Klinik zu verweilen, vergrößerte sich mein Elend, und die Wut über das Verschwinden meiner Mutter wurde zu einem monotonen, pochenden, richtungslosen Zorn. In der seitdem verstrichenen Zeit war mein Gefühl für ihre körperliche Existenz mehr und mehr geschwunden. Sie verwandelte sich aus einem wirklichen, lebenden Menschen in das Abbild von allem, wonach ich mich in meinem Leben sehnte, was ich jedoch nicht hatte. Ich wollte sein, wo sie war. Ich wollte tun, was sie tat. Mein Leben fand anderswo und ohne mich statt.

Ich frage Ila nach ihren Erinnerungen an diese Zeit, und sie hat so gut wie keine oder will sie nicht mit mir teilen. Wir reden problemlos über alle möglichen Dinge, aber wenn die Rede auf meinen Vater kommt, auf ihre Mutter und ihre Kindheit, ist die ständige Antwort, dass sie zu jung war, um sich zu erinnern. Was ist mit dem, was ihre Mutter ihr über jene Zeit erzählt hat? Ila wechselt das Thema.

Ich weiß, dass Lipi in ihren späteren Jahren immer weniger sprach und sich wachsam, ängstlich in ihre eigene, innere Welt zurückzog, als befürchtete sie, ihre Worte, hatten sie erst einmal ihren Mund verlassen, könnten sich, geschärft, gegen sie wenden. Sie und Ila waren sich bis zu ihrer letzten Krankheit sehr nahe, und gelegentlich erweckten sie den Eindruck von zwei braunen Sperlingen, die unter hungrigen Falken gelandet waren. Sie hockten zusammen, unterhielten sich flüsternd und verstummten abrupt, wenn jemand, besonders mein Vater, ins Zimmer kam.

Ich frage Ila, ob sie sich an einen speziellen Tag im Jahr 1939 erinnert, als sie persönlich eine Krise auslöste, die entscheidend sein sollte. Sie behauptet, nicht die leiseste Vorstellung zu haben, wovon ich rede, ihre Mutter habe ihr gegenüber nie solch einen Vorfall erwähnt, und sie selbst habe keine Erinnerung an etwas Derartiges. Ich fange an, ihr davon zu erzählen, und sie tut so, als wäre sie ganz in ihre Lektüre versunken, kommentiert nichts und fügt auch nichts hinzu. Den Raum verlässt sie aber auch nicht.

War es Sommer oder Winter, gurrten die Tauben oder blühten die Flammenbäume? Die Jahreszeit ist nicht von Bedeutung. Ich weiß noch, dass es heller Tag war, als die Tür des Hinterhauses aufschlug und mein Vater herausstürmte. Er hielt Ila am Arm gepackt, ihre Füße berührten die Erde kaum noch. Lipi rannte mit einem Schreckensschrei auf die beiden zu, und ich hörte meinen Großvater, so laut, wie ich ihn noch nie gehört hatte: »Was machst du da, Nek? Du tust dem Kind weh. Lass sie los!«

Mein Vater öffnete einfach die Hand, und Ila fiel auf den Boden. Erst wimmerte sie erstickt, und im nachfolgenden Schweigen holte sie Luft für ein langes, anhaltendes Schluchzen. Lipi rannte zu ihr, hielt sie und drückte sie an sich, während ihr ganzer kleiner Körper erbebte.

Mein Vater lief zurück ins Hinterhaus und kam mit seiner Schreibmaschine wieder heraus. Sein letzter Artikel war in sie eingespannt, das Papier mit Milch durchtränkt, und es tropfte unten aus der Maschine. Er knallte sie auf die Verandabrüstung, stakste erneut nach drinnen und begann, Dinge hinauszuwerfen. Bücher, Scheckhefte, Unterlagen: alles milchgetränkt.

»Ich habe sie nur eine Minute allein gelassen«, sagte Lipi und rang nach Luft.

Bevor Dada etwas sagen konnte, hatte mein Vater die Tür wieder zugeknallt. Lipi sah meinen Großvater an, schien verschüchtert und doch voller Wut. In ihren Augen loderte es. »Was soll ich machen?«, wiederholte sie. »Ich habe sie nur eine Minute allein gelassen.«

Die nächste Stunde über war der Zorn meines Vaters im ganzen Haus zu hören, unterbrochen nur von den Schluchzern Ilas. Er fing erst wieder an zu arbeiten, nachdem er Ila und Lipi ins letzte nicht benutzte Zimmer im Haupthaus umgesiedelt hatte, das Schlafzimmer, das er einst mit meiner Mutter geteilt hatte. Da würden sie fortan wohnen, verordnete er, während er, sein Schreibtisch und seine Bücher hinten blieben. Er endlich wieder ganz für sich.

Als ich am Tag nach der Umsiedlung aus der Schule nach Hause kam, sah ich Lipi vor einem offenen Schrank sitzen. Dem Schrank meiner Eltern. Sie hatte angefangen, ihn auszuräumen, neben ihr stand eine Truhe, in die sie bereits einige der Kleider meiner Mutter gepackt hatte. Ich versenkte meine Hände darin, zog die Saris wieder heraus und hängte sie zurück auf ihre Bügel. Die Stoffe rutschten mir aus der Hand. Die endlose Länge eines Saris – wenn man ihn aus seinen Falten befreit, gibt es dann eine Möglichkeit, ihn wieder zu zähmen? Innerhalb von Minuten stand ich in einem weichen Nest aus Jade- und Smaragdgrün, Pfauenblau und verbranntem Orange, den Lieblingsfarben meiner Mutter.

»Du möchtest nicht, dass ich sie aus dem Schrank nehme?«, sagte Lipi mit besorgtem Blick. Sie legte mir eine Hand auf den Arm. »Was willst du?«

Als ich nichts sagte, seufzte sie resigniert, hob einen Sari nach dem anderen auf und hängte sie zurück in den Schrank. Am Abend konnte ich von meinem gewohnten Platz im Schatten des Korridors meinen Vater sagen hören: »Lass ihren Teil des Schranks, wie er ist. Ich leere meine alten Fächer aus, dann hast du Platz.«

»Ich soll mir einen Schrank voll mit ihren Sachen teilen?«

»Komm schon, Lipi, stell dich nicht an. Wir haben beide so wenig. Du brauchst nur ein paar Fächer.«

Lipis Antwort hörte ich nicht. Dann redete mein Vater wieder. »Dinge haben keine Bedeutung. Du und ich, wir wissen, dass es unser inneres Wesen ist, das ewig ist.«

Ich erkannte den Ton. Er hatte den Fall gelöst, er war der Träger einer höheren Weisheit, da gab es kein Argumentieren, und Minuten später feuerte seine Schreibmaschine erneut mit großer Geschwindigkeit los. In der Woche darauf lief er auf der vorderen Veranda auf und ab, rezitierte ganze Absätze seiner Kolumne mit dem Titel *Die Belanglosigkeit des Materiellen* und unterbrach sich nur, um zu sagen: »Merkwürdig, wie einen die banalen Dinge des Lebens zu Augenblicken solcher Erleuchtung führen können.«

Ein paar Tage darauf kam ein Ochsenkarren bei uns vorgefahren und bog in die Zufahrt. Die Räder quietschten, Glocken klingelten, der Fahrer rief: »Jemand zu Hause?«, und schlug dazu mit der Peitsche gegen die Seitenwand, um noch mehr Lärm zu machen. Golak und Ram Saran tauchten auf, und zu dritt trugen sie einen neuen, mit Schnitzereien versehenen Schrank ins Haus. Es sei Toona-Holz, feinstes Mahagoni aus dem Himalaya, erklärte mein Großvater Lipi, das schönste Stück, das er habe finden können. Der Schrank hatte schlanke, abgerundete Seiten, in die Blätter und Blumen geschnitzt waren, dazu Perlmuttgriffe. Er war frisch poliert und roch sauber nach Harz. Dada machte ihn auf und zeigte Lipi alles: Da waren Schubladen, in denen sie Sachen aufbewahren konnte, etliche Fächer und eine Stange für Kleiderbügel. Es gab sogar einen kleinen Safe, in den er fünf dicke Goldmünzen gelegt hatte. »Die gehören dir«, sagte er. »Meinem Sohn musst du nichts davon sagen.«

Als sie ihre Sachen in den Schrank geräumt hatte, schloss Lipi ihn ab und band die Schlüssel an ihren Sari. Sie schlugen beim Gehen gegeneinander. »Jetzt denkt sie, sie ist eine Memsahib«, sagte Banno Didi verächtlich und ahmte Lipis leicht watschelnden Gang nach. Der Schrank passte in den Durchgang vor ihrem Schlafzimmer, und oft sah ich Lipi wie perplex davorstehen. Ihre wenigen Saris und Kleinigkeiten und Ilas winzige Kleidchen füllten zwei der zahlreichen Fächer. Der einzige andere Gegenstand im Schrank war ein Glastiegel mit Gesichtscreme, den sie sich von ihrem persönlichen Taschengeld gekauft hatte, das mein Vater ihr jeden Monat gab. *Wie dunkel und matt deine Haut auch sein mag, mit Valetta-Radio-Active-Schönheitscreme wird sie weißer und glatter*, versprach das Etikett.

Der Rest des Schranks war leer, als wollte er meinem Vater recht geben, dass Lipi gut auch mit weniger Platz ausgekommen wäre.

19

Wenn sich Lipi und Ila nach und nach weiter in eine Schale zurückzogen, in der nur Platz für sie beide war, verhielt ich mich nicht anders. Nur war meine Schale noch kleiner, mit Raum allein für mich, und als ich sie erst einmal gefunden hatte, blieb ich all meine Jahre dort.

Es wurde mir zu einer lebenslangen Gewohnheit, unbemerkt zu bleiben, auch bei der Arbeit, obwohl ich kurz Vorstellungen von Ruhm und Ehre gehegt hatte. Aber kaum dass ich begriff, was das mit sich bringen würde, zog ich mich wieder zurück. Wäre ich eine Pflanze, dann eine, die den Schatten liebt und unter einem Baum weit hinten im Garten wächst, wo sie niemand sieht oder gar ihre Blüten pflückt und in eine Vase stellt.

Ich begriff früh, dass ich es vorzog, versteckt zu leben, doch mir war auch klar, dass nur die Verblendeten ihrer Abgeschiedenheit vertrauen. Früher oder später findet jemand den Stein, unter dem du dich verbirgst, und du wirst ans Licht geholt. Dieser Prozess begann für uns, ohne dass es uns bewusst gewesen wäre, im Sommer 1939, als klar wurde, dass es in Europa Krieg geben würde.

Zu der Zeit waren die Ereignisse in Europa für uns immer noch zu weit entfernt, um voll begriffen zu werden. Der

Hitler, von dem Beryl de Zoete und Mr Spies geredet hatten, über ihn stand jetzt jeden Tag etwas in der Zeitung, unheilvoll, aber eben beruhigend weit weg. England regierte uns, und wenn es einen Krieg gab, das wussten wir, würden wir in ihn hineingezwungen, doch aus dieser Distanz war das eine Abstraktion. Wir hatten keine Verwandten in der westlichen Welt, wir kannten keine Juden, wir waren persönlich nicht betroffen.

Die ersten Veränderungen waren eher belanglos. Es wurde beschlossen, dass Dinu in eine Internatsschule ging, eine neue nach dem Muster von Eton und Harrow, die gerade in Dehradun eröffnet worden war, um indischen Jungen die Art von Bildung zu verschaffen, die bisher wohlhabenden Engländern vorbehalten gewesen war. Nach ein, zwei Jahren in der Schule sollte er an der ebenfalls in Dehradun eröffneten Indischen Militärakademie zu einem Offizier der britischen Armee ausgebildet werden. Bis zu dem Zeitpunkt hatte nur weißen Briten die Offizierslaufbahn offengestanden, doch angesichts des drohenden Krieges hatte die Regierung erkannt, dass sie Tausende zusätzliche Soldaten brauchte und indische Offiziere rekrutieren musste, um die größere Anzahl Sepoys, indischer Soldaten, zu befehligen. Dennoch wurden nur die Söhne der Reichen und Mächtigen zugelassen. Das gefiel Arjun Chacha sehr, und er kam zu uns, um damit anzugeben, in welch gehobener Gesellschaft Dinu sich fortan bewegen würde. Die Tage des Herumstromerns mit Nachbarsjungen und Kindern von Köchen waren endgültig vorbei. Es war Zeit für ihn, seinen natürlichen Platz in dieser Welt einzunehmen. Ganz oben.

Mein Vater hatte gleich ein Thema für seinen nächsten

Artikel: Wenn die Briten gegen Deutschland in den Krieg zogen, warum sollten dann Inder mit hineingedrängt werden? »Was geht es uns an, wenn die Deutschen England regieren? Regieren die Briten nicht auch *uns*?«, überschrieb er seinen Beitrag. »Eine Million indische Soldaten kämpften im Großen Krieg für die Briten. Mehr als 60 000 starben. Heute noch marschiert ein alter Sepoy aus dem Krieg mit seiner Uniformmütze vor meinem Haus auf und ab, feuert mit einem Fantasiegewehr in die Luft und ächzt vor erinnertem Schrecken. Die Leute beschweren sich, dass Kharak Singh den Schlaf in der Nachbarschaft stört. Ich erkläre hiermit, dass er unseren Schlaf stören *soll*. Wenn Männer wie Vieh davongeschafft werden, sollte das unseren Schlaf für immer stören. Wir müssen geloben, dass wir das nicht noch einmal geschehen lassen, es sei denn, uns wird dafür unsere Freiheit versprochen. Wir leben im Jahr 1939, nicht 1914.«

An dem Tag, als der Artikel veröffentlicht wurde, kam Arjun Chacha in unser Haus gestürmt und fuchtelte mit der Zeitung herum. »Warum schreibst du von Kharak Singh?«, wollte er wissen. Seine dicken Backen bebten vor Wut. »Er ist *mein* Wächter. Die Leute fragen mich, warum ich nichts für ihn tue. Hast du auch nur eine Vorstellung davon, was ich alles getan habe?«

»Ich werfe dir nichts vor, er steht da nur als ein Beispiel. So arbeiten Schriftsteller«, sagte mein Vater geduldig in dem anmaßenden Ton, der besagte, dass der gemeine Feld-Wald-und-Wiesen-Leser sich nicht den Kopf über die komplizierten Gedankengänge großer Gelehrter zerbrechen musste. Er saß im Wohnzimmer, studierte selbst immer noch die Zeitung und las seinen Artikel ein weiteres Mal mit einem zufriedenen Lächeln auf dem Gesicht. »Weißt du, wie viele Leute mir heute dazu gratuliert haben? Professor Shukla, Mukti Devi, Dr. Dwivedi – alle. Shakeel meinte, all seine Freunde hätten ihn gelesen. Ein mutiger, offener Beitrag, sagen sie. Ich könnte dafür verhaftet werden, aber einer muss die Wahrheit sagen.«

»Shakeel! Was siehst du nur in diesem schielenden Schwachkopf, Nek? Seit wir in der Schule waren: Shakeel sagt dies, Shakeel sagt das. Ich nehme an, er war es, der dir gesagt hat, unsere jungen Männer würden von der Straße geholt, um gegen die Deutschen zu kämpfen.«

»So wird es kommen, Arjun. Warte es ab.«

»Der Krieg ist gut für die Wirtschaft, Nek. Warte *du* es ab: Wir werden das Land sein, das sie mit all den Dingen versorgt, die sie brauchen. Stiefeln, Stoffen, Flugzeugen, Gewehren. Sie werden sie brauchen. Wir werden sie produzieren.«

»Ist das alles, woran du denkst, Arjun? Geld mag kommen, aber zu welchem Preis?«

»Über den Preis, Nek, kann ich dir nichts sagen, aber eines weiß ich, keiner meiner Söhne wird sich zu Hause hinter seinen Büchern verstecken, wenn die Engländer in den Krieg ziehen.«

Arjun Chacha hievte sich aus dem Sessel und ging ein paar Schritte über die Veranda, kam noch einmal zurück und ließ ohne ein Lächeln seine Zeitung auf den Tisch fallen. »Die brauche ich nicht«, sagte er und drehte sich auf dem Absatz um.

England erklärte Deutschland den Krieg, Indien folgte nach, im September 1939, aber Dinu sollte ins Internat, und sein Vater plante eine Abschiedsfeier, die er sich von niemandem verderben lassen wollte, nicht mal von einem Krieg. Es sollte ein Konzert werden.

Seit meine Mutter weggegangen war, hatten sie kein Konzert mehr veranstaltet, weil auch Brijen Chacha nicht mehr da war, um es zu organisieren. Er war im selben Winter wie meine Mutter nach einem besonders heftigen Streit mit seinem Bruder verschwunden. Manche sagten, es sei um Brijen Chachas Verbindung mit einer Frau gegangen, andere, er habe Geld aus dem Familiensafe gestohlen. Alle waren sich einig, dass er in Schande gegangen war und sich umgebracht hatte. Wie immer die Wahrheit aussehen mochte, er hatte keine Verbindung zu seiner Familie mehr, und Arjun musste allein dafür sorgen, dass das Konzert ein Erfolg wurde. Er ging mit bissiger Entschlossenheit vor, sortierte die Aufgaben in verschiedene Bereiche, die in die Rubriken *Reise*, *Unterbringung* und *Essen* fielen. Die Arbeit wurde unter Munshiji, seinen zwei älteren Söhnen und Lambu Chikaras Vater aufgeteilt, der aus der Fabrik in Kanpur zurückgeholt worden war, jetzt, da Dinu das Haus verließ.

Alles wurde für einen Abend, so aufwendig wie eine Hochzeit, vorbereitet. Sie errichteten einen rot-weißen Baldachin aus dünnem, feinem Stoff auf dem Rasen vor dem Haus, makellose Baumwolltücher und Kissen wurden über Durrees gebreitet und mit scharlachroten Rosenblättern bestreut. Das Singen, die Proben, das Kochen, Lichter und Dekorationen – alles wurde arrangiert, wie es sich gehörte. Wenn auch eine Ahnung von Bedrängung und drohenden Entbehrungen wegen des Krieges in der Luft liege, sagte mein Vater, Arjun habe kein Gespür dafür.

Wir doch auch nicht, gab mein Großvater zu bedenken. Eine der ersten Folgen des Krieges war, dass wir einen Kühlschrank bekamen, den Dada von einem britischen Offizier gekauft hatte, als dieser zurück nach England beordert worden war. Einige Tage lang öffneten wir seine Tür ohne jeden Grund, standen nur da und spürten die kalte Luft wie eine Gebirgsbrise auf unseren Gesichtern. Mein Großvater begann, seine Kurtas darin aufzubewahren, damit er jeden Morgen eine gekühlte anziehen konnte. Wenn wir den Kühlschrank aufmachten, waren darin nur ordentliche Stapel weißer Kleidung und zwei metallene Schalen mit geometrisch perfekten Eiswürfeln zu sehen.

Unser Kühlschrank rasselte, brummte und vibrierte in einer Ecke des Esszimmers. Ich kann mich heute noch sehen, wie ich neben ihm stehe und mein Ohr an die Seitenwand drücke. Niemand ist im Zimmer. Niemand kann sehen, wie ich in einem sanften Rhythmus gegen die Seite des Kühlschranks klopfe. Wenn ich die Augen schließe, vermischt sich das Klopfen mit dem Summen der Maschine und gibt mir das Gefühl, in einem Zug zu sein. Wohin fahre ich? Jedes Mal an einen anderen Ort. Ich fahre Dinu in seiner neuen Schule in Dehradun besuchen, und die Berge, die ich aus dem Zug sehe, sind wie die auf dem Weg ins Sommerhaus, das Dada immer gemietet hat. In mein Gesicht bläst der gleiche nach Kiefern duftende Wind. Am zweiten Tag bin auf einer langen, verschwitzten Reise nach Madras, zu einem Hafen, um ein Schiff zu besteigen und weiter nach Java und Bali zu fahren, wo ich mit dem Jungen namens Sampih schwimmen gehen werde, von dem mir meine Mutter in ihren Briefen erzählt, und wenn ich schlafe, werde ich wenigstens einen Affen und zwei Hunde bei mir im Bett haben.

Ich verrate niemandem, dass der Kühlschrank die Macht besitzt, zu einem Zug zu werden. Ich will nicht, dass es einer erfährt. Meine Welt muss stumm in mir leben, oder ihre Macht verpufft.

Unter der unerhörten Herausforderung leidend, dass Dada so etwas Bedeutendes wie einen Kühlschrank vor ihm gekauft hatte, akquirierte Arjun Chacha in schneller Folge einen glänzenden Frigidaire, das letzte Modell, nicht gebraucht, ein Radio, eine Munitionsfabrik und eine zur Herstellung von Armeestiefeln, einen Ford, ein Model T, für Dinu und zwanzig Dosen Sardinen. Die leuchtend bunten Etiketten auf den Dosen zeigten in engen Reihen daliegende, ins Nichts starrende metallische Fische. Ihr Fleisch sei salzig und butterweich, hieß es. Arjun Chacha hatte vor, die Sardinen während des Konzerts drinnen im Esszimmer, fern von der Menge, ausgewählten Gästen zu servieren, auf Toast. Jetzt, da sein Bruder nicht da war, um die Dinge zu komplizieren, würde das Konzert vonstattengehen, wie er es sich immer vorgestellt hatte: als eine urbane Mischung aus nützlichen Gesprächen und Unterhaltung, die zugleich den Wohlstand der Familie präsentieren und Gelegenheiten schaffen würde, ihn zu mehren.

Arjun Chachas neues Radio hatte eine große, runde Skala, die sich nach und nach erhellte, zunächst matt und schließlich hell leuchtete. Die Stimmen kamen etwas später, als müssten die Leute erst in den Apparat hineinreisen, um zu sprechen. Während des Tages lag eine von Dinus Mutter eigens dafür gehäkelte Decke darüber, die abends von Arjun Chacha gelüftet wurde, wenn er nach Hause kam und sich mit dem Glas Sherry, das er sich seit einiger

Zeit vor dem Essen gönnte, davorsetzte. Mit ernster, nachdenklich gefurchter Stirn hörte er die Nachrichten aus London. Manchmal wurden zu Besuch kommende Verwandte hereingelassen, und während sich ihr jeweiliger Status durch die Entfernung zum Radio ermessen ließ, wurde allen ohne Unterschied eine Zitronenlimonade gereicht, kein Sherry. Dass Frauen oder Kinder ins Zimmer gelassen wurden, während die Nachrichten liefen, kam nicht in Frage, sie würden nur schwatzen und kichern. Wir spähten durch Öffnungen in den Vorhängen und sahen, wie Arjun Chacha den Kopf schüttelte und dem Radio mit dem Finger drohte, als lebte es und müsse verstehen, wie recht er hatte, was die Ereignisse betraf, von denen es berichtete.

In den Läden bei Dadas Klinik gab es ebenfalls ein Radio, und ich hielt auf dem Weg von der Schule dort an, weil es immer auf Deutschland eingestellt war. Vielleicht würde ich die Stimme von Mr Spies darin hören. Er war doch Deutscher, oder? Vielleicht richtete er sich durch den Apparat direkt an mich. Ich wusste, dass es nicht wahrscheinlich war. Selbst wenn Mr Spies im deutschen Radio zu hören wäre, würde er über Kunst, Beethoven oder das Buch reden, das er zusammen mit Beryl de Zoete schrieb. Was sollte er mir sagen? Würde er mir vielleicht erklären, wie ich zu ihm und meiner Mutter fand? Es war höchst unwahrscheinlich. Zwei Jahre waren vergangen. Meine Mutter schrieb mir wie gewöhnlich, und obwohl sie erzählte, dass ihre Bilder gekauft und verkauft wurden und sie Geld sparte, sagte sie nicht mehr, dass sie mich holen würde.

20

منتظر

Am Tag des Konzerts bei Dinu putzte sich Lipi heraus. Sie zog den lindgrünen, paillettenbesetzten Sari an, den Dada ihr geschenkt hatte. Er war jetzt ein Jahr alt, und sie hatte ihn noch nie getragen. Sie steckte sich einen Strang Jasminblüten ins Haar und trug auch die langen Ohrringe und das Halsband von Dada. Ila hatte einen bestickten Rock und eine Bluse, dazu eine Rose in jedem ihrer Zöpfe.

Lipi kam ins Wohnzimmer, triumphierend, aber auch verlegen. Ich sah, wie sie sich verstohlen im langen Spiegel an der gegenüberliegenden Wand betrachtete. Ihre Lippen waren rot angemalt, und eine dicke Schicht Talkumpuder färbte ihr Gesicht clownweiß. Dennoch, der schimmernde Sari ließ sie so elegant und festlich wirken wie noch nie. Sie lächelte Dada und mich an.

Als mein Vater aus dem College kam und sie sah, hob er kurz skeptisch eine Braue. Ohne ein Wort ging er nach hinten und kam eine halbe Stunde später zurück, frisch gebadet und in einer frischen Kurta und Churidars. Damit waren wir alle bereit zu gehen und versammelten uns auf der vorderen Veranda: Auch ich trug eine weiße Kurta, und Dada hatte sogar eine Rose im Knopfloch. Er ging voraus, öffnete das Tor und sagte: »Los, kommt, ich kann sie schon die Instrumente stimmen hören.« Er ging um die Ecke, und wir hörten ihn mit dem Wächter reden, als er zu Dinu hineinging. Ich lief ihm hinterher und war schon halb beim Tor, als ich meinen Vater zu Lipi sagen hörte: »Wo willst du hin?«

Sie blieb stehen. »Zu Dinus…«

»Jetzt sei aber mal vernünftig. Ila wird das Konzert verderben. Sie schreit so oft, das wird Arjun nicht mögen. Warte zu Hause mit ihr. Ich gebe dir Bescheid.«

»Bescheid? Wozu?«

»Du kannst zum Essen kommen. Da macht das Geschrei nichts… obwohl, ernsthaft, das Kind mit auf eine Gesellschaft zu bringen, das kann nicht gutgehen. Wahrscheinlich wirft sie etwas um… nun, daran ist nichts zu ändern.« Er ging los und drehte sich dann noch einmal um. »Warte, bis ich dich holen lasse. Du kannst die Musik auch gut von hier hören. Ich meine, wenn wir keine Nachbarn wären, würde ich auch nicht gehen, ich muss einen Artikel fertig schreiben. Es ist die reine Zeitverschwendung.«

Lipi tat weder einen Schritt vor noch zurück. Sie stand am Tor, durch das mein Vater gegangen war, und nur ihr Sari bewegte sich, der ihr von den Schultern zu Boden glitt. Ila brabbelte vor sich hin. Es war bereits dunkel, und Dinus Garten wurde von winzigen schillernden Flämmchen erleuchtet. Eintausendneunhundertneununddreißig Diyas waren in und um das Haus entzündet worden, um das Jahr hervorzuheben, eine Verschwendung, sagte mein Vater, die selbst die Nawabs für schamlos halten würden. Die kleinen tönernen Öllampen flackerten in Reihen entlang des Dachs, in den Fensteröffnungen, zwischen den Bäumen und selbst hinten bei der Bedienstetenunterkunft. Es roch nach Jalebis und in Ghee gebratenen Gulab Jamuns. Ein Moment verstrich, dann waren die ersten, klagenden Noten einer Sarangi zu hören. Eine Stimme begann zu singen. Da rannte auch ich aus dem Tor und zu Dinu hinüber und ließ Ila und Lipi allein zurück.

Es war während der zweiten Raga des Abends, dass jemand »Feuer! Feuer!« rief. Die Sänger sangen weiter, vielleicht hörten sie die Rufe nicht. Sie hatten den Teil der Raga erreicht, wo sie sich mit den Instrumenten abwechselten und alle damit überwältigten, wie sie die gleichen Noten umsetzten. Sie hatten nur Augen für die Einsatzzeichen und Gesten der anderen, und erst, als wir uns alle von unseren Kissen und Sitzen erhoben, die Rosenblätter wegwischten und uns drängelnd vorbewegten, brach das Singen ab.

Als wir aus dem Zelt kamen, sahen wir, dass die Leute über die Mauer auf unser Haus deuteten. Die Flammen schlugen hoch, bis zur Spitze der Tamarinde. Dinu sprang als Erster über die Mauer. Direkt beim Hinterhaus brannte ein Haufen, wir konnten Stühle und Tische lodern sehen, Kleider und Bücher, und Lipi, die sich dagegen wehrte, dass die winzige Golak sie dort wegzuziehen versuchte. Die Pailletten an ihrem Sari glitzerten im Feuerschein. Stimmen riefen: »Haltet sie auf!«, doch das Prasseln des Feuers zerriss ihre Worte. Schatten tanzten und schossen hin und her, während wir alle möglichen Dinge aus dem Feuer zerrten. Ich sehe das alles noch bis in die kleinste Einzelheit vor mir. Mein Großvater ist auf der einen Seite, neben der kaputten Kutsche, und versucht, die Funken auszutreten, die dort hinüberfliegen. Und da ist mein Vater. Er rennt zu Lipi. Lipi hat etwas in der Hand – das Notizbuch meiner Mutter. Sie schleudert es ins Feuer, bevor er sie aufhalten kann. Dinu springt vor, holt es wieder heraus und wirft es zur Seite. Heute noch rufen mir die angekohlten Seiten bei jedem Umblättern jenen Abend wieder vor Augen. Ich sehe brennende Saris: von meiner Mutter. Ihre Blusen, Tücher. Die Papiere meines Vaters, Bücher, seine Kleider, seinen Stuhl, die Schreibmaschine, sogar sein Kopfkissen. Das gerahmte Porträt meiner Mutter, das Glas ist zersprungen. Ihre Bilder. Das mit dem Boot, das im Küchenflur gehangen hatte. Meine Mutter hatte oft genug gesagt, sie wollte sie alle verbrennen. Jetzt war es so weit.

Die Leute sagten später, Lipi habe wie vier Pferde dagegen angekämpft, von den Flammen weggezogen zu werden. Golak biss sie, meinem Vater kratzte sie den Hals auf. »Ich will sterben«, jammerte sie wieder und wieder mit hoher Stimme. »Ich will sterben.«

Hinterher untersuchte mein Großvater sie. An ihrer linken Hand hatte sie Verbrennungen erlitten, sie hatte Fieber und fantasierte. Aber sonst sei alles in Ordnung, sagte Dada. Mein Vater hatte verhindern können, dass die Flammen ihren Sari erfassten. »Wenn das dünne Ding Feuer gefangen hätte«, sagte Banno Didi und genoss den Gedanken an die bloße Möglichkeit, »wäre sie in einer Minute gegrillt worden. Noch ein mutterloses Kind und noch eine verschwundene Frau!«

Lipi lag im Bett und weigerte sich, sich zu bewegen. Ihre Hand begann zu heilen, das Fieber ging zurück, doch sie wollte das Zimmer nicht verlassen. Zweimal ging ich zu ihr, und sie lag mit dem Gesicht zur Wand und schluchzte. Ich schlich mich wie ein Dieb wieder hinaus und wusste nicht, was ich tun sollte. Sie aß kaum etwas, ihre molligen Rundungen wurden zu herabhängender Haut. Dunkle Ränder bildeten sich unter ihren Augen. Mein Großvater saß bei ihr und versuchte, sie zum Reden zu bringen, aber auf fast jede Frage kam dieselbe Antwort:

»Ich mag nicht.«

»Kommst du mit in den Garten, frische Luft schnappen?«

»Ich mag nicht.«

»Ila möchte mit dir spielen.«

»Ich mag nicht.«

Dada sagte zu meinem Vater: »Ihr Kopf und ihr Herz sind in Streik getreten. Dem ist mit Medizin nicht beizukommen. Vielleicht würde ihr eine Veränderung guttun. Fahr mit ihr in den Urlaub.«

In der ersten Woche nach dem Feuer, als Lipi zusammenhangsloses Zeug redete und Fieber hatte, nahm sich mein Vater frei und saß den ganzen Tag an ihrem Bett, deckte sie zu, wenn ihr kalt zu sein schien, fächelte ihr frische Luft zu, wenn sie schwitzte, und gab ihr ihre Medizin, in den von Dada vorgeschriebenen Abständen zwängte er ihr Tropfen zuckriges Wasser in den Mund. Sie weigerte sich, irgendetwas zu sich zu nehmen. Trotzdem brachte er ihr Essen ans Bett und überredete sie, kleine Häppchen zu schlucken. Es war, als mühte er sich mit diesen Sühnegesten um Vergebung. Er gab seine frühmorgendlichen Spaziergänge auf, dazu die meisten seiner Aktivitäten für die Patriotische Gesellschaft und schlief nicht mehr im kleinen Hinterhaus. Nur noch seine Artikel schrieb er dort. Er las Lipi die Hindi-Zeitung vor, Kurzgeschichten, kaufte ein Buch mit Witzen und sagte jedes Mal, wenn er einen vorgelesen hatte, mit gespannter Stimme: »Nun, das ist witzig, Lipi, oder?«

Aber mein Vater spielte ein Stück ohne Publikum. Das

Theater war leer, die Zuhörer waren gegangen. Der Clown tanzte herum, aber es war niemand da, der lachte. Lipi lag reglos da, was immer er las und tat.

Ila rief nach ihrer Mutter. Sie wurde ins Zimmer gebracht, und Lipi drehte sich auf die Seite und schloss die Augen. Banno Didis Stimme erfüllte den ganzen Tag die Küche. War sie eine Ayah? Wer war diese Verrückte aus einem Dorf, die mein Vater uns aufgebrummt hatte?

Ich habe mit Ila nie über diese Zeit in unserem Leben gesprochen. Was gibt es darüber zu sagen? Je intensiver die Gefühle, desto massiver die Mauer der Verschlossenheit, die ich um sie zu errichten pflege. Kürzlich lag ich im Morgengrauen wach im Bett, dachte an jene dunkle, lange vergangene Zeit zurück und lauschte den morgendlichen Geräuschen: dem Hupen der Lastwagen, die in Richtung Schnellstraße fuhren, dem drängenden Heulen eines Krankenwagens, den Vögeln in der zwischendurch eintretenden Stille, dann dem fernen Signal des um 5 Uhr 30 durch Muntazir rasenden Expresszugs. Wie einsam er klingt, der Signalton dieses Zugs. Er enthält das Pfeifen, Heulen und Tuten sämtlicher Züge, auf die ich in der Hoffnung gewartet habe, sie würden mir meine Mutter zurückbringen. Die Illusionen eines tagträumenden Elfjährigen. Hilflos und allein war ich. Nachts, ohne ihre Mutter, ging es Ila genauso.

Wäre ihre Mutter nicht krank geworden, wären wir zwei, sie und ich, uns womöglich nie nahegekommen. Sich selbst überlassen, tapste sie herum und beschäftigte sich mit glänzenden Kieseln und Blumen, die sie im Garten pflückte. Sie untersuchte die Kiesel mit größter Konzentration, als könnten sie zu Edelsteinen werden. Sobald ich aus der Schule zurückkam, erschien sie auf der Veranda, gurgelte und brabbelte. Ich ging mich waschen, und sie wartete vorm Badezimmer. Ich setzte mich zum Essen, und sie stand am Tisch und zupfte an meinen Kleidern. Sie suchte instinktiv Schutz bei mir. Wie waren ein Bruder und eine Schwester, die durch das Verschwinden ihrer Mütter zusammenfanden.

In den ersten Tagen ließ ich Ila stehen, ging mein Luftgewehr und meine Angel holen und lief wie gewöhnlich hinunter zum Fluss. Am Ufer liegend, verlor ich mich in den letzten Briefen meiner Mutter. Schon stand ich am Fluss, der in Richtung Tjampuhan floss. Er hieß Ayung. Auf Teichen blühte blauer Lotus, und beim Königspalast gab es abends Musik und Feiern. Maskierte Tänzer kamen und gingen in wahren Schwärmen, mit prächtigem Kopfschmuck und herunterhängenden Federn. Nach den Tänzen kletterte ich einen Abhang zum dahinrauschenden Fluss hinunter. Meine Mutter saß oben auf den Felsen und sah mir zu. Das ruhige Becken seitlich vom Fluss, in dem sich das Wasser sammelte, war von flachen Steinen umgeben, auf denen ich sitzen konnte. Sie waren leicht zu erreichen, und von ihnen ließ ich mich ins Wasser gleiten. In der Ferne verschwand der Strom in Dunst, Bergen und blaugrünen Reisfeldern. Das Wasser war weich und kühl und die Strömung des Flusses kaum zu spüren. Bevor ich mich hineingleiten ließ, sah ich hoch zu meiner Mutter, und da saß sie. Sie lächelte zu mir herunter. Sie wartete auf mich.

Ich vertrödelte die Tage wie immer, seit Dinu in seiner neuen Schule war, aber nach und nach kam ich, ohne es selbst zu merken, früher zurück nach Hause, und wenn ich zurückkam, suchte ich Ila, auch wenn ich nicht mit ihr spielte. Nach einiger Zeit dann gab ich nach. Ich zeigte ihr mein Aquarium und meine Schmetterlingssammlung. Sie klatschte in die Hände und sagte ihre Fantasiewörter. Auf unsicheren Füßen lief sie mit Rikki und Tavi einem Ball hinterher. Sie ritt auf meinen Schultern.

Eines Tages nahm ich sie in die kaputte Kutsche mit, und wir drängten uns in ihr schimmeliges Inneres, Rikki, Tavi, sie und ich. Und dann erzählte ich ihr: »Wir sind in einem Regenwald auf einer Insel im Indischen Ozean. Hier gibt es merkwürdige Früchte. Du und ich, wir teilen uns eine Rambutan, und du spuckst sie aus, weil du den Geschmack nicht magst. Ganz still sitzen wir im Wald und warten, dass das Wild herauskommt. Sampih ist bei uns. Du wirst keine Angst haben, ich beschütze dich. Hinterher werden wir gebratene Ente essen.«

Während ich das erzählte, begriff ich, dass ich an nichts davon mehr glaubte. Ich erlebte es nicht länger. Es war nicht mehr als eine Geschichte, die ich für sie erfand. Ich konnte jede Minute damit aufhören.

Selbst heute kann ich nicht erklären, was damals mit mir geschah und wie real diese Reisen in meinem Kopf gewesen waren. Ich hörte, roch und spürte sie, obwohl es doch, nehme ich an, nichts als Tagträume waren, die den Briefen meiner Mutter folgten. Ich trieb in einer hauchdünnen, selbst konstruierten Welt dahin, die wirklicher und mir gegenwärtiger war als alles andere. Nun aber hatte sich mein zarter Kokon geöffnet, und ich stand draußen im hellen Tageslicht, ohne einen Ort, an dem ich mich verstecken konnte.

21

November 1939
Meine liebe Mama,
   Dinu ist im Internat. Danach geht er zur Armee. Er sagt,
er wird Flugzeuge fliegen und mit echten Gewehren schießen. Alles hier ist sehr teuer geworden. Dada sagt, es liegt
daran, dass die Regierung viel Geld druckt, um ihren Krieg
mit Deutschland zu bezahlen. Gestern kamen Mantu und
Raju sehr glücklich zurück. Sie hatten große, weiße Haken
auf der Brust. Sie mussten in Unterhosen in einer Reihe
stehen, weil sie in die Armee wollen. Der britische Offizier malte denen, die sie nehmen, mit weißer Kreide einen
Haken auf die Brust. Jetzt kriegen sie eine Menge schöne
Sachen und kommen an schöne Plätze. Sie fahren auf den
Atlantischen Ozean. Auf einem Schiff. Sie werden etwas,
was man Lascar nennt. Das ist toll. Ich wünschte, ich könnte
auch ein Lascar sein. Sie dürfen mich nicht nehmen, weil ich
noch keine siebzehn bin. Ich gehe später hin. Ich langweile
mich sehr. Papa nimmt mich manchmal zu seinen Treffen
mit. Sie sind alle White Caps, du weißt schon, Gandhi, und
wenn sie fertig sind, streichen sie mir über den Kopf und
sagen: »Wir sind Sklaven, aber du wirst frei sein. Alle werden gleich sein.« Zwei von ihnen sind in der letzten Woche

verhaftet worden, deshalb sitzen sie jetzt im Gefängnis. Mukti Devi ist auch wieder im Gefängnis. Papa führt die Gesellschaft an. Dinu, Mantu und Raju sind alle weg, aber da ist noch Ila. Ich habe es dir noch nicht geschrieben, aber Papa hat eine neue Frau. Sie heißt Lipi. Sie ist meine neue Mutter. Ila ist ihre Tochter, und sie ist jetzt meine Schwester. Ich werde auch bald Soldat. Ich werde keine Zeit haben, um nach Bali zu kommen. Ich will da nicht mehr hinfahren. Ich will nach Europa und aus einem Flugzeug Bomben auf die Deutschen werfen. Ich hasse die Deutschen. Ich hasse auch Mr Spies. Dinu sagt, er ist ein Deutscher, und wir sind auf der Seite der Engländer und müssen die Deutschen umbringen. Das sind alles Nazis. Nazis sind böse. Wir haben deine Saris, Bilder und alles in einem großen Feuer verbrannt. Rikki und Tavi geht es gut. Mir geht es auch gut. Gestern habe ich drei Fische gefangen. Einer war fünfzehn Zentimeter lang. Ich behalte ihn in meinem Aquarium.

Myshkin

Mein Hinterhaus ist ein Archiv. Briefe, Zeitungsausschnitte, Notizen, Pflanzenzeichnungen, Tagebücher und Arbeitspapiere, ich kann nichts wegwerfen. Ila sagt, ich werde einen langsamen Tod sterben, wie die Gefangenen früher, eingemauert in meine eigenen Bücher und Papiere.

Darunter ist auch dieser nicht aufgegebene Brief an meine Mutter. Fünfzig Jahre, nachdem er geschrieben wurde, war er immer noch verschlossen. Es gibt über die Länge meines Lebens viele Worte, die ich gern wieder zurückgeholt hätte, nachdem ich sie in die Welt entlassen hatte, aber es ist immer zu spät, Gesagtes lässt sich nicht ungesagt machen. Ich kann mich nicht erinnern, warum ich gerade diesen

Brief nicht abgeschickt habe, aber als ich ihn kürzlich wieder las, war ich dankbar, dieses spezielle Geschoss nie abgefeuert zu haben.

Während der nächsten zwei Jahre begann unsere Stadt, auf eine entschiedene Art und Weise umkämpft zu erscheinen, als wäre es nur normal, dass jetzt, da Krieg herrschte, Gräben gegraben und Fenster geschwärzt wurden. Am Flussufer baute die Armee etwas Geheimnisvolles. Einen Luftschutzbunker, sagten die Leute, weil die Japaner uns bombardieren würden. In einem Anfall von Tatkraft ließ unser Rektor die Kuppel des Colleges und alle Fenster schwarz streichen, und der Zoodirektor verkündete, dass er eine Jagdtruppe zusammenstellte, genau wie es der Zoo in Kalkutta tat. Die Mitglieder der Truppe wurden bewaffnet, um die größeren Tiere durch die Gitter ihrer Käfige zu erschießen, sollten die Japaner uns bombardieren. Arjun Chacha schrieb sich am gleichen Tag noch für den Erschießungstrupp ein. Es sei weit über die Grenzen der Stadt hinaus anerkannt, so erklärte er jedem, der ihm zuhören wollte, dass Arjun Chacha der beste Schütze im ganzen oberen Indien sei. Der Zoo in unserer Stadt besaß eine gelbzähnige ältere Tigerin, ihr Junges, einen Löwen, zwei Leoparden und sechs graue Schakale, die stanken, als wären sie längst tot und verwest. Chacha umkreiste die Tiger- und Löwenkäfige alle paar Tage, um seine Rechte anzumelden. Er suchte den makellosen Himmel nach Anzeichen japanischer Flugzeuge ab, die Ohren gespitzt, auf die leiseste Ahnung eines Motorendröhnens wartend, das ihm erlauben würde, sein Gewehr zu heben und die Welt zu retten.

Eines Nachmittags kam ich zurück nach Hause und fand

meinen Vater, meinen Großvater und eine Schar Hausmädchen und Köche von Dinu, sogar Jagat aus der Klinik, in einem wirren Durcheinander auf der Veranda vor. Im Hof hinten, bei der Bedienstetenunterkunft, waren rote Spritzer zu sehen, wo Banno Didi wieder und wieder mit dem Kopf gegen die Wand schlug. Dada war mir nach hinten gefolgt. Er zog mich weg und brachte mich ins Wohnzimmer. Noch das kleinste Geräusch klang unnatürlich laut. Spatzen zwitscherten in den Fensterlamellen, die Kühe muhten in ihrem Schuppen, der Kühlschrank brummte. Dadas asthmatisches Keuchen rauschte in meinen Ohren. »Lass sie«, sagte er und strich mir übers Haar.

Mantu war tot. Das Schiff, auf dem er als Schiffsjunge gedient hatte, war vor der kanadischen Küste torpediert worden.

Bilder von Mantu stoben mir wie Murmeln durch den Kopf. Ich versuchte zu weinen, er war der zweite von meinen alten Spielkameraden, der verschwand. Aber Lambu Chikaras Verschwinden war anders gewesen, er war von seinem betrunkenen Vater umgebracht worden. Ich hatte seine Leiche gesehen und war zum Teil mitverantwortlich für seinen Tod. Mantu war ein Soldat, den der Krieg geholt hatte. Weit weg. Es schien unwirklich. Ich lebte in einem Haus, das leidig an das Verschwinden und Wiederauftauchen seiner Bewohner gewohnt war – konnte er nicht doch zurückkehren?

Aber was, wenn er wirklich tot war? Ich vermochte weder, eine einzige Träne zu vergießen, noch wollte mir sonst eine angemessen gewichtige Reaktion einfallen. Da ich jedoch das Gefühl hatte, dass es ein zu bedeutsamer Verlust war, um nichts zu tun, ging ich hinaus auf die Straße und trat einen Stein herum, erst zum Grab des Pīrs und dann in die andere Richtung, zu Dinus Haus. Kharak Singh, der alte Wächter, der Einzige, der in der Versammlung vor unserem Haus fehlte, saß dösend auf seinem Hocker und schien von allem nichts zu wissen. »Haben Sie gehört, was passiert ist?«, sagte ich mit meiner düstersten Stimme und klopfte ihm auf die Schulter. Er zuckte zusammen, lächelte mich komplizenhaft an, bedeutete mir mit einer Geste, einen Moment zu warten, und griff in seine Tasche. Er zog eine verschimmelte Zwiebel hervor. »Siehst du diesen Kopf?«, fragte er. »Ich habe ihn in fernen Ländern abgeschnitten und bewahre ihn gut auf.«

Ein Jahr verging. Die Stadt färbte sich khaki mit den Uniformen neuer Soldaten, und die Regierung schnitt breite Schneisen für einen Flughafen in Arjun Chachas Zuckerrohrfelder, was ihn vor Wut brüllen ließ, so laut, dass es bei uns im Haus klang, als schriee er in ein Megafon. Es ging das Gerücht, dass vielleicht auch seine Autos requiriert und die Reichen gezwungen werden könnten, große Geldsummen in einen Kriegsfonds einzuzahlen. Mein Vater bemerkte, dass sich der Krieg am Ende wohl doch nicht als so günstig für die Wirtschaft erwies, sicher nicht für Arjuns Wirtschaft.

Und dann eines Nachmittags kam der Zeitungsmann, um eine Sonderausgabe zu bringen. Sie hatte nur zwei Seiten. Auf der ersten stand: *Japan erklärt den USA und Großbritannien den Krieg*, und auf der zweiten: *Niederländisch-Indien erklärt Japan den Krieg*. Die Sonderausgabe kostete nur eine Paisa, die normale Tagesausgabe eine Anna.

»Schlechte Nachrichten sind billig«, sagte Dada.

»Aber das bedeutet, dass Gayatri in großen Schwierigkeiten ist, oder? Niederländisch-Indien befindet sich im Krieg«, sagte mein Vater und lächelte düster.

Kurz darauf wurde er wie zur Strafe verhaftet. Er und sieben andere Mitarbeiter der Patriotischen Gesellschaft sollten den Frieden gestört haben, indem sie gegen den Krieg protestiert und aufwieglerische Artikel geschrieben hatten. Mittlerweile saßen fast alle Führer der Kongresspartei seit knapp einem Jahr im Gefängnis – Nehru, Gandhi, Asaf Ali. Zusammen mit zwanzigtausend anderen. Dinus Vater höhnte, das Gefängnis verschaffe den Leuten ein höheres Ansehen und mache Durchschnittsbürger zu Helden: Ein Haftbefehl sei alles, wonach sich ein Freiheitskämpfer sehne. Mein Vater habe sich übergangen gefühlt, erklärte er seinen Freunden später, als wollte man ihm die Anerkennung versagen.

Die Polizisten warteten, während mein Vater zu Lipi hineinging. Er blieb eine Weile hinter der geschlossenen Tür, und als er wieder herauskam, hielt er eine Stofftasche in der Hand, in die er vor langem schon seine Bücher, einige Papiere und Kleider gepackt hatte, da er wusste, dass seine Verhaftung unvermeidlich sein würde. Die Polizisten saßen am Tisch auf der Veranda und tranken Tee. Wir warteten seitlich in einer respektvollen Reihe. Mein Vater verabschiedete sich nacheinander von Ram Saran und Golak, mir und Ila.

Vor Dada blieb er stehen und lächelte ihn mit verzerrtem Gesicht an: »Und jetzt? Denkst du immer noch, ich bin ein Dilettant?«

Mein Großvater öffnete den Mund, um ihm zu antworten, aber da hatte er sich bereits weggedreht.

Wir wussten damals nicht, dass mein Vater mehrere Jahre lang nicht wieder freikommen würde. Vielleicht hatte er selbst eine Ahnung in dieser Richtung. Müde Schatten lagen auf seinem Gesicht, er wirkte schwach und unbeugsam zugleich, als seien seine Überzeugungen stark genug, den Entbehrungen des Gefängnisses zu trotzen, auch wenn die seinen Körper längst zerstört haben mochten. Mittlerweile hatten sich viele Mitglieder der Gesellschaft in unserem Garten versammelt, standen nervös wartend herum, unterhielten sich flüsternd und ließen zwischendurch patriotische Parolen hören. Es erinnerte mich daran, wie sie vor Jahren Mukti Devi mit dem Polizeitransporter abgeholt hatten.

Bis zu dem Nachmittag hatte ich keine Vorstellung davon gehabt, was mein Vater dem Rest der Welt bedeutete. Wenn ich in späteren Jahren an ihn dachte, waren es diese letzten Bilder vor seiner langen Inhaftierung, die ich vor mir sah. Er winkte uns zu, kletterte in den Polizeijeep und war verschwunden. Nie war er mir einsamer erschienen.

22

Als ich alles über Mantu und die Verhaftung meines Vaters niedergeschrieben hatte, schob ich das letzte Blatt zur Seite und stand von meinem Stuhl auf, musste mich aber gleich wieder setzen. Meine Beine waren vom stundenlangen Sitzen eingeschlafen, und sobald ich sie bewegte, spürte ich das Stechen von tausend Nadeln. Als es wieder ging, zog ich die Sandalen an und verließ das Zimmer. Mein Blick war verschwommen, ich wusste nicht, wo ich war, im Jahr 1941 oder in der Gegenwart. Ich ging nach vorn in den Garten und sah Ila Jasminblüten von den Büschen beim Banyanbaum pflücken. Ächzend ließ ich mich auf der Steinbank nieder, auf der, in einem anderen Leben, Beryl und meine Mutter gesessen und geredet hatten.

»Du bist herausgekommen?«, sagte Ila und hob den Kopf. »Du bist wie dein Vater, hockst ständig hinten und schreibst und schreibst. Was ist es, was du schreibst?«

»Nichts«, sagte ich. »Nichts von Bedeutung. Ein Mann muss sich beschäftigt halten.«

»Gehe spazieren. Inspiziere deine Bäume. Schnappe frische Luft.«

Ila wandte sich wieder dem Jasmin zu. Geschickt. Zeigefinger und Daumen lösten eine zarte Blüte von ihrem Stängel und ließen sie in einen geflochtenen Korb fallen, der sich mit einer duftenden weißen Wolke füllte.

»Erinnerst du dich an den Tag, an dem Mantu gestorben ist, Ila? Ich musste an seinen Bruder Raju denken. Ich habe ihn nie wiedergesehen.«

»Wie soll ich mich an all das erinnern? Ich war erst zwei oder drei. Ich habe nicht die leiseste Erinnerung an sie.«

»Weißt du noch, Ishikawa? Der Zahnarzt? Wir nannten ihn den zahnlosen Dentisten.«

»Ich weiß nicht, ob ich mich tatsächlich an ihn erinnere oder nur an das, was du mir von ihm erzählt hast.«

Ich stand von der Bank auf. Es gab immer weniger Leute, die meine Erinnerungen mit mir teilten, ob an Menschen oder Orte. Ich beschloss, einen kleinen Spaziergang zu machen, vielleicht in den Park am anderen Ende der Straße. Dort kannte ich jeden Baum, und die Bäume kannten mich. Leicht benommen wanderte ich die Straße hinunter und bemerkte kaum die neuen Wahrzeichen, die grell leuchtenden Schilder, den Schuhladen, wo Rozario & Sons gewesen war, die Reihe Koffer-, Taschen- und Bekleidungsläden und die Büros, die die alten Läden in der Arkade ersetzt hatten. Wenn auch die Besitzer zum Teil andere waren, die Arkade selbst stand noch, in schlechtem Zustand, aber intakt. Kurioser war, dass es zwei der Schilder in der oberen Reihe noch gab, auch wenn das mit der Aufschrift *Ishikawa, Zahnarzt* so stark verblichen war, dass nur noch ich, der es kannte, sagen konnte, was daraufstand.

Im Park sah ich meinen alten Gärtner Gopal im Hibiskus herumwirtschaften. Er steckte sein Khurpi hinter den Bund und begleitete mich ein Stück. Er zeigte mir ein paar Schmetterlingsgardenien voller weißer Blüten und den Bambus am

Rand des künstlichen Sees in der Mitte des Parks. Der Bambus hing matt aufs Wasser hinunter, als wollte er sich in seinem eigenen Spiegelbild ertränken.

Unterdessen hatten sich uns ein paar seiner Kollegen zugesellt. Einige von ihnen kannte ich: die, die den Gärtnerberuf von ihren Vätern geerbt hatten. Gopals Monolog wurde zu einer angeregten Unterhaltung über die Entwicklung des Parks und den neuen Direktor der Gartenbauabteilung, der Blumen in Farbanordnungen entsprechend der indischen Flagge pflanzen wollte. Gopal schickte eine Speichelladung zur Seite, um klarzumachen, was er davon hielt. Das Licht nahm ab, und wir kamen zurück zum See und sahen zu, wie Schatten und Spiegelbilder im glänzenden Wasser die Farbe veränderten. Ich hörte ein lautes Krächzen über mir und hob den Blick. Ein hellgrüner Schwarm Sittiche flog unter dem halbdunklen Himmel nach Hause.

Meine Beine waren mir auf dem Weg zum Park fast zu schwer geworden, doch jetzt hatte ich das Gefühl, noch kilometerweit gehen zu können. Gopal hatte mir die Goldregen- und Kapoksetzlinge entlang der Außenmauern des Parks gezeigt. Eine neue Generation Bäume wuchs heran. Die Winde brauchen einen Ursprung, wenn sie wehen, und Blätter Gründe zu zergehen, hatte Ila gesagt. Wann war das gewesen? In der Nacht, die ich allein unter den Niembäumen verbracht hatte? Es schien ein ganzes Leben her zu sein.

Am Abend aß ich gemeinsam mit Ila und lauschte ihren Neuigkeiten, hinterher ging ich mit den Hunden hinaus. Sehr spät erst, als ich sicher war, dass niemand hereinkommen und mich unterbrechen würde, holte ich das Paket von Lisas Kindern heraus. Ich nahm ein scharfes Messer, schlitzte die Seiten auf und hatte mit dem Klebeband zu kämpfen, das das Paket zusammenhielt. Endlich hatte ich es geschafft. Drinnen gab es jedoch noch eine Verpackungsschicht. Weit älter. Quer über das Papier stand in Lisas Handschrift: »Für Myshkin Rozario, wenn ich einmal tot bin. (Schwört, dass ihr es ihm gebt, oder mein Geist wird euch auf ewig verfolgen).«

Ich musste lächeln. Das war so typisch Lisa, noch aus dem Grab heraus Drohungen auszusprechen. Ich holte tief Luft, riss die Verpackung auf und zog die Papierbündel heraus, die ich drinnen fand. Eine der Seiten war dicker als der Rest. Ein Porträt meiner Mutter.

Ihr Gesicht ist mir nicht vertraut, weil ihr Haar kürzer ist. Hinter dem Ohr trägt sie eine rote Blume, und die Jadebrosche, die ich von vor langer Zeit kenne, hält den Sari auf ihrer Schulter. Ihr Lächeln ist noch das gleiche. Auf die Rückseite hat sie geschrieben: »Hier bin ich, Lisa! Ich habe das Bild selbst gemalt! Ist es nicht besser als eine langweilige Fotografie?«

Die anderen Papiere im Umschlag sind Briefe, nach Datum geordnet und zusammengeheftet. Alle in der vertrauten Handschrift meiner Mutter: ungeduldig, verschlungen. Mit Pfeilen in alle Richtungen, nach oben, unten und seitlich auf den Rand, um Gedanken fortzuführen, die sie hat fallenlassen und wieder aufnehmen will, durchgestrichenen und überschriebenen Zeilen, Quer- und Gedankenstrichen und auf jeder Seite etlichen unterstrichenen Worten, die sie hervorheben wollte. Kleine Skizzen und Schaubilder, wo sie nicht die rechten Worte finden konnte. Jeder Quadratmillimeter ist genutzt, als wollte sie so viel wie möglich aus dem Geld herausholen, das sie für die Briefmarken auszugeben hatte.

23

ဟူကူးဒီ

10. Juli 1937
(aus dem Zug)
Meine liebste Lis,

auf halbem Weg nach Madras, die Hitze stand & war erdrückend, das Rütteln grässlich. Die Luft, die durchs Fenster hereinkam, war wie Feuer. Kein Regen. WS macht sich Sorgen, dass es mir schlecht geht, weil ich mein Zuhause verlassen habe. B sagt, was getan ist, ist getan. Du musst stark sein, sagt sie, um dich an den eigenen Haaren aus dem Sumpf zu ziehen. Vielleicht sind sie beunruhigt, dass sie mich jetzt bei sich haben, wie einen Koffer, den dir jemand zur Aufbewahrung gegeben hat. Es ist eine Sache, aus dem Blauen heraus tolle neue Freunde zu finden, aber etwas anderes, plötzlich auf Dauer mit einer geschlagen zu sein. Sicher ist es nicht das, was B & WS im Sinn hatten, als sie ihren kleinen Abstecher nach Indien machten. Die anderen Inder auf den Bahnhöfen & im Zug scheinen schockiert/ angewidert. Du wirst sagen, ich bilde mir das nur ein. Aber ich habe einen Mann zu einer Frau sagen hören (laut, damit ich es auf jeden Fall mitbekam & auf Hindi, damit nur ich es verstand): <u>Einige Frauen sind so schamlos, dass es ihnen nichts ausmacht, sich an weiße Männer zu verkaufen.</u> Und sie waren nicht die Einzigen, Gemurmel & Gespött überall um mich herum im Zug. W fragt, was sagen sie? Was sagen sie? Aber ich sage es ihm nicht. Es lässt mich erschaudern. Ich möchte, dass er gut von uns denkt. Was immer »uns« bedeutet.

An einem der Bahnhöfe war ein Essensstand mit einem Schild: Adarsh Hotel. Ein Mann hatte absolut köstlich duftendes Daal Pakora & dampfend heißen Tee. Mittlerweile saßen zwei Engländer in unserem Abteil – sehr verschwitzte Gesichter, bei jedem Wort schnaubende Nasen, dicke Bäuche, die gegen die Knöpfe drückten, aber höflich zu mir, Madam, Madam nach jedem Satz. Schaffner im Urlaub, sagten sie. Würden Sie zu dem Stand gehen & uns etwas zu essen holen, Ma'am?, sagten sie. Sie sagten, das Essen ist köstlich, aber der Mann vom Adarsh Hotel verkauft nichts an Ausländer. Also bin ich gegangen & habe mich s. nützlich gefühlt. Ich habe genug für alle geholt & wir haben im Zug ein Picknick veranstaltet. Dann rollten wir wieder los, abends waren wir am Godavari, es regnete, ich hielt das Gesicht ans Fenster & die Spritzer kühlten es. Eine kühle Brise wenigstens durchs Fenster & so weit man sehen konnte, braunes, weites Wasser & grüne Erde. Ich erinnerte mich von vor langer Zeit, wie Rabi Babu von diesem Teil der Reise erzählt hat & es kam nach all den Jahren wieder zurück – wie ich diese Reise mit meinem Vater gemacht habe. Rabi Babu sagte über dieses Stück Land, dass seine Schönheit ihn so gerührt hat, dass er wusste, er will jedes Mal hier wiedergeboren werden.

Der Gedanke machte mich ganz elend wegen zu Hause, als wäre plötzlich alles Leben verloren, alles, was ich mir mal an Deck jenes Schiffs mit dem Dichter & meinem Vater erträumt hatte – ich hatte gedacht, ich würde in Santiniketan malen lernen & ein Leben leben, das anders war als das alles erstickende Dasein, das ich von zu Hause kannte – <u>dumm, dumm</u>. Ahnungslos. Ich habe alles zerstört. Ich kann jetzt nie wieder zurück, die Türen sind für immer verschlossen & ich weiß nicht, ob diese Zerstörung zu etwas Gutem führt. Es ist, als stünde ich vor dem riesigen schwarzen Schlund eines Vulkans & fiele gleich hinein, keine Ahnung, was da unten auf mich wartet.

Ich bekam im Zug einen heftigen Weinanfall & eine meiner fürchterlichen Migränen. Hinter meinen Augen pochte es genug, dass sie mir vor Schmerz aus dem Kopf hätten platzen können. Angst & Elend, wenn ich an den kleinen Myshkin dachte, so allein. Was macht er gerade jetzt in diesem Moment? Ich sollte ihm schreiben, aber ich ertrage es nicht. Noch nicht. Wenn ich ruhiger bin. Er darf nicht wissen … werde ich je ruhiger sein? Ich lag mit dem Rücken zu WS & B & weinte, bis mein Herz brach. Zwei Nächte hintereinander hatte ich einen schrecklichen Traum, einen so angsterfüllten Traum. Er kam immer wieder, selbst als ich wach war, von einem Fötus, der wie Myshkin als Baby war. Blutig & tot, die geschwollenen Augen geschlossen. Oh, Lis. An nichts sonst konnte ich mich von dem Traum erinnern, aber ich wachte auf & mir war fürchterlich schlecht. Wie erfreut meine Mutter sein muss – sie dachte immer das Schlimmste von mir. Das jetzt wird all ihre Erwartungen übertreffen. Sie wird denken, ich habe meinen Mann mit einem anderen Mann betrogen & bin davongelaufen. Dass mir mein Kind egal ist. Was gibt es Übleres als eine Frau, die ihr Kind nicht liebt?

Myshkin sollte eigentlich hier bei mir sein. Wie er es lieben würde, am Fenster zu sitzen. Ich muss immer wieder an die Zeiten denken, wenn er als kleiner Kerl Fieber bekam und ich die Nächte damit verbrachte, seinen kleinen Kopf über einem Eimer Wasser zu kühlen. Jetzt sitze ich am Zugfenster & sehe hinaus. Hinaus, hinaus. Selbst wenn es dunkel ist. Ich habe nicht viel Unterhaltung. Ich höre den anderen zu. Beryl: Sag etwas. Beryl: Iss etwas. WS: Das Leben ist ein Gemälde & du hast gerade die ersten Striche mit einem neuen Pinsel aufgetragen. Immer noch finde ich nichts, was ich sagen sollte, ich habe Angst, mit dem ersten Wort kommen die Tränen & so sehe ich mir die vorbeiziehende Landschaft an. Ich fühle mich tot wie ein Stein, aus Trauer & aus dem grässlichen Gefühl, einen Fehler gemacht zu haben. Dann, eine Stunde später, ändern sich meine Gedanken & ich weiß, ich musste gehen oder ich wäre womöglich verrückt geworden – brabbelnd, schreiend, völlig verrückt. Ich kann dir gar nicht sagen, welche Angst ich zuletzt hatte, es war kaum dagegen anzugehen – das Gefühl, in einen Abgrund zu stürzen. Manchmal nachts war mein Körper ganz mit Elend bedeckt, innen wie außen. Wie mit Schlamm, dem Dreck aus einem Teich. Ich schlief auf dem Dach & doch fühlte es sich an, als läge ich in einem Raum, in dem eins nach dem anderen jedes Fenster, das an die Luft und hinauf zum Himmel führte, zugeknallt wurde, bis ich allein in einer schwarzen Zelle war. Einmal – nur einmal – habe ich den Medizinschrank meines Schwiegervaters nach Tabletten durchwühlt, um dem Elend ein Ende zu machen. Aber vielleicht wusste er Bescheid, die weise, alte Eule, es gab nur Hustensaft & solche Sachen.

Ohne dich hätte ich nicht in den Zug steigen können. Hättest du mir kein Geld gegeben – es sind deine gesamten Ersparnisse, nicht wahr, Lis? Ich weiß, dass es so sein muss. Mit das Schlimmste an NC war, wie er mir Schuldgefühle wegen jeder Ausgabe eingejagt hat. Das Haushaltsgeld wurde mir zu Beginn jeder Woche vorgezählt & etwas zusätzlich, wie großzügig, für irgendwas Dummes, was ich mir vielleicht kaufen wollte, einen Haarclip oder eine Gesichtscreme, Flitter, eine Tube Farbe. Ich war überrascht, vor Tagen, als ich zusammenzählte, wie viel ich während der letzten zehn Jahre gespart habe – weil ich keine Haarclips kaufte! Alles sicher in deinem Haus versteckt. Für was ich dir alles zu danken habe! Ich werde jetzt Geld verdienen & dir als Erstes dein Geld zurückzahlen. Du sagst vielleicht nein & nennst es ein Geschenk, aber ich muss dieses neue Leben ohne Schulden anfangen, auch dir gegenüber nicht, Lis, wie großzügig du auch sein magst – dein Geld, dein Schal, deine Kleider (werde ich sie je tragen?, seit meiner <u>Kinderzeit</u> habe ich kein Kleid mehr angehabt, nur Saris!) – ohne einen Gedanken daran, etwas zurückzubekommen, du wolltest nur, dass ich mich aufmachte, mit M oder ohne. Hättest du mich nicht in den Wagen geschoben, hättest du mich nicht überzeugt, dass es meine einzige Chance ist, hätte ich nie den Willen aufgebracht. Das Leben ist voller Bedauern & Gedanken, die vor- und zurückspringen – meine sind wie Pingpongbälle, los geht einer & ehe ich mich versehe, kommt er zurück & ist noch genau der gleiche. Ich habe Schmerzen – schreckliche Schmerzen, die meinem Körper und meiner Seele wehtun – diese abscheulichen Kopfschmerzen & Magenschmerzen, die sich anfühlen, als wäre mein Gedärm voller Knoten, die sich nicht wieder lösen lassen. Ich kann auch nicht den kleinsten Bissen unten behalten.

B sagt, es ist alles in meinem Kopf. Sie liest mir Arthur Waleys chinesische Gedichte vor, um mich zu beruhigen & ich denke, das macht es noch schlimmer. Noch ein verlorenes chinesisches Kind aus dem vierten Jahrhundert v. Chr., das um sein Heim weint & ich gehe ins Wasser, wenn wir das Meer erreichen, das gelobe ich. Ihre Intensität macht mir Angst – ein wenig. An einem Morgen bin ich aufgewacht & sie saß still vor meinem Bett & sah mich an. Sah mich einfach nur an. Als ich die Augen öffnete, drückte sie meinen Fuß & sagte: »Also. Sieh, wie es leichter wird. Du lächelst.« Sie nennt mich ihren Sonnenvogel. Klein, klug, überall herumflitzend. Trink den ganzen Nektar, sagt sie, du lebst nur einmal.

Ich fühle mich aus meinem Element gerissen. Sie kehren in ihr Leben zurück. Und ich?

Oh, ich kann nicht mehr schreiben, Lis. Ich melde mich später wieder.

Mit all meiner Liebe, Gay

(immer noch aus dem Zug – 11.-12.)
Liebste Lis,

ich versuche, mich zu unterhalten, lächle, um die Dinge weniger verdrießlich für W & B zu machen. Ich zeichne im Zug. Er ruckt ziemlich herum & die Striche bewegen sich in alle Richtungen, aber ich höre nicht auf: Ich zeichne die Gesichter der Leute, die Bahnhöfe, in denen wir halten. Bäume & Hügel. Den Faltenwurf des Chambal-Tales. Es lenkt mich ab. Lässt meine Hände leichter über das Papier wandern. Es kommt mir so lange her vor, dass ich zeichnen konnte, ohne gleich wieder zu meinen Pflichten gerufen zu werden. Du hast Glück, dass du nicht verheiratet bist, Lis, wie oft ich dich um deine Freiheit beneidet habe! Das Gefühl, gefangen zu sein – für immer gefangen – ich habe ehrlich geglaubt, meine ganze Existenz würde nur noch aus Elend bestehen. Es gibt eine Zeit, nach der sich die Türen schließen & wohin gehst du dann? Nirgends hin.

Als WS plötzlich völlig aus heiterem Himmel bei uns auftauchte, dachte ich einen unwirklichen Moment lang, mein Vater hätte ihn mir als Schutzengel geschickt. Alles, was mein Herz, mein Denken & meine Seele ausmacht, war seit dem Tod meines Vaters ausgehungert, und plötzlich – es geht nicht allein darum, Menschen zu finden, die mich verstehen, mein Selbstgefühl wurde wiederhergestellt. Als wären alle Möglichkeiten des Lebens hinter einer Tür verschlossen gewesen, die nun wieder geöffnet wurde. Ist es anmaßend von mir, sicher zu sein, dass ich etwas habe, was andere Leute nicht haben? Zu Hause war eine Wüste in mir, Winde heulten und versengten jeden grünen Halm. Ich konnte nichts malen, was mich befriedigte. Alles, was ich tue, jedes einzelne Ding, ist bedeutungslos, wenn ich nicht in der Lage bin, meine eigene Arbeit gut genug zu tun, um mir zu gefallen. Es ist so lange her, seit jeder Teil meines Denkens mit neuen Ideen brannte – oh, das klingt eitel, oder? Lebst nicht auch du in Muntazir? Schaffst du dir kein glückliches Leben? Aber es ist nicht das Haus, die Stadt oder das Land, es ist komplizierter als das. Wenn du alles wüsstest – was hättest du getan, wenn du alles gewusst hättest?

Aber du weißt um die Quälerei der Missverständnisse & kleingeistigen Streitereien, die mein Leben bestimmten, seit ich geheiratet hatte, du weißt, wie sehr sich dein Leben von meinem unterschied. Du bist du selbst, du bist niemandem untergeordnet. Wobei du dafür hast kämpfen müssen, oder?

Sonst hätten deine Tante Joyce & deine Tante Cathy es geschafft, dass du heute einer wahren Kinderbrut Hähnchen braten & den ganzen Tag in einer karierten Schürze herumlaufen würdest statt in einem hübschen roten Kleid, hochhackigen Schuhen & passenden Nägeln!

NC ist auf seine Weise kein schlechter Mann, das sehe ich schon. Ich sehe, welch hohen Grundsätzen er folgt & wie stark er ist, du musst dir nur Arjun ansehen, um zu begreifen, welch guter Mann NC ist. Die Leute respektieren ihn, weil er nach wohlüberlegten & belesenen Regeln lebt und es sich nicht leicht macht. Aber er macht es auch niemand anderem leicht. Keine Minute Pause! Immer bedeutungsvoll sein wollen. Es ist so unerträglich! Ehe du dich versiehst, wird dir ein Vortrag gehalten & er denkt natürlich, er weiß es am besten & du bist nichts als eine dumme, verblendete Frau, wenn du ihn & seiner Mukti nicht zustimmst. Einmal habe ich ihm zugehört, wie er <u>redete, redete, redete</u> & ich konnte nichts hören, sondern sah nur den Speichel aus seinem Mund fliegen, wie immer, wenn er redet & dann saugt er ihn mit einem »sss« wieder zurück – ich machte die Augen zu & dachte an jemand anderen, sonst wäre ich an dem Tag schon weggerannt. Bei jeder sich bietenden Möglichkeit hat er mich erniedrigt. Seine Freunde sollten über mich lachen & auf mich herabsehen. Die Bücher, die ich las & meine Bilder hat er lächerlich gemacht. Und ich dachte, er würde <u>nie, nie</u> davon aufhören, wie ich einmal im Garten getanzt hatte – da war ich erst achtzehn – allein das nicht wieder hören zu müssen ist Grund genug, wegzulaufen!

Oder vielleicht stimmt mit mir auch etwas nicht – Heim, Mann & Kinder sind die Welt der Frau, heißt es. Warum hat mir das nicht gereicht? Diese Frau führte nie etwas Gutes im Schilde, wird Dinus Mutter auf ihre theatralische Art sagen. Gayatri Rozario, die Flatterhafte. Hat ihr Mann sie je verprügelt? Hat er sie die Böden wischen und Kleider waschen lassen? Hat er getrunken, hatte er eine Geliebte? Musste sie sich Abend für Abend um seine schmerzenden Beine kümmern?

Nichts von alldem hat NC getan. Q.e.d.

In mir war ein Vogel gefangen, der unablässig mit den Flügeln schlug. Ich musste mir die Brust aufreißen, um ihn freizulassen. Ich blute, der Schmerz lässt sich mit Worten nicht fassen. Es gibt so viele Dinge, die ich <u>immer noch nicht</u> sagen kann, nicht mal <u>dir</u>.

Ich dachte, die beste Lösung gefunden zu haben: mit meinem Sohn wegzulaufen. Es sollte nicht sein. Warum kam er an dem Tag zu spät, wo ich ihn doch angefleht hatte, pünktlich zu sein? Ich weiß es immer noch nicht. Geht es ihm gut? Ich werde Myshkin holen, bevor ein Jahr um ist, das habe ich mir geschworen. Bitte, liebste Lis, habe ein Auge auf ihn & gib ihm Süßes & Kuchen, all die Dinge, von denen sein Vater denkt, sie verderben ein Kind. Sieh ihm hin & wieder in die Ohren, ob sie sauber sind – er hasst es, sie zu säubern & lässt sich von niemandem außer mir die Nägel schneiden. Wirst du sie ihm schneiden? Zu denken, wie die schmutzigen kleinen Nägel länger und länger werden! Er wird dich lassen, wenn du ihm ein Bonbon versprichst.

Manchmal sind Menschen eine Weile getrennt. Es geht nicht anders, aber es ist nur für eine gewisse Zeit & wenn ich nicht wüsste, dass es so ist, könnte ich keinen weiteren Tag ohne Myshkin sein. Ich weigere mich, mich elend zu fühlen, mir wird nicht wieder schlecht & ich bekomme auch keine Kopfschmerzen. Das hier ist ein Abenteuer & kein Verlas-

sen meines Kindes. Ich will das Leben essen, alles Neue packen & schmecken. WS starrte gestern aus dem Fenster –
wir kamen an Kokospalmen vorbei, Dörfern, ein Kind in
der Nähe des Zuges winkte uns zu & er sagte, es ist wie ein
Märchen – das ganze Leben, die Welt – & dass er nie für
die Zukunft arbeiten, sondern immer nur im Hier und Jetzt
leben werde. Ich weiß genau, was er meint. B sagt, WS ist
schroff, bissig & brutal zu Menschen, die er nicht mag – er
sagt ihnen unangenehme Wahrheiten, um sie loszuwerden.
Sie hat mir von einem Geiger erzählt, bei dem er besonders
sarkastisch war, einem schwächlichen, wohlmeinenden Jungen, aber WS beschwerte sich, dass er ständig fotografiere &
sich irgendwie bei allen »einschleiche«. Und auf genau die
Art habe der Mann, sagte er, als sie die Kreutzer-Sonate zusammen spielten, auf der Geige »Posen eingenommen«, die
»Beethovens Sicht« verdunkelten. Ich bin nicht ganz sicher,
was er damit meinte, aber WS kann böse verletzend sein.

Aber bisher scheint er Beryl & mich noch zu mögen, wir
sind eine ganz harmonische Gruppe. Wir reden über Tanz,
Malerei & Reisen. Wir erfinden Geschichten über Mitrei-
sende, die kommen & gehen. Wir streiten & kämpfen nicht
wegen jeder kleinen Sache. Es fühlt sich neu an, so zu reden.
Es fühlt sich an, als wache mein Gehirn wieder auf. Endlich werde ich arbeiten. Richtig. Auf eine neue Weise, wirklich arbeiten, so dass ich konzentriert & intensiv male. Die
Federn sind noch rostig, die Gedanken & Ideen kommen
noch nicht, sie umkreisen mich, aber ich komme nicht an
sie heran, sie treiben davon. Ich werde dafür sorgen, dass
sie stillhalten.

Mit viel Liebe,
Gay

14. Juli 1937

Lis, Liebste,

Madras ist unerträglich, der Schweiß tropft uns von Lidern & Stirn. Das Briefpapier ist feucht von Schweiß, die Tinte zerfließt. Wenn du dir vorstellen kannst, dass Hitze klamm stinkt, so ist es hier. Hätte ich dich heute nicht per Ferngespräch erreichen können, hätte ich aufgegeben & wäre zurück nach Hause gekommen. (Welches Zuhause? Wo?) Der arme Myshkin, wie es ihn gequält haben muss, an dem Tag zu spät zu kommen – er quält sich immer so! Ich konnte ihm nicht sagen, warum er pünktlich zurück sein musste, ich war sicher, er würde es nicht für sich behalten können. Ich bin so erleichtert, dass du ihn beruhigt hast & er weiß, alles wird gut.

Wir werden in einer Woche oder zehn Tagen nach Ceylon fahren, wenn B genug Bharatnatyam gesehen hat. Es gibt hier eine neue Tänzerin, die Kanta Devi heißt & die sie fasziniert. Ich glaube, sie ist halb verliebt in sie. Ist das möglich? Warum nicht? Kanta Devi ist so athletisch, groß & eindrucksvoll, sie könnte ein Mann sein. Beryl kann den Blick nicht von ihr wenden, wenn sie im selben Raum sind. Es ist ziemlich witzig.

Gestern haben wir einen Spaziergang zum Jachthafen gemacht. Der Weg am Strand entlang ist so schön. Ein Sturm zog sich zusammen & die Wellen waren schon hoch. Der Gedanke, mit einem Schiff draußen auf dem Meer zu sein, wenn solche Wellen kommen, machte mir Angst. Ich war traurig, sehnte mich nach Myshkin, nach zu Hause, sogar nach Banno & Dinu & Brijen – auf merkwürdige Weise vermisse ich genau den Ort, an dem ich mich wie eine Gefangene gefühlt habe. Manchmal fühle ich mich bei W & B so außen vor, dass ich mich frage, ob ich einen Fehler gemacht habe. Ich weiß, dass ich ab jetzt immer eine Außenseiterin sein werde, wo immer ich bin. Als mir das gestern bewusst wurde, musste ich einen Moment innehalten. Es war, als stünde alles um mich herum still & ich musste es auch.

WS erzählte mir auf unserem Spaziergang lange & behutsam, wie er, nachdem er bei den Russen eingesperrt gewesen war, als sie mit den Deutschen Krieg führten, allein im Ural leben musste. Der Rest der Familie hatte sein Zuhause in Russland bereits verlassen & war zurück nach Deutschland gegangen & er war zur falschen Zeit am falschen Ort – mit gerade mal 22. Aber er hatte seinen Hund & konnte sich in der russischen Wildnis irgendwie ein Klavier verschaffen. Typisch WS! Am Ende gelang es ihm ja sogar, ausgerechnet in Muntazir ein Klavier zu finden. Er befreundete sich mit den Nomaden, lernte ihre Sprache & zog mit ihren Ziegenherden in die Berge. Er sagt, er spürte, wie sich alles verlangsamte & er sich in den Rhythmus der Jahreszeiten einfügte, was ihm bis heute geblieben ist. Die Zukunft ist immer trügerisch, erklärte er mir, du musst ein Chamäleon sein, dich an die Gegenwart anpassen & leben, als wäre es ein Fest. Kannst du dir vorstellen, er las Bücher & lernte genug Arabisch & Persisch in der Wildnis des Urals, um Tausendundeine Nacht zu übersetzen? Er sagte, er hätte auch Hindi & Sanskrit lernen wollen, wurde aber zu früh freigelassen, nach kaum drei Jahren. Beryl meint, sie wird dafür sorgen, dass W im nächsten Krieg zurück nach Russland geschickt wird & seine Ausbildung beenden kann – WS werde sicher wieder am falschen Ort sein & eingesperrt werden.

WS erzählte uns, wie es war, als er sich ins unbekannte Java aufgemacht hat. Als er aus Russland zurückkam, hat er sich in Deutschland nicht mehr zu Hause gefühlt. Er war von Deutschen umgeben, die Hitler jedes Wort von den Lippen ablasen. Kann man so leben? Wenn du erst einmal außerhalb von Deutschland bist, sagte er, begreifst du, wie schrecklich es ist, dort zu leben, was für ein schreckliches Land es ist & wie entsetzlich die Leute sind, so trocken & ohne Gefühl. Wie unglücklich man sich als Fremder im eigenen Land fühlen muss, dachte ich. Er habe Angst gehabt, so zu werden wie sie, sagte er – um ein neues Zugehörigkeitsgefühl zu entwickeln, hätte er sein gesamtes Ich aufgeben, sich verkaufen müssen, sagte er. Das konnte er nicht & obwohl es bedeutete, seine Freunde & seine Familie zu verlassen, zog er es vor, wegzugehen & sich ein neues Zuhause zu suchen.

Und, Lis, ich hatte das Gefühl, dass er so recht hatte. (Nicht, dass ich sagen will, NC war wie Hitler! O nein.) Es gab Zeiten, da ich Angst hatte, mich völlig zu verlieren. Ich hatte das Gefühl, zu der Person zu werden, die NC haben wollte, nur für ein paar Augenblicke Ruhe und Frieden. Wie einfach es ist, Leuten angenehm zu sein, wie einfach, keine Unannehmlichkeit zu verursachen. Meine Mutter sagte immer: Was du auch tust, Gayatri, verursache keine Unannehmlichkeit. Als wäre Annehmlichkeit das einzige Ziel im Leben.

Ich muss lachen, wenn ich mir dein Gesicht vorstelle, während du dies liest. Wohl kaum, wirst du sagen & mir eine große Rauchwolke ins Gesicht blasen. Oh, ich wünschte, wir würden uns in deinem Wohnzimmer unterhalten, statt dass ich hier Seiten über Seiten im Halbdunkel unter der stehenden Hitze eines Moskitonetzes vollschreibe.

All die Dinge, die mir WS entlang des brodelnden Meeres erzählte, den Geschmack von Salz in jedem Atemzug – sie haben mich irgendwie ruhiger gemacht. Ein Verkäufer mit Erdnüssen kam & wir haben welche genommen. Kaltes Sodawasser haben wir getrunken, aus diesen dicken Flaschen mit einer Murmel im Hals. Am Ende fühlte ich mich stärker. Ich hatte das Gefühl, dass die großen Veränderungen im Leben wie Wellen sind, die Zeit brauchen, um sich aufzubauen, Kilometer draußen auf dem Meer ihren Ursprung nehmen & wir sehen sie erst am Ende, wenn sie auf den Strand krachen. Wir können nicht erkennen, wo es losgeht mit ihnen oder wo sie enden werden & wir können auch nicht erkennen, warum sie überhaupt entstanden sind.

Bitte, schreibe mir: Du kennst die Adresse! Bitte, sorge dafür, dass ein Stapel Briefe auf mich wartet! Erzähle mir, was es Neues gibt, alles, über dich, Myshkin, Arjun, Brijen: alle. Damit ich das Gefühl habe, bei euch zu sein. Halb bin ich noch da, ich bin ein abgerissenes Stück.

Ich schreibe wieder vom Schiff, ich weiß, man kann Briefe aus Häfen schicken. Ich erinnere mich, wie mein Vater seine gesamte Zeit an Bord der Schiffe nach Java & Bali mit Briefeschreiben verbracht hat. Diese Reise bringt mir die Zeit mit ihm wieder so nahe. Damals kam mir die Reise kurz vor – ich war begeistert & jung & wollte nicht, dass sie aufhörte. Ich hatte nie erwartet, dass das Schiff von Madras nach Singapur so riesig sein würde. Diesmal bin ich vorbereitet! Fünfhundert oder mehr Leute, Franzosen, Vietnamesen, Tamilen, Mauritier, alle leben sie für viele Tage auf dem Schiff zusammen. Ich erinnere mich, dass sie allein für die indischen Reisenden vier Köche hatten, und ob du es glaubst oder nicht, einer von ihnen schlachtete und häutete an Deck eine Ziege, nur ein paar Handbreit von den anderen entfernt, die auf riesigen Steinen Gewürze mahlten und Unmengen Zwiebeln und Knoblauch schälten, während die französischen Soldaten dastanden und Snacks wollten.

Mein Vater wies darauf hin, dass das Fehlen einer gemeinsamen Sprache niemanden davon abhielt, ein Gemeinsamkeitsgefühl zu entwickeln. Unser natürlicher Drang ist, harmonisch zusammenzuleben, sagte er. Und Suniti Babu, der auch dabei war, meinte, die glückliche Kameradschaft an Bord der *S.S. Amboise* erfülle ihn mit einem besonderen Selbstekel vor dem kannibalistischen Hass zu Hause.

Die Zeit verging im Glück … die zehn Tage von Singapur nach Batavia schienen kaum länger als Minuten zu dauern. Und dann noch zwei Tage nach Surabaya & weitere zwei nach Buleleng. Wie lang diese Reise war & kein Moment der Trübsal. Unkomplizierte Freude. Mein Vater war so, er ließ alles wundervoll werden: interessant, bedeutungsvoll, unterhaltsam. Hätte er nur länger gelebt! Alles zerbrach, als er starb.

Aber ich habe versprochen: Ich verscheuche alle traurigen, nutzlosen Gedanken, sobald ich sie zur Tür hereinstürmen & in meinen Kopf dringen sehe. Weg mit euch, sage ich ihnen. Wenn wir in Ceylon sind, werde ich zum ersten Mal einen Pass benutzen, seit ich vor zehn Jahren einen bekommen habe. Wie es Beryl gelungen ist, mir mit dem alten, toten Ding so überschnell einen neuen zu beschaffen, werde ich nie erfahren. Mein Pass sagt nichts von einem Ehemann, er sagt, ich bin eine Ayah! Beryl hat Erfahrung darin, Leute aus einem Land zu schmuggeln, hat sie mir leichthin erklärt. Sie hat so viele jüdische Tänzer aus Deutschland verschwinden lassen. Ich bin ein weiteres ihrer Hilfsobjekte, nehme ich an.

Mit viel Liebe, immer die Deine, Gay

20. Juli 1937
Meine liebe Lis,

ich gebe diesen Brief auf & dann fahren wir weiter – nach Singapur. Wie eine Entdeckerin fühle ich mich! B plant, noch einige Wochen hier zu bleiben & möchte, dass ich mit ihr einen bestimmten ceylonesischen Tanz erkunde, an dem sie interessiert ist, aber ich will weiter & in Bali ankommen. Ich stelle fest, dass mich Tanz nicht mehr so interessiert, ich will mich selbst bewegen, will nicht dasitzen & anderen dabei zusehen! Wie kann ich mit W weiterfahren, ohne Beryl untreu zu werden? Sie kann gebieterisch & scharfzüngig sein, manchmal macht sie mir Angst, allerdings nie für lange Zeit. Bald schon erzählt sie wieder einen dummen Witz & alles ist gut. Gestern ging sie auf eine ihrer großen britischen Freiluftpartys, zu der ich nicht eingeladen war & Walter wollte nicht. Als sie zurückkam, sagte sie, der britische Garten erstrahlte im Licht des großartigsten Banyanbaumes, den sie je gesehen habe, einem Wald aus Säulen, wie ein Tempel. Das Astwerk schuf einen so großzügigen Schatten für den Teetisch, sorgte aber auch für Vogelkot, sagte sie, der hauptsächlich auf ihr gelandet sei. Sie berichtet das alles mit einem so ernsten Gesicht, dass man erst Sekunden später über die Absurdität des Ganzen lacht. Während sie sprach, wischte sie sich unentwegt den imaginären Vogeldreck von Kopf & Schultern & schüttelte ihr schwarzes Haar aus. Wann immer ich meine Angst- & Traurigkeitsattacken bekomme, weil ich mein Zuhause verlassen habe, sagt sie: »Meine liebe Gayatri, die besten Dinge im Leben geschehen aus Zufall. Und du kannst ihm nicht vorschreiben, welche Kleider er tragen soll, wenn er kommt.«

Oh, wie ich mir <u>wünschte</u>, dass das alte Leben nicht verloren gegeben werden müsste, um ein neues zu finden!

Wir redeten viel oben an Deck. Das heißt, meist redeten W & auch Beryl, während ich zuhörte. Ich bin so still, dass B sagt, ich erinnere sie an Arthur. Die Worte müssen Arthur wie Weisheitszähne aus dem Gebiss gezogen werden, sagt sie. Ich war früher nicht so, das weiß sie, vergisst es aber lieber. Während dieser letzten Woche sind mir die Worte ausgegangen, aus Sorge & Angst & wer weiß was noch.

Ich schreibe & schreibe, wo es doch hundert Dinge gibt, die ich dich fragen will, doch ich weiß, die Antworten auf einige dieser Fragen werden in den Briefen stehen, die du geschrieben & mir vorausgeschickt hast. Hast du geschrieben, liebe Lis? Ich bin so begierig darauf, alles zu erfahren, obwohl ich dich da um einiges bitte, wo du so viel zu tun hast – man sagt sich diese Dinge nicht so von Angesicht zu Angesicht, weil es pompös & sentimental klingt, aber weißt du, wie sehr ich dich immer für die Art & Weise bewundert habe, wie du das Alleinleben & Dich-allein-Durchschlagen wie ein ständiges Fest aussehen lässt? Deshalb strömen die Leute zu dir. Deshalb hat dein Home Away from Home so eine überbordende Atmosphäre. B & W haben das auch gesagt: Beryl meinte, du seist voller ansteckender »joie de vivre« – ich musste sie fragen, was das bedeutet & sie sagte: Lebenslust. Das ist so wahr. Sie sagte, wie extravagant (das war ihr Wort dafür) du dich kleidest, dir die Nägel lackierst & immer zueinanderpassende Sachen trägst, ob du nun Gäste erwartest oder nicht. Sie sagte, du hättest so eine

Art, rückhaltlos zu lachen, bis du außer Atem bist & Tränen in den Augen hast. Ich hoffe, diese Freudentränen sind die einzigen, die du je weinen wirst.

Mit viel Liebe, Gay

30. Juli, Surabaya
Meine liebste Lis,

fast in Bali. Surabaya. Wir haben im Hafen von Tanjung Perak festgemacht. Es ist merkwürdig – es ist, als wäre ich an einen vertrauten Ort zurückgekehrt, als wäre ich in meinem letzten Leben hier gewesen. Aber es war nicht mein letztes Leben, es ist erst zehn Jahre her. Als ich meinen Fuß auf den Anleger setzte, wirbelte mir ein ganzer Strauß Erinnerungen in den Kopf & ich war begeistert wie ein kleines Mädchen, sprang herum, lief hierhin & dorthin & versuchte, bekannte Dinge zu finden. B & WS sind sehr geduldig & amüsiert, glücklich, mich wieder normal zu erleben, mit mir herumzulaufen & mich an Orte zu bringen, an die ich mich erinnere. Die Leute halten WS mit breitem Lächeln auf der Straße auf – sie scheinen ihn zu kennen, er hat überall Freunde & sie wollen, dass er neue Musikinstrumente inspiziert, Singvögel in Käfigen & Fische in Glasbehältern. Auf dem Markt gibt es alles, von chinesischen Schuhmachern bis zu japanischen Zahnärzten. Holzschnitzereien, bedruckte Stoffe & in bunten Farben gemalte Tiere. Steinerne Buddhas & andere Götter & Göttinnen. Wonach ich gleich gesucht habe, war der armenische Fotograf – Kurkdjian heißt er & er war noch da – grauer, aber immer noch derselbe – ich habe wieder Postkarten von ihm gekauft, wie beim letzten Mal – die Karten in diesem Brief sind von ihm. Ich werde Myshkin auch welche schicken.

WS hat einen Wagen gefunden – wie auch nicht! – & wir sind von Ort zu Ort gefahren. Im Hotel Orange haben wir zu Mittag gegessen, wo die Inder, wie ich mich erinnere, ein Festmahl für Rabi Babu & seine Entourage ausgerichtet hatten (wozu mein Vater und ich mittlerweile auch gehörten – wenn auch nur am Rande). Nach dem Essen setzte mich WS bei Lokumull ab, einem Sindhi sprechenden Händler, der hier einen Laden hat. Ich wollte hin, weil ich mich an ihn noch gut erinnerte – ein riesiger Kasten von einem Haus mit vier Stockwerken, von denen das untere der Laden ist & der Rest sind Räume für die Familie, die Mitarbeiter, das Lager. Bombay-Drucke von Göttern & Göttinnen an den Wänden seines Puja-Raums & eine eselsohrige Granth Sahib offen neben einer holländischen Ausgabe der Gita! Einer seiner Verwandten bestand darauf, dass ich hinaufging & betete & ich tat es, saß ruhig ein paar Minuten da & ließ meine Gedanken zu Myshkin wandern, nach Hause, zu dir, dachte, wie weit weg ich bin & dass mich alle wegen dem, was ich getan habe, für ein Ungeheuer halten müssen. Seltsamerweise machte mich das ganz & gar nicht unglücklich. Lass die Leute denken, was sie wollen. Ich weiß, wer ich bin & was ich vorhabe. Ich war mir nie sicherer.

Lokumull verkauft alles, was es gibt, japanische Seide, hauptsächlich, aber auch alle möglichen hübschen oder hässlichen Sachen von überallher – was Beryl »objets d'art« nennt. Du würdest sofort einen Platz für eine der japanischen, chinesischen, siamesischen oder burmesischen Kuriositäten finden, die er hat. Oh, ich wünschte, ich könnte dir etwas schicken. Es ist hier einer von einer ganzen Reihe Läden, die von Sindhis geführt werden & Lokumull hatte sich während unseres Tages in Surabaya ausgiebig um Rabi

Babu gekümmert. Er erkannte mich wieder, fragte mich nach meinem »hochverehrten Vater« & schüttelte traurig den kahlen Kopf, als ich es ihm erzählte. Als er den Namen Rozario hörte, war er hellauf begeistert & fing an, von Karatschi & Rai Chand zu erzählen. Ich wusste, dass Rozarios Möbelläden vor all den Jahren berühmt gewesen waren, natürlich, hätte mir aber nie vorgestellt, ausgerechnet auf Java jemanden zu treffen, der sie kannte. Es liegt allein daran, dass Lokumull aus Karatschi stammt & kaum dass er die Verbindung sah, wollte er, dass ich all seine Verwandten kennenlernte, seine Frau & Enkel – es wurde eine regelrechte indische Gesellschaft mit viel Trubel, Geschrei & Gelächter. Es gab sehr süße, in Ghee getränkte Halwa & Sorbet in gelb getönten Gläsern. Und während alles in vollem Gange war, erschien ein kultivierter alter Herr namens Badruddin, ein Muslim aus dem Punjab mit einem langen Bart & einem Wanst, der sich gemütlich auf seine Schenkel legte. Er zwängte sich in einen Sessel & ließ sich über Karatschi, Lahore, Quetta & so weiter aus. JENE TAGE! Es war, als böte ihnen meine Anwesenheit die Gelegenheit, ihre alten Geschichten noch einmal zu erzählen, für die es sonst keine Zuhörer mehr gab. Als wir uns verabschiedeten, gab es laute & herzliche Einladungen, zu ihnen zu kommen, sobald mir Bali langweilig würde: Es gebe hier sehr wenige Inder, nur ein paar analphabetische kleine Krämer, mit denen ich aber auch nichts gemein hätte, versicherten sie mir. Wann immer ich mich nach heimischem Essen, neuen Saris oder sonst etwas sehnte, solle ich daran denken, dass sie nur zwei Nächte mit dem Dampfschiff entfernt seien. Ich musste lächeln, wegen ihres Überschwangs & der Überzeugung, dass ich mich nach vertrautem Essen

& heimischer Gesellschaft verzehren würde. Es berührte mich tief, dass sie mich nicht als gefallene Frau verdammten – vielleicht weil das Reisen eine normale Sache für sie ist. Sie & ihre Vorfahren sind immer gereist & so finden sie es nicht ungewöhnlich, eine allein reisende Frau zu treffen. Sie denken, ich mache Urlaub & fahre bald wieder nach Hause. <u>Natürlich</u> habe ich ihnen nicht gesagt, dass ich mein Zuhause verlassen habe.

Bevor wir den letzten Teil unserer Reise antreten, gebe ich noch diesen Brief auf. Mein liebe, liebe Lis, ich komme endlich nach Bali! Es ist die letzte Etappe. Ist es falsch & kriminell, dass ich nichts als Begeisterung empfinde? Mein Heimweh ist verschwunden. Nun, zumindest für den Augenblick – warum (wie WS sagt) über den Augenblick hinausschauen? Alles im Leben geschieht aus einem Grund & aus schlimmen entwickeln sich gute Dinge. <u>Voran!!</u>

Mit viel Liebe, immer die Deine,

Gay

August 1937, Ubud

Meine liebste Lis!

Auf dem Meer zwischen Surabaya und Buleleng dachte ich eine Minute lang – nein, viele Minuten lang! –, dass ich meinem Schöpfer entgegentreten würde. (Er hat sich bei mir nicht gerade übertroffen, oder?) Wir konnten von unserem Dampfschiff aus die Hügel auf der Insel Madura sehen, und um an ihr vorbeizukommen, mussten wir durch eine schmale Meerenge – würden wir sicher hindurchfinden oder mit einer der Küsten kollidieren? Wir standen an Deck und sahen zu, leicht angsterfüllt und doch freudig erregt, selbst WS etwas angespannt, aber aus Vorfreude, nicht aus Angst, nehme ich an. Tatsächlich kamen wir sicher hindurch. Schiffe mit sich bauschenden Segeln fuhren in der Ferne vorbei, nicht so weit entfernt waren Boote, von denen Männer Netze auswarfen, um Fisch zu fangen. Es war so schön, als meine Angst vergangen war! Am frühen Abend stieg der Mond groß und orange am Himmel auf, wie eine halbe untergehende Sonne, und das Wasser verfärbte sich tieforange und blau. Langsam verdunkelte sich das Blau fast zu Schwarz, und in der Nacht ächzte das Schiff und schaukelte, und der Mond hing so tief und groß am Himmel, dass er nahe genug schien, um ihn zu pflücken und zu essen. Hundert Farben! Mein Gesicht war in Blau und Orange getaucht. Und dann im Morgengrauen die Schatten der Hügel auf der fernen Insel, und ein geheimnisvoller Duft lag in der Luft – ich kann ihn nicht beschreiben, du müsstest hier sein, um ihn selbst zu riechen.

In Buleleng war das Wasser flach, und das Schiff warf weit vor der Küste schon Anker. Wir mussten über eine Leiter in ein Boot, das uns und unseren wüsten Gepäckhaufen an Land brachte, einschließlich der Sarod, die WS mitgebracht hatte. Er marschierte los und suchte das Auto, das auf uns hatte warten sollen, um uns nach Gianyar zu bringen. Es kostete 26 Gulden, ein Auto für einen Tag zu mieten – wie neu und aufregend, in Gulden und nicht mehr in Rupien zu denken! Wir bräuchten den ganzen Tag, um hinzukommen, sagte WS, es seien über sechzig Kilometer über Berge & Vulkane, unten auf der Südseite der Insel. Wir würden erwartet, sagte er. Der Koch hatte bestimmt schon Schwein und Ente gebraten, um zu feiern.

Das Wundervollste war, dass WS ein Auto von derselben Frau mietete, die auch die Autos für Rabi Babus Gesellschaft bei meiner letzten Reise zur Verfügung gestellt hatte! Ich hatte sie so unbedingt wiedersehen wollen, und es klappte. Sie heißt Queen Fatima – sie ist so eine Persönlichkeit, sie hatte schon beim letzten Mal großen Eindruck auf mich gemacht: eine »wogende« Frau mit lauter Stimme & vollkommen schwarzen Zähnen vom Tabakkauen & von Zigaretten. Die Geschichte ist, dass sie eine der Königinnen von Süd-Bali war & als die Holländer kamen, um das Land zu erobern, beschlossen ihr Mann, der König & alle seine Frauen, sich umzubringen. Queen F wollte nicht sterben, also lief sie weg – den ganzen Weg über Hügel & Berge nach Norden. Dort änderte sie ihre Religion & wurde Muslimin. Manche sagen, das ist Unsinn & sie war nie eine Königin, nur eine Konkubine. Wie immer es ist, ich mag sie. Ich erinnere mich, wie fürchterlich freundlich sie war & Rabi Babu wieder und wieder mit »Selamat Jalan« verabschiedete, als wir zurückfuhren. Nach einer Weile, weil er ihre Ergüsse ein wenig leid war, meinte er auf seine trockene Weise: »Die Dame ist die Art Frau mit einer Vergangenheit, die noch nicht ganz vergangen ist.« Er & seine Freunde fanden sie ziemlich dreist, was mich damals schon geärgert hat & ich musste daran denken, als ich vor ein paar Stunden mit ihr zusammensaß – sie ist nicht dreist, sie ist energisch. Sie ist selbstsicher & lebt ihr eigenes Leben – hat ihren eigenen Taxi-Service & ihren eigenen Laden, gibt ihren Leuten die nötigen Anweisungen, kommandiert ihre Töchter herum & spuckt ihren Tabaksaft so weit in die Ecke wie jeder Mann. Nun, ich nehme an, das lässt sie dreist erscheinen.

Ich verspürte ein großes Freiheitsgefühl, als ich in ihrem Laden saß. Ihre enorme Masse quoll rechts & links über ihren Stuhl & sie befragte mich mittels WS als Übersetzer mit großer Neugier (was ich irgendwie nicht für anstößig hielt) – wer ich sei, was ich dächte, was ich täte & so weiter. Bei ihr hatte ich keinerlei Schwierigkeiten zu sagen, dass ich meinen Mann verlassen hatte! (Da, jetzt habe ich es auch geschrieben, zum ersten Mal.) Am Ende sagte sie: »Wenn du deine Familie & dein Heim verlassen musst, ist das nicht leicht & keiner tut das, ohne nachzudenken. Wenn du so weit gekommen bist, solltest du bleiben.«

Sie war nicht sentimental oder tiefsinnig, ganz im Gegenteil, sie saugte an ihren Zähnen & stocherte nach einem festsitzenden Stückchen Fleisch, während sie mit mir redete, aber als ich ging, drückte sie mir ein Perlmutthalsband & einen kleinen Buddha in die Hand & sagte, wenn ich eine Freundin bräuchte, hätte ich eine & ich solle nicht zögern etc. etc. Dann sagte sie etwas zu WS, was womöglich anzüglich war (irgendwie kam es mir so vor, so wie sie sich die Lippen leckte & gurgelnd lachte) & sie schlug ihm & auch Beryl auf die Schulter (B mochte sie auch) & ihr »Selamat Jalan« kam so dröhnend aus ihr heraus wie schon vor Jahren.

Und endlich – ich bin da! Eingenistet in eine kleine Hütte aus Bambus & Stein in Ws Tjampuhan. Es ist Teil seines Besitzes & genau so, wie er es beschrieben hat, als er kam – lauter kleine Bambushütten mit Strohdächern, jede mit einer Veranda über einem schnell dahinfließenden Fluss tief, tief unten & in der Schlucht Bäume, so groß, dass ihre Kronen auf einer Höhe mit unseren Hütten sind.

Das Leben hier ist ruhig & angenehm. Jeden Morgen findest du jemanden auf den Stufen der Veranda – sie sitzen da & warten, dass WS herauskommt & mit ihnen redet. Sie rauchen etwas, das süß riecht, nach Nelken. WS unterhält sich vielleicht eine Weile mit ihnen, geht dann wieder hinein, um ein Schläfchen zu machen oder zu lesen, kommt wieder heraus, wenn er mit ihnen zusammen sein will & sie bleiben einfach dort sitzen. Es sind Leute aus dem nahen Dorf & manchmal auch von weiter weg. Sie können stundenlang bleiben – sehr friedlich, sie rauchen & kauen etwas Paan-Artiges, genau wie zu Hause & spucken auch den roten Saft aus wie zu Hause, haben schwarze Zähne davon, so wie Banno. (Wie mein Schwiegervater ihre rote Spucke hasste.) Einige der Männer kommen, um WS ihre Gemälde oder Skulpturen zu zeigen, einige wollen nur ein paar Neuigkeiten austauschen.

Es gibt zwei Verwalter für den Ort hier & eine kleine Gruppe Ausländer, die alle um WS kreisen. Sie tratschen, streiten & es gibt Untertöne, die ich spüre, jedoch nicht durchschaue – aber alle arbeiten oder unterhalten sich & irgendwie wird viel geschafft. Eine berühmte amerikanische Anthropologin ist hier: Margaret Mead. Eine ziemlich trübselige, humorlose Person, die lange Worte benutzt & wenn sie erst einmal einen Satz begonnen hat, weißt du, es wird nicht weniger als ein ganzer Absatz. Ich will immer nur weg, wenn ich sie kommen sehe. Es ist wie mit NC, wenn er eine Rede über die Ökonomie des Kolonialismus hält – es flog mir alles geradewegs an Ohren und Kopf vorbei. M. Mead mag Beryl nicht & nennt sie hinter ihrem Rücken eine scharfzüngige Hexe. Beryl sagt nichts Beleidigendes, aber ich kann sehen, dass die Abneigung gegenseitig ist. Es gibt einen amerikanischen Musiker namens Colin McPhee & seine Frau Jane Belo – sie ist sehr hübsch & WS betet sie an.

Beryl & WS streiten dieser Tage viel, wobei es kein bösartiges Streiten ist. Sie amüsiert ihn, aber er verliert die Geduld & sie kann irritierend sein, verhält sich wie ein kleines Mädchen & springt übereifrig herum. Er sagt, es kostet ihn viel Zeit, ihr beizubringen, wie die Dinge zu sehen & zu verstehen sind. Ich kann helfen, wenn sie ihre Notizen über Indien durchgehen, jedoch nicht, wenn es um den Tanz hier geht, den ich nur dunkel aus der Distanz verstehe. Zusammen mit Beryl gehe ich balinesische Tänze ansehen, aber es ist nicht mehr da – mein völliges Eintauchen in den Tanz, die Art, wie ich elektrisiert war, wenn ich eine Aufführung sah. Die überwältigenden Kostüme, die formale Präzision, die Schönheit der Tänzerinnen und Tänzer … und doch sind meine Gedanken nach einer Weile weit, weit weg. Es interessiert mich mehr, sie zu zeichnen, als sie zu verstehen. So stehe ich am Rand, während Beryl sich beklagt, dass WS zu unbeschwert & faul ist. (Was muss sie von mir denken?) Sie sagt, alles braucht doppelt so lange, weil er zu viel unterschiedliche Dinge tut & in ganz Bali unterwegs ist, um hier ein Konzert zu geben & da einer Film-Crew zu helfen, oder einfach, um alte Musikinstrumente zu sammeln.

Ich bin wie gebannt von allem um mich herum & fühle mich immer noch als bloßer Zuschauer. Ich habe das Gefühl, dass ich eine Weile zu Besuch sein & dann wieder gehen werde – ich kann mir nicht vorstellen hierzubleiben, es kann nicht sein. Wann werde ich aufhören, mich wie Aschenputtel auf dem Ball zu fühlen? <u>Zeit zu gehen!</u> <u>Zeit zu gehen!</u> Immer wieder denke ich, ich muss aufstehen, mich bedanken & zurück nach Hause. Aber wo ist mein Zuhause? Mein Zuhause ist, wo ihr, Myshkin & du, seid. Heißt das, ich werde nie wieder zu Hause sein? Ich kann mir nicht vorstellen, dich nie wiederzusehen, natürlich werde ich das. Du kommst her.

Ich bin ein bisschen überwältigt von all den Stars hier. Es gibt ein altes Gästebuch – so viele Besucher! Wenn ich durch die Seiten blättere, finde ich so viele Namen, die ich bisher nur in Zeitschriften gesehen habe. Sogar Charlie Chaplin! Noël Coward (ein englischer Bühnenautor) hat WS besucht & ihm ein langes Gedicht im Buch hinterlassen. Ich lese dir ein Stück davon vor:

Oh, Walter, lieber Walter mein,
Lass bitte nicht das Malen sein.
Wenn's geht, oh, lieber Walter, dann
Vergiss deine Liebe fürs Gamelan
Vergiss die Liebe zu Vogel & Tier
Die Tempelfeiern allerorten hier
Und lass den Wunsch in dir verwehen
Stundenlang bunte Fische anzusehen…

Und so weiter. Es ist so wahr, wenn auch komisch: Für das Eine, was WS tun sollte, Bilder malen, ist er zu faul. Er hat ständig zu wenig Geld, dennoch lehnt er Aufträge ab. Er sagt, er würde viel lieber unter einem Baum sitzen & Vögel & Laub betrachten oder die Ameisen auf einer Fensterbank zählen, als sein Leben an einer Staffelei zu verschwenden. Das macht B manchmal wütend & manchmal amüsiert es sie, je nach Laune.

Ich dagegen male wie eine Verrückte, mit unerbittlicher Entschlossenheit, was meine Arbeiten am Ende ruiniert – alles ist so gespreizt, forciert & nachgemacht – ich bin völlig niedergeschlagen, aber ich will Bilder verkaufen & genug Geld verdienen, um Myshkin schnell herholen zu können. Morgen schon! Sofort! Ich würde auch Häuser, Busse oder

Schilder malen, wenn das Geld einbrächte. Ich fühle mich grässlich unter Druck – als hätte ich nur ein Jahr oder ein paar Monate, um zu arbeiten, Geld zu verdienen & ihn herzuholen & dann würde sich das magische Tor schließen. Das ist natürlich alles Unsinn.

Als Gegenleistung für Unterkunft & Verpflegung (so dürftig es ist) helfe ich WS mit ein paar Dingen, die auch sein Cousin Conrad für ihn erledigt hat – erinnerst du dich an den Kosya, von dem er immer geredet hat? Er hat W geholfen, Musik zu transkribieren, sich um seine Tiere gekümmert & so weiter. Mit der Musik werde ich ihm kaum helfen können. Ich nehme an, ich bin so etwas wie eine Assistentin für ihn, ein Mädchen für alles, das sich gleichzeitig um seine Tiere kümmert. Wie eifersüchtig Myshkin sein würde! Ich frage mich, ob er einmal ein Tierpfleger wird, wie er schwört – nur dass er alle Tiere befreien & Tiger durch die Straßen von Muntazir laufen würden.

Auf Java hatte WS ein ganzes Gehege, aber in Bali denken die Menschen, Tiere sollten nicht in Gefangenschaft gehalten werden. Also hat er sie dem Zoo auf Java geschenkt, bis auf ein paar Affen, von denen er sich nicht trennen will. Er teilt sich sein Cottage mit den Affen & das Bad ist voller Flughunde. Es ist ziemlich nervenaufreibend, wenn man nicht mit ihnen rechnet. Ich bin Eidechsen, Schaben, Spinnen & sogar Skorpione gewohnt, aber Flughunde! Ich gehe da nicht mehr hinein. Bleibt in eurer Welt, sage ich den Flughunden & Affen, wenn ich an ihnen vorbeikomme. Ich bleibe in meiner & tu euch nichts zuleide.

Die Bäume & Pflanzen sind so vertraut – viele erkenne ich wieder. Den Banyan- und den Milchwaldbaum, Bananen, Kokosnüsse, Frangipani. Es gibt Lotus und Hibiskus.

Andere Pflanzen habe ich nie zuvor gesehen. Ich werde einige Zeit brauchen, alles über sie herauszufinden. Ich werde sie zeichnen. Achtest du darauf, dass Myshkin auch weiterzeichnet? Er hat in diesem Jahr ein paar schöne Bilder in sein Schulbuch gemalt – er hat Talent. Ich denke, eine Möglichkeit ist, dass ich auch weiter kleine Bilder male & sie ihm in meinen Briefen schicke. Extra für Myshkin. Ich frage mich, ob er meine Briefe bekommt & ob sein Vater ihn sie lesen lässt. Ich nehme an, NC will, dass er mich ablehnt. Das wäre nur natürlich.

Ich frage mich jeden Tag, was zu Hause geschehen mag – zu bestimmten Zeiten – meine Gedanken drehen sich im Kreis – jetzt wacht Myshkin auf, jetzt kommt NC von seinem Spaziergang zurück, jetzt gehe ich in die Küche & bespreche die Notwendigkeiten des Tages, jetzt sitze ich auf der Veranda & Brijen ist herübergekommen, um ein neues Musikstück auszuprobieren, die Haare stehen ihm zu Berge, weil er ständig darin herumwühlt, jetzt überlege ich, ob ich malen soll, tue es aber nicht, jetzt laufe ich aus dem Tor, um dich zu besuchen … Oh, ich wünschte, du wohntest um die Ecke, damit ich so zu dir hinüberlaufen könnte! Ich habe noch keinen Brief von dir bekommen – aber du hast doch geschrieben, oder? Ich hoffe, sie gehen nicht verloren. Ich hoffe, du bekommst diese Briefe von mir.

Mit viel Liebe,

deine Gay

15. November 1937

Meine liebste Lis,

endlich Nachricht von dir. Es erleichtert mich so, zu wissen, dass es nicht so schlimm ist, wie es sein könnte, aber

Lis, versuche, mir <u>längere</u> Briefe zu schreiben, <u>mehr</u> Neuigkeiten, schreibe mir <u>alles</u>, was geschieht. Du bist keine langatmige Briefschreiberin, wie ich feststelle, nicht so wie ich – aber das verlangt auch Zeit, nicht wahr? Und Einsamkeit. Und du hast beides nicht. Deine Tage sind voll & du hast hundert Freunde & täglich zweihundert Dinge zu tun, um dein Gästehaus am Laufen zu halten.

Ich habe angefangen, Geld für meine & Myshkins Überfahrt zu sparen & ich male mit großer Entschlossenheit. WS hat versprochen, er wird nächstes Jahr ein großes Bild malen & damit einen Beitrag zum, wie er es nennt, »Bringt-Myshkin-heim-Fonds« leisten. Er sagt immer wieder, dass er mir Geld gibt, um ihn sofort zu holen – aber da ist etwas Stures in mir, ich muss das selbst schaffen. Im Übrigen denke ich, dass ich ein wenig Zeit brauche, um mich zurechtzufinden, bevor Myshkin kommt. Es hat in meinem Leben nie eine Zeit gegeben, da ich alles habe zur Seite schieben, Mahlzeiten & Schlafenszeiten vergessen & nur <u>arbeiten</u> können.

Zweimal bin ich spätabends hinausgelaufen, habe die dunkle Luft eingeatmet, den dichten Wald um mich herum & dem Gamelan-Gong gelauscht, so tief, dass er in meinen Knochen summt. Ich stehe da, spüre, wie der Wald in meinen Körper dringt, rieche die Gerüche, die ich noch nicht kenne. Dann verklingt das Geräusch & kommt langsam zurück, Schlag um Schlag. Ihre Musik lässt mich erzittern. Sie lässt mich verstehen, wie weit ich von allem entfernt bin, was ich einmal kannte. Ich gehe wieder hinein & ins Bett, wache auf, bevor es hell wird & liege mit geschlossenen Augen still da. Ich kann so klar sehen, was ich malen werde.

Aber sicher, keine Almosen, nichts, nun, abgesehen von Unterkunft und Verpflegung – was sicher nicht so schlimm ist, wie Geld dafür anzunehmen, meinen Sohn herzubringen. (Wird Nek ihn herkommen lassen, oder werde ich ihn entführen müssen?) Ich spare & spare, leiste mir nichts. Wenn M hier ist, sagt W, wird er ihn über die ganze Insel mitnehmen, »längsschiffs«, um ihm alles zu zeigen! Warum tut WS so viel für mich? Er ist mir nicht so nahe wie Jane (Colins Frau, ich habe dir von ihr in einem früheren Brief erzählt) oder den anderen Leuten hier. Es muss mit einer Erinnerung daran zusammenhängen, wie er mich als Mädchen mit meinem Vater kennengelernt hat – vor zehn Jahren – was mir wie eine Ewigkeit vorkommt. Die Welt hat seitdem zwei Eiszeiten durchgemacht – Dinosaurier und Mammut sind ausgelöscht worden – eine neue Welt ist entstanden.

Ich male jetzt besser. Ich habe gesehen, wie Besucher vor einem Bild stehen geblieben sind, mit dem ich vor ein paar Tagen fertig geworden bin & es lange, lange angesehen haben. Es ist eine Art Rollenbild, etwa anderthalb Meter lang, auf dem das balinesische Dorfleben zu sehen ist, auf verschiedenen Ebenen, von oben nach unten. Ich habe mich an den Stil der örtlichen Maler angelehnt. Es wird einen Käufer finden, sagte WS und klang sicher & ich habe mich gefreut wie ein Kind, das einen Preis bekommt.

WS hat vor langer Zeit eine Stiftung gegründet, um örtlichen Künstlern zu helfen: mit neuen Maltechniken & dem Verkauf ihrer Bilder. Sie heißt Pitamaha (nach Bhishma aus dem Mahabharata – es ist unerwartet, hier diese indischen Wurzeln zu finden, ich hatte sie fast vergessen). Die meisten Künstler sind so egoistisch, dass sie anderen keinen Erfolg gönnen & hier ist WS, der sich Gedanken macht & Zeit & Energie darauf verwendet, andere berühmt zu machen.

Wenn Museen in Berlin & Paris seine Bilder für Bali-Ausstellungen wollen, schickt er ihnen keine, weil er für die örtlichen Arbeiten Beachtung will. Vielleicht schickt er ihnen eines Tages eines meiner Bilder! Es ist aufregend zu denken, von meinen eigenen Arbeiten leben zu können, aber dafür muss ich hart arbeiten & viele Bilder verkaufen. Ein Gulden hier ist nur etwas weniger wert als eine Rupie & das Geld von zu Hause – so viel davon sind deine Ersparnisse, Lis – wird eine Weile reichen, aber nicht lange.

Ich beneide WS um sein Talent. Es ist lehrreich, ihm bei seiner Arbeit zuzusehen – wenn er einmal anfängt, hört er nicht wieder auf, tagelang ist dann nichts von ihm zu sehen. Kürzlich, als er kein Geld mehr hatte, hat er sich für eine Woche eingeschlossen & ein Bild gemalt. Er sagt, es ist ungehörig, wie er etwas ohne jede Anstrengung malen & für einen Haufen Geld verkaufen kann. Und so war es – mit dem Geld, das er dafür bekommen hat, hätte er sich ein Auto kaufen können. Das Dumme ist nur, sobald er Geld hat, gibt er es auch schon wieder aus – entweder für sich oder seine Freunde & so ist er ständig knapp bei Kasse.

Es wird eine Menge kosten, Myshkin herzuholen. Irgendwie ist mir die Entfernung in jenem Urlaub mit meinem Vater wesentlich geringer vorgekommen. Ich erinnere mich an einen Nachmittag, als unser Schiff in Singapur haltgemacht hatte & sich Dhiren Babu, Rabi Babus Freund, den ganzen Tag im Esraj-Spiel verlor – von Bhairavi zu Ramkali & wieder zurück wanderte er mit den schwermütigen Noten seiner Esraj & die Zeit schmolz dahin, genau, wie sie es tut, wenn Brijen singt. (Brijen behauptete, dass er nur deswegen abends auf der Terrasse sang, damit ich ihm in meinem Bett auf dem Dach zuhörte und zu seinen Liedern einschlief. Was für ein durchtriebener Charmeur. Wie geht es ihm?)

Die Reise mit meinem Vater fällt mir bei allem wieder ein, was ich sehe. Ich vermisse ihn in diesen Tagen ständig. Wie sehr hätte er es genossen, mich hier zu besuchen – er hätte mit mir herkommen können, hätte seine Freude am Malen, der Musik, dem Reisen gehabt – er war immer für ein Abenteuer zu haben & überlegte sich ohne Unterlass neue Dinge, die man tun konnte. Er sagte, man solle Geist & Körper mit angenehmen Dingen füllen, damit das Unangenehme keinen Platz im Leben hat. Was so ziemlich dem entspricht, was auch WS denkt & ich nehme an, dass sie sich deswegen so gut verstanden. Was ich in meinem Leben unter anderem wirklich bedauere, ist, dass Myshkin meinen Vater nie kennengelernt hat – sein Gespür für Musik, seine Liebe zur Malerei, seine Art, mit Kindern umzugehen, seinen festen Glauben, dass ich ein ungewöhnlicher, talentierter Mensch war. Was mich in diesen Monaten der Trennung am Leben hält, ist das Wissen, dass es bei dieser Veränderung meines Lebens ebenso sehr um Myshkin wie um mich geht: Wenn er erst einmal hier ist, wird er nicht mehr von Ehrbarkeit erdrückt, neue Welten werden sich ihm eröffnen, die Welt der Kunst, der Tiere, des Lebens unter Menschen, die anders sind, denen andere Dinge als Politik wichtig sind.

Jedenfalls ist kein Raum für Selbstmitleid! Ich bin hier. Ich kam hierher, weil ich es wollte & ich werde nicht jammern & klagen, ich werde arbeiten.

Ich muss dir etwas sagen: Bali ist gar nicht viel anders als Indien & das nicht nur, weil es hier Hindu-Götter gibt. Als wir mit Rabi Babu hier waren, hatten die Holländer Angst, er würde die nationalistischen Javaner aufhetzen, in die Fußstapfen der indischen Freiheitskämpfer zu treten. Überall folgten ihre Männer ihm, um ihn zu beobachten. Vielleicht hätte er es getan – er sah viele Ähnlichkeiten zwischen Indien und Bali. Als er nach Gianyar kam, sagte er, es sei, als habe ein Erdbeben eine große alte Stadt zerstört (er meinte Indien) & sie sei unter der Erde verschwunden. An ihrer Stelle hätten sich die Häuser, Höfe & Menschen der späteren Jahre ausgebreitet, aber an vielen Orten komme die Vergangenheit zurück an die Oberfläche & beides, zusammengefügt, mache die Kultur Balis aus.

Auf der Reise mit meinem Vater war ich zu jung, um so komplizierte Dinge zu verstehen – oder vielleicht auch nicht, schließlich machte es so einen Eindruck auf mich, dass ich es nicht vergessen habe. Vor all den Jahren hat sich Bali gleichzeitig vertraut & unbekannt angefühlt. Die Dörfer sind ganz ähnlich wie die in Bengalen, wo ich mit meinem Vater war – das Land ist grün & blau wie ein Schmuckstein, mit kleinen weißen Häusern & zweistöckigen Strohdächern. Kokospalmen, Brotfruchtbäume, glänzende Reisfelder & überall das Geräusch von Wasser. Die Bambuswälder sind hoch wie große Häuser & wiegen sich bei Wind sanft von unten herauf – das knarzende Geräusch reißt nicht ab und macht dich schläfrig.

Überall gibt es Dinge, die ich malen will! Es gibt nicht genug Tage in meinem Leben, um all die Dinge in meinem Kopf zu malen. Die Maler hier produzieren fein detaillierte Dorfszenen, und auch wenn ich ebenfalls schon so ein Bild gemalt habe, könnte ich es nicht noch einmal. Mein Kopf funktioniert einfach nicht so. Diese Maler besitzen eine Eleganz & Kunstfertigkeit aus einer anderen Zeit. Ich erinnere mich, wie Rabi Babu darauf hinwies, wie kunstfertig die

normalen Dorfbewohner hier ihre Häuser, ihre Möbel &
Eingänge gestalten. Er dachte, weil sie genug zu essen haben,
können sie malen & aus dem Nichts schöne Dinge schaffen.
Ich bin da anderer Meinung. Ist Wohlstand das einzige Mittel gegen Hässlichkeit & Schmutz? Die reichen Teile unseres Landes sind längst nicht so schön wie die einfachsten
Dörfer hier. Die Gärten sind friedlich & bezaubernd, jeder
einzelne. Rosa & blauer Lotus blüht in stillen Teichen. Wohin immer du deinen Blick wendest, gibt es einen steinernen
Frosch oder Hund unter einem Frangipani, der ihn mit Blüten übergießt. Es existiert keine Achtlosigkeit der elenden,
schäbigen Art wie bei uns zu Hause. In jedem Dorf gibt
es Tanz & Theater. Musik füllt die Abende. Tänzerinnen
tragen prächtige, aufwendige Kostüme & Schmuck. Blumen im herrlich zurechtgemachten Haar. Die Männer stecken sich Blumen in ihre Turbane oder hinter ein Ohr. Viele
Frauen sind wunderschön & haben einen offenen, furchtlosen Blick, den ich liebe.

Rabi Babus Freund Suniti Babu sagte, Männer & Frauen
sähen aus, als kämen sie direkt von den Wänden der Höhlen in Ajanta & Ellora & er hatte recht. (Suniti Babu war
fasziniert von den balinesischen Frauen. Ihm fielen ihre
Kleider, ihr Haar & ihr Gang auf, er sah sogar, dass sie den
Mund immer leicht geöffnet hatten, um eine fortwährende
Wehmut auszudrücken... Heute muss ich darüber lächeln,
wie genau er sie betrachtet haben muss, der alte bengalische Gelehrte! Indische Männer! Wenn Wollust nicht ihr
Hauptcharakteristikum ist, weiß ich nicht, was sonst. Wobei Suniti Babu nicht einen Moment wollüstig war, sondern
nur aufmerksam.)

Suniti Babu wies auf etwas hin, von dem ich heute weiß,

dass es stimmt: dass Java & Bali für die Europäer, die herkommen, magische, exotische Märchenländer sind. Für uns Inder sind sie das nicht. Für uns sind sie nur eine andere Version des Ostens. Suniti Babu erinnerte uns immer wieder daran, dass Kleider, Rituale, Häuser & Tempel in einem breiten Streifen von der nordwestlichen Grenze Indiens über Bengalen, Malabar & Indochina bis nach Java & Bali ähnlich sind. Er wies auf Beispiele archäologischer Funde und Statuen in indischen Tempeln hin. Er wusste eine Menge – kannte sich in der Geschichte aus & sprach so viele Sprachen, dass er Rhythmen quer durch die Zivilisationen sehen & hören konnte, die ich einfach nicht zu erkennen vermochte, sicher nicht damals, mit sechzehn. Ich hörte zu, verstand aber nicht allzu viel. Jetzt denke ich mehr & mehr über die Dinge nach, die er gesagt hat.

Überall an den Straßen hier gibt es Statuen & Tempel & ich habe noch keinen einzigen Bettler gesehen. Die Kinder scheinen nicht zu weinen & die Mütter schreien sie nicht an, wie wir in Indien es tun. Nicht viele Frauen im fernen Süden Balis bedecken ihre Brüste. Im Norden, durch die Holländer & das Christentum, sind sie prüde geworden. Es war zunächst erstaunlich für mich zu sehen, wie normal es hier ist, barbrüstig zu sein – nach einer Weile scheint es das Natürlichste überhaupt. In Malabar & Bengalen war es vor langer Zeit auch noch so – Frauen trugen keine Blusen. Nun, ich bin erleichtert, erst später geboren worden zu sein!

Bevor du fragst: Nein, ich habe ihren Stil, sich (nicht) anzuziehen, nicht übernommen!!! Ich trage immer noch meinen normalen Sari, Bluse & Unterrock. Ich habe mich noch nicht getraut, eines deiner schönen Kleider anzuziehen – wobei ich mich frage, woher ich neue Saris bekommen soll, wenn ich sie brauche. Ich könnte mir einfach Stoff zurechtschneiden. Oder ich nehme Lokumulls Angebot an & frage ihn. Gelegentlich schreiben wir, seine Familie & ich, uns Briefe & einmal habe ich sie wiedergesehen, als ich Beryl aus Surabaya abgeholt habe. Wie gewöhnlich fingen sie an, zu braten & zu kochen, kaum dass sie mich sahen & bestanden darauf, dass ich mit ihnen aß. Lokumull hat eine brummige alte Verwandte – keiner weiß, wie alt sie ist. Sie sitzt den ganzen Tag im Laden & schimpft die Jungen aus, die dort arbeiten, aber sie hat eine süße Art, mitten im Gespräch einzunicken, auch wenn sie gerade selbst etwas sagt & es wird ganz still im Raum, während alle ihr Lachen unterdrücken. Nach ein paar Minuten wacht sie wieder auf, bemerkt die Heiterkeit & ist voller Verachtung. »Lacht nur, lacht, solange ihr es noch könnt«, sagt sie. »Die trockenen Früchte halten sich am längsten, die grünen fallen vom Baum & verrotten.«

Ich vermisse die Inder nicht & ich suche hier auch keine, aber dich vermisse ich so, Lis. Und ich sehne mich nach meinem lieben Myshkin. Ich vermisse sogar meinen scharfzüngigen, krittelnden alten Schwiegervater … Und wenn es so weitergeht, vielleicht auch noch Arjun & Brijen. Oder Bechari Banno. Okay, okay, ich weiß, du magst den alten Batty Rozario. Manchmal denke ich, wenn ihr zwei im gleichen Alter wärt … Oh, so viele mögliche Leben! Ich hätte niemals heiraten sollen. Ich habe nie jemandem gehören sollen, ich musste immer frei sein, ein Vagabund, ein Zigeuner. Ich hätte weniger Schaden angerichtet. Aber sie haben mich gezwungen & ich war so jung. Was sonst hätte ich tun sollen? Erst habe ich meiner Mutter gehört, dann hat sie mich an NC weitergegeben & ich gehörte ihm. Das Leben wäre so anders verlaufen, hätte mein Vater länger gelebt.

Es ist sinnlos, solchen Überlegungen nachzuhängen. <u>Fort mit dir</u>, du trauriger Gedanke!

Und damit & mit viel Liebe, immer die Deine,

Gay

Februar 1938

Meine liebste Lis,

ich habe die ersten Briefe von meinem Sohn bekommen! Zwei auf einmal. Von meinen scheint er ein paar nicht bekommen zu haben, was kaum zu ertragen ist. Aber ich bin dankbar, dass NC die Sache gut aufzunehmen scheint: Er gibt ihm meine Briefe und lässt ihn darauf antworten. Wie hinreißend Myshkin schreibt, mit ausradierten, geschwärzten Stellen, wo ich die Rechtschreibfehler sehen kann, die er zu verbergen versucht & all die Neuigkeiten zu Rikki, Dinu & seinem Dada. Er fragt mich, wann er in der nächsten Woche zum Bahnhof gehen soll, damit er zu mir kommen kann: Oh, es bricht mir das Herz! Kannst du es ihm bitte erklären, damit er es versteht? Und nimm ihm nicht die Hoffnung, er soll nur begreifen, dass es etwas dauern wird. Du wirst eine Trapezkünstlerin sein müssen, damit dir das gelingt.

Ich arbeite sehr, sehr hart. Ich versinke in meiner Arbeit, sie durchdringt mich & braucht all meine Kraft und Zeit auf. Ich will keine Minute mit etwas anderem verbringen. Es ist, als wäre ich auf einer kurvenreichen Straße, die kein Ende zu haben schien, um eine Ecke gebogen – ich habe meine Art zu malen gefunden, sie kommt mir wahr, interessant & wirklich vor. Wenn ich nicht arbeite, denke ich daran, fortwährend & intensiv – meine Träume sind farbgetränkt – es gibt Nächte, in denen ich meine Augen schließe & nichts als Topasblau sehe, Gold & Jadegrün, Purpur, das tiefste Rot, Ocker & Mitternachtsblau & alles ist überwältigend, prachtvoll & allgegenwärtig. Die Farben des Waldes & des Wassers hier sind ganz besonders: Millionen Blautöne, Tausende Grüns & das Verschwimmen von Blatt zu Ranke zu Gras zu einem fernen Blaugrün aus Hügeln & Reisfeldern.

Wir reisen hierhin & dorthin & ich nehme meine Wasserfarben & eine Kamera mit, die WS mir geliehen hat, eine seiner alten, damit ich später nach den Fotografien arbeiten kann: Das hat er mir geraten, er habe es selbst auch so gemacht in seiner ersten Zeit auf Java, sagt er. Auch wenn sich die Farben nicht einfangen lassen, erinnert es mich doch an die Szenerien, die Position der Bäume & so weiter. Er sagte mir, nicht zu schreien & die Tiere zu verschrecken, wenn ich die Neuigkeit höre: dass ich im nächsten Monat in einer Ausstellung in Batavia vertreten sein werde. Kannst du das glauben? Ich werde noch härter arbeiten müssen!

Im letzten Monat sind wir mit einer Gruppe auf Pferden nach Kintamani geritten. Es ist ein abgelegener Ort mit einem von nackten Lavafeldern umgebenen Vulkan, schwarz & fremd, mit etwas strohtrockenem Gras, das durch die Lava hindurchstößt & sonst nichts. Die Spitze des Vulkans ist flach, auf den Seiten wächst nichts. Der Nebel, der den Gipfel ständig einhüllt, macht ihn düster & geheimnisvoll, ganz anders als andere Berge. Er ist eine raue Schönheit. Durch diese Landschaft sind wir gewandert, mitunter war es kühl & immer berauschend. Wenn wir müde wurden, haben wir uns einen schattigen Platz gesucht, gegessen & getrunken. WS hat einen Korb konstruiert, der sich an einem Sattel befestigen lässt & in dem sich auf solchen Unternehmungen Bier, Whisky, Gin & Port mitnehmen lassen. Mit kindlicher Freude bietet er seinen in abgelegenen Dörfern postierten Freunden davon an. Du solltest sehen, wie sie Mund & Augen aufsperren. Das würde dir gefallen, oder? Und du hättest daran gedacht, Zitronen mitzunehmen, um eine Scheibe in jedes Glas zu geben.

Wir hatten getrocknete gebratene Ente dabei, Fisch & gekochte Eier, als ein schwarzer Hund mit einem Kringelschwanz auftauchte. Wir warfen ihm Essensreste hin & er kam näher, war aber misstrauisch. Er war so dürr, als hätte er seit Tagen nichts zu fressen bekommen. Als wir aufbrachen, ließ er uns nicht aus dem Blick – wie erbarmungswürdig & verloren der klapperdürre Kerl da zwischen dem schwarzen Gestein & dem Unkraut aussah, allein in einer widrigen Welt. Als wir zu den Dörfern hinunterkamen, sahen wir, dass er immer noch da war. Er folgte uns. Um es kurz zu machen, er wurde in den Haushalt aufgenommen & WS hat sie, es ist eine Hündin, Indah genannt, was Schönheit bedeutet, wenn sie das in ihrem räudigen, von Flöhen zerbissenen, erbärmlichen Zustand auch absolut nicht ist. Sie hat überall Schrunden und Blasen – weil sie nicht genug zu fressen hatte, heißt es. WS hat vor, das alles in Ordnung zu bringen & als Indah nach Hause kam, ist sie als Erstes gebadet worden (sie roch übel), was sie gar nicht mochte – davongerannt ist sie, trotz der Hitze! Und dann hat sie Fisch & einen riesigen Berg Reis verschlungen & sich dabei kaum Zeit zum Atmen gelassen. Sie wird lernen, mit den Affen & Flughunden zusammenzuleben, sagt WS mit großem Vertrauen. Wir werden sehen.

WS ist durch ganz Bali gezogen & hat Artefakte für ein Museum gesammelt, dessen Kurator er ist. Ich gehe nicht mit auf diese Unternehmungen. Ich bleibe hier & arbeite – wie komisch es ist, Malen »Arbeit« zu nennen! NC bestand immer darauf, es sei ein »nettes Hobby« für Frauen, Bilder zu malen. Alles war erlaubt, solange es belanglos blieb. Er sollte sehen, wie ich heute male! Ich bin voller Farbe & Erde (ich mache auch Dinge mit Stein & Ton), mein Gesicht ist verschmiert & mein Haar klebt zusammen.

Ni Wayan Arini, eine Frau, die einige Hausarbeiten für mich erledigt, lacht sich jedes Mal kaputt, wenn sie mich sieht. Sie ist eine der wenigen Balinesinnen, mit der ich reden kann, obwohl sie nur gebrochen Englisch spricht – sie hat es als Kind beim Herumspielen mit Besuchern von WS gelernt, glaube ich. Zwischendurch hält sie mit offenem Mund inne & murmelt etwas in ihrer eigenen Sprache, während sie nach einem passenden Wort sucht. Dann treffen sich unsere Blicke, sie schüttelt den Kopf, grinst & gibt auf. Es gefällt mir ungeheuer, dass die Leute, die man hier für niedere Tätigkeiten bezahlt, nicht so unterwürfig sind wie bei uns – aber unsere Bediensteten sind nur so, weil die Leute sie schlecht behandeln. Es sitzt tief in uns drin, schonungslos & grausam mit armen Leuten umzugehen, als gehörten sie einer anderen Lebensform an & wären weder Mensch noch Tier. Ich habe gesehen, wie Arjun dem Jungen, der sein Auto wäscht, ins Gesicht schlägt, wenn er einen Fingerabdruck auf der Windschutzscheibe findet.

Aber ich habe dir gerade von WSs Sammelunternehmungen berichtet: Jemand anders fährt, während W nach Dingen Ausschau hält, die er gebrauchen kann. Das Auto ist ein bisschen wie der Dodge von Arjun, aber eine andere

Marke. Es ist ein Overland Whippet, dabei aber ganz und gar kein Whippet, also Windhund, sondern ein rumpelndes, rollendes Ding, auf dem sich, wenn sie zurückkommen, die merkwürdigsten Dinge stapeln, von geschnitzten Türen und Musikinstrumenten bis hin zu Küchengeräten. Beryl sagte neulich, das Ganze sei nur eine Entschuldigung dafür, sich einen schönen Tag zu machen & ein bisschen Strandgut zu sammeln. Sie haben noch ein paar Leute, die helfen, die einzelnen Gegenstände auf Holländisch & Englisch zu beschriften & dann kommen sie ins Museum – es hat angeblich bereits viele Besucher.

Was mich überrascht hat, ist, wie völlig WS in Musik versinken kann – er hört in allem ein Thema, eine Melodie, & ständig kommen Noten mit der Post. Er redet oft darüber, wie Brijen ihn mitgenommen hat, um Sängern zu lauschen, von denen niemand wusste, alten, in verschimmelten alten Mietshäusern versteckten Maestros – aber W hat die indische klassische Musik nie wirklich verstanden, sagt er. Scherzhaft meint er, dass es wohl wie mit dem Hinduismus sei, in den man hineingeboren werden müsse.

Wenn WS hier ist und nicht in seinem anderen Haus in Iseh, höre ich es gleich, weil sich seine Musik über die Hügellandschaft legt. Ich bin sicher, dass selbst die Vögel innehalten, um zuzuhören, sie ist so schön. Colin & W spielen gemeinsam Klavier, manchmal ist es auch nur W, der etwas Wunderbares spielt, das ich nicht nachsummen kann. Ich kann nur hoffen, es wieder zu hören. W hat das Klavier so umgestimmt, dass es wie ein Gamelan klingt – das ist hier kein Instrument, sondern ein Orchester. Ich kann das jetzt nicht ausführlich beschreiben, aber es besteht aus Xylophonen, Trommeln & Gongs & der Klang ist sehr eigen & rhythmisch, wiederholt sich & hat etwas Hypnotisches. Habe ich dir nicht schon davon geschrieben? Verzeih, wenn es so ist!

Colins Frau Jane Belo ist Anthropologin. Ich habe so ein Gefühl, wenn ich mit ihnen zusammen bin – ich kann den Finger nicht darauf legen, aber ich habe das Gefühl, dass sie & Colin sich herzlich egal sind & sich nicht mal mögen, Mann & Frau. (Ich frage mich, ob die Leute das auch gedacht haben, wenn sie mich mit NC sahen. Oje. War ich schrecklich? Sage es mir, ja?) Es liegt so eine Spannung in der Luft. WS sagt, weil Colin neurotisch & verwöhnt ist. Aber ihm machen Colins Wutanfälle nichts aus, weil er sich der Musik verschrieben hat. Gemeinsam spielen sie auf dem Steinway, den Colin gekauft hat. WS liebt das.

Colin ist auch ein ziemlich guter Koch & probiert alle möglichen seltsamen Dinge aus: Nashornvögel, Flughunde, Stachelschwein, es gibt nichts, woraus er nicht einen Braten oder ein Gulasch macht. Ich bin damit nicht immer ganz glücklich & finde Wege, nichts zu essen: Ich denke, einige Tiere sollten auf ihren Bäumen oder in ihren Erdhöhlen gelassen werden, wo immer sie leben. Ich weiß nicht, was Jane von alldem denkt, sie wirkt immer so abwesend & ist still oder redet zu viel & die Luft knistert geradezu vor unausgesprochenen Dingen. Das kann sehr unangenehm sein. Ich schleiche mich dann weg & mache mich rar. WS setzt sich mit ihr auf die Seite & sie reden & reden, endlos – sie stehen sich sehr nah & können über alles auf dieser Welt reden. Wenn sie an unterschiedlichen Orten sind, schreiben sie sich sogar Briefe.

W hat eine Begabung dafür, mit verheirateten Frauen eng befreundet zu sein – wahrscheinlich weil sie sich nicht gleich auf ihn stürzen, nehme ich an! Aber die meisten Leute hier wissen, dass WS nicht an Frauen interessiert ist, nicht auf diese Weise – es ist, wie du es von Beginn an angenommen hast. Er hat ganz offen männliche Liebhaber & niemand hält es für etwas Falsches. Erinnerst du dich, wie er mit dem jungen Sarod-Lehrer war? Du fandest es komisch, das hast du gesagt. Weißt du noch, was du gesehen hast, als er einmal aus Versehen seine Tür nicht richtig zugemacht hatte? Dein Mund wurde vor Schreck zu einem großen O & dein Gesicht rot wie ein Apfel! Das war so witzig!

Ich werde, während ich das alles schreibe, das Gefühl nicht los, dass ich diese Dinge nicht erzählen sollte. Du sagst, du findest es interessant, aber wenn man den Ort & die Leute nicht kennt, kann man dann an ihnen interessiert sein? Ich bin keine Geschichtenerzählerin, aber ich schreibe dir das alles, Lis, um dich nicht zu verlieren. Ich möchte, dass du an meinem Leben teilhast & ich an deinem & das so intensiv wie in Muntazir – oder noch intensiver. Manchmal ist es möglich, sich mit Briefen näherzukommen als im Leben, meinst du nicht? Es gibt Dinge, die wir in Briefen ausdrücken können, für die wir sonst keine Worte fänden, oder den Mut, von Angesicht zu Angesicht.

Erzähle mir mehr in deinem nächsten Brief, liebe L. Gibt es interessante Gäste? Benimmt Boy sich anständig? Warst du Weihnachten auf einer der Partys? Ich hoffe, Myshkin wird in der Schule nicht drangsaliert. Du wirst mir doch alles erzählen, oder, auch wenn es keine guten Neuigkeiten sind?

Mit viel Liebe,
immer die Deine, Gay

10. April 1938

Liebste Lis,

es erstaunt mich zu hören, dass NC das Haus verlassen hat & das mit nichts als einem Bündel Kleider. Was um alles in der Welt denkt er sich dabei? Und wenn du es mir nicht geschrieben hättest, hätte ich nichts davon erfahren. Was für ein dummes Baby Myshkin doch ist. Er hat kein Wort darüber verlauten lassen, dass sein Vater auf Wahrheitssuche gegangen ist! Hat er sie gefunden, frage ich mich? Hatte sie sich unter einem Stein oder hinter einem Baum versteckt? Ach, welches Recht habe ich, sarkastisch zu sein? Ich bin die niederträchtige, böse Hexe, die ihren Mann, ihr Kind & ihr Zuhause verlassen hat. In den alten Zeiten hätten sie mich gesteinigt oder bei lebendigem Leib begraben.

Und dass Brijen auch weg ist – weiß niemand, wohin? Wie kann das sein? Wie schlimm kann sein Streit mit Arjun gewesen sein, und was meinst du damit, wenn du sagst, es ging um eine Frau, in die er verliebt war? Er ist in hundert Frauen verliebt! Was war an dieser einen so besonders, dass er darüber derartig mit seinem Bruder in Streit geraten ist? Es ist eine große Qual, so weit weg zu sein und nichts mehr über die Menschen zu erfahren, mit denen man täglich zusammen war. Wirst du mir mehr Neuigkeiten schicken, wenn es sie gibt? Ich sorge mich zu Tode.

Hier hat sich einiges verändert. Ich finde es ziemlich furchterregend, aber die anderen scheinen zu denken, es wird nicht viel passieren. Die Polizei hat mit einer Art Überwachung von Leuten begonnen, darunter auch WS, um zu beweisen, dass sie Schlimmes im Schilde führen. Offenbar gibt es eine Menge Druck von christlichen Missionaren, Männer zu verhaften, die Beziehungen zu anderen Männern haben. Der neue Generalgouverneur ist ein sehr strenger Christ, verheiratet mit einer Frau aus einer fürchterlich überreligiösen amerikanischen Familie. WS findet das amüsant (wie die meisten Dinge). Er sagt, Bali ist immer von den Christen in Ruhe gelassen worden & dass Männer mit Männern Beziehungen haben, gilt hier nicht als illegal oder schlimm – keine christliche Entrüstung, so groß sie auch sein mag, wird daran etwas ändern. (Das erinnert mich wieder daran, wie absurd es war, aus deinem letzten Brief zu erfahren, dass alle denken, ich bin aus Liebe mit WS davongelaufen. Ich nehme an, sie denken, ich bin wie die junge Frau in Kalkutta, die sich in einen rumänischen Besucher verliebt hat. Liebe! Niemand kann sich vorstellen, dass eine Frau etwas aus einem anderen Grund tun kann als aus Liebe zu einem Mann, scheint mir. Nun, da liegen die Leute falsch.)

WS sagt, es ist, als dringe Nazi-Deutschland über die Holländer nach Bali ein – die gleiche Intoleranz, die gleiche Selbstgerechtigkeit, die gleichen Einschränkungen. Deshalb hat er Deutschland verlassen, ist um die halbe Welt gefahren, um frei leben zu können. Aber es ist ansteckend, die ganze Welt erkrankt an dieser freudlosen Mäkelei, diesem Abscheu vor allem, was nicht den offiziellen Regeln entspricht. Diese überhebliche Art, mit der die Mächtigen bestimmen, was gut & was schlecht ist – wer sind die Holländer, das zu entscheiden? Die Balinesen halten es für ganz normal, dass Männer Männer lieben oder Frauen oder dass Frauen Frauen lieben – Hauptsache, jemand wird geliebt & keinem wird geschadet! Es ist ein weiterer Punkt, der mich begreifen lässt, dass Rabi Babu recht hatte. Er sagte immer, dass sich Bali anfühle, wie Indien in uralten Zeiten gewesen sein muss. Es muss eine Zeit gegeben haben, da die Liebe ohne moralische Wächter war, die sagten, das darfst du, aber nicht das. So ist es in Bali heute & so muss es auch in unserem Land vor Hunderten Jahren gewesen sein. Mein Vater sagte, das Bali, so wie wir es erlebten, würde nicht überdauern. Wie lange kann eine Insel eine Insel bleiben? Baba sagte im düstersten, trübsinnigsten Ton, zu dem er fähig war: »Öffne deine Augen & Ohren, so weit es geht, sieh & höre alles & präge es dir ein. Eines Tages wird es nicht mehr sein. Und vielleicht kommst du nie wieder her.«

Aber hier bin ich. Ich bin zurückgekommen. Und tatsächlich haben sich die Dinge verändert. Es ist merkwürdig & macht dir Angst, wenn du spürst, dass Leute, die du nicht kennst – die Regierung –, beobachtet, was du bei dir zu Hause tust, obwohl du niemandem schadest. Jane sagt, ihre Bediensteten sind ausgefragt worden, was in ihrem Haus vorgeht. WS schadet niemandem. Es ist sehr schwer, hier Geheimnisse zu haben. Aber er wird von der Polizei beobachtet & wir auch.

WS nimmt es nicht ernst, keine Sekunde. Sie haben Polizisten geschickt, um ihn bei einer der abendlichen Tanzveranstaltungen zu beschatten & wir haben sie sofort entdeckt – völlig lächerlich standen sie da mit ihren Hosen, Sandalen & Brillen. WS war sehr frech & sagte den Tänzern, sie sollten die Polizisten küssen & mit ihnen flirten ... Nach einer Weile waren sie völlig aus der Spur & fingen ebenfalls an, mit den Jungen zu tanzen. Es war dumm von WS, das zu tun. Wo kommt dieses Verlangen her, mit der Gefahr zu spielen, frage ich mich? Oder ist er ein wirklich Unschuldiger, der durch eine ihm fremde Welt tapst?

Du wirst dich fragen, wie ich auf all diese freizügigen Gedanken komme & stellst dir vor, dass ich bei Orgien mitmache. Wie kann ich so reden, wo ich doch nie zuvor an solche Dinge gedacht habe? Ich finde im Moment einfach heraus, wie beschränkt meine Welt war. Es gibt so viel außerhalb von ihr. Ich dachte immer, romantische Liebe, wenn es sie denn gibt, sei etwas zwischen Mann & Frau. (In 3, Pontoon Road, Muntazir gab es sie auch zwischen Mann & Frau nicht.) Ich weiß jetzt, wie naiv ich war. Das Leben ist weit interessanter, als ich dachte!

Es muss in Muntazir schon wieder heiß werden, oder ist es noch Frühling? Du wirst in deinem kühlen Zimmer sitzen, ganz für dich einen eisgekühlten G&T trinken & meinem Schwiegervater ein paar Drinks nach unten bringen. Eines Tages wird ihn jemand den »betrunkenen Doktor« nennen, und es wird allein deine Schuld sein! So ein Rätsel von einem Mann, so elegant, immer zivilisiert & überlegt, aber schwer zu durchschauen. Auf hundert Arten hat er es geschafft, mir in meinen ersten Tagen in Muntazir das Leben zu erleichtern, als ich noch so niedergeschlagen vom Tod meines Vaters war & erschüttert, dass sie mich so schnell verheiratet hatten. Er sah von allem Anfang an, dass wir nicht gut zusammenpassten, NC & ich. Aber er hat sich nicht mit seinem Sohn angelegt, wie hätte er das auch tun können? Dräng dich zwischen einen Mann & seine Frau! Tauba, Tauba!

Er fand jedoch Möglichkeiten, mir zu sagen, dass er meinen Kummer verstand. Bücher hat er mir geschenkt, einen Tisch, an dem ich sitzen & arbeiten konnte. Und gelobt hat er mich, wenn ich überhaupt etwas tat – ob es ein Rogan Josh war oder ein Bild. Ich fand keine Möglichkeit, mich für seine Güte erkenntlich zu zeigen – er ist so genügsam, es ist schwer herauszufinden, womit man ihm eine Freude machen kann. Du kannst es, irgendwie wusstest du immer, wie du ihn zum Lächeln bringen konntest. Du bist darin so gut, ich beneide dich.

Schreibe mir alles, was passiert. Benimmt Dinu sich? Ich habe Angst, dass er Myshkin zu früh aus seiner Kindheit holt. Du sagst, er liest wieder & wieder meine Briefe in der Klinik. Wie glücklich mich das macht & auch schrecklich traurig. Ich frage mich, was du in diesem Moment tust. Ich sorge mich um dich, alles musst du selbst machen. Du hast so viel zu tun & dann noch meinen Schwiegervater & seine verwundeten Helden. WS musste so lachen, als ich ihm erzählte, dass ihr zwei heimlich Revolutionäre zusammenflickt. Er sagt, die Holländer haben Glück, dass sie es nicht mit Lisa & Batty zu tun haben, sonst würde ihr ostindisches Empire bald zusammenbrechen.

Ich stecke einen Seidenschal mit in diesen Brief. Ich hoffe, er kommt bei dir an. Er soll zu deinem grünen Seidenkleid passen.

Schreib mir. Bald. Ich brauche deine Worte.

Mit viel Liebe,

Gay

2. Juli 1938

Liebste Lis,

ich habe deine beiden Briefe bekommen – sie kamen zusammen. Du machst dir keine Vorstellung davon, was sie mir bedeuten – ich bin wie ausgedörrte Erde, die auf Regen wartet. Ich sehne mich nach Neuigkeiten. Es ist ein Wunder, dass überhaupt Briefe über Meere und Kontinente gelangen, ich sollte dankbar sein, dass nur einige verloren gehen. Diese Briefe an dich werden zu einem Tagebuch für mich, weißt du, ich vergesse fast, dass sie für dich sind, ich schreibe & schreibe einfach über Tage vor mich hin. Ein Brief ist eine Unterhaltung in schriftlicher Form, erklärte mir Rabi Babu, als er auf jener lange vergangenen Reise an Deck saß und selbst einen schrieb. Er sagte, jeder hat ein spezielles Notizbuch, es hat lose Blätter & dient dazu, Dinge aufzuschreiben, denen niemand einen Wert zuerkennt. Zerzauste Dinge, ohne Turban auf dem Kopf oder Schuhe an den Füßen. Das Schreiben begibt sich an Orte, wo keine Fragen gestellt werden, woher und warum es kommt, weil sein ganzer Sinn darin besteht, ziellos zu plaudern.

So sind auch meine Briefe an dich. Sie laufen ohne Ziel oder Grund hinüber in dein Gästehaus, nur um zu reden. Wenn ich einen Brief beginne, weiß ich nie, wie viele Tage ich brauchen werde, um ihn zu beenden. Das ist nicht richtig, oder? Und du musst es nervig finden, all mein Abschweifen. Ist es so? Ich kann dich sehen, wie du von deinem Stuhl aufstehst, aus dem Zimmer stürmst & sagst: »Ich komme zurück, wenn du wieder zu dir findest, Gay.« Du hattest noch nie Zeit für Rührseligkeiten.

Aber ich bin in einer traurigen, wilden, schlechten Stimmung. Zum ersten Mal in seinem Leben war ich nicht da, als Myshkin Geburtstag hatte & es war sein zehnter. Wie habe ich jedes Jahr auf den 30. Juni gewartet, um in seine strahlenden Augen zu sehen, wenn ich ihm morgens ein schön eingepacktes Geschenk überreichte. Stattdessen bin ich diesmal in den Tempel gegangen, um für ihn zu beten. Ich war hier noch in keinem Tempel gewesen, nur zu Tänzen in den Höfen. Aber ich hatte das Bedürfnis, etwas zu tun, und so stand ich früh auf, und als ich die Straße hinunterging, stellten Frauen Blättertassen mit Blüten und Räucherstäbchen vor ihre Türen. Ich bete nie & fühlte mich wie eine Hochstaplerin. Ich suchte nach einem Platz, wo ich meine Schuhe abstellen konnte, aber da stand ein Mann & der bedeutete mir mit einer Geste, dass ich nicht barfuß sein musste. Ich nehme an, er sah gleich, dass ich keine Ahnung hatte, wie man in einem Tempel in Bali (oder sonst wo) betet, aber er hielt mich nicht auf. Ich brachte kein Wort heraus & fummelte mit meiner Opfergabe herum, aber vielleicht verstand Gott ja, wenn es ihn oder sie tatsächlich gibt, was ich zu sagen versuchte. Der Schmerz zerreißt meinen Körper in tausend Stücke. Wie konnte ich ihm das antun? Wird er damit leben können? Im Moment ist mir meine Gefühllosigkeit unerträglich. Er wird mich hassen, auf ewig. (Nein, das wird er nicht, wenn er erwachsen wird, vergibt er mir.)

Ich kann heute nicht mehr schreiben. Ich versuche es später noch einmal.

<u>Zwei Tage später:</u> Ich gebe diesen Brief auf, Lis, ohne ihm noch etwas hinzuzufügen. Ich habe so lange nicht geschrieben, ich möchte, dass du schnell <u>etwas</u> bekommst. Im Moment scheine ich nicht mal etwas schreiben zu können, das auch nur als zielloses Geplapper gelten könnte. Manchmal fühle ich mich morgens schwer, kann mich nicht dazu aufraffen, von meiner Pritsche aufzustehen, kann keine Lust auf Arbeit oder einen Spaziergang aufbringen. Da ist eine Schwärze in mir, die vorbeigehen wird – dass ich beim Geburtstag meines armen M. nicht dabei war, hat diese abgrundtiefe Schwermut ausgelöst. Sag mir, ob du ihm einen Kuchen gebacken hast und ob er ein Geschenk von seinem Großvater bekommen hat. Ich ertrage es nicht, mir vorzu-

stellen, dass ein kleiner Junge wie er seinen zehnten Geburtstag ohne seine Eltern verbringen muss. Das habe ich ihm angetan.

Mit all meiner Liebe,

G.

September 1938

Liebste Lis,

so viele Veränderungen! Mir vorzustellen, dass NC mit einer neuen Frau zurückgekommen ist. Wie wird sie mit Myshkin umgehen? Was dachtest du, als du sie sahst? Ist sie ein lieber Mensch? Wird sie ihn einfühlsam behandeln? Es heißt, eine liebende Frau heilt viele Wunden – ich war es einfach nicht, denke ich, eine liebende Frau. Ich habe immer nur Wunden aufgerissen. Nein, ich bin einfach nicht zur Mutter gemacht – seltsam, dass es so viele sich widersprechende Züge in uns gibt – es ist nicht so, als würde ich Myshkin nicht wirklich schmerzlich vermissen. Doch, ich vermisse ihn, aber es ist kein ständiges Sehnen. Ich bin froh, dass ich Zeit zum Arbeiten habe. Jetzt habe ich es ausgesprochen! Niemandem außer dir kann ich es gestehen. Manchmal, als er noch klein & krank war, habe ich seine Medizin vergessen & sein Essen kam zu spät, weil ich in Tagträumen versunken war oder was auch immer sonst ich tat. Dann wieder haben mich wochenweise meine Schuldgefühle aufgefressen & ich habe ihn verwöhnt, bis er völlig verwirrt war. Er wird so leicht zu einem stummen Leidenden, der sich in sein Schneckenhaus zurückzieht. Versteckt er sich immer noch in der kaputten Kutsche? Er hat immer angenommen, dass <u>niemand</u> davon weiß.

Aber eine Frau aus einem Dorf mit einem kleinen Kind

zu heiraten, was für ein Wahnsinn! (Oh, jedes Mal, wenn ich so etwas schreibe, will ich es gleich wieder durchstreichen – wer bin ich, ihn zu kritisieren? Nachdem ich getan habe, was ich getan habe? Ich habe für immer jedes Recht verloren, überhaupt jemanden zu kritisieren.) Myshkin hat mir nichts von alldem geschrieben. Ich bin jetzt seit mehr als einem Jahr von zu Hause weg. Erst konnte er es kaum erwarten hierherzukommen, jetzt fragt er kaum mehr danach. Ich nehme an, er hat die Hoffnung aufgegeben oder denkt nicht mehr daran. Kinder vergessen schnell. Er schreibt etwa einmal im Monat und klingt nicht unglücklich, was ein großer Segen ist. Es erlaubt mir, zu arbeiten & Pläne zu machen. Ich habe bereits etwas Geld gespart & ich denke, Anfang des nächsten Jahres, oder doch spätestens Mitte des Jahres, werde ich kommen können – oder vielleicht dir das Geld schicken, und du kannst ihn bringen!

Meine Vorstellungen ändern sich jede Minute, in meinem Kopf herrscht so ein Durcheinander. Kann es sein, dass es immer noch keine Nachrichten von Brijen gibt? Wie kommt es, dass die Leute denken, er hat sich umgebracht? Das ist ein wahnsinniger Gedanke & es erfüllt mich mit großer Furcht, mir das vorzustellen. Er würde sich nichts antun können, so ist er nicht. Ich muss wissen, was mit ihm ist, bitte schreibe mir, wenn du etwas von ihm hörst. Es gibt für mich keine andere Möglichkeit, etwas zu erfahren... Eine der Qualen meines Hierseins besteht darin, ihm nicht schreiben zu können. Wohin sollte ich den Brief schicken? An seine alte Adresse? Ich habe keine Wahl mehr, ich muss es dir gestehen – ich habe bisher nichts gesagt & ich weiß nicht, ob ich jetzt den Mut aufbringe – wirst du mir vergeben? Wirst du weiter so wie früher über mich denken, wenn du es erfährst? Aber du hast es längst angenommen, oder, das mit Brijen? Du kennst mich zu gut, du musst einen Verdacht gehabt haben.

So viele Jahre ging es nur um Musik, die Geschichten, die er schrieb & meine Bilder, um die mitfühlende Seele nebenan, wo sonst keine war. Da war jemand, für den die Musik ein Lebensinhalt war wie für mich die Malerei. Ich kann nicht genau sagen, wann es sich änderte – es ist mindestens zwei Jahre her – es geschah schleichend. Ich weiß nicht, wann mir bewusst wurde, dass wir angefangen hatten, uns anders anzusehen, uns zu suchen. Ich spürte seinen Blick auf mir, und wenn ich den Kopf wandte, sah er mich an, und da war ein unsichtbarer Faden zwischen unseren Augen, eine Saite, die vor Leben nur so sirrte. An Tagen, an denen sich mein Kopf & mein Herz anfühlten, als müssten sie platzen vor Druck zu Hause, war es eine solche Erleichterung, ihn zu sehen & zu wissen, dass er nebenan war, wenn ich schlafen ging & wenn ich aufwachte. Ja, er hat mich von seinem Dach in den Schlaf gesungen, manchmal spät am Abend noch ganze Ragas, vor allem Bageshwari & Bahar, ohne konnte ich nicht einschlafen. Morgens blieb ich länger im Bett liegen als alle anderen (trotz Bannos endloser sarkastischer Bemerkungen), bis Myshkin draußen mit seiner Fahrradklingel nicht aufhören wollte. Weil Brijen auf seinem Dach den Bhatiyar sang. Er fing noch vor Sonnenaufgang an & sang durchs Dämmerlicht & das Vogelzwitschern, während ich dalag & lauschte.

Lis, halte mich nicht für eine Ehebrecherin, so fühlte es sich nicht an. Ich war noch nie verliebt gewesen & es traf mich wie ein Hammer. Lange Zeit begriff ich nicht, was da mit mir geschah & es gab niemanden, mit dem ich darüber reden konnte. Nicht einmal mit dir. Was hättest du gesagt? Was hätte irgendeine vernünftige Freundin gesagt? Keiner Seele habe ich es verraten, Brijen eingeschlossen. Kein Wort fiel je zwischen uns darüber, es war nicht nötig, und auch, als er mich das erste Mal küsste, war es ohne ein Wort, als wäre alles wunderbarerweise längst geklärt. Unsere Leben hatten über Jahre allein auf diesen Punkt zugeführt. Da war keine Zeit für Nettigkeiten wie Anträge & Pläne. Ich dachte an nichts anderes – mein Zuhause, meinen Mann, mein Kind oder wer uns vielleicht sehen könnte. Da war nichts sonst. Der Dodge hielt neben mir, als ich am Markttag unterwegs war. Er saß allein darin, und noch bevor er uns weit auf die Felder hinausgefahren hatte, ließen seine Hände das Steuer los und waren überall auf mir. Bist du entsetzt? Empört? Ich hätte es sein sollen.

Als ich zurück nach Hause kam, schloss ich die Schlafzimmertür ab, zog mich nackt aus und stellte mich vor den Spiegel. Ich sah eine Fremde an. Eine Frau mit rotglühenden Augen. Ich fühlte mich so empfindlich und wund wie eine regengetränkte Rose. Ich betrachtete meine Beine, Hüften, Schultern – mein ganzes Ich – so genau und sorgfältig wie eine steinerne Skulptur im Museum. Aber mit rasendem Herzen. Warum sah ich mich so an? Ich schäme mich jetzt fast – ich denke, ich musste sehen, was er gesehen hatte. Ein ganzes Leben lang war mein Körper nicht mehr als ein <u>Ding</u> gewesen, wie ein missachtetes, vernachlässigtes, ungeliebtes Haus, in dem ich schon so lange wohnte, dass ich es kaum mehr bemerkte. Selbst zu sehen, was ein Mann gesehen und begehrt hatte! Ich weiß nicht, wie lange ich an dem Tag vor dem Spiegel stand. Danach saß ich mehrere Tage vor dem Spiegel und zeichnete meinen eigenen

Körper. Bei jedem Strich auf dem Papier spürte ich seine Hände auf mir.

Es tut mir leid, Lisa, dass ich dir all dies schreibe – hältst du mich jetzt für geschmacklos und widerwärtig? Vielleicht schicke ich diesen Brief niemals ab. Aber ich muss dir das alles erzählen, wem denn sonst! Erst mit Brijen habe ich verstanden, dass nichts Gesittetes oder Hübsches an der Liebe ist, sie ist roh und wild, ohne Gedichte & Lieder, da reißen Kleider, platzen Knöpfe, es geht um Schweiß & Blut & Körperteile. Die Liebe verbrennt alles, was sich ihr in den Weg stellt. Sie hat zerstört, was ich kannte.

Wie es mir gelang, danach noch die Miene der guten Ehefrau zur Schau zu tragen, ist mir unverständlich. Ich nehme an, ich tat es auch nicht sehr erfolgreich – es wurde so viel schlimmer zwischen NC & mir, weißt du noch, wie du fragtest, was denn los sei? Und allmählich kam mir der Gedanke, dass es gefährlich sein könnte, mich jede einzelne Minute unseres letzten Sommerurlaubs in den Bergen nach Brijen zu sehnen. Ich war durchaus glücklich, aber völlig, katastrophal unvollständig.

Und gleichzeitig, in diesem Urlaub, konnte ich sehen, dass ich mich bereits von ihm zurückzog. Eines Nachmittags, als alle in unserem Ferienhaus dösten, saß ich da und beobachtete eine dieser dicken, runden Wolken, die vom gegenüberliegenden Berg herunterkommen. Du weißt, wie tief die Wolken in den Bergen herunterkommen und alles neblig & romantisch machen. Genauso war es. Dann begann sie, sich wieder aufzulösen, der Berg wurde wieder sichtbar & dabei befiel mich das Gefühl, ich könnte Brijen jetzt weit klarer erkennen – was ich über viele Monate versucht hatte, nicht zu sehen, jetzt konnte ich ihm nicht länger aus dem Weg gehen. Und noch während ich mich nach ihm sehnte, begriff ich, dass ich ihn leid wurde – seinen Witz & Eigensinn, seine ganze charmante Verantwortungslosigkeit, die Überzeugung, dass sich die Welt allein um ihn drehte, sein ewig zerzaustes Haar & die feinen Musselinkleider – alles, was ich so angebetet hatte & was ihn ausmachte – ich sah seine Selbstverliebtheit darin & war ihrer überdrüssig. Es war, als hätte eine Kette angefangen, sich in mein Fleisch zu graben. Plötzlich war Brijen das für mich.

Wie widersprüchlich ich bin, Lisa! Diese Bürgerkriege in mir gehen immer weiter und erschöpfen mich. Da kämpft ein Teil von mir mit erbarmungsloser Grausamkeit gegen einen anderen an. Ich liebte ihn noch immer – und doch wollte ich frei von ihm sein. Nein, ich habe ihn nicht geliebt, das habe ich inzwischen begriffen, nur seine Sucht nach mir, die habe ich geliebt. Ich bin nicht für die Liebe gemacht. Ich will niemanden. Ich muss absolut frei sein. Zugleich stößt mich mein Gleichmut ab. Ich wünschte, ich wäre eine andere Frau, eine liebenswerte Frau, nicht so kalt und hart, dass ich für mich selbst hassenswert bin. Vielleicht ist es meine eigene Selbstverliebtheit, die ich in ihm sah und die mich abgestoßen hat.

Die Zugfahrt aus den Bergen im letzten Sommer – mein Schwiegervater krank, die arme Golak, die im Waggon herumwuselte, um ihm zu helfen – ich konnte mich keinen Zentimeter vom Fleck rühren, um irgendetwas zu tun. Warum kommen wir an diese qualvollen Weggabelungen, wo jede Entscheidung in die Verzweiflung führt? Beryl hatte Tage in Muntazir und dann jede Gelegenheit oben in den Bergen damit verbracht, mich zu überzeugen, mit ihnen nach Bali zu gehen – die Chance, ein anderes Leben zu führen, ein Leben, wie es für mich gedacht sei – sie würde alles arrangieren, sie würde sich darum kümmern, sagte sie. Nie war ich so hin- und hergerissen & nie so sicher… Am Ende der Fahrt stand mein Entschluss fest. Brijen saß über seine Knie gebeugt da, als ich ihm sagte, dass ich weggehen würde. Abrupt verließ er das Zimmer – ohne ein Wort – wir sprachen danach kaum noch – natürlich verstand er es als Treuebruch. Er hatte mit mir nach Bombay gehen und ein neues Leben anfangen wollen – als hätte das uns beide glücklich gemacht. Er ist sogar noch weniger liebesfähig als ich, nur dass er unter noch größerer Selbsttäuschung leidet. Aus seiner Sicht, da bin ich überzeugt, war er der romantische Held, der mich retten wollte. Stell dir den Ärger des Helden vor, dessen Heldin sich nicht retten lassen will!

Ich lache zu den falschen Zeiten. Ich bin gefährlich & schlecht, ich verderbe alles, es wäre besser, ich wäre nie geboren worden, Lis! Er hat meine Adresse hier nicht, selbst wenn er mir sagen wollte, wo er ist, er könnte es nicht. Wirst du ihm meine Adresse geben, wenn – falls – er zurückkommt?

Sag mir, dass du mich verstehst. Ich habe nichts Falsches getan, nur in meiner Vorstellung. Und tut das nicht jeder? Ich habe keine Familien zerstört, nicht so, wie es wohl gekommen wäre, wäre ich geblieben.

Mit viel Liebe,

Gay

24

Ich habe keinerlei Erinnerung, wie ich dorthin gelangt bin, doch plötzlich, so schien es mir, war ich auf dem Markt im alten Teil der Stadt, umringt von Gemüse, Gerüchen, Menschen, Autos, Fahrrädern, Rikschas. Ich stolperte dahin, stieß mit Leuten zusammen, neben mir Tomaten, Kürbisse, Auberginen, Berge knallroter Chilis, gelbe Bananen, die auf Schnüren hingen – alles, was gut war und im Überfluss vorhanden und lebensbejahend. Die Verkäufer überboten sich in besten Preisen, riefen, ich solle stehen bleiben, sehen, wie rot ihre Melonen waren, ihre süßen Mangos probieren, doch die Rufe schmerzten mir in den Ohren, die Farben und Gerüche ließen Übelkeit in mir aufsteigen. Ich würde nie wieder etwas essen wollen, so lange ich lebte. Mein Mund war trocken und sauer, und in meinem Kopf pochte es so stark, dass die Bilder vor meinen Augen verwischten.

Ich bekam die Briefe meiner Mutter nicht wieder aus dem Kopf, genauso wenig, wie sie Brijens wahres Ich hatte aus ihren Gedanken verdrängen können. Ich verfluchte mich stumm, dass ich sie überhaupt gelesen hatte. Es wäre weit besser gewesen, wäre ich meinem ersten Instinkt gefolgt und hätte das Paket ungeöffnet hinten in einen Schrank gepackt. Warum die Toten exhumieren, wenn Leichen doch stinken?

Einmal, da war ich sechs oder sieben, war Brijen Chacha in einem halbdunklen Zimmer in Dinus Haus hinter mich geschlichen und hatte mir die Brille weggenommen. Ich konnte nichts sehen, nur seine betrunkene Stimme hören, die mir sagte, er würde sie mir nicht zurückgeben. Ich lief auf seinen verschatteten Umriss zu und wollte sie mir zurückholen, aber er zog sich weiter ins Dunkel zurück und lachte. Dann tauchte er wieder auf und fragte mich, warum ich nicht kam und mir meine Brille nahm, bevor er sie kaputtmachte. Die ganze Sache dauerte wahrscheinlich nur Sekunden, und ich wusste, es war nur ein Streich, aber das Gefühl reinen Schreckens, als ertränke ich, verließ mich lange Zeit nicht wieder. Danach hatte ich große Angst vor Brijen Chacha und zog mich zurück, wenn ich ihn erblickte. Heute kann ich sehen, dass ich keine Ahnung hatte, wie gefährlich er tatsächlich war.

Hätte meine Mutter uns auch ohne ihre Affäre mit ihm verlassen? War er verantwortlich für die Verheerung unseres Lebens?

Während der nächsten Wochen holte ich in dem Versuch, das alles zu verstehen, den bengalischen Roman wieder hervor, den ich gelesen hatte, von Maitreyi Devi, die so alt wie meine Mutter war. Dieses Mal las ich, wie ich feststellte, Amritas Liebesaffäre mit Mircea anders. Es war nicht länger ein Buch über eine verbotene Liebe, sondern die Geschichte einer jungen Frau ganz wie meine Mutter, die sich nicht nur in einen Mann, sondern auch in den Wunsch nach einem anderen Leben verliebt hatte. Amrita sagte etwas, und ich hörte die Stimme meiner Mutter. Stand im Buch *Amrita*, las ich *Gayatri.* Ich las von ihrem Leid, nachdem ihre Eltern von ihrer Affäre erfahren hatten, und fühlte mich wie ein Voyeur, der die tiefsten, geheimsten Gedanken meiner Mutter ausspionierte.

Auch ihr Zuhause war ähnlich. Amrita lebte in einem Haus für die ganze Familie, das dem meiner Mutter in Delhi glich: Dutzende Terrassen, Höfe, Veranden. Räume wurden angebaut, wenn sie gebraucht wurden. Ein Haus wie ein Labyrinth. Wie bei meiner Mutter gab es Onkel, Tanten und deren Familien, arme Verwandte, denen man Unterschlupf gewährte, Hausgäste, die über Monate blieben, Nachbarn, die zu Besuch kamen, und Bedienstete. Das Haus war ein großes, aufmerksames Auge, das Amrita unablässig folgte. Sie musste Strategien entwickeln, um mit Mircea zusammen sein zu können, ohne Verdacht zu erregen.

Der enge Flur vor Mirceas Zimmer führt zur Veranda mit dem Briefkasten. Der Postbote wirft seine Briefe hinein, der Briefkasten ist verschlossen, und ich habe den Schlüssel in meiner Verwahrung. Zwei-, dreimal am Tag sehe ich hinein und hole unsere Briefe heraus. Obwohl die Post zu festen Zeiten kommt und ich nicht so oft nachsehen müsste, kann ich nicht anders. Mehrmals täglich gehe ich hin und öffne den Briefkasten, um zu sehen, ob etwas gekommen ist. Besonders nachmittags, wenn im Haus Ruhe herrscht – wobei niemand schläft, bei uns macht niemand um die Zeit die Augen zu, alle lesen –, besonders nachmittags verspüre ich den Drang, nach unten zu gehen und nach frisch angekommenen Briefen zu sehen. Ich weiß, warum ich das will, das durchschaue ich. Wie sehr kann ich mich selbst betrügen? Auch wenn Mircea sagt, ich sei entweder dumm oder eine Lügnerin, weiß ich, dass beides nicht zutrifft. Heute Nachmittag bin ich überzeugt, dass ich nach unten gehen und nachsehen muss, ob Post da ist... Ich finde mich unten wieder und weiß nicht, wann ich heruntergekommen bin. Ich sehe, dass Mircea den Vorhang angehoben hat, und jetzt steht er in der Tür und sagt: »Und, hast du einen Brief gefunden?«

»Nein, der Briefkasten ist leer. Ich fühle mich so traurig.«

»Auf wessen Brief wartest du?«

»Auf den Brief eines Fremden.«

»Und wer könnte das sein?«

»Ich weiß es nicht. Das Warten ist so schön, weil ich es nicht weiß.«

»Möchtest du nicht hereinkommen, Amrita? Ich habe Knut Hamsuns *Hunger* für dich gekauft.«

Es ist das erste Mal, dass er mir etwas schenkt. Ich nehme das Buch aus seiner Hand. Er hat meinen Namen hineingeschrieben und ein französisches Wort: *Amitiés.* Ich bleibe stehen. Ich habe nicht den Mut, mich zu setzen. Wer weiß, warum nicht. Er steht ebenfalls, er wird sich nicht setzen, solange ich es nicht tue. Ich habe ihm den Rücken zugekehrt und öffne den Deckel seines Klaviers. Warte ich auf etwas? Wird das Unmögliche geschehen? Will ich, dass es geschieht? Er steht sehr nahe bei mir, aber er berührt mich nicht. Er könnte mir die Hand auf den Rücken legen, aber er tut es nicht. Zwischen uns ist ein Stückchen Himmel, und wir stehen dort – ich kann ihn in meinem Körper spüren. Ich spüre seine Berührung im Kopf. Wie ist das möglich? Der Himmel ist kein Vakuum, er ist mit Äther gefüllt.

Ich weiß nicht, was Äther ist, aber es muss die Substanz sein, die mir seine Berührung bringt. Ich kann seinen Atem überall riechen.

Dann ruft mich jemand von oben: Ru. Ru. Ru.

Ich dachte an meine Mutter. Hatten sie und Brijen auch solche Taktiken entwickelt, um einander zufällig zu begegnen? Ich las, wie Mircea unter dem Esstisch Amritas Fuß liebkost, und fragte mich, ob meine Mutter und Brijen das auch getan hatten, während wir ahnungslos dabeisaßen. Hatte meine Mutter je wie Amrita das Gefühl gehabt, nicht weiterleben zu können, wenn sie getrennt würden?

Als ihre Gefühle füreinander heftiger wurden, geschah das Unvermeidliche: Amritas Vater fand heraus, dass sein Schüler in seine Tochter verliebt war, und warf ihn aus dem Haus. Ich las von Amritas Seelenqualen, weil sie von ihrem Geliebten getrennt worden war, und überlegte, ob sich meine Mutter im Zug nach Madras genauso gefühlt hatte. Ich fragte mich, was meine Mutter tatsächlich mehr zugesetzt hatte: die Trennung von mir oder von ihrem Geliebten?

Mein Haar ist struppig und zerzaust. Ich lasse nicht zu, dass meine Mutter es anrührt. Ich bin ihr gegenüber ständig gereizt, und sie erträgt es. Ich habe dem Jungen den Brief gegeben, bin zurück in mein Zimmer und habe mich wieder hingelegt. Mein Haar war überall, mein Gesicht mit dem Arm bedeckt, und ich habe mir geschworen: »Ich werde ihn nicht vergessen, ich werde ihn nicht vergessen, ich werde ihn nicht vergessen. Schließlich kann mein Vater mein Denken nicht kontrollieren...«

Der Morgen kommt, der Abend, die Welt dreht sich auf ihrer Achse. Dieser hässliche Kreislauf rührt all mein Glück, mein Leid, meine Trauer und meinen Frieden zusammen und macht etwas anderes daraus. Meine Mutter sagt, die Flammen des Leids schlagen drei Tage hoch auf, dann beginnen sie langsam zu verlöschen. Mütter vergessen den Tod ihrer Kinder, Witwen kommen wieder auf die Beine. Ich baue täglich weiter ab, aber ich erneuere mich auch. Alle wissen, dass es so geht, entweder haben sie es gehört oder in einem Buch gelesen – aber diese Art Wissen ist kein Wissen, ganz und gar nicht. Das Brennen meiner Trauer lehrt mich, die Wahrheit zu verstehen. Ich hatte gedacht, ich würde mir die Haare abschneiden – ich konnte es nicht – und ich will es nicht einmal mehr. Eine Seite von mir sagt: Was hat es für einen Sinn, dir das Haar abzuschneiden? Du würdest schrecklich aussehen. Das ist der Hunger auf Leben. Ich weiß.

Meine Mutter sitzt neben mir und redet von diesem und jenem. Wie schlimm sich mein Onkel verhalten hat, und dass er das Haus der Familie verlässt. Dass seine Frau ein schlechter Mensch ist. Geht zu ihren Eltern und sagt fiese Dinge über uns. Über mich auch. Ich höre nicht zu. Mein Gesicht ist im Kissen vergraben. Warum soll ich mir das alles anhören? Sollen sie doch machen, was sie wollen. Diese ganze Familie ist mir fremd.

Meine Mutter fährt mir mit der Hand durchs Haar, wieder und wieder, und entwirrt es Strähne für Strähne. Sie flicht mir das Haar. Sanft sagt sie: »Ru, Trauer ist auch ein Geschenk. Jeder Weise sagt das. Bete zu Gott, denn nur er kann dir deinen Schmerz nehmen. Gott wird dir Frieden schenken. Der Mensch denkt nur, wenn er leidet, an Gott, sonst nie. Wer von einem Pfeil getroffen wird, fällt Gott vor die Füße.«

Meine Mutter schaltet das Licht aus und geht. Die Worte eines Liedes kreisen mir im Kopf, doch mein verstörter, zerstreuter Kopf kann sie nicht verstehen... Bin ich entehrt? Natürlich bin ich das. Baidyanath Babu von nebenan hat erklärt: »Das sind die Schwächen der Reichen. Sie holen sich einen Christenbalg ins Haus, und er bringt sie zum Straucheln.« Baba ist wütend, er sagt, wir ziehen weg, wir suchen uns ein anderes Haus. Wir werden nicht in einer so pöbelhaften Nachbarschaft bleiben. Ich werde von allen Seiten beleidigt, und ich kann nicht mehr richtig denken, ich fühle mich seltsam matt... Schande und Parfüm... Gott, ich falle dir zu Füßen... Ich falle dir zu Füßen... Etwas trifft unmittelbar auf meinen Kopf und klack, klack, klack, klack... Ich werfe mich im Bett herum, und schon falle ich hinaus.

Als ich wieder zu mir komme, sehe ich alle in meinem Zimmer stehen, sogar meinen Vater. Es ist das erste Mal, dass ich ihn sehe, seit er Mircea hinausgeworfen hat. Er sagt zu Ma: »Gib ihr Milch mit ein wenig Brandy.«

»Morgen rufe ich Shyamdas, den Arzt...«

Mein Onkel sagt ein paar barsche Dinge und geht hinaus. Es ist das erste Mal, dass ich ihn in Gegenwart meines Vaters so ausfällig erlebe. Was für eine Unverschämtheit, so mit meinem Vater zu sprechen. Hat Baba ihn nicht großgezogen? Ich sehe mich um, es sind zwei Lampen an im Zimmer, aber irgendwie sind alle verschattet. Auch mein Vater ist ein Schatten. Der Schatten meines Vaters steht bei meinem Bücherregal. Er sucht nach Büchern und zieht sie heraus. Das erste ist ein Band mit japanischen Märchen. Es ist in hellblauen Stoff gebunden, und das Bild eines magischen Tieres ist golden daraufgedruckt. Baba blättert langsam durch die Seiten und reißt die mit der Widmung heraus. Mircea hat mir das Buch geschenkt. Dann reißt er die Widmung aus dem Buch, das *Hunger* heißt. Buch um Buch nimmt er und reißt alle Seiten heraus, auf die Mircea etwas für mich geschrieben hat. Er nimmt auch *Das Leben Goethes*, kann aber die Seite mit Mirceas Worten nicht finden, weil sie aus einem glücklichen Zufall hinter den Umschlag geklebt sind. Dieses kleine Stückchen Handschrift ist das Letzte, was ich von ihm noch habe, sonst nichts, nicht mal ein Foto.

Bedächtig reißt Baba die Seiten in winzige Fetzen und wirft sie aus dem Fenster. Lebte ich in einem anderen Haus und einer anderen Familie, würden die Bücher vernichtet werden. Das ist bei uns nicht möglich. Wir werden von einem Dschingis Khan regiert, der es nicht über sich bringt, Büchern Gewalt anzutun – er kann Menschen verbrennen, keine Bücher. Bücher sind seine Götter.

Amrita wartete auf Mircea, nachdem er aus ihrem Haus verbannt worden war. Jeden Tag lauschte sie auf seine Schritte. Er war noch in Kalkutta, vielleicht tauchte er ja auf. Sie denkt, sie hat ihn gesehen – da ist er doch, am Ende der Straße! Aber nein, es ist nicht Mircea. Jede Minute wartet sie auf ein Zeichen von ihm, das ihr sagt, wie sie ihn erreichen kann. Es kommt nichts. Vier Jahre vergehen. Ihre Familie beschließt, es ist genug. Sie muss heiraten. Sie suchen einen Bräutigam für sie, ein ehrbares Mädchen braucht einen passenden Mann. Amrita trägt sich mit wilden Fluchtgedanken, schließlich hat sie versprochen, dass sie auf ihn warten wird, *in Gesundheit und Krankheit, bis der Tod uns scheidet*, wie sie einmal gelesen hat, von der Sentimentalität angezogen, wobei sie da nicht wusste, dass es sich um ein christliches Ehegelöbnis handelte. Aber dann willigt sie ein, einen von ihren Eltern ausgesuchten Mann zu heiraten. Die Ehe wird sie zumindest von ihrer Familie befreien, sie kann das Haus verlassen und eine Art Freiheit von ihrem Vater erlangen. Ihre Mutter widmet sich der Aufgabe mit großer Effizienz, legt ein Notizbuch an, in dem sie die möglichen Bräutigame verzeichnet, ihre Tugenden, die Namen der Eltern, die Adressen und so weiter. Amrita begreift, dass ihr Leben zu einem Witz geworden ist. Es ist zum Lachen.

Ein möglicher Bräutigam erscheint, ein Doktor mit einer guten Stelle in der Regierung, wobei von Vermögen oder Besitz kaum zu reden ist. Aber darum geht es nicht, das wirkliche Problem ist seine Hautfarbe, er ist tiefschwarz, und wir Inder sind ganz gewiss nicht farbenblind. Meine Mutter sagt zögernd: »Oje, ist er nicht *etwas* zu dunkel?« Ich genieße die Absurdität des Ganzen sehr. Ich überlege, ob ich sagen soll: »Zu weiß hat euch auch nicht gepasst, oder?« Ich halte mich zurück. Der alte Vater des Doktors will nicht so schnell aufgeben, aber der Doktor selbst entscheidet sich gegen mich. Er folgt seiner persönlichen Mission: Er sorgt sich um die Zukunft Bengalens. Er selbst ist einen Meter sechzig, vielleicht zweiundsechzig groß und sucht nach einer Braut, die mindestens einen Meter zweiundsiebzig misst. Ich bin eher noch zwei Zentimeter kleiner als er. In seinen Augen ist es notwendig, dass ein kleiner Mann eine große Frau heiratet. Wenn sich Klein mit Klein paart, steht dann die Zukunft Bengalens nicht auf dem Spiel? Da er eine gute Stelle hat, ist er als Bräutigam attraktiv. Er kann auswählen. Er läuft mit einem Bandmaß herum und misst alle unverheirateten Mädchen seiner Kaste. Wie ich gehört habe, hat er am Ende nie geheiratet.

Schließlich finden sie einen Mann für Amrita. Sie stimmt der Ehe zu, hat aber kein Interesse, ihn vor der Hochzeit kennenzulernen. »Warum sollte ich ihn treffen?«, sagt sie zu ihrer Mutter. »Wenn ich ihn treffe und sage, o nein, ich mag ihn nicht, ich will diesen anderen Mann heiraten – er ist aus einem anderen Volk, aber er gefällt mir. Lasst ihr mich dann?«

Die Hochzeitsvorbereitungen beginnen, die immer stärker werdende Besorgnis ihrer Mutter eskaliert. Die Hochzeit soll innerhalb von fünf Tagen stattfinden, bevor jemand dem zukünftigen Ehemann von Amritas Vergangenheit erzählen kann. Der Bräutigam scheint völlig ruhig, er stimmt den Vorbereitungen zu, ohne Amrita gesehen zu haben. Er schreibt ihr stattdessen einen Brief. Auf Englisch.

Mademoiselle,
so ich es recht verstehe, suchen Sie einen Lebenspartner, und ich möchte mich gerne für die freie Stelle bewerben. Was meine Qualifikation betrifft, so bin ich weder ver-

heiratet noch ein Witwer: Ich bin tatsächlich jenes unverfälschte Objekt, ein Junggeselle. Mehr noch, ich bin ein echter, reifer Junggeselle, schon seit langer Zeit.

Ich sollte aus Fairnessgründen auch auf meine Disqualifikation hinweisen. Ich muss offen gestehen, dass ich eine solche Stelle noch nicht innehatte und keine entsprechende Erfahrung vorweisen kann. Ich hatte noch keine Gelegenheit, mit jemandem in eine derartige Partnerschaft einzutreten. Meine fehlende Erfahrung ist, fürchte ich, als Handicap und Disqualifikation zu betrachten. Darf ich jedoch darauf hinweisen, dass, auch wenn fehlende Erfahrung auf anderen Straßen des Lebens als Handicap und Disqualifikation angesehen wird, sie mir in diesem besonderen Lebensbereich in jeder Hinsicht wünschenswert erscheint.

Für weitere Einzelheiten möchte ich Sie bitten, an Ihre Mutter heranzutreten, die mich neulich mit einem Maß von Neugier und Interesse studiert hat, das einem herausragenden Ägyptologen zur Ehre gereicht hätte, der eine seltene Mumie untersucht.

Kurzum, erlauben Sie mir, Ihnen zu versichern, dass es mein unentwegtes Bemühen sein wird, Sie in jeder Hinsicht zu befriedigen.

Ich habe die Ehre, Mademoiselle, Ihr gehorsamster Diener zu sein.

17. Juni 1943

Obwohl ihr zukünftiger Ehemann ihr diesen Brief Tage vor der Hochzeit schickt, geben Amritas Eltern ihn ihr erst, nachdem die beiden sicher verheiratet sind. Sie liest ihn. Sie lächelt. Wenn sie den Brief nur vorher gesehen hätte, denkt sie, hätte sie gewusst, was sie dem Fremden hätte sagen können, der nun ihr Mann ist: »Du vermagst, mich zum Lachen zu bringen!«

Mein Vater brachte meine Mutter zum Lächeln – ironisch, kläglich, spöttisch, bitter und durch Tränen hindurch –, zum Lachen brachte er sie so gut wie nie. Brijen Chacha schon. Wie konnte mir das nie aufgefallen sein?

Meine Gedanken wanderten zurück zu der Zeit vor zwanzig Jahren, als ich in den Bergen im Osten im Krankenhaus gelegen hatte, an einem Tropf mit einer Salzlösung hing, und vom Bett nebenan sagte eine Stimme: »Du hast ihre Augen.« Es war während meiner Monate im Teegarten, als ich einen heftigen Malariaanfall hatte und ins Krankenhaus gebracht worden war. Ich dachte, der Mann im Bett neben mir käme mir vage bekannt vor, aber ich schob es auf meinen Fieberrausch. Sicher war das nicht Brijen Chacha, das war nicht möglich. Er hatte sich mit seinem Bruder wegen einer Liebesaffäre gestritten und war aus dem Haus gestürmt, da war ich erst zehn gewesen. Seitdem hatte ihn niemand mehr gesehen, und alle sagten, wegen seines gebrochenen Herzens habe er sich das Leben genommen. Auf Bahngleisen zerstückelt, sagten einige Leute, während andere darauf bestanden, er habe sich mit einer Schlinge aus dem Sari seiner Geliebten aufgehängt.

Als sich der Malarianebel hob und ich richtig aufwachte, begriff ich, dass es einer jener Zufälle war, wie es sie nur im wirklichen Leben gibt: Da neben mir lag ohne Zweifel Brijen Chacha, der seit 1938 nicht mehr gesehen worden war. Graues Haar, zottige graue Brauen, doch trotz seiner Krankheit hatte er noch das alte bedrohliche Flackern in den Augen, das besagte, dass er zu allem bereit war, dazu das schiefe Lächeln, das einen einlud, sich an seinen Eskapaden zu beteiligen, wie damals, als er nebenan gewohnt hatte und keine Termine kannte außer dem nächsten Rendezvous, keine Verpflichtung außer der nächsten Soirée. Im Krankenhaus erschien jeden Tag eine andere junge Frau mit selbstgekochtem Essen bei ihm. Es gab einen festen Ablauf – sie waren zu dritt und wechselten sich ab, eine bekümmerter als die andere. Sie strichen ihm über die Stirn, richteten Decken und Kissen und fütterten ihn mit einem Löffel, als wäre er zu schwach, selbst zu essen. Eine von ihnen steckte ihm einen Flachmann für einen schnellen Schluck zu. Sie war ihm die Liebste, das konnte ich sehen.

»Assistentinnen unserer Filmcrew. Wir sind zum Drehen hier. Ich komme manchmal gern mit und sehe es mir an«, erklärte Brijen Chacha von seinem Kissenstapel aus mit zufriedenem Lächeln. »Ich schreibe immer noch, aber jetzt Drehbücher, keine Romane mehr. Und ich komponiere Musik, weißt du, für Kinofilme. Und Jingles für Seife, aber du solltest mal sehen, wie die Leute es lieben und immer wieder betonen, wie toll sie es finden, dass ich klassische Musik für die dummen kleinen Songs benutze. Sie haben keine Ahnung von wirklicher Musik oder wirklichem Schreiben. Kein Wunder, dass ich ein geplatztes Magengeschwür habe.«

Die nächsten Tage lagen wir in unseren benachbarten Betten, ich kämpfte gegen die Überbleibsel meiner Malaria an, wurde hin und wieder noch von heftigem Schüttelfrost gepackt, und er erholte sich von seiner Magenoperation. Wir schliefen ausgiebig, und unsere Wachzeiten waren an die Stundenpläne von Ärzten und Schwestern geknüpft. Ich redete nicht viel, aber Brijen Chacha war äußerst gesprächig und schüttelte jedes Mal seine Benommenheit ab, erzählte etwas und versank wieder in seinen Kissen.

»Du kommst auf deine Mutter heraus, das sehe ich. Eine Erleichterung. Du hast ihre Augen, auch wenn das den meisten Leuten hinter der Brille nicht auffallen würde... Ich habe meinen Namen geändert. Ich wollte verschwinden. Die Leute hielten mich für tot. Wie glücklich mein geliebter Bruder war. Hin und wieder schicke ich ihm eine namenlose Postkarte aus dem Jenseits, nur um an seinem Käfig zu rütteln.«

Im nächsten luziden Moment sagte er: »Dein Vater war ein richtiges Unschuldslamm. Sein ständiges Gerede davon, Gutes zu tun. Einmal hat er mich aufgefordert, bei einem der Treffen mit Mukti Devi zu singen, und ich habe statt patriotischer Lieder romantische Thumris angestimmt. Das hat ihm nicht gefallen, überhaupt nicht.«

Dann eines Tages in bitterem Ton: »Alle in dieser verfluchten Drecksstadt dachten, ich wäre ein Wüstling, der auf Hunderten Herzen herumtrampelte. Das zerbrochene Herz war meines. Keiner wusste das.«

Ein paar Minuten später: »Deine Mutter und ich. Beide Außenseiter. Wenn wir andere Familien gehabt hätten, hätten wir nie weggehen müssen.«

Und mit seiner alten Art, die Leichtgläubigen zu ködern: »Ich habe ihr einmal gesagt, Gayatri Rozario, du und ich, wir sind verwandte Seelen, lass uns gemeinsam in den Sonnenuntergang laufen und nie zurückkommen. Wir waren dicke Freunde, Myshkin. Ich hätte alles getan, um sie vom Weglaufen abzuhalten. Verstehst du?«

Ich verstand nicht, worauf er vor all den Jahren dort im

Krankenhausbett hinauswollte. Was er sagte, war oft so zusammenhangslos, er stöhnte, plapperte und summte vor sich hin, und ich vermochte kaum zu enträtseln, worum es gerade ging. Aber jetzt kommen mir halb erinnerte Dinge wieder in den Sinn, in neues Licht getaucht. Einzelne Vorfälle, selbst Blicke erlangen eine neue Bedeutung. Seine Hand, die für den Bruchteil einer Sekunde über der meiner Mutter verweilte, während sie ihm etwas gab. Das eine Mal, als ich sah, wie ihm meine Mutter einen Grashüpfer vom Rücken wischte. Ihre unablässige gereizte Sorge, wenn er weg war, um sich zu betrinken, und drei Tage lang nicht zurückkam. Die Hand, die ihre hielt, am Abend des Konzerts, rote Blüten hineinfallen ließ und sie zudrückte. Der Tag, an dem ich ihn aus unserem Garten stürmen sah, die Vertiefungen seines Gesichts aschgrau, als hätte sich sein Blut in Säure verwandelt und zersetzte sein Inneres.

Ich war wütend auf meine Mutter, dann wieder überkam mich ein Gefühl unpersönlicher Zärtlichkeit, sogar Verständnis für die Frau, die sie war. Sie war damals gerade mal sechsundzwanzig gewesen, umgeben von Menschen, mit denen sie kaum etwas gemein hatte, und auf ewig zu Einsamkeit verdammt. Wo etwas so Nichtiges wie das Lesen eines Kriminalromans statt der weltverbessernden Traktate meines Vaters als Rebellion behandelt wurde, verliebte sie sich in den Autor dieser Bücher. Ihre Verwegenheit ließ mich lächeln. Ich wünschte, ich hätte sie besser gekannt. Stattdessen waren ihre Briefe, wie in meiner Kindheit, das Einzige, was ich von ihr hatte.

25

Dezember 1938
Meine liebste Lis,

es ist so erbärmlich wie zermürbend. Sie haben einen Holländer verhaftet & einen Stapel Briefe bei ihm gefunden (wo werden meine Briefe einmal enden?), die beweisen, dass dieser Mann eine Art Schaltstelle für die Versorgung von Männern mit Jungen war. Der Resident Batavias wurde ohne konkreten Grund entlassen – sie können keine Beweise finden, aber er wurde in diesen Briefen genannt. Ist das genug?, frage ich mich. Nach Hörensagen verurteilt.

Es ist so befremdlich wie erschreckend, wenn Menschen, die man kennt, solche Dinge zustoßen. Du schreibst, zu Hause werden überall Leute wegen Aufwiegelung verhaftet, auf Gerüchte gestützt – nun, hier ist es genauso. Und es ist keine Situation, mit der Leute wie Jane vertraut sind – machtlos zu sein, verhört und beobachtet zu werden. Das Gefühl zu haben, die Regierung könnte alles mit dir machen – dich einsperren, dir deinen Besitz nehmen. Wir in Indien haben immer so gelebt, haben Unheil erwartet – was sonst ist die Kolonialregierung in unserem Land, ein Agent des Unheils, hat NC immer gesagt. Europäer haben das nie & nirgends so erlebt & auch hier sind sie es gewohnt, reich

& frei zu sein & es angenehm zu haben. Jetzt fühlen sich einige von ihnen verunsichert. Was mich angeht, so bin ich es wie alle Inder gewohnt, mit dem Schlimmsten zu rechnen – die Situation quält mich, aber sie ist nicht neu.

Sie haben auf Bali bisher noch nichts finden können, bis auf eine Handvoll Fälle, sagen sie – aber in Batavia, Medan, Surabaya, Semarang, Orten auf anderen Inseln, da haben sie viele Leute verhaftet, weit über 150. Sie sagen, die Leute werden zum Verhör geholt, im Gefängnis gefoltert, und es hat angeblich mit »Staatsangelegenheiten« zu tun. Es ist zu entsetzlich, um darüber nachzudenken. Wenn sie erst herausfinden, wie WS mit den Balinesen gegen die holländische Regierung arbeitet, wer weiß, was dann mit ihm geschieht?

Ich habe nur ein sehr verschwommenes Verständnis von Politik, liebe Lis, wie du weißt – oder wie NC es allen immer verkündet hat: Meine Frau hat keinerlei Ahnung von der politischen Situation des Landes. Q.e.d. Einer der Gründe, warum ich mich bei Brijen so wohlfühlte, war der völlige Zynismus, ja die Geringschätzung, mit der er jede Art von Politik betrachtete. Der Nationalismus war für ihn nicht mehr als eine Art, Menschen gegeneinander aufzubringen. NC hat sich so bemüht, mich zu Mukti Devi geschickt, um mich zu bessern – es ging einfach nicht. Zum Teil, weil es seine Welt war, der ich nicht angehören wollte. Zum Teil, weil ich einfach keine Baumwolle spinnen wollte, wo es mir doch ums Malen ging.

Wie sie sich mit den Fingernägeln in dich hineingräbt – ich meine die Politik – wie sie dein Leben zerfetzt.

Die ganze Zeit habe ich gedacht, es ginge um Männer, die mit anderen Männern ein Verhältnis haben. Aber wie wir jetzt herausfinden, hängt es vom Alter ab. Sie tun, was sie können, um Beweise dafür zu finden, dass W schreckliche Dinge mit kleinen Jungen getan hat. Auf eine Weise ist das beruhigend, da alle wissen, dass er niemals einen Jungen angerührt hat. Sie haben auch nicht den kleinsten Beweis gefunden.

Es gibt Leute, die sagen, er soll zu seiner eigenen Sicherheit zurück nach Europa gehen, aber er fragt, warum. Seit Jahren lebt er hier & hat keinerlei Problem verursacht. »Im Übrigen«, sagt er, trinkt seinen letzten Schluck Whisky & spielt zwei laute Eröffnungsnoten auf dem Klavier, »im Übrigen will ich nicht zurück! Ich verspüre auch nicht den geringsten Wunsch, nach Deutschland oder Europa zurückzukehren. Absolut nicht. Nein.« Und dann spielt er wütend Beethoven, schließt sich für Tage ein & malt.

Gestern Abend hörte ich ein spontanes Konzert. Es gibt hier ein kleines Mädchen, dem WS Klavierunterricht gibt – er setzt sie auf seinen Schoß, erzählt Geschichten & spielt dazu – so sieht balinesischer Musikunterricht aus & er folgt der gleichen Methode. Er brachte ihr eine süße, einfache Melodie von einem Komponisten namens Pachelbel bei. Immer weiter übten sie, wieder & wieder die gleichen Noten & ich konnte sie in meiner Hütte unten am Hang hören, setzte mich hinaus, genoss die Abendluft & lauschte dem Klavier, den Vögeln & zwei Leuten unten im Fluss, die miteinander schwatzten, ohne dass ich sie hätte verstehen können & völlig aus dem Nichts heraus verspürte ich Sehnsucht nach Brijen, der die Musik & die Ruhe geliebt hätte. Ich stellte mir vor, er säße neben mir, draußen vor meiner Hütte & mit jeder Note wichen meine Sorgen weiter zurück.

Wie idiotisch, das so zu empfinden, nachdem ich ihn verlassen habe – wo ich doch die Chance gehabt hätte, mit ihm zusammen zu sein! Es wäre so viel leichter gewesen, Myshkin nach Bombay und nicht nach Bali zu holen. Warum war ich nicht verrückt genug, mit Brijen durchzubrennen, wie er es mir immer wieder gesagt hat? Aber das wäre das Ende meiner Arbeit gewesen. Alles, was ich hier neu lerne und tue, hätte nie stattgefunden. Was für ein Durcheinander.

Du kannst nicht ermessen, wie dankbar ich bin, dass du mich nicht verurteilst und ich nach wie vor offen zu dir sein kann. Das war meine größte Angst – sie hat mich gequält, bis dein Brief kam. Jede Zeile darin ist herzlich, gütig und verständnisvoll. Dein Herz ist groß wie der Ozean.

In Liebe,
Gay

Februar 1939
Meine Lis,

ich habe dir nicht antworten können – es tut mir leid, leid, leid! Es ist so schlimm hier, dass ich es nicht alles in Worte fassen kann – vielleicht verschwindet der Brief sonst auf mysteriöse Weise. WS ist im letzten Monat verhaftet worden. Er sitzt in, wie sie es nennen, Untersuchungshaft – er wartet auf einen Prozess. Am Ende hatten sie Schwierigkeiten, Zeugen zu finden, weil kein einziger Balinese gegen ihn aussagen wollte, aber ich glaube, durch den Regenten konnten sie zusammenkratzen, was sie brauchten, und jetzt instruieren sie zwei, drei Zeugen, was sie zu sagen haben. Ni Wayan sagt, sie könne es nicht verstehen – was hat der Tuan Schlimmes gemacht? Sie begreift es einfach nicht. Ihre Mutter, die adleräugige Alte, die sich unter Büschen versteckt & auf Fasane lauert, die sie fangen & kochen kann, sagt, die ausländischen Herrscher, die in die Länder anderer Völker kommen, sind wie Gift, das in einen See geschüttet wird. Sie töten alle Fische und Pflanzen und hinterlassen eine Spur der Verwüstung.

Jemand sagte mir, im Fall von WS gehe es um große Politik. Dinge, die mit Japan & Amerika zu tun haben – ja, das muss der wahre Grund sein. Du hast ihn getroffen, du kennst ihn – kannst du dir vorstellen, dass er einem Welpen etwas zuleide tun würde, geschweige denn einem Kind? Niemand, der ihn kennt, glaubt so etwas auch nur einen Moment lang. Wir wissen, dass er unschuldig ist. Aber er kann so fern aller Wirklichkeit sein, dass er glaubt, nichts könnte passieren, und es immer noch alles für einen Fehler hält.

WS ist unverwüstlich wie immer. Schickt lange Briefe – obwohl Briefe zensiert werden & wir alle aufpassen müssen, was wir sagen. Er denkt, das Gefängnis ist eine Pause für ihn, um nachzudenken, sich zu erholen & dann wieder zu arbeiten. Er übersetzt Volksmärchen, um sich die Zeit zu vertreiben. Sie haben ihm ein Grammofon & Malsachen erlaubt. Die Gefängniswärter sind natürlich alle hingerissen von ihm. Er möchte Pingpongbälle, sagt er & Farbe ... Er hat das Gefühl, dass neue Bilder in ihm wachsen, sie werden sich setzen & reifen, meint er. Im Gefängnis! Das sollte mir eine Lehre sein. Ich habe mich damit entschuldigt, zu Hause in Muntazir nicht malen zu können & er hat keine Probleme, in einer Gefängniszelle zu arbeiten.

M. Mead sagt, sie wird etwas zur Verteidigung von WS schreiben, weil sie denkt, er war von Geburt an ein besonderer Künstlertyp. Sie hat die Theorie, dass sein Typ gleichzeitig abhängiger & unabhängiger von anderen Leuten ist –

dass Menschen wie er Wärme & Freundschaft brauchen, sich aber auch schützen müssen, um ihr »Für-sich-Sein« und ihre Persönlichkeit intakt zu halten. Seit ich das gehört habe, glaube ich, dass ich ebenfalls zu diesem Künstlertyp gehöre!!! Sie sagt, die Balinesen verstehen diese Lebensweise instinktiv – leichter, auch körperlicher Kontakt, zwanglos & einfach, ohne große Verpflichtungen. Sie sagt, WS hat hier Freiheit zum Arbeiten & menschliche Nähe ohne Ansprüche gefunden – das ist alles. Dass er kein Verbrechen begangen hat & sie es beweisen wird. Das scheint mir plausibel – aber werden die Polizei & das Gericht das auch so sehen? Ich kann mir keinen holländischen Richter mit Einfühlungsvermögen für verschiedene Künstlertypen vorstellen.

Alle versuchen, WS zu helfen. Beryl ist im letzten Jahr zurück nach England gefahren – jetzt ist sie in Ägypten oder irgendwo dort in der Gegend & versucht, alle möglichen Leute zu aktivieren, damit er nicht irgendeine fürchterlich lange Strafe aufgebrummt bekommt. Sehen wir mal, was passiert. Alles ändert sich so schnell heute, von einem Tag auf den anderen. Um die Wahrheit zu sagen, setzt mir meine Isolation fürchterlich zu. Abgesehen von WS, kenne ich hier niemanden gut, nicht wirklich. Was, wenn er endlos lange im Gefängnis bleibt? Was dann? Was werde ich tun?

(Kommen wir egoistisch auf die Welt, Lis? Warum denke ich in solch einer Situation an mich selbst?)

So oft scheint die Zukunft direkt hinter der nächsten Straßenbiegung verborgen & du musst unbedingt um diese Biegung sehen, aber es ist nicht möglich. Die Zukunft ist immer schon da, sie wartet, wird kommen, ob nun gut oder schlecht. Ich weiß nicht, ob ich mich fragen werde, warum ich jemals hergekommen bin, so weit weg von allem Vertrauten. Wer wird mir helfen, wenn was danebengeht? Was habe ich mir nur gedacht?

Du wirst sagen, dass ich zu einem Ausbund an Sorgen geworden bin. Was ist mit der Gay, die auch an einem schlechten Tag nicht ihre gute Laune verlor? Nun, die bin ich immer noch, trotz allen Kummers und aller üblen Geschichten! Einer der Gründe, warum er mich gern um sich hat, sagt WS, besteht darin, dass ich ihn zum Lachen bringe. Er möchte immer, dass ich Löwen, Affen und Vögel nachmache – ich habe mein Talent dafür entdeckt, Tierrufe nachzuahmen, und die Stimmen von Leuten, selbst die von WS. Ich weiß, viele meiner Sorgen sind nicht mehr als das – Sorgen. Ich bin sicher, Brijen kommt zurück, wenn er seine Entrüstung überwunden hat. Wie eingebildet muss ich sein zu denken, dass er sich wegen mir das Leben genommen hat, wo er doch ein Dutzend Geliebte in der ganzen Stadt hatte!

Da. Sobald ich dir schreibe, fühle ich mich leichter & kann sehen, dass mein Kopf voller Unsinn ist & nichts geschehen wird.

Ich habe vergessen, dir die letzten Neuigkeiten zu berichten: Ich habe vor WSs Verhaftung FÜNF Bilder verkauft. Alle auf einmal – drei an europäische Freunde von WS, die zu Besuch da waren, und zwei an keinen Geringeren als den Radscha von Karangasem. Er sagt, er wird sie ein paar Jahre in seinen Palast hängen und dann ins Museum. Wie wunderbar ich mich an dem Tag gefühlt habe! Und reich!

All meine Liebe für dich. Und bitte gib Myshkin einen Kuss von mir, oben auf den Kopf, und noch zwei auf jede Wange. Und kein Wort zu ihm oder sonst jemandem über die Probleme hier. Er hat es selbst schwer genug, der arme Kerl.

Gay

Juni 1939
Liebste Lis,

deine Nachricht ist eine Erleichterung. Ich habe sie viele Male gelesen und an eine Stelle gelegt, wo ich sie sehen kann. Ich rieche daran, weil ich hoffe, dass sie noch etwas von deinem Rauch und Vanilleduft verströmt. Ich fühle mich so allein. In einer Hütte, in der ich bei künstlichem Licht zu arbeiten versuche, während draußen Regen fällt. Bald schon werden die Frösche quaken & der Fluss wird nicht aufhören zu rauschen & zu strömen. Das Geräusch kommt mir manchmal wie ein Echo des Aufruhrs in mir vor. Dieser unablässige Strom. Es gibt hier einen kleinen Platz, auf dem Männer aus dem Dorf bei Einbruch der Dunkelheit Gamelan-Musik spielen & davor bauen Frauen von Kerzen erleuchtete Stände auf & verkaufen alle möglichen kleinen Dinge & Leute kommen zusammen, um Karten zu spielen & der Musik zu lauschen. Manchmal gehe ich auch dorthin, um mich dazuzusetzen & zu schwatzen, wenn man das denn so nennen kann – lächeln, nicken, ein, zwei Worte, guter Wille. (Die Sprache ist ein Problem. Ich habe einiges aufgeschnappt, aber zu wenig, ich bin langsam mit dem Lernen.) Nach einiger Zeit, wenn die Mücken anfangen, mich zu sehr zu plagen – du weißt, wie schreckliche Quaddeln ich von den Stichen bekomme –, gehe ich nach Hause, obwohl es doch schön ist & ich das Gefühl von Menschen um mich herum mag.

Tjampuhan liegt ein ziemliches Stück von der Hauptstadt

entfernt. Ich muss über den Fluss, um hinzukommen & der Weg ist dunkel & verlassen. Ich habe keine Angst, aber ich höre meine Schritte, das Flippflapp meiner Sandalen & sehe mich immer wieder um, weil es sich anhört, als ginge da jemand zehn Schritte hinter mir. Folgte mir. Ich gehe schnell. Sonst höre ich nur das Bellen der Hunde neben dem Weg, wenn sie mich riechen. Die Bäume sind hoch wie Türme & stehen eng beieinander. Lange Ranken hängen von ihnen herunter. Sie verschwinden in tiefen, tiefen Schluchten. Ich fühle mich winzig in der Finsternis zwischen all den großen Bäumen. Den ganzen Weg über kann ich die Klänge des Gamelan hören – manchmal wiederholen sie eine falsch gespielte Note & proben die gleiche Stelle immer wieder.

Wenn der Gong erklingt, scheint sich Stille über den gesamten Wald zu breiten. Haben wir Vollmond, ist alles in Silber & Gold getaucht & ich singe mir das Lied aus meiner Kindheit vor – über einen Himmel voller Sterne & Sonne – Myshkin hat das Lied ebenfalls geliebt, es war unser Lied, seines und meines. Hier klingt es fremd, eine Sprache, die niemand spricht. Aber es ist immer noch meine vertrauteste Sprache, die Worte, die ich im Halbschlaf murmele, waren immer schon auf Bengali, genau wie die Lieder, die ich oben auf dem Dach gesungen habe. Über dem Dach war mein eigenes Stück Himmel – aber nur, bis ich NCs Schritte die Treppe heraufkommen hörte. Dann sank mir das Herz. Wenigstens muss ich hier nicht mit Furcht & Schwermut auf diese Schritte auf der Treppe lauschen – Schritte, die auf meine Staffelei zutraten & hinter mir stehen blieben. Er sagte kein Wort, und doch war es ein Schrei der Missbilligung. Vielleicht übertreibe ich. Vielleicht habe ich ihn missverstanden.

Wenn ich Glück habe, geht Ni Wayan oder ihre Mutter mit mir zurück. Sie haben Mitleid mit meiner Einsamkeit & sagen mir, ich soll mit auf ihre Veranda kommen, mich zu ihnen setzen & etwas mit ihnen essen. Sie haben zwei Petroleumlampen, deren flackerndes Licht die Dunkelheit vertreibt. Eine Zeitlang fühle ich mich bei ihnen geborgen, lausche ihrem schnellen Reden & verstehe kaum ein Wort. Ich esse gern so wie sie, auf dem Boden, mit einem großen Berg Reis auf einem Bananenblatt vor mir. Ohne Löffel, so wie zu Hause mit den Händen. Sie waren verblüfft, als sie es das erste Mal sahen. Sie hatten irgendwo einen verbogenen Aluminiumlöffel gefunden & ihn neben meinen Teller gelegt, als wäre es ein westlicher Tisch. Als ich den Löffel ignorierte & mit den Händen aß, schlug sich Ni Wayans Mutter entzückt auf den Schenkel & sagte etwas, das ich nicht verstand.

Seitdem ist sie sehr lieb zu mir. Wann immer ich komme, hat sie etwas Obst oder sonst etwas zu essen für mich. Das ist die einzige Möglichkeit für sie, mir zu zeigen, dass sie mich mag. Sie macht Klöße mit Schweinefleisch, brät Entenfleisch, Fisch, raspelt Kokosnuss & mischt sie in so gut wie alles. Ich mag, was sie kocht, und so habe ich fast aufgehört, mich selbst zu versorgen. Vor ein paar Tagen hatte sie etwas Festes, Knuspriges gebraten & gab es mir in einer vollen Kokosnussschale. Ich kostete & war plötzlich sicher, dass es gebratene Insekten sein mussten. Ich hatte das Gefühl, <u>ohnmächtig</u> zu werden.

Dann sagte ich mir mit fester Stimme: Gayatri, was hat dein Vater dich gelehrt? Wenn du in ein neues Land kommst, wende dich von nichts & niemandem ab. Und was ist eine Krabbe oder eine Garnele anderes als eine große

Assel? Also aß ich mehr von dem gebratenen (köstlichen) Etwas & stellte keine Fragen. Und ich lebe noch & kann dir davon berichten, oder? Trotzdem weiß ich, dass ich tief in meinem Herzen ein Feigling bin. Wenn ich zu einem Fest gehe und sehe Haufen von Schildkrötenpanzern bei Männern, die das Fleisch zerteilen, erfasst mich ein Schauder. Ich kann einfach keine Schildkröte essen, ich weiß mich nicht ausreichend zusammenzunehmen. Wohingegen du voller Neugierde wärst, ich weiß es.

Ich war immer isoliert hier, gehörte weder zu WSs Kreis westlicher Freunde, noch bin ich den Balinesen nahegekommen, wegen der Sprachbarriere. Ohne WS im Cottage nebenan fühlt es sich schlimmer an. Dabei sollte es nicht so sein, weil er in den letzten Jahren auch schon in Iseh wohnte & nur hin & wieder herkam – doch da fühlte es sich so an, als könnte er jeden Moment auftauchen, und er tat es ja auch. Zu denken, dass er im Gefängnis sitzt, in einer verkommenen Zelle, Tag & Nacht, die Stunden zählt, zu Unrecht angeklagt. Bevor sie ihn weiter weggebracht haben, nach Surabaya, taten die Gamelan-Spieler das Reizendste, Mutigste überhaupt: Zwei Orchester, denen er geholfen hat, gingen zum Gefängnis, bauten ihre Instrumente davor auf & spielten dort, draußen, ihre neuesten Kompositionen für ihn.

Als ich davon hörte, traten mir Tränen in die Augen. Du hast erlebt, was für ein Freigeist er ist – wie er in die Bergdörfer verschwunden ist, als er bei uns in der Stadt war. Es ist, als wäre ein großartiges Genie von einem Mann in eine Maschine geraten, die ihn zerkaut & ausgespien hat. Ich muss an Beryls Worte in Madras denken – dass es einen neuen Krieg bräuchte, damit sie ihn in ein weiteres Gefangenenlager sperren können, wo er neue Sprachen und neue Malweisen studieren kann. Er hat Margaret geschrieben, um zu sagen, es ist alles bestens. Alles in ihm ist klar & entschieden, er hat neue Ideen & all die Energie & Jugend ist zurück, sagt er. Er wird in ein neues Leben zurückkehren. Er scheint mit seiner Zeit im Hotel Wilhelmina (so nennt er das Gefängnis, nach der holländischen Königin) seinen Frieden gemacht zu haben. Im August soll er entlassen werden.

Pass auf dich auf, liebe Lis & kümmere dich um meinen geliebten Schwiegervater Batty. Versuche bitte, mehr zu schreiben – ich <u>sehne</u> mich nach Neuigkeiten, nach deiner Stimme, dem Geruch von zu Hause – was immer mit deinen kurzen, unregelmäßigen Nachrichten hier ankommt. Besteht wirklich die Möglichkeit, dass Brijen noch lebt und es ihm gut geht? Das sind so gute Nachrichten, dass ich fast Angst habe, sie zu glauben. Wirst du mir eine Bestätigung schicken & vielleicht auch ein paar Fotos in deinem nächsten Brief? Du hast es seit Ewigkeiten versprochen! Vielleicht erkenne ich Myshkin nicht wieder. Vielleicht lässt er sich bald einen Bart wachsen!

Alles Liebe,

Gay

Dezember 1939

Lis, Liebste,

es ist furchterregend zu überlegen, was mein Schwiegervater macht – dass er immer noch verletzte Revolutionäre zusammenflickt, wo es Krieg gibt & mit all den Problemen in Indien. Was ist, wenn die Engländer es herausfinden? Und NC mit seinen Artikeln und seiner Arbeit für die verflixte Mukti Devi – was, wenn die beiden verhaftet werden? Wer kümmert sich dann um Myshkin? Seine neue, verrückte Stiefmutter? Ich war entsetzt zu hören, dass sie alles in Brand gesetzt hat – es geht mir nicht um meine Sachen, ich hätte sie sowieso nie wiedergesehen, aber wie grässlich für Myshkin, das miterleben zu müssen. Oh, Lis!

Der einzig glückliche Teil des Lebens ist im Moment, von deinem Mann zu erfahren. Wie wunderbar aufregend! Jeremy Gordon. Ich mag den Klang seines Namens, Lis, mein Mädchen! Was sagt Tante Cathy jetzt, na? Was für ein Glück, dass er bei dir einquartiert wurde, um dich zu finden, wo er in der Fremde doch sicher nur mit Fliegen und Mücken gerechnet hatte. Ich habe jedes Wort über ihn verschlungen – er klingt genau richtig für dich, die blauen Augen, die große Statur (komm, komm, ich weiß, dass du immer schon große Männer mochtest), das braune Haar, die singende Stimme. Er muss einfach richtig für dich sein, weil du mir endlich einen langen Brief geschrieben hast! Wunderbar, wie du beschreibst, wie er indischen Soldaten das Fahren beibringt. Ich muss lächeln, wenn du sagst, dass die an Pferde gewohnten Inder aufs Gas treten, wenn sie einen Graben vor sich sehen, und grinse jedes Mal, wenn ich mir vorstelle, wie Jeremy sagt: »Die verdammten Idioten denken, das Auto segelt über den Graben, wenn sie auf das verwünschte Ding treten.« Ich weiß noch, wie Arjun sich genau darüber beschwert hat, als sie ihren Dodge bekommen hatten. (Ich habe nie einen Mann erlebt, der solche Wutausbrüche wie Arjun hat, nie. Kein Wunder, dass Dinu in solcher Angst lebt.)

Ich bin mit meinen Gedanken nicht in Bali – ich versinke plötzlich in Erinnerungen an zu Hause und würde dich so gern in deinem neuen Leben sehen! Ich hoffe, du putzt dich heraus, wenn du mit ihm ausgehst – das dunkelgrüne Seidenkleid und die dunkelblauen Schuhe, bitte. Ich versuche, mir das neue Muntazir vorzustellen, das du beschreibst – die Scharen von Tommies, die neuen Bars & Restaurants, die Jazzmusik in Hafizabagh (das kann ich mir nicht vorstellen!!!), die Gräben… Oh, mein Kopf bringt das alles nicht zusammen, ich kann es nicht sehen, aber ich sorge mich. Wird der Krieg wirklich so weit reichen? Ich kann mir Bannos Söhne nicht als Matrosen auf einem fernen britischen Schiff vorstellen. Myshkin muss so große Augen machen. Weiß er von deinem Jeremy? Ich habe lange nichts mehr von ihm gehört. Ich würde ihn so gern in meinen Armen halten und seinen Babygeruch riechen – Milch, Seife, Puder – auch wenn es den schon lange nicht mehr gibt.

Ich bin erleichtert, dass jetzt feststeht, dass Brijen noch lebt, und er es für richtig gehalten hat, dir zu schreiben, wenn schon nicht der eigenen Familie. Nimmt er an, dass du es an mich weitergibst? Wenn das der Fall ist und ihn tatsächlich seine unsterbliche Liebe mit dir Kontakt hat aufnehmen lassen, konnte er dich dann nicht eher informieren? Warum hat er mehr als ein Jahr dazu gebraucht? Ich habe kein Verständnis für solch gedankenlose Selbstbezogenheit. Es tut mir leid, dass ich so viele schlaflose Nächte damit verbracht habe, mir wegen eines so nutzlosen, unbedachten Mannes Sorgen zu machen. Es bestätigt mich in meiner Ansicht, dass es richtig war, ihn zu verlassen, so herzlos und kalt es sich damals auch angefühlt hat. Ich werde keine Minute meiner Zeit mehr mit ihm vertun.

Ws Freunde sind durchaus nett zu mir, aber ohne ihn hat sich der Schwerpunkt verschoben, nichts ist wie früher &

ich bin viel allein. Allerdings ziehe ich diese Einsamkeit der zusammen mit NC vor. Das war eine Isolation der verzweifeltsten, die Seele zerstörenden Art, als wäre man allein mitten auf dem Ozean, nur Wasser ringsum und keine Ruder. Die Einsamkeit hier geht vorüber, ich muss sie ertragen, bis WS zurück ist und wieder Normalität einkehrt.

Die Abende fühlen sich lang an, aber ich bin so müde, dass ich schnell einschlafe. Tagsüber arbeite ich wie eine Verrückte. Ich habe keine Uhr an der Wand & manchmal, wenn ich aus der Hütte komme, ist es bereits Abend & die Musik hat angefangen. Mehr & mehr mache ich Dinge mit meinen Händen – ich benutze sie auch beim Malen. Ich forme Stücke aus Terrakotta-Ton, brenne sie (in einem sehr primitiven Ofen), arbeite sie in eine Putzfläche ein & versuche mich an einem Fresko mit ihnen. Mit den Wasserfarben habe ich aufgehört, ich male in Öl & mache Collagen. Im Übrigen verbringe ich Stunden damit, anderen Malern bei der Arbeit zuzusehen, und habe neue Arbeitsweisen erlernt. Ich gehe ins Museum und sehe mir Ws Kunstbücher an – ich habe das Gefühl, mir wachsen neue Augen, auf dem ganzen Kopf. Wie einer dicken, fetten Fliege!

Habe ich dir gesagt, dass eines meiner Bilder jetzt im Museum hängt? Hättest du das für möglich gehalten? Hin und wieder stehle ich mich hin, werde langsamer, wenn ich den Raum erreiche, in dem es, wie ich weiß, hängt, warte und verweile bei den anderen Bildern vor meinem, und mein Herz schlägt schneller. »Stillleben mit fehlender Frau«, steht da. »Von Gayatri Rozario.« Da wird mir ganz seltsam, als blähte ich mich auf und zerflösse gleichzeitig zu einer Pfütze. Vielleicht kommt Myshkin eines Tages her und sieht, dass seine Mutter etwas mit ihrem Leben angefangen hat!

Dieser Tage drehe ich Ton auf einer Scheibe und mache Schüsseln. Es hat etwas Magisches, sie unter meinen Fingern wachsen zu fühlen. Wie NC gucken würde, wenn er mich mit gespreizten Beinen an meiner primitiven Töpferscheibe sitzen sähe, neben den drahtigen Männern des Dorfes mit ihren Stirnbändern, die nackten Körper schweißglänzend. Aber sie betrachten Frauen hier nicht wie in unserem Land. Hier sind Frauen frei, entspannt & selbstsicher. Du solltest sehen, wie die junge Ni Wayan Arini sich weiße Gardenien ins Haar steckt, in ihrem gelben & roten Sarong zum Markt schwebt & sich alle paar Minuten mit Leuten, denen sie begegnet, unterhält & Neuigkeiten austauscht. Keine Frau kann in unserem Teil der Welt so über eine Straße bummeln & die Zeit vertrödeln, oder? Die Leute hoben schon die Brauen, wenn ich zu dir hinüberging oder Brijen mich besuchen kam. Wer weiß, was Dinus Mutter dachte, was wir da machten? Sie hat nie auch nur einen Schritt aus dem Haus getan, es sei denn ins Auto, um ihre Verwandten zu besuchen.

Ich wünschte, ich könnte tun, was wir in jenen Tagen getan haben, einfach mit dir auf deinem Sofa sitzen, reden & wissen, du wirst mich verstehen. Wie ich mich nach engen Freunden sehne. Es war anders, als Beryl hier war. Wer kann erklären, dass ich so viel mit dieser gebildeten Engländerin gemeinsam hatte, die doch Jahre älter ist als ich? Sie hat so viele Pläne: Bevor sie wegging, sagte sie mir (ich nehme an, um mich zu trösten, wie man es bei einem Kind tun würde), dass sie bald schon zurück nach Indien und Bali kommen werde.

Ich wünschte, sie wäre <u>jetzt</u> noch ein paar Monate geblieben. Warum sind wir so wenig mit denen zusammen, die wir später im Leben lieben lernen? Auch wenn sie oft bissig, ja abweisend war, darunter verbarg sich ein warmherziger, kluger Geist – & ein witziger. Einmal haben wir uns über verschiedene Arten von Freundschaft & Ehe unterhalten & sie erzählte mir, dass sie mal mit einem Mann namens Basil verheiratet war & sie & er beschlossen, ohne Sex zusammenzuleben. (Ich wurde rot, weil sie das so ruhig aussprach. Wir wurden so prüde erzogen. Ich glaube, ich habe das Wort »S-E-X« kein einziges Mal in meinem Leben ausgesprochen. Aber jetzt: Sex.) Nun, sie beschlossen, es ohne zu versuchen, weil es sonst so vulgär gewesen wäre. Sie haben auch keinen Alkohol mehr getrunken & kein Fleisch mehr gegessen. Ein auf platonischer Liebe basierendes, erhabenes Leben war der Plan. Die arme verblendete Beryl! Eines Tages fand sie heraus, dass er von Gemüse zu Steaks übergegangen war, von Milch zu Bier & vom Platonismus zu körperlicher Liebe mit einer anderen Frau. Sie versuchte, Ruhe zu bewahren, sagte sie & sich nicht daran zu stören, verließ ihn dann aber. Was gut war, meint sie, sonst hätte sie womöglich Arthur nie gefunden. Arthur hat auch andere Frauen – sie weiß, dass er mit ihnen zusammen ist, wenn sie auf Reisen geht. Sie nennt sie seine <u>anderen Kontinente</u>. Sie hat mir nicht erzählt, ob sie & Arthur auch die platonische Liebe pflegen & ob das der Grund ist, dass er andere Kontinente besucht. Es scheint sie zu verletzen, doch sie hat in Kopf & Herz ihren Frieden damit gemacht.

Leben wir so, wenn wir älter werden, Lis? Verändern unsere Köpfe & Körper die Form, um Platz zu machen?

Auch mein Körper verändert seine Form – ich bin eine alte Tante, dünn wie ein Stecken, die Haut ist fleckig & trübe. Ich habe Fieberanfälle & muss Chinin nehmen. Es ist Malaria, hat man mir gesagt. Zu Hause hatte ich nie Malaria, wahrscheinlich wegen der guten Vorsorge von Dr. Rozario.

Schreibe mir, Lis. Erzähle mir von Jeremy. Nennst du ihn Jem oder Jimmy? Wie viele Kinder wirst du bekommen? Eine ganze <u>Brut</u>, hoffe ich, die dann Myshkins kleine Cousins sind. Ich hoffe, du wirst keine platonischen Versuche wie Beryl unternehmen.

Was mich betrifft … Dieser Teil des Lebens ist vorüber & ich empfinde keine Leere deswegen. Ich sage mir, es ist eine Erleichterung. Brijen trauere ich nicht mehr nach, nicht mal in Momenten sentimentaler Trübsal. Es ist, als könnte ich mein vergangenes Ich aus großer Ferne sehen, so fremd wie eine Frau auf einer Kinoleinwand, und ich betrachte die romantischen Wunden dieser Frau und bin erstaunt, wie sie so verblendet sein konnte.

Aber ich will daran nicht denken. Nicht an Liebe, die Polizei oder mögliche Gefahren. Nicht an Armeen in fernen Ländern. Ich will nicht voller Sehnsucht & Sorge sein. Ich denke nur an dich, Jeremy & eure Hochzeitsglocken. Kommt in den Flitterwochen her! Ich baue euch ein Dach aus blauem Lotus & ein Bett groß wie ein Tennisplatz, bezogen mit der feinsten weißen Baumwolle & zum Abendessen gibt es süße Orangen & gebratene Entchen. WS wird wieder hier sein – er ist aus dem Gefängnis gekommen & verbringt ein paar Monate auf Java – er wird euch einen Hochzeitsmarsch spielen, wir werden einen Tempeltanz & ein Festessen veranstalten & du wirst in Gold & Brokat gekleidet & so schön sein, dass Jeremy ohnmächtig wird. Aber du weckst ihn mit einem Kuss auf.

Mit viel Liebe, die Deine,

Gay

4. März 1940

Liebste Lis,

wie geht es dir? Es ist sehr lange her, dass ein Brief von dir gekommen ist. Frisst der Briefkasten sie auf? Als Kind waren die roten Säulenkästen für mich Ungeheuer mit einem offenen Maul. Ein wenig glaube ich das noch immer. Wohin verschwinden die Briefe, wenn wir sie dort hineinwerfen, wie gelangen sie je irgendwohin? All die Züge, Schiffe & Straßen, bis sie die Entfernung von Muntazir nach Tjampuhan überwunden haben. Ich komme aus der Hütte zurück, in der ich nachmittags arbeite, verschwitzt & verdreckt & gehe direkt zu Ni Wayan. Wenn sie den Kopf schüttelt (denn sie weiß, was ich wissen will, ohne dass ich ein Wort sagen würde), sinkt mir das Herz. Aber ich fange mich wieder & sage, vielleicht morgen. Mein Vater ist früh gestorben, doch diesen Teil von sich hat er mir hinterlassen: ein unauslöschliches Feuer, das mich von innen erleuchtet & mir sagt, dass sich die Dinge bessern, die Wolken auflösen werden. Morgen wird ein Brief von dir kommen oder am Tag darauf & vielleicht schon einen Tag später sitzt du in Fleisch & Blut hier, mit Jeremy, rauchst eine deiner langen Zigaretten und hältst deinen neuen seidenen Sarong hoch, um ihn mir zu zeigen, während Myshkin zum Fluss hinuntergeht, um endlich Sampih kennenzulernen. (Habe ich dir je von Sampih erzählt? Er hat Colin einmal vorm Ertrinken gerettet. Er ist ein toller Tänzer, ein Schützling von WS.)

Wie oft mir Myshkin zu Sampih geschrieben hat, als er noch schrieb. Es kommen nur noch wenige Briefe von ihm. Ich hatte das Gefühl – hatte gehofft –, dass es nicht zu diesem Auseinandertreiben kommen würde. Oder dass ich ihn vorher herholen könnte. Ich habe versagt, ich verkaufe auch nicht annähernd so viele Bilder, wie ich verkaufen müsste – ich spare nicht genug.

Ni Wayan bemuttert mich, wo ich keine Lust zum Kochen habe, aber ich bin nicht hungrig. Auch wenn ich mich nach einer Samosa sehne! Gestern bin ich aufgewacht und hatte den Geruch von Nandurams Samosas in der Nase – es war unerklärlich. Ich muss von ihnen geträumt haben. Habe ich sie im Traum gegessen?, frage ich mich. Ich hoffe es. Das Einzige, worauf ich im Moment Appetit habe, ist Obst. Ich esse Mangostanen – sie sind süß und sauer, und sie schmecken mir noch.

WS ist schon seit einiger Zeit zurück & hat Ewigkeiten damit verbracht, seinen Garten in Ordnung zu bringen. Er kam mit Farnen, Wasserlilien & vielen anderen Pflanzen & war ewig damit beschäftigt, einen neuen Teich für sie auszuheben – jetzt ist er fertig, von Steinen gesäumt, sehr einfach. Ich hätte nicht gedacht, dass der Garten noch verschönert werden könnte, doch der Teich bringt Ruhe & Klarheit, das Licht fällt darauf & ändert den ganzen Tag über die Farbe. Abends sitze ich mit einem Glas Tee daneben & sehe zu, wie alle kommen & gehen & ihre Aufgaben erledigen. Die Normalität ist mit einem leisen, glücklichen Summen zurückgekehrt. Es gab eine Katastrophe, doch sie ist überwunden & das Leben hat sich wieder beruhigt. Auf einer anderen Veranda döst die alte Frau, Ni Wayans Mutter, und ihr runder Bauch hebt und senkt sich sanft. Nicht weit entfernt lungert einer der Jungen herum und poliert seinen Kris – das ist ein verzierter Dolch, den sie mit sich herumtragen. Ich werde dir einmal eine Miniaturversion mitbringen, damit du deine Briefe damit aufschlitzen kannst.

Auf der anderen Seite der Schlucht schleicht WS herum

und lauert mit einem Netz in der Hand Libellen auf. Er ist dünner, aber voller Energie, und sammelt die Libellen voller Leidenschaft. Er malt sie, es sind zarte, detaillierte Bilder – wer hätte sagen können, dass ein Insekt so elegant sein kann? Die Bilder gehen an einen Insektenspezialisten auf Java. (Einen Mann namens Gustav, der ein paarmal hier war & auf schmeichelhafte Weise von mir angetan war, eine große Schönheit hat er mich genannt usw. usw. Wenn du sehen könntest, was für ein hagerer alter Stecken ich bin! Ich pruste vor Lachen, während ich das hier schreibe.) WS ist viel unterwegs & besucht alle auf der Insel & der Jubel ist groß, dass er wieder frei & zurück ist & alle denken, dass ihm großes Unrecht getan wurde.

Alles ist friedlich, das stimmt – aber ich spüre einen Schatten über uns. Die Regierung unternimmt einiges, lauter böswillige Kleinlichkeiten, um dafür zu sorgen, dass WS keine Arbeit mehr bekommt. Warum nur? Er ist unglücklich & beklagt sich bitterlich, aber alle raten ihm, ruhig zu bleiben, den Kopf unten zu halten, niemanden zu provozieren & einfach nur zu malen. Vielleicht müssen wir in dieser veränderten Welt alle so werden. Unsichtbar. Still. Im Dunkeln unter unseren jeweiligen Steinen herumkrabbeln.

Verlass du mich nicht auch noch. Myshkins Verschwinden ist schlimm genug. Schreib mir viele, viele Seiten, wenigstens <u>zwölf</u> Blätter! <u>Beidseitig</u> beschrieben.

Mit viel Liebe,
immer dein,
Gay

25. Mai 1940

Liebste Lis,

die Neuigkeiten sind düster. WS ist wieder eingesperrt worden, dieses Mal völlig ohne Vorwarnung. In ein Internierungslager. Weil jetzt Deutschland & Holland im Krieg miteinander stehen. Ich weiß noch, dass du mir gleich zu Beginn des Krieges geschrieben hast, dass die Engländer alle Deutschen in Indien festnehmen. Ich denke, wenn sich Länder im Krieg befinden, gehören uns unsere Leben nicht mehr, selbst wenn der Krieg auf der anderen Seite der Welt stattfindet.

Wie lange wird er diesmal eingesperrt bleiben? Wir wissen es nicht. Da sie Wissenschaftler, Pflanzer, Künstler, alle möglichen Leute unter den 3000 haben, nehme ich an, sie überprüfen die Identität & lassen die Harmlosen wieder frei, damit sie zurück in ihr Leben können. Schließlich kann nicht alles gestoppt werden, bloß weil auf einem völlig anderen Kontinent Krieg herrscht, oder? Deutsche wie WS, die Deutschland vor Jahren verlassen haben, zum Teil aus Abscheu vor den Nazis – was für eine Ironie, ihn jetzt einzusperren. (Und was die Juden angeht, die sie hier einsperren, nur weil sie Deutsche sind – welche Ironie könnte größer sein?)

Die Einheimischen hier fragen sich, warum WS nicht vor Jahren schon klug genug war, seinen Pass zu ändern, da er nicht die Absicht hatte, je wieder zurück nach Europa zu gehen. Ich nehme an, dass er es nicht so wichtig fand. Wer würde das? Ich habe Glück, Inderin zu sein – die Briten & die Holländer sind Verbündete, also komme ich wohl nicht in ein Lager. Ich nehme an, ich bin sicher. Die deutschen Frauen und Kinder sind in eigenen Lagern, die Familien werden auseinandergerissen.

Pugig, Ni Wayans Cousin, arbeitet im Grand Hotel einer Stadt auf Java namens Lembang. Er erzählte uns, dass er an der Straße stand, als holländische Soldaten Bruno Treipl gefangen nahmen. Bruno Ts Familie gehört das Hotel & sie sind örtliche Größen. Er sagt, die Soldaten haben Treipl auf allen vieren zum Gefängniswagen kriechen lassen & dass sie ihn angespuckt haben, als er vor ihnen kniete. Oh, Lis, ich fürchte, WS wird es diesmal schwerer haben, und wenn nur wegen der Zahlen – es sind einfach zu viele Menschen in den Lagern, Menschen werden zu <u>Sachen</u>, wenn zu viele an einem einzigen Ort sind.

Ich bin zu aufgewühlt, um weiterzuschreiben. Ich weiß nicht, was mit mir wird. Wann werde ich zurück in ein normales Leben finden?

All meine Liebe,

Gay

10. Oktober 1940

Liebste Lis,

ich bin ganz allein! Das ist meine einzige Entschuldigung dafür, dass ich monatelang nicht geschrieben habe. Ich war so sehr damit beschäftigt, mit mir selbst zu reden, dass ich alles andere vergessen habe. Sei nicht böse, es tut mir leid! Du weißt, wie es ist – ich hasse es, mich zu beklagen, aber das war das Einzige, was ich noch getan habe. (Bei mir selbst, leise geflüstert, Tag und Nacht, ohne Unterlass.)

Jetzt habe ich mich zum Lehrling eines zahnlosen alten Töpfers namens Nyoman Sugriwa gemacht, und das gibt mir etwas, worüber ich dir schreiben kann. Sein Gesicht ist verwittert wie altes Holz & er sitzt auf einem Leintuch & dreht seine Scheibe. Ich schwitze fürchterlich in der Hitze, meinen Sari schiebe ich bis zu den Knien hoch, beuge mich über die Scheibe & versuche, einen winzigen Teil dieser wackligen, chaotischen Welt ruhig zu halten. Wir brauchen keine Worte, er zeigt mir alles mit Gesten & wir lächeln viel, nicken oder schütteln den Kopf.

Ich versuche, das jetzt als Zeit für mich zu sehen, um zu lernen & etwas zu schaffen – ich versuche, WS im Gefängnis nachzueifern. Schließlich befinde auch ich mich in einem Gefängnis, wenn auch einem schönen, oder etwa nicht? Ich kann hier nicht weg. Ich habe kein Geld. Keine Freunde. Selbst Jane ist weg. M. Mead, die ich nie gemocht habe & die ich niemals um Hilfe gebeten hätte, ist vor langer Zeit schon abgereist. Ich denke – ich bin entschlossen zu denken –, WS wird bald wieder nach Hause kommen & ich will hier sein und dafür sorgen, dass er in eine normale Welt zurückkehrt. Ich weiß, es gibt Leute, die schon länger hier sind und das auch tun. Trotzdem. Indah, der Hund aus Kintamani – du erinnerst dich? –, sie schläft jetzt bei mir, wo WS nicht da ist. Die Affen. Der Kakadu. Sie alle müssen versorgt werden. Ich kann sie nicht verlassen, wenn sie für WS doch sein Leben sind – er hat so viel für mich getan.

Ich schwatze. Aber ich muss mich um einiges kümmern, weißt du. Kürzlich kam eine Holländerin, Mrs Hueting, zu Besuch. Es ist Unsinn zu denken, dass von den Japanern Gefahr droht, verkündete sie, die Alliierten sind zu zahlreich. Die Japse (so nennt sie sie) wissen, es ist ihr Ende, wenn sie im Pazifik etwas versuchen. Es gibt keine Gefahr für Niederländisch-Indien, absolut keine Gefahr. Ihr Mann hat ihr das so erklärt. Als wäre es das abschließende Wort in der Sache. Sie ist eine Pflanzersfrau, und sie sagte, sie sei gekommen, um zu sehen, ob WS Bilder zurückgelassen habe, die sie in ihr Wohnzimmer hängen könne. Ich frage dich! Sie haben Kaffee & Gummi, Tausende Morgen Land, leben wie Könige & Königinnen, praktisch mit Sklaven & sind brutal zu ihren Arbeitern. Die Frau hat ein pummeliges Gesicht & Popcornaugen & scheint sehr zufrieden mit sich. Ich mochte sie ganz & gar nicht. Ich wünschte, ich hätte ihr einen langen Reiszwecken in die riesigen Hinterbacken gerammt.

Hat sich wegen des Kriegs auch zu Hause alles geändert? Gibt es mehr Engpässe? Ich habe nichts von dir gehört. Auch von Myshkin nicht. Vielleicht funktioniert die Post nicht mehr. Vielleicht versinken unsere Briefe im Meer. Ich bete dafür, dass dich dieser erreicht. Ich habe das Gefühl, die Welt ist im letzten Jahr in hundert Teile zerbrochen & hat uns weit voneinander entfernt.

In Liebe,
Gay

Juli 1941
Meine liebste Lis,

ich habe mir überlegt, meine Briefe zu nummerieren, damit du weißt, wie viele nicht angekommen sind. Du wirfst mir vor, ich schreibe nicht, aber zuletzt habe ich dir wenigstens alle zwei Monate einen neuen Brief geschickt. Du musst drei oder vier nicht bekommen haben, vielleicht sogar mehr! Briefe zu schicken kostet Geld, und ich muss vernünftig damit umgehen. Meine sind zudem am Ende immer so schwer, dass sie in die teuerste Kategorie fallen, obwohl ich doch versuche, dass es nicht mehr als 25 Cent werden, da ich dir & Myshkin schreibe … Ich klinge wie ein fürchterlicher Geizhals, aber ich verdiene so gut wie nichts. Ich verkaufe das bisschen Schmuck, das ich von meiner Mutter habe & es macht mich so wütend zu denken, dass all die Anstrengung, das Geld & meine Worte & Gedanken zusammen mit allerlei Wracks in den trüben Tiefen des Indischen Ozeans treiben. Es ist nicht fair.

Ich bin ziemlich brummig, weil ich mich nicht gut fühle. Immer wieder diese Fieberanfälle, und ich kann kaum Essen unten halten. Trotzdem versuche ich zu arbeiten. Sugriwa bringt mir bei, wie man Körbe flicht. Meine Finger sind völlig zerschnitten, aber ich gebe nicht auf. Ich bin müde, müde, müde. Gestern habe ich einen Korb fertiggestellt, aus Rohr geflochten & Sugriwa fand ihn gut & hat auf westliche Weise die Daumen in die Höhe gereckt! Ich lebe wie einst England in *splendid isolation*. Die Leute raten mir wegzugehen, aber selbst ganz hypothetisch, wohin sollte ich? Meine Mutter wird mich nicht mit Rosen umkränzen, wenn ich zurückkomme & NC lässt mich nicht mal zur Tür herein. Wo soll ich leben? Was soll ich tun? Wie soll ich etwas verdienen? Hier hatte ich zumindest ein Auskommen – bis WS interniert wurde.

Ich werde bleiben. Eines Tages wird man mich hier finden, die verrückte Alte aus Indien, umgeben von ihren Bildern & misslungenen Tongefäßen. Ich gehe nicht weg, warum sollte ich? Wie soll ich meine jahrelange Arbeit mitnehmen? Ich werde das alles nicht einfach zurücklassen – ich habe gute Arbeit geleistet, Lis. Wenn ich Zweifel bekomme, denke ich an mein Bild im Museum, die beiden in der Sammlung des Radschas und all die anderen, die die Leute von mir gekauft haben. Wenn dieser ganze Wahnsinn vorbei ist, wird meine Arbeit wieder etwas wert sein. Oder ich werde wie in einem alten Ägyptergrab gefunden, umgeben von den Dingen, die mir etwas bedeutet haben. Wenn ich hier sterbe, werden sie mich so finden. Du weißt, sie verbrennen die Toten hier nicht gleich, sie warten auf einen glückverheißenden Tag und mumifizieren die Toten bis dahin. Vielleicht sage ich ihnen, sie sollen mich einbalsamiert lassen, damit du mich eines Tages findest!

Was für makabre Gedanken.

WS ist noch nicht zurück, und niemand weiß, wann er kommt. Ein holländischer Soldat, der mal als Gast in Tjampuhan war, hat jemandem geschrieben, um zu sagen, dass er bei einer Wache vor ein paar Tagen WS hinter dem Stacheldraht des Lagers gesehen hat. WS knochig & dünn, mit einem beginnenden Bart. Ihre Blicke trafen sich nur kurz, dann drehte WS sich eine Zigarette, sagte er. Ein quälender Gedanke – W wie ein eingesperrtes Tier hinter Stacheldraht.

Er hat ein paar Postkarten aus dem Lager geschickt. Es ist schlimm überbelegt. Eng geschlossene Reihen Pritschen, die Kleider hängen an Stricken über ihnen, keine Minute allein für sich. Mücken über Mücken. Er versucht, die Stimmung oben zu halten, sogar zu malen, aber der letzte Brief klang niedergeschlagen. Ein Porträt sei nichts geworden, schrieb er, und er hatte beim Pingpong verloren. Keine Butter mehr, der letzte russische Roman gelesen! Er versuchte, sein Elend komisch klingen zu lassen, absurd erbärmlich – aber es macht mich traurig. Ich darf ihm nichts schicken & ihn nicht besuchen. Niemand darf das.

Es gibt auf Java eine deutsche Familie, junge Eltern, zwei kleine Kinder, und ich habe gehört, die Mutter ist im Lager gestorben, und die Kinder sind allein dort. Der Vater ist in einem Lager nur für Männer. Die Deutschen behandeln die Juden weit brutaler, ich weiß, aber rechtfertigt das eine das andere? Besteht die ganze menschliche Geschichte aus einem endlosen Kreislauf von an Unschuldigen geübter Rache? Und wir sind in dieser schrecklichen Maschine gefangen, unser Leben wird aus uns herausgepresst. Ich musste an den Film denken, den wir zusammen gesehen haben – war es im Grace oder Delite? Eine Matinee, erinnerst du dich, um Nek nicht aufzuregen? Der Film, in dem eine Frau unter Felsen zerquetscht wurde. Ich habe das nie vergessen, die wilde Freude der Leute daran, sie zu Tode zu quälen.

Gestern habe ich mich wieder nicht wohlgefühlt – nun, was ist daran neu, wirst du sagen. Ich bin zu Nyoman Sugriwa gegangen, wie gewöhnlich, weil es schlimmer ist, zu Hause zu sitzen und nichts zu tun. Ich habe versucht, an der Scheibe zu arbeiten, doch meine Hand wollte nicht ruhig bleiben, mein Körper fand keine Verbindung mit dem Ton, alles schmerzte & ich knirschte mit den Zähnen & drückte mehr & mehr Ton zu Kugeln zusammen, mit Tränen in den Augen & wütend auf mich, weil ich diesen kleinen Klumpen nicht zu kontrollieren vermochte, während Sugriwa ständig Dinge zu mir sagte, die ich nicht verstand – wahrscheinlich, dass ich meine Zeit & seinen Ton nicht verschwenden & nach Hause gehen sollte. Nichts im Leben ist mehr unter Kontrolle. Nichts. Am Ende stand er auf & stampfte davon. Ich sah, wie er rauchte. Roch den Nelkengeruch.

Mein Blick fiel auf Indah, die mir immer zu Sugriwa folgt. Sie lag in einer Ecke des Bambusschuppens und döste in der Hitze. Es ist nachmittags so heiß hier, so fürchterlich heiß, es ist, als säße man in einem Vulkan. Du kannst dir den Schweiß und das Unwohlsein nicht vorstellen, wobei ich schon besser damit zurechtkomme. (Die Nächte sind kühler, da kommt oft eine Brise auf.) Indah hob den Kopf & richtete für einen langen Moment ihre braunen, ruhigen Augen auf mich. Dann sank ihr Kopf zurück auf den Boden. Sie ist alt – sie war schon alt, als wir sie fanden, wie mir bewusst wurde, und ist immer noch schrecklich dünn, trotz des Futters. Ihre Augen sind ganz trüb vom Star, sie sehen wenig, wenn überhaupt etwas – ich weiß es nicht. Ihre schwarze Schnauze ist ergraut & ihre Rippen werden sichtbar, wenn sie sich so hinlegt, obwohl das Fell immer noch tiefschwarz glänzt. Nachts schläft sie bei meinem Bett, nie darin – sogar wenn sie akzeptiert, dass sie dich braucht, tut sie dir nicht schön wie andere Hunde. Du spürst, dass sie eine Welt in sich trägt, an der du niemals wirst teilhaben können. Solch ein stures Für-sich-Bleiben! Wer weiß, wie sie ganz allein auf den Felsen in Kintamani gelebt hat, vor all den Jahren, als sie uns bis nach Hause gefolgt ist? Was hat sie gefressen? Wo hat sie Wasser gefunden?

Ich habe keine Ahnung, was in diesen Sekunden geschah, als sie den Blick auf mich gerichtet hielt, aber von dem Moment an drehte sich der Ton wieder glatt & gleichmäßig unter meinen Händen. Eine makellose Schüssel wuchs zwischen meinem Daumen & den Fingern. Wenn ich dir nur begreiflich machen könnte, was da geschah, Lis! Und wie spirituell es sich anfühlte. Wenn es etwas Göttliches gibt, das war es. Was auch immer für eine Macht es war, die meine Hand & meinen Körper zur Ruhe brachte, ich werde zu ihr beten, dass sie auch die Welt beruhigt & uns alle eines Tages wieder zusammenführt. Alles Gute, liebste Lis. Wenn dich dieser Brief erreicht & auch, wenn er es nicht tut, bitte,

schreibe mir! Berichte mir von Myshkin. Ich werde nicht
ruhen, bis ich ihn wiedersehe. Das ist ein Versprechen. Ich
werde einen Weg finden.

Mit viel Liebe,
Gay

13. September 1941
Meine liebe Lis,

mein Geburtstag. Du wärst mit einem Kuchen mit Zu-
ckerguss gekommen & unpraktisch, wie du bist, mit 31
Kerzen darauf, die niemals alle zusammen anzustecken gewesen wären – NC hätte das verrückt gemacht. Die Verschwendung, das Kindische, die unnötige Übertreibung.
Würde Mukti Devi einen Geburtstagskuchen bekommen,
jemals? Nie! Ts, ts, schon der Gedanke. Er wäre hinten aus
dem Tor verschwunden & nicht zurückgekommen, bevor
er nicht sicher gewesen wäre, dass die Luft wieder rein war.
Brijen hätte mir ein extra Lied gesungen & das sahnigste
Kulfi von der Straße geholt, das nach Salz, Zucker & Safran
geschmeckt hätte. Als Kind gab es nichts zu meinem Geburtstag, er war nicht wichtig. Du warst die Erste, die das
änderte. Jedes Jahr ohne dich habe ich mir dich hier vorzustellen versucht und auch allein etwas Festliches unternommen.

Nun, diesmal war ich nicht allein an meinem Geburtstag. Ich hatte einen Besucher. Er kam sehr unerwartet: Mr
Mimura aus Den Pasar, das ist die nächste Stadt. Ich hatte
ihn noch nie getroffen, aber seinen Namen gehört – er ist
ein japanischer Diplomat oder doch irgendein offiziel-
ler Vertreter seines Landes. Jedenfalls arbeitete ich gerade
auf WSs Veranda – das habe ich mir angewöhnt, weil man

von da auf den von Steinen eingefassten Teich sehen kann & die Veranda einen kühlen roten Zementboden hat, auf dem ich gern barfuß stehe, wenn ich male. Wobei, in dem Moment saß ich im Schneidersitz da, malte Muster auf ein paar Töpfe, ganz in meine Arbeit versunken & sprang verschreckt auf, als er erschien. Ich versuchte, mein Haar glattzustreichen – es war ganz zerzaust & wurde nur schlimmer, weil ich es schaffte, mir auch noch tonige Farbe hineinzuschmieren.

Mr Kimura war makellos gekleidet, schwarzer Anzug, weißes Hemd, ein gesitteter, lächelnder Pinguin mit perfektem Englisch, der sich genauso verneigte, wie man es von den Japanern sagt – ich hatte es allerdings nie zuvor gesehen. Er sagte, er habe von einer berühmten indischen Malerin hier in Tjampuhan (berühmt? ich?!) gehört & da er gerade hier durchkomme, wolle er sich selbst ein Bild machen. Rabindranath Tagore sei einmal in Japan gewesen, wisse ich das? Er drückte mir sein tiefes Mitgefühl für den kürzlichen Tod des Dichters aus. Oh, ich hatte es noch nicht gewusst? Dann sein Mitgefühl & seine Betrübnis, der Überbringer der schlechten Nachricht zu sein. Im letzten Monat sei er gestorben, vielleicht habe mich die Zeitung ja hier nicht erreicht.

Danach setzte er sich & sagte, ich solle mit meiner Arbeit fortfahren, er habe den langen Weg auf sich genommen, um mir dabei zuzusehen, ich solle nicht aufhören. Ich setzte mich zurück auf den Boden, wo ich gesessen hatte, aber mir war äußerst unbehaglich zumute, so wie er mich von dem breiten Sofa an der Wand beobachtete und mit langen Fingern auf die Armlehne klopfte. Ich konnte den Blick weder auf die Farbe noch den Topf gerichtet halten, sondern wurde immer wieder vom Magenta seiner Schnürsenkel auf den polierten schwarzen Schuhen abgelenkt. Nun ja, ich versuchte zu malen & er ließ mich nicht aus dem Blick & dann ging er ohne erkennbaren Grund zu Indah, hob sie hoch & setzte sie neben sich. Sie war unruhig & versuchte, sich frei zu machen, aber er hielt sie mit einer Hand fest im Nacken gepackt & strich ihr mit der anderen über den Rücken.

Diesen knochigen, zottigen Rücken. Lis, ein Schauder durchfuhr mich, und ich konnte meinen Pinsel nicht mehr ruhig halten. Ich dachte, er würde ihr das Genick brechen, einfach so fest zudrücken, dass es brach. Ich sagte ihm, Indah liege gern auf dem Boden, ob er sie nicht loslassen könne, doch er sagte: »Sie scheint sich wohlzufühlen. Sorgen Sie sich bitte nicht. Machen Sie weiter.« Er hatte etwas Bedrohliches – wobei ich nicht genau den Finger darauf legen kann, wodurch – trotz seiner höflichen Art. Ich ließ eine der unfertigen Schüsseln fallen, sie zerbrach & er sagte nichts. Ich wandte mich den verbliebenen Schüsseln zu. Versuchte, mich auf Wirbel, Strudel & Bambushalme zu konzentrieren. Er murmelte etwas über Tenmoku- und Seladon-Glasuren und Stroh- und Bambuspinsel. Bambuspinsel eigneten sich am besten für das Malen solcher Bambushalme, sagte er immer wieder.

Nachdem das eine Weile so gegangen war, brachte Ni Wayan uns auf einem Tablett etwas Zitronenwasser. Eines der Gläser war angeschlagen & es gab keine Kekse oder sonst etwas zu essen dazu. Ich entschuldigte mich für unsere Nachlässigkeit. Mr Kimura schien sich sowieso nicht für etwas zu trinken zu interessieren, aber irgendwie brach Ni Wayan den Bann & zu meiner Erleichterung nahm er jetzt die Hände von Indah, die <u>sofort</u> davonlief. Mr K stand auf & sagte: »Ein schöner Hund, wenn auch alt. Sollten Sie Bali in naher Zukunft verlassen wollen, um in Ihr Land zurückzukehren, wäre ich mehr als glücklich & bereit, ihn zu adoptieren.«

So wie er es sagte, wurde mir plötzlich kalt, als wollte <u>er mir etwas mitteilen</u>. Er sagte, ich <u>solle</u> weggehen. Ist es nicht so? Warnte er mich vor einer bevorstehenden japanischen Invasion? Alle reden davon, und keiner denkt, dass es so weit kommt, und wenn doch, dass es uns hier in Tjampuhan nicht betrifft. Bilde ich mir da nur etwas ein? Ich wischte mir die Hände an einem Lappen ab, stand auf & gab ein paar höfliche Phrasen von mir – mochte er nicht doch etwas Limonade? Die Zitronen stammten von unseren eigenen Bäumen usw. Aber er überhörte das alles, nahm seinen ordentlich geschlossenen Schirm aus der Ecke & hob die Hände, als ich ihn von der Veranda & die Stufen den Hang hinauf begleiten wollte. »Bitte, Madam. Sie sind nicht in der Verfassung, hinaus in die Sonne zu gehen. Sie haben Gelbsucht, man sieht es eindeutig in Ihren Augen«, sagte er. Wenn ich einen Arzt wolle, gebe es in Den Pasar einen, den er kenne, keinen Holländer, sondern einen Japaner, der mit tropischen Krankheiten gut vertraut sei.

Ni Wayan winkte spöttisch ab, als ich sagte, dass Mr Kimura versucht habe, uns etwas Wichtiges zu sagen. Was macht es schon, wenn die Japaner kommen? Im Moment werden wir von den Holländern beherrscht. Dann werden es die Japaner sein, sagte sie.

Ich habe keine Freunde hier. Es ist schwer zu sagen, was ich tun soll. Wenn ich nur jemanden hätte, mit dem ich reden könnte.

Seit er gegangen ist, untersuche ich unablässig meine Augen & Fingernägel, ob sie sich gelb verfärben. Soll das die Gelbsucht nicht tun? Dich verfärben wie Gelbwurz? Manchmal fühle ich mich schwach, das stimmt, doch das ist schon eine Weile so, seit das mit dem Fieber angefangen hat. Es geht vorbei. Ich bin schlank & schmal wie mit sechzehn – ich kann nicht zu viel essen, endlich! Vielleicht ist es an der Zeit, eines deiner Kleider zu tragen & mich jung & hübsch zu fühlen.

Keine Nachricht von WS. Ich vermisse ihn. Ich vermisse den Klang seines Klaviers & seine verrückte Leidenschaft für Käfer.

Der Bringt-Myshkin-heim-Fonds, aus ihm ist nie etwas geworden. Ich frage mich, wann & ob ich WS oder Myshkin je wiedersehen werde. Gehen so Trennungen vonstatten? Ohne ein Wort, ohne Vorbereitung, es passiert & du weißt es nicht mal? Werde ich Beryl wiedersehen? Sie ist in England, mitten im Krieg. Keine Nachricht von irgendwem von euch.

Die Zeitung kommt Wochen zu spät oder gar nicht & meist gibt es nur eine auf Holländisch. Manchmal höre ich Radio & schalte es gleich wieder aus, weil alles so grauenvoll ist. Besser, nichts davon zu wissen. Was hat es mir geholfen zu erfahren, dass Rabi Babu tot ist? Es ist, als wäre damit ein letzter schöner Teil meiner Kindheit verschwunden. Alles fühlt sich noch leerer an. Lieber wäre ich die Närrin, die in einem eingebildeten Paradies lebt.

Ich sollte diesen Brief endlich aufgeben. Ich habe ihn an meinem Geburtstag angefangen & jetzt ist es eine Woche später. Ich schreibe, wenn ich die Kraft dazu habe, lege ihn weg & schlafe, wenn ich müde bin. Das Leben von Lady

Müßiggang. Nippe an meiner Limonade mit dem letzten Gin. Wenn der Gin aus ist, gibt es reichlich Arak!

Alles Liebe für dich & meinen Myshkin. (Wirst du ihm bitte sagen, dass es mir gut geht und ich bald nach Hause komme?)

Gay

3. Oktober 1941

Liebe Lis,

ich habe dir erst vor zwei Wochen einen langen Brief geschrieben. Heute will ich dir nur sagen … Es ist nichts, um sich Sorgen zu machen, aber ich fühle mich ziemlich viel schlechter. Ich habe mich entschieden, zweckmäßig vorzugehen & werde nach Surabaya fahren – zu Lokumull, werde mich dort ausruhen, gesund werden – und von da nach Hause reisen. Ich bin sicher, er findet eine Passage nach Singapur für mich, ob nun Krieg ist oder nicht. Er hat Freunde in Singapur – sie werden mich auf ein Schiff nach Ceylon setzen & so weiter & so weiter, bis ich bei dir ankomme, wie ein Paket, das der eine an den anderen übergibt.

Ich nehme Indah mit. Ich ertrage es nicht, sie zurückzulassen. Sie ist meine einzige Freundin hier, alt & hilflos & halb blind. Am Ende werde ich in Madras ankommen, mit dem Kintamani-Hund. Du wirst mich dort abholen, nicht wahr, damit wir meine Zukunft planen können? Bring auf jeden Fall Myshkin mit, ich sehne mich so danach, ihn zu sehen. Meine Augen hungern nach ihm.

Ich bin mir wieder mal selbst voraus. Ich habe noch nicht mal Tjampuhan verlassen.

Mir ist so schlecht, dass ich mich ständig übergeben könnte. Mein Magen ist hin – du würdest die Einzelheiten nicht mögen, ich erspare sie dir. Ich habe Fieber. Ich verbrenne, meine Haut wird so trocken wie ein totes Blatt & ich plappere Unsinn, wenn es kommt. Ich plappere auf Hindi oder Bengalisch. Ich <u>hoffe</u> es – was, wenn ich skandalöse Dinge sage? Ich bin jetzt eine böse alte Frau, Lis, runzlig vor Zorn. Wie konnte es so weit kommen? Gerade, als mein Leben eine Wende nahm und nur Schönes vor mir lag. Wie konnte mir ein Tausende Kilometer entfernter Krieg das antun? Ich bin so wütend, wegen allem. Wenn mir jemand eine Waffe gäbe, würde ich töten.

Sie haben mir Medizin gebracht, aber sie schmeckt so merkwürdig, dass ich mich nicht traue, sie zu nehmen. Ni Wayan hat einen Hahn geopfert, damit ich wieder gesund werde, und seinen Kadaver mit dem Flügel an die Tür genagelt. Grausig. Ich wollte sie aufhalten. Wie soll es mir besser gehen, wenn ein Tier getötet wird? Sie sagt, ich weiß nicht, wie diese Dinge funktionieren.

Ich glaube, es ist Typhus. Es wird vorbeigehen. Ich versuche, mich zu erinnern, was mein Schwiegervater bei Typhus verschrieben hat. Kann es nicht. Mein Kopf ist benebelt. Erinnerst du dich? Wie kannst du es mir sagen?

Ich bin entschlossen, gesund genug zu werden, um es nach Madras zu schaffen. Und das werde ich. Wenn ich Myshkin & dich wiedergesehen habe, ist mir egal, was passiert.

Wünsch dir vom Abendstern, Lis, wie du es früher immer getan hast, dass wir bald schon wieder zusammen sind.

Mit viel Liebe,

Gay

26

Als ich die Briefe meiner Mutter gelesen hatte, näherte sich bereits der Morgen. Es war die Stunde zwischen Nacht und Tag, wenn die Krähen kurz davor sind, ein Krächzen aus ihren grauen Kehlen hervorzukratzen. Meine Augen waren müde, mein Nacken schmerzte, und ich wusste, ich würde jetzt nicht schlafen können. Ich steckte die Briefe zurück in ihren Umschlag und stand auf, um mir einen Tee zu kochen. Wie immer schwankte ich zwischen Assam und Darjeeling hin und her und entschied mich schließlich für Darjeeling, den besten, frisch und grasig, der von einer abgelegenen Plantage kommt, von der nur wenige Leute wissen. Der dortige Leiter schickt ihn mir hin und wieder aus Dankbarkeit für den Park und den Obstgarten, die ich vor zwanzig Jahren für ihn angelegt habe, als er sich ein Grundstück auf dem Hügel neben der Plantage kaufte. Auf den zehn Morgen gab es eine natürliche Quelle, und während der Monate, die ich dort verbrachte, setzte ich mich nach der Arbeit dort hin und trank Tee, gebrüht mit dem Quellwasser, das ich auf einem kleinen Holzfeuer zum Kochen brachte. Der Tee gehörte zu dem wenigen, was damals nicht bitter schmeckte, als mir mein Leben wie ein Hemd vorkam, das mir nicht passte, mir nie gepasst hatte und nie passen würde. Die dunkle Zeit verging jedoch auf so unerklärliche Weise, wie sie gekommen war. Ich kehrte zu meiner Arbeit zurück, in meine alte Stadt und mein Haus, als wäre es eine mir fremd gewordene Zivilisation, in der ich mich erst wieder zurechtfinden, deren Sprache und Regeln ich neu lernen musste.

Das Wasser kochte, und ich nahm meine Tasse von ihrem Platz im Regal. Ich war vorsichtig. Es ist eine große, einfache Tasse, unten schmal, die sich in der Mitte leicht weitet und nach oben hin wieder verengt, wie eine frisch geöffnete Tulpe. Keine Verzierungen. Reines, weißes Porzellan, handgemacht, die aus chinesischen Zeichen bestehende Signatur ihres Schöpfers ist in den Boden gestempelt. Ilas Tochter, meine Nichte, die auch für mich wie eine Tochter ist, hat mir diese Tasse vor ein paar Wochen von einer ihrer Auslandsreisen mitgebracht. Zusammen mit einem alten Buch, um das ich sie gebeten hatte, stellte sie die Tasse vor mir auf den Tisch und sagte mit einem Leuchten in den Augen: »Da, Onkel Myshkin, die zwei aufregendsten Dinge, die es im Leben eines Mannes geben kann: eine Tasse für Tee und ein zerfleddertes altes Gartenbuch.«

Lachend warf sie den Kopf in den Nacken und fuhr sich mit den Händen durch ihr langes Haar. Die silbernen Reifen an ihren Armen klingelten. »Komm schon, es ist immer noch Zeit! Sei nicht so ein alter Muffel! Mach was Neues.«

Wie alle anderen hält sie mich für einen Sonderling. Einen Pedanten, der Bäume auf Lateinisch anspricht. Einen Mann, der weder Stift noch Schwert gewählt hat, sondern eine Gartenschaufel.

Ihre Sicht der Welt ist nicht ungewöhnlich. Auch mein Vater war entsetzt, als ich sagte, was ich werden wollte.

»Ein Gartenbauer? Du meinst, du willst Gärtner werden?«
Er hatte seine Zeitung vom Tisch gewischt, und seine Brille
gleich mit, so unbedingt musste er seiner Wut Ausdruck
geben. »Wo es tausend Dinge zu tun gibt? Interessante,
wichtige Aufgaben! Bedeutende Aufgaben! Du bist neunzehn, und unser Land ist noch nicht einmal ein Jahr alt!«
Er drängte mich, die Augen zu öffnen. Konnte ich wirklich nicht sehen, was für ein gigantisches Projekt da vor uns
lag? Wie viel zu tun für jeden jungen, patriotischen Inder?
War ich blind? Hatte ich kein Gespür für einen höheren
Zweck? *Gartenbau!* Während unser gerade befreites Land
gegen Armut, Hunger, Gewalt und mangelnde Bildung zu
kämpfen hatte, wollte ich Blumen ziehen? Vielleicht lag der
Grund für seine Wut in der Angst, ich könnte genauso wun-
derlich werden wie meine für fehlgeleitet gehaltene Mutter.

Wenn ich bei meinen Besuchen zu Hause von meiner Arbeit redete, wechselte er das Thema oder ging demonstrativ hinaus. Einmal erzählte ich ihm von meinen Tagen mit
einer Gruppe Stadtplaner am Rand von Delhi, die ausgedörrte Dornenfelder vermaßen, um Ansiedlungsflächen für
die Millionen zu finden, die nach der Teilung heimat- und
obdachlos geworden waren. Sie konnten nicht auf ewig
in Flüchtlingsbaracken bleiben, sagte ich, sie brauchten
Orte zum Leben. Rund um die Stadt gab es trockenes, fel-
siges Land, das zügig zu Wohngebieten umgeformt werden musste. Die Häuser sollten um Parks und Alleen grup-
piert werden, und noch während sie die Fundamente legten,
würden wir unsere Arbeit damit beginnen, mehrere Tausend Bäume zu pflanzen.

Mein Vater sah mit zusammengezogenen Brauen zur
Ecke der Veranda hinüber und sagte: »Ich bin sicher, dass

ich meinen Schirm dort habe stehen lassen, und jetzt ist er weg.«

Immer verzweifelter fuhr ich fort und beschrieb das Ausmaß der Anstrengungen, das kaum vorstellbar sei. Das Gefühl der Hilflosigkeit beim Anblick der Unmengen an Flüchtlingszelten, in denen es vor Menschen nur so wimmelte, die ihr Zuhause verloren hatten.

Mein Vater unterbrach mich: »Ja, es gibt Ingenieure und Stadtplaner. Es gibt Flüchtlinge, die alles verloren haben. Aber was machst *du* da, kannst du mir das erklären? Dahlien pflanzen?«

Während seiner Jahre im Gefängnis hatte er eine neue Grausamkeit und Boshaftigkeit entwickelt. Mittlerweile wollte er einem mit seinen Worten nicht nur ein Messer in den Leib treiben, sondern damit auch noch wild herumfahren. In meinem ersten Urlaub, nachdem ich zu arbeiten begonnen hatte, brachte ich ihm die gerahmte Fotografie eines Briefes an Mr Percy-Lancaster mit. Es war ein kläglicher Versuch, ihn zu beeindrucken.

»Ich möchte Ihnen meine Wertschätzung und Dankbarkeit für die überragenden Blumenarrangements und Dekorationen übermitteln«, hieß es darin, »die auf Ihre Veranlassung für Mahatma Gandhis Bestattung und den Sonderzug mit seiner Asche nach Allahabad geschaffen wurden. Ihr persönliches Interesse an diesen Dekorationen hat zweifellos zu dem überwältigenden Resultat geführt.«

Der Brief stammte aus dem Februar 1948, war von Jawaharlal Nehru unterzeichnet und an Mr Percy-Lancaster gerichtet, dessen Hauptassistent bei den Arrangements für die Bestattung ich gewesen war. Ich erklärte meinem Vater das in der Hoffnung, dass ihm ein Brief vom Premierminister

Indiens etwas von seiner Skepsis gegenüber der Natur meiner Arbeit nehmen würde.

1948, kurz bevor ich zwanzig wurde, hatte ich meine Stelle in Delhi angenommen und mir vorgestellt, neue Arten zu entdecken und mich mit Züchtungen hervorzutun, die meinen Namen tragen würden. Dann, zwei Wochen nachdem ich mein neues Leben begonnen hatte, rief mich Mr Percy-Lancaster eines Abends spät zu sich, um mir zu sagen, dass der Mahatma von einem fanatischen Hindu erschossen worden sei. Was das für das Land und die Welt bedeute, müssten die Welt und das Land herausfinden. Aber wusste ich, was es für das Büro des Leiters des Gartenbaus bedeutete? Wir hatten gerade mal einen Tag, die Blumen für die Bestattung zu besorgen, an der wenigstens eine Million Menschen teilnehmen würden. Ein Armeelaster musste in einen Blumenwagen verwandelt werden, der den Körper des Mahatma ans Ufer des Yamuna brachte, wir brauchten unzählige Blüten, die von Air-Force-Flugzeugen auf den acht Kilometern bis zum Fluss hinunter verstreut werden sollten, Sandelholz für den Scheiterhaufen und Blumen, um den Zug zu dekorieren, mit dem seine Asche nach Allahabad gebracht werden würde. Während ich meinem Vater die einzelnen Stationen der Bestattung beschrieb, das rastlose Meer der Trauernden, den streunenden Hund, der die Straße überquerte und den Trauerzug aufhielt, die ständige Angst vor Gewaltausbrüchen und den intensiven Geruch von Ghee und Tuberosen, sah ich, wie gereizt er trotz all seiner Hingabe an den Mahatma schien.

»Die Blumenarrangements bei meiner Bestattung werden also makellos sein«, sagte er, als ich fertig war. »Wie äußerst beruhigend.«

Als mein Vater zwei Jahre später starb, war ich in Delhi und arbeitete mit Mr Percy-Lancaster an der Planung der Sunder Nursery. Es sollte die größte Baum- und Pflanzenschule der Stadt werden, auf hundert Morgen Land und mit düsterer Kulisse: der großen Trostlosigkeit des Grabmals des Mogulherrschers Humayan. Nachdem ich über das einzige Telefon im Büro in einem Ferngespräch vom Tod meines Vaters erfahren hatte, legte ich den schweren, schwarzen Hörer zurück auf die Gabel und verließ den Raum ohne ein Wort der Erklärung, obwohl mir Mr Percy-Lancasters Blick in fragendem Schweigen zur Tür folgte. Lange Stunden lief ich zwischen den zerfallenden Mogulmonumenten herum, die das Gelände prägten. Die Abenddämmerung holte die Bäume näher heran. Ich setzte mich an eine Pappelfeige und dachte, dass mittlerweile jemand eine Fackel an den Scheiterhaufen meines Vaters gehalten haben musste. Was Hindus für die heilige Pflicht eines Sohnes hielten. Ich könne nicht rechtzeitig nach Muntazir kommen, um die Flamme zu entzünden, hatte ich Ila am Telefon mit ruhigem Pragmatismus gesagt. Sie sollten nicht auf mich warten. Körper verwesen schnell in der feuchten Hitze des August.

Das Gartenbuch, das Ilas Tochter mir gebracht hat, war tatsächlich zerfleddert und alt – geschrieben von dem Mann, der den Garten des Regierungsgebäudes in Karatschi entworfen hat. Ich öffnete es, nachdem ich mich mit meinem Tee am Tisch niedergelassen hatte. Feiner Staub ruhte in den Ritzen zwischen den Seiten und brachte mich zum Niesen. Jedes Kapitel schien mit einem Zitat eines Dichters namens Patience Strong zu beginnen, der von Pflanzen und Bäumen schwärmte. Ich habe nie begriffen, warum Männer, die Bücher über indische Gärten schreiben, so empfänglich für Schwulst sind. Mr Percy-Lancaster neigte, trotz seines barschen Äußeren, ebenfalls dazu, Verse von ekliger Frömmigkeit zu zitieren. Da ziehe ich Gopal, den unflätigen Gärtner, jederzeit vor.

Ich blätterte durch die Seiten, überschlug ungeduldig Abschnitte, die erklärten, wie Teile von Gärten als Boudoir der Dame oder als Esszimmer auszuweisen seien, und stieß schließlich auf eine Passage, die nahelegte, dass Mr Grindal über einen rücksichtslosen Zug verfügte, der seinen Schmalz eher unheilvoll als sentimental erscheinen ließ.

Wo Feldratten das einzige Problem sind, kann man sich ihrer auf einfachere Weise entledigen, indem man Rauch in ihre Höhlen bläst. Alles, was man dafür braucht, sind ein tönerner Topf und ein großer Blasebalg. In die Seite des Topfes muss ein passendes Loch für den Lufteintritt des Balges gemacht werden, der Topf selbst wird mit brennbarem Material gefüllt, grünen Niembaumblättern und etwas Schwefelpulver. Das Material wird zunächst entzündet und der Topf, wenn alles gut brennt, über die Öffnung der Höhle gestülpt. Der Rauch wird sodann durch den heftigen Gebrauch des Blasebalges in den Bau gezwungen und treibt die Ratten entweder in benommenem Zustand ins Freie, wo man leicht mit ihnen fertigwird, oder sie ersticken in ihren Gängen.

E.W. Grindals Buch erschien 1942, dem Jahr, als die ersten Juden in Auschwitz in eine Kammer gesperrt und dort ohne

Luftzufuhr für mehrere Stunden eingesperrt blieben, bis sie an dem Tag starben, das durch Löcher in der Decke geblasen wurde. In dem Jahr wurde auch in unserer Stadt jemand ausgeräuchert und aus seinen Räumlichkeiten ans Tageslicht getrieben: der zahnlose Dentist Ishikawa. Niemand konnte sicher sagen, wie alt er war. Man hatte das Gefühl, als wäre er immer schon da gewesen. Bis zu dem Tag, da er ohne Sprache aufgewacht war, hatte er faule Zähne gezogen und sich mit seinen Patienten so förmlich wie zögerlich auf Hindi und Englisch unterhalten. Danach hatte er sich ins Dunkel zurückgezogen, war nur in der Dämmerung herausgekommen, um das Nötigste zum Leben zu besorgen, und gleich wieder verschwunden.

Nach den Bomben von Pearl Harbor ein paar Monate zuvor hatte die Nachricht die Runde gemacht, dass die wenigen in Indien lebenden Japaner, kleine Gewerbetreibende oder vom Land Buddhas angezogene Leute, festgenommen wurden, worauf sich Mr Ishikawa noch tiefer in die Sicherheit seiner Räume zurückgezogen hatte. Am Morgen, als er abgeholt wurde, hielt er sich überraschend aufrecht, die Augen hinter seiner schwarzgerahmten Brille verborgen, die Lippen ein gerader Strich. Er trug ein weißes Baumwollhemd und eine graue Hose und hatte den Koffer mit seinen ärztlichen Instrumenten dabei. Hinter ihm ging ein Soldat und einer neben ihm, der seinen freien Arm beim Ellbogen gefasst hielt. Mein Großvater kam an die Tür seiner Klinik, Lisa erschien mit Jeremy Gordon und Boy auf dem Balkon ihres Gästehauses. Passanten blieben stehen. Es war still und die Atmosphäre angespannt, als ginge es um eine öffentliche Hinrichtung.

Jahrelang war ich zusammen mit anderen Jungen hinter Mr Ishikawa hergelaufen und hatte gesungen: »Sayonara Ishikawa, Honshu, Hokkaido, Shikoku, Kyushu.« Es waren Unsinnsreime, mit denen wir ihn ärgern wollten, wann immer er draußen erschien. Aber an dem Morgen, als die Soldaten ihn in ihren Wagen sperrten und mit ihm davonfuhren, machte keiner von uns den Mund auf. Später hörten wir, dass er in ein Internierungslager in Bikaner, in Rajasthan, gekommen war, wo er im Sommer starb, da er weder das Essen noch die Hitze in den Gefängniszelten ertrug.

Mr Ishikawas Internierung und Mantus Tod gehörten zu den wenigen beachtenswerten Dingen, mit denen sich der Krieg in unserer Stadt bemerkbar machte.

Was tat ich in jenen Kriegsmonaten vor dem Einmarsch der Japaner in Singapur, als meine Mutter, ohne dass ich davon gewusst hätte, Lisa von ihrer extremen Isolation und ihrer Krankheit schrieb? Ich weiß noch, dass ich, nachdem mein Vater ins Gefängnis gekommen war, eher ihm als ihr schrieb. Mitzuerleben, wie er von der Polizei abgeholt wurde, während seine Anhänger Parolen riefen, erinnerte mich an Mukti Devis Rechtschaffenheit und Mut und erfüllte mich ihm gegenüber eine Zeitlang ziemlich unerwartet mit Respekt und Ehrfurcht. Vielleicht lag darin der Grund, dass die Korrespondenz mit meiner Mutter langsam zu Ende ging. Ich kann mich nicht genau erinnern, wie es dazu kam, aber vielleicht war ich zu sehr mit meiner Situation beschäftigt, als dass ich mich weiter wie früher in Tagträumen hätte verlieren können. Die Veränderungen um mich herum setzten meiner Sehnsucht, dort zu sein, wo sie war, ein Ende. Die Intensität ihrer Abwesenheit hatte mich ausgelaugt und war dann, ohne dass ich es bewusst wahrnahm, abgeflaut. Es gibt eine gnädige Endlichkeit in unserem Vermögen, Trauer aufrechtzuerhalten. Jene Monate, in denen meine Mutter ihre Isolation am heftigsten spürte, waren genau die Zeitspanne, da sie bei mir in Vergessenheit geriet, geräuschlos wie ein Kiesel, der im Ozean versinkt.

Die Versammlung morgens in der Schule begann jeden Tag mit einem »Vaterunserderdubist«, das mit einem solchen Tempo heruntergerasselt wurde, dass es so gut wie unverständlich war. Darauf folgte eine Moralpredigt vom Rektor, in der es für gewöhnlich um Ehrlichkeit, Sauberkeit, Gott und harte Arbeit ging, mittlerweile endete sie jedoch mit den letzten Kriegsnachrichten, jeden Morgen mit etwas anderem – dem Fall von Burma, dann dem Hongkongs an die Japaner; wohlklingend und ohne Eile las unser Englischlehrer die wichtigsten Punkte aus der Zeitung vor. Flüchtlinge kamen zu Wasser und zu Lande nach Indien, zu Hunderttausenden kamen sie. Franzosen, Österreicher, Griechen. Zehntausend Polen, 450 000 aus Burma. Und aus Persien, Djibouti, Aden und Somaliland.

Wo lag Somaliland? Was, wo wir schon dabei waren, war Djibouti? Wir hatten diese Namen noch nie gehört. Eines Tages entrollte der Rektor eine große Weltkarte und nagelte sie an die Wand hinter dem Podium, von dem er zu unserer Versammlung sprach. Er hatte eine Schachtel Nadeln dabei, lauter kleine blaue und gelbe Fähnchen.

»Blau steht für Siege der Krone, Gelb für vorübergehende Verluste.«

Einer der Jungen stieg auf einen Hocker und steckte die Fähnchen an die Orte, über die uns etwas gesagt wurde.

Der Englischlehrer verkündete die Namen, während die Fähnchen verteilt wurden. Die Andamanen, sagte er, der einzige Teil von Britisch-Indien, der bisher gefallen ist. Singapur. Malaya. Es gab viel mehr gelbe als blaue Fähnchen. Die gelben konzentrierten sich nach Osten, in unsere Richtung. Ein gelbes Fähnchen steckte in Burma. Dann kamen in schneller Folge noch welche weiter weg, fast in Australien. »Batavia, Sumatra, Bali, Borneo – Niederländisch-Indien«, sagte der Englischlehrer. »Holländische Verluste an Japan.«

Wir durften in der Versammlung keine Fragen stellen. Ich konnte den Lehrer nicht unterbrechen. Hatte er gerade Bali gesagt? Hinterher wurden wir in unsere Klassen geschoben. War meine Mutter von einer Bombe getroffen worden? Folterten die Japaner sie? Der Unterricht zog sich endlos hin, und erst in der Mittagspause konnte ich den Hocker hinten aus der Ecke zur Karte an der Wand ziehen und sie näher in Augenschein nehmen.

Eine gelbe Flagge in einem winzigen grünen Fleck mitten im blauen Meer.

Bali.

Bis dahin war mir der Krieg aufregend erschienen, ein ferner Zirkus mit interessanten Ereignissen, der Abwechslung in eine Stadt brachte, in der nichts passierte. Die Gräben, die gegraben wurden, die Soldaten überall – das köstliche Gefühl einer bevorstehenden Katastrophe. Eines heißen Sommernachmittags war ich zum Bahnhof gerannt und hatte eine Zugladung Gefangene gesehen, die ins Lager Dehradun gebracht wurden. Ich war eifersüchtig auf Dinu, der bereits Soldat war. Er hatte mir eine Postkarte aus Nordafrika geschickt, aus einer fernen Welt, von der ich nur träumen konnte. Als ich in der Zeitung Bilder von Schiffswracks und im Wasser treibenden Leichen sah, kam ich nicht auf den Gedanken, dass meine Mutter in dem Moment auf ihrer Heimreise genau diesen Ozean überqueren könnte. Meine Mutter, Mr Spies, Beryl, Bali – sie waren in meiner Vorstellung schon vor Langem im Reich der Fantasie angekommen. Sie hatten mit Zeitungen, Wetterberichten, Gefallenenlisten und Zeitplänen nichts zu tun.

»Sie wird nicht in Gefahr sein. Sie ist Inderin, keine Holländerin und auch keine Britin«, erklärte Dada mir, als ich aus der Schule nach Hause kam. Er versuchte, beruhigend und nicht besorgt zu klingen. »Die Japaner sind auf unserer Seite. Ich meine, der Seite der *Inder*.«

»Aber ist Indien nicht ein Teil von Britannien?«

»Sie ist im letzten Jahr zurück nach Hause aufgebrochen«, sagte Lisa. »War es im Oktober? Ja, direkt nach ihrem Geburtstag. Kann sie nicht ein paar Zeilen schreiben?«

In ihrem letzten Brief, gestand Lisa nun, hatte Gayatri geschrieben, dass es ihr nicht gut ging. Das hatte sie uns bisher nicht gesagt, weil wir uns keine Sorgen machen sollten. Seit diesem Brief wartete sie auf Neuigkeiten von meiner Mutter, was das Schiff nach Madras anging, damit sie mit mir hinfahren und sie nach Hause holen konnte. Sie hatte Jeremy gefragt, vielleicht wusste die Armee etwas.

Aber die Armee wusste nichts. Es gab keine Nachrichten von meiner Mutter, nicht in diesem Jahr und auch nicht bis halb ins nächste hinein.

Wir warteten jeden Tag – auf ein Telegramm, ein Ferngespräch, einen Brief oder dass sie plötzlich wunderbarerweise vor der Tür stand. Unser Warten war wie Musik, die langsam und leise begann, Fahrt aufnahm, schließlich aufgeladen und explosiv eine Apokalypse beschrieb und darauf Note für Note unvollendet verklang, bis nichts mehr von ihr zu hören war.

Mitte des nächsten Jahres kam ein Telegramm von Dinu, der seit kurzem in Dehradun stationiert war. Ich war fünfzehn, mein Vater saß seit mehr als zwei Jahren im Gefängnis, und mein Großvater entschied, dass ich alt genug sei, angesichts der Umstände allein zu reisen. Dinus kryptische Nachricht klang wichtig. »Habe Neuigkeiten. Komm bald.«

Am Abend meiner Ankunft machte er mit mir einen Abstecher im Jeep, vom Internierungslager, wo er stationiert war, den Berg hinauf. Die Luft war kühl, bald würde es dunkel werden, ich war zum ersten Mal ganz allein unterwegs, und der Jeep hatte kein Dach. Ich legte den Kopf in den Nacken und sah zum Himmel hinauf. Es war, als wäre ich über Nacht erwachsen geworden – ich war frei. Gestern hatte mein Großvater mich in den Zug gesetzt, mir durchs Fenster den Kopf getätschelt und mich vor Fremden und Gefahren gewarnt. Heute saß ich in einem offenen Jeep, und ich wusste, Dinu hatte Zigaretten dabei.

Als die Straße endete, gingen wir zu Fuß weiter und kletterten bis oben auf den Kamm. Dinu zeigte nach unten. »Da«, sagte er.

Weit unter uns lag ein von Stacheldraht und Wachtürmen umgrenztes Gelände, das Internierungslager. Es war mir groß vorgekommen, aber jetzt erst konnte ich sehen, wie riesig es tatsächlich war, wie weit seine Lichter in der weichen, frischen Dunkelheit glitzerten. Dahinter begann dichter Dschungel, der in die Ausläufer des Garhwal Himalaya aufstieg, durch den mein Urgroßvater 1857 gewandert war. Tagsüber konnte man vom Lager aus die Berge sehen, nachts waren es massige Schatten.

Wir saßen auf dem Kamm, und Dinu steckte zwei Zigaretten für uns an. Sein Gesicht war kantig geworden, er war fast neunzehn. Er erzählte von Nordafrika und dem Schrapnellsplitter irgendwo in seinem Körper. Er hatte Freunde gesehen, die es zerrissen hatte, Glieder waren neben ihm heruntergeregnet. In Äthiopien hatte er mit einem Mädchen geschlafen, deren körperliche Reize er mit sorgfältiger Beachtung jedes Körperteils beschrieb. Während er die Einzelheiten seiner Nacht vor mir ausbreitete, rückte die Uhr auf 22 Uhr 15 vor, und die Lichter im Lager verloschen. Suchscheinwerfer flammten auf, weiße, mächtige Lichtsäulen, die den Himmel in Streifen schnitten, so hoch das Auge reichte. Wir beide starrten hinauf zu den Lichtern und auf die finstere Fläche des Lagers, als ob wir gerade erst begriffen, dass da unter uns Tausende Menschen weit weg von zu Hause waren, ohne absehbare Hoffnung, zurückzukommen, Soldaten, Zivilisten, Nazis, Juden, in sieben Abschnitten zusammengepfercht, umgeben von einem doppelten Stacheldrahtzaun.

Ein paar der Gefangenen hätten einen großen Teil des Jahres damit verbracht, Landkarten, Kompasse und andere Ausrüstung zu sammeln, sagte Dinu. Einer von ihnen, Heinrich Harrer, ein berühmter Bergsteiger, hatte jeden Tag so heftig trainiert, dass die Lageroffiziere hätten gewarnt sein sollen, dass er sich auf etwas vorbereitete, doch sie hielten es für Masochismus. Schließlich war er ein Deutscher und musste es genießen, umzubringen, wessen immer er habhaft werden konnte, und wenn es der eigene Körper war. Harrer wurde so fit, wie ein Hochgebirgsbergsteiger sein musste, und wusste um jeden Fehler, den es zu vermeiden galt, da er schon unzählige Male zu fliehen versucht hatte. Am Ende war er verschwunden, wahrscheinlich nach Tibet hinein, zusammen mit ein paar anderen. Unter den Männern, die mit Harrer geflohen waren, gab es einen deutschen Zivilisten aus Java, der dann aber zu krank geworden war – er hatte die Ruhr –, um weiterzufliehen, und sich gestellt hatte. Jetzt saß er in Einzelhaft.

»Ich habe ihn und seine Taschen durchsucht, als er zurückgebracht wurde. Sieh nur.« Dinu hielt mir ein Foto hin und schien mit seiner Lampe darauf. Das Foto war leicht zerknittert, wir mussten es glattstreichen. Eine Gruppe Leute lächelte in die Kamera. Ein Hund wurde von der Hand einer Frau gestreichelt.

Der Hand meiner Mutter.

Meine Mutter lächelt nicht, ihr Blick ist auf den Hund gerichtet, das Kinn ruht auf ihren Knien. Sie wirkt ungewohnt mit den kurzen Haaren. Ihr Gesicht bekommt dadurch etwas Spitzes, Elfenhaftes, als wäre sie ein aufsässiger Junge, der aus der Schule weggelaufen ist. Aber es ist meine Mutter, daran besteht kein Zweifel. Neben ihr sitzt Mr Spies und blinzelt in die Sonne. Alles Licht des Bildes scheint sich wie durch einen Trichter gebündelt auf die beiden zu ergießen. Das goldene Haar von Mr Spies lodert geradezu, und auch um das dunkle Haar meiner Mutter hat sich ein Feuerkranz gebildet.

Der Himmel über der Anhöhe, auf der wir saßen, war riesig, um uns herum gab es kilometerweit nur schwarze Schatten, und es raschelte in der Finsternis. Maus, Hase, Leopard, es war mir egal. Dinu steckte sich eine Zigarette an, ich hatte vergessen, dass ich auch noch eine wollte. Ich hatte meine Mutter seit sechs Jahren nicht gesehen, nicht mal auf einem Foto.

»Es wurde vor vier, vielleicht fünf Jahren aufgenommen«, sagte Gustav, der Deutsche in Einzelhaft, als Dinu mich am nächsten Tag mit in seine Zelle nahm. Der Mann wirkte schmutzig und halb verhungert, es ging ihm immer noch schlecht, und zweimal während unseres Gesprächs musste er zur Toilette rennen. Er hatte schmutziges Wasser aus einem Bach getrunken. Wenn nicht, wäre er jetzt in Tibet, mit Harrer und den anderen, knurrte er.

Gustav hatte einen Akzent, der uns an Mr Spies erinnerte, und wie bei ihm fanden wir es oft schwer, alles zu verstehen, aber als Dinu und ich hinterher unsere Notizen verglichen, brachten wir die Fäden zusammen, die wir verloren hatten. Gustav begann seine Geschichte damit, dass er im letzten Jahr im Dezember nach Indien gekommen war. Sein Schiff hatte in Bombay angelegt, und ehe er sich versah, war der Sommer da, die Hitze war höllisch, der Asphalt schmolz, und er hatte gedacht, er würde sterben. Eines Tages dann hatte es einen Sturm gegeben, und er hatte eine vom Wind herabgeblasene Mango gegessen, seine erste.

Dinu spürte meine Ungeduld. »Kommen Sie zum Punkt. Ihre Lebensgeschichte interessiert uns nicht«, sagte er.

Von Beruf sei er Insektenkundler, sagte Gustav, und sein Interesse an den Insekten habe ihn von Java nach Bali gebracht. Dort traf er Walter Spies, der Insektenmuster an Wissenschaftler in Europa schickte. Das Foto mit Spies und meiner Mutter hatte er bei einem seiner Besuche auf Bali gemacht – es seien so denkwürdige Reisen gewesen. Oh, die Tänze abends, die Schönheit der Frauen, die Getränke auf Veranden im Kerzenlicht, dazu hell perlende Musik! Im

Paradies könne das Glück nicht größer sein. Dreimal war er bei Spies in Tjampuhan, und das nächste Mal sah er ihn dann in einem Gefangenenlager auf Sumatra. Bei Sibolga, einer Hafenstadt. Ein erbärmlicher Ort. Sie versuchten, das Beste aus der Sache zu machen, konnten aber nicht viel tun – sogar Spies, dem noch im tiefsten Elend das Lächeln nicht verging, hatte Schwierigkeiten, bei Laune zu bleiben. Er selbst wurde dann im Dezember von Sibolga nach Indien gebracht, auf ein Schiff gepackt und mit einigen Hundert anderen nach Bombay geschickt. Er hatte gedacht, er würde Spies hier wiedersehen, in Dehradun, dann aber von anderen deutschen Gefangenen gehört, dass von drei Gefangenenschiffen nach Indien nur zwei angekommen seien. Das Gerücht ging, dass das dritte bombardiert worden war. Niemand könne jedoch sagen, was mit den Leuten auf dem bombardierten Schiff geschehen sei und wer sich darauf befunden habe.

Auf welchem war Mr Spies gewesen? Er wusste es nicht. Unmöglich zu sagen, ob er noch lebte.

»Was ist mit meiner Mutter? Was ist mit ihr geschehen? War sie mit auf Ihrem Schiff?«

»Auf unserem waren nur Männer. Von Ihrer Mutter weiß ich nichts. Vielleicht ist sie noch auf Bali, ich habe keine Ahnung.«

»Was weiß er? Nichts?«, sagte ich auf Hindi zu Dinu. »Warum hast du mich hergerufen? Wegen ihm?«

Ich ging aus der Zelle und steckte mir eine Zigarette an. Ich starrte in den staubigen Hof hinaus, wo eine trostlose Reihe graubrauner Männer ein paar Meter von hier nach da schlurfte. Ich wusste nicht, was ich nach dem Foto erwartet hatte, aber die Enttäuschung war groß genug, um die

Vater Unger war Missionar und in einem Lager auf Java gelandet, dann nach Sibolga auf Sumatra verlegt worden. Dort freundete er sich mit Walter Spies an, der aus den anderen Gefangenen hervorstach. Groß, rotes Hemd, ein schmales Gesicht, das durch die Entbehrungen der Internierung noch schmaler geworden war. Durch die üblen Zustände im Lager nicht zu erschüttern und ganz versunken in sein Malen auf Papierfetzen und Tüchern. Er erklärte Vater Unger, dass er nach Ende des Krieges Libellen und Wespen malen werde. Insekten waren seine neueste Leidenschaft. Die lichtdurchlässigen Flügel einer Libelle. Ihre Zartheit.

Vater Unger erinnerte sich, wie er Spies an Bord des Schiffs hatte gehen sehen, die *Van Imhoff*, mit der sie nach Indien gebracht werden sollten, eine Rolle Bilder unter dem Arm und eine Zigarette im Mund. Beides wurde ihm abgenommen, kaum dass er die Gangway betreten hatte. Trotzdem hielt Spies es für ein besonderes Glück, auf das Schiff zu kommen, erklärte er dem Priester, da es ihn zurück in ein Land bringen werde, in dem er glücklich gewesen sei und wo er Freunde aus der Zeit vor dem Krieg habe.

Sie gingen an Bord und wurden in auf Deck errichtete Stacheldrahtverschläge gesperrt. Dreißig Mann in jeden der anderthalb Meter hohen Käfige. Spies saß nicht weit von ihm, aber in den Verschlägen konnten sie nicht länger reden oder sich auch nur hin- und herbewegen. Das Schiff lief aus. Niemand hatte genug Wasser, der Schweiß, die Hitze und der Gestank waren unerträglich. Es gab kaum etwas zu essen. Zwei Tage schaukelten sie so über den Ozean, und dann, etwa gegen Mittag des dritten Tages, fiel eine japanische Bombe nahe neben das Schiff. Es war der 19. Januar 1942.

Nach einiger Zeit kam es zu einer weiteren Explosion, dann zu einer dritten, worauf sich das Schiff vorn aus dem Wasser hob und nach hinten sank. Stille. Das Zischen von Dampf. Panische Schreie der Gefangenen, als die holländischen Wächter anfingen, das Schiff zu verlassen. Sie nahmen die Rettungsboote und verschwanden. Den Gefangenen hinterließen sie Drahtscheren, das war alles, und in der Raserei, die darauf folgte, sprangen einige der Männer von Bord und ertranken, während andere in die Vorratskammern eindrangen und sich mit Schnaps betäubten.

Als er sich einen Weg durch die Gefangenen bahnte, um zu den verbliebenen Flößen und Booten zu kommen, entdeckte Vater Unger Walter Spies. Er saß noch immer in einem der Verschläge. Der Zugang war aufgeschnitten, und bis auf ihn und einen in einer Ecke liegenden Mann, der entweder krank oder tot war, war niemand mehr darin. Vater Unger rief seinen Namen, wartete aber nicht, um zu sehen, ob Spies kam. Er schaffte es in ein Boot. Sie hatten nur ein paar Riemen, der Rest ruderte mit den Händen. Während der nächsten sechs Tage draußen auf dem Ozean, halb verrückt vor Durst, wurden einige von Haien gefressen, andere starben durch die Hitze. Unter den wenigen, die es bis an eine Küste schafften, war Vater Unger.

Walter Spies? Er ging mit der *Van Imhoff* unter, schrieb Gustav. »Es tut mir leid, Ihnen das sagen zu müssen. Im Übrigen fürchte ich, ich habe immer noch keine Neuigkeiten, was Ihre Mutter, die indische Künstlerin, betrifft, aber ich werde mich weiter bemühen, etwas herauszufinden.«

Ein Jahr nach Kriegsende, als mein Vater aus dem Gefängnis zurück war, Lipi nach und nach wieder in ein normales

Leben gefunden hatte und Lisa ihr Gästehaus geschlossen hatte und mit ihrem Mann nach Kanada gezogen war, kam ein Brief von Beryl de Zoete. Er war an Gayatri Rozario adressiert, aber wir öffneten ihn.

»Mein Sonnenvogel, ich stelle mir dich strahlend und schön vor, wiedervereinigt mit deinem Sohn. Tief in meinem Herzen bin ich mir sicher, dass es sich so verhält.

Ich habe schreckliche Neuigkeiten. Walter ist tot. Er war auf einem Schiff voller Gefangener auf dem Weg nach Indien, das vor Sumatra gesunken ist. Was für eine Ironie, liebe Gay. Zu denken, dass er nach Dehradun gekommen wäre – und zu dir und so vielen Dingen, die ihm lieb und wert waren –, hätte das Schiff sein Ziel erreicht. Mein einziger Trost ist die Nachricht von einem Freund in Siam, der jemanden getroffen hat, der Walter sterben sah. Er hat ganz friedlich dagesessen und seine Pfeife geraucht, als das Schiff unterging, sagen sie. Ich kann unmöglich sagen, ob das stimmt, aber so möchte ich den geliebten Walter gern in Erinnerung behalten.

Ich hoffe immer noch, nach Indien zurückzukommen, um mein Buch über den Tanz fertigzustellen, mehr von Kanta Devis großartigem Bharatnatyam zu sehen und dich wiederzusehen und über alte Zeiten zu reden. Ich erinnere mich so gut an unsere Reise nach Bali, Tage der Hoffnung, Furcht, Freude und des Abenteuers – und du immer wieder in einem Strom aus Heimwehtränen aufgelöst. Wer wusste da schon, welch weit größerer Schmerz auf uns wartete, größer, als wir uns ihn vorstellen konnten? Die Welt hat uns auseinandergerissen. Wir sind nicht mehr als Blätter im Sturm.

Bitte schreibe mir. Ich werde auf Nachricht von dir warten.

Alles Liebe, Beryl.«

Die Sonnenvögel, die Beryl so faszinierten, als sie hier war, sitzen noch immer im Garten, suchen noch immer ihren Nektar. Heute Morgen, nachdem ich ihren Brief noch einmal gelesen hatte, habe ich ein Pärchen gesehen. Die beiden flogen von Blume zu Blume: blauschillernde Bündel schwirrender Energie. Sie waren so leicht, dass sich der Hibiskus kaum senkte, als sie auf seinen Blütenblättern landeten und ihre Schnäbel in die Kelche tauchten. Ich konnte sehen, warum Beryl meine Mutter nach ihnen benannt hatte.

Um mich herum waren Bäume, die seit mehr als hundert Jahren dort standen, lange vor mir oder meiner Mutter geboren. Sie sprach mit ihnen, gratulierte ihnen zu neuen Blättern und Blüten und streichelte sie im Vorbeigehen, als wären es Haustiere. Zweimal sah ich sie nachts auf dem Dach unseres Hauses stehen, mit geschlossenen Augen, das Gesicht zum Mond erhoben, und ihre Lippen bewegten sich und murmelten etwas Unhörbares. Das Haar floss ihr in einer schwarzen Welle über den Rücken. Zu solchen Gelegenheiten war meine Mutter ein Doppelwesen – der Erde wie auch der Luft, nicht ganz Teil eines einzigen Elements. Sie hätte auffliegen und ein Nachtvogel werden oder ihre Glieder hätten sich in Wurzeln und Äste verwandeln können, der Leib in den Stamm eines Baumes. Nichts schien unmöglich.

Ich gebe zu, dass auch ich mit den Bäumen spreche, die ich gepflanzt habe, und wenn ich einen Fluss entlanggehe, dem ruhigen Geräusch der Wasservögel und den fernen dumpfen Schlägen eines Wäschers lausche, der Kleider auf einen Uferfelsen drischt, ist es dieses Bild meiner Mutter und ihres mondsilbernen Gesichts, das vor mir aufscheint. Bäume, Gräser, die Sonne, der Himmel, der Mond, sie waren ihr näher als Menschen, sie waren ihre Religion. Wie sie auch meine geworden sind. Mein Vater hat sein ganzes Leben keinerlei Beachtung für die Natur gehabt. Wie dumm, wie blind, muss meine Mutter ihm gesagt haben. Wie der Mann, der nie seine Fenster öffnete und sein Leben bei künstlichem Licht verbrachte, wo doch der Mond draußen schien.

»Ich blies die Lampe aus«, schrieb Rabindranath Tagore, »weil ich ins Bett wollte. Doch kaum hatte ich das getan, brach das Mondlicht durch die offenen Fenster ins Zimmer, war Schreck und Überraschung zugleich… Wäre ich zu Bett gegangen und hätte die Fensterläden geschlossen und so dieses Bild verpasst, wäre er dennoch da gewesen, ohne Protest gegen die höhnische Lampe drinnen. Selbst, wenn ich ihm gegenüber mein ganzes Leben lang blind geblieben wäre und die Lampe am Ende hätte triumphieren lassen… selbst dann wäre der Mond dort gewesen, hätte hold gelächelt, gelassen und unaufdringlich, auf mich wartend, wie er es durch die Zeiten getan hat.«

Die Menschen denken, sie müssen reisen – in die Berge, ans Meer –, um zu finden, was sie die »Schönheit der Natur« nennen. Wenn heute der Himmel von den tausend Neonlichtern der neuen Märkte und Straßen Muntazirs erleuchtet wird, hat der Mond zu kämpfen, und die Sterne sind ausgeschaltet. Ich kann sie kaum mehr sehen. Warten sie wirklich anderswo auf mich? Wenn ich ein Zauberer wäre und der Himmel das Dach meines Zeltes, würde ich alle Lichter der Stadt ausschalten, um die Sterne ihre fernen Leben führen zu sehen, Millionen Jahre entfernt von unserer verdorbenen Welt.

Das Bewusstsein Rabindranath Tagores von einer weiteren, tieferen, bedeutungsvolleren Welt, unabhängig von der Kurzlebigkeit des Menschen – ich verstehe es, wie auch meine Mutter es verstanden hat, aber ich frage mich, ob es denen, die nichts kennen als übervolle Städte, möglich ist, diesen siebten Sinn zu besitzen. Als Kind lehnte ich meinen Rücken gegen einen unserer Bäume und spürte seine beruhigende Festigkeit, seine Standhaftigkeit. Nie würde er sich davonbewegen, nie irgendwohin gehen, er war an seinem Platz verwurzelt. So lange sie leben, bleiben Bäume, wo sie sind. Das ist eine der wenigen Sicherheiten des Lebens. Die Wurzeln der Bäume wachsen tief und in viele Richtungen, wir können nicht vorhersehen, welche unterirdischen Wege sie nehmen, wie wir auch bei einem Kind nicht sagen können, wie es heranwachsen wird. Unter der Erde leben die Bäume ihr geheimes Leben, mitunter wachsen sie tiefer in sie hinein, als sie sich über ihr zum Himmel recken, verflochten mit anderen Bäumen, mit denen es überirdisch keine Verbindung zu geben scheint. Wären wir Bäume gewesen, mein Vater, meine Mutter, Brijen, Lisa, Dinu, mein Großvater und ich, welche Richtung, frage ich mich in müßigen Momenten, hätten unsere Wurzeln dann unter der Erde genommen?

Ich habe lange, rastlose Spaziergänge gemacht, konnte nicht stillsitzen, nachdem ich die Briefe meiner Mutter gelesen hatte. Tausende Fragen gehen mir im Kopf herum un[d] machen mich verrückt wie ein Schwarm Läuse. Ich versuc[he] zu verstehen, was tatsächlich in den zehn Jahren gesche[hen] ist, die meine Mutter mit einem Mann verheiratet war, den sie nie geliebt hat, und neben einem wohnte, den sie liebte. Betrug, Doppelzüngigkeit, Untreue waren nie Begriffe, die ich mit meiner Mutter in Verbindung gebracht hätte, auch heute noch nicht, aber mir ist auch klar, dass ich mein ganzes Leben nur einen Teil von ihr gekannt habe.

Da ich keine der komplizierten Gründe für ihre Flucht verstand, habe ich sie als Junge manchmal genug gehasst, um ihr Bild mit einer Zigarette blenden zu wollen. Ich frage mich, ob mein Vater oder Großvater von ihrem geheimen Leben gewusst, mich aber aus Liebe davor geschützt haben – oder aus Scham.

Wäre die Wahrheit damals schon ans Licht gekommen, hätte ich dann auch über Jahre so nervös auf Nachrichten von ihr gewartet?

Gärtner sind gut im Warten, sie stehen im Einklang mit den Rhythmen der Erde, die langsam sind. Es gibt keine Nervosität bei dieser Art von Warten, nur Vorgefühle. Aber das Warten auf Nachrichten von meiner Mutter, das war, als würde uns unser Blut aus den Körpern gesaugt, bis eines Tages keines mehr da war.

Gestern unterbrach ich mein Schreiben und ging nach hinten in den Garten. Der Platz unter der Tamarinde war über Nacht zu einem frischen gelb-weißen Blütenteppich geworden – Zephirlilien reichten bis in die letzten Ecken. Gebannt stand ich eine Weile da und holte dann, wie im Traum, Papier und Stift, setzte mich in der frühmorgendlichen Junihitze ins Gras und zeichnete eine Lilie nach der anderen, bis die Mittagssonne direkt über mir stand und mir das Haar vom Kopf brannte.

Es war genau der Platz, da war ich sicher, wo meine Mutter mit ihren importierten Farben um sich geworfen hatte, und ich war in die Büsche gekrochen und hatte auch noch die letzte von ihnen wieder hervorgeholt. Ich konnte mich nicht erinnern, ob es damals schon Zephirlilien hier gegeben hatte. Es ist eine kleine krokusartige Blume, die nichts verlangt, keinen Dünger, keine Pflege – wenn sie nicht blüht, verschwindet sie unter der Erde und taucht jedes Jahr wieder auf. Über Nacht sprießen sie zu Hunderten aus dem Boden und künden vom nahenden Monsun.

Am Tag, nachdem ich die Lilien gezeichnet hatte, wachte ich kurz vor Sonnenaufgang auf, und das Erste, was ich tat, ohne mich bewusst dazu zu entscheiden, war, vors Haus zu treten und mich im purpurnen Halblicht mit dem Rücken an den Baum zu lehnen, unter dem ich mit meiner Fahrradklingel geläutet hatte, um meine Mutter zu wecken.

Die ungeduldigen, schrillen Töne jener lange vergessenen Klingel klangen mir in den Ohren, als ich den Kopf zum Himmel hob, der von einem Wald fleischiger Blätter zerstückelt wurde. Es ist eine *Magnolia grandiflora*, zwanzig Meter hoch, mit eng geknüpften Zweigen und Ästen und einem langen, dicken, glatten Stamm. Ich holte eine Leiter und lehnte sie gegen den Baum, auch als Ila an meiner Zurechnungsfähigkeit zweifelte, die Leiter dann aber festhielt. Ich stieg hoch genug, um an einen Ast mit den elfenbeinfarbenen Blüten zu kommen, jede groß wie eine Suppenschüssel und einen Duft ausströmend, der sofort jenen letzten Morgen zurückholte, als der Baum Regentropfen auf meine Mutter hinabgeschickt hatte und ich ihr versprechen musste, direkt nach der Schule nach Hause zu kommen, damit wir zusammen unsere Reise antreten konnten.

Ich gab die abgeschnittenen Blumen in eine Vase und stellte sie neben das Bild meiner Mutter, das in dem Umschlag gesteckt hatte. Ich legte detaillierte Studien der Magnolienblätter an, der Knospen und Blüten. Ich malte etliche von ihnen.

Während der nächsten Wochen füllte sich mein lange nicht benutztes Skizzenbuch mit Studien von Bäumen und Pflanzen aus dem Garten, die ich mit meiner Mutter in Verbindung brachte: dem perlfarbenen Teppich aus Blüten des Nachtjasmins, *Nyctanthes arbor-tristis*, über den sie so gerne barfuß lief, dem Niembaum neben der Bank, auf der sie mit Beryl gesessen und der Geschichte Aishas gelauscht hatte. Ich schlief kaum, vergaß zu essen und zeichnete und malte wie ein Besessener ihren Garten. Ich zeichnete die Kräuselmyrten und die Königin der Nacht, den Oleander und den Hibiskus. Die jungen Mangos am Baum, die im Juni noch so unreif waren wie zu der Zeit, als Beryl de Zoete und Walter Spies zum ersten Mal in unser Haus gekommen waren.

Ich brauchte fünf Tage, um meine Studien der Königin der Nacht fertigzustellen, dann wandte ich mich den granatroten Blüten der *Plumeria rubra* zu, dem Frangipani. Ich malte die langen, elliptischen Blätter, die geschwollenen Stängelspitzen und fleischigen Äste, die erst grau sind, dann grün werden und aus denen Milch trieft, wenn man sie verletzt oder in sie hineinschneidet. Ich verband das Ocker an den Rändern der Blütenblätter mit dem sich vertiefenden Leuchten des Rots im Inneren der Blüte.

Während ich malte, konnte ich die Hand eines Mannes sehen, die sich vorstreckte, meiner Mutter die Blüten in die Hand legte, die ihr aus dem Haar gefallen waren, und ihre Finger darum schloss.

Ich verbrauchte Unmengen Papier und viele Tuben Farbe, Tinte und Kohle, bevor ich so plötzlich wieder mit dem Malen aufhörte, wie ich begonnen hatte, ausgelaugt, erschöpft, von Gedanken entleert.

Obwohl es Morgen war und ich eine Tasse Tee getrunken hatte, schlief ich in meinem Stuhl noch einmal ein. Mein Schlaf kam plötzlich und war tief.

Ich träumte von Indah, dem Hund, den meine Mutter mit nach Surabaya nahm. Indah war dünn und alt und rannte von einer Straße in die andere, die Nase nahe am Boden, suchte sie mit ihren blinden Augen nach jemandem, den sie kannte. Ich wollte zu ihr, konnte aber nicht. Ich versuchte, das Haus zu finden, in dem meine kranke Mutter lag, die Straßen wurden zu Ozeanen, und ich vermochte mich nicht über Wasser zu halten, war atemlos und verzweifelt, versuchte zu schwimmen und hielt eine Wassermelone. Tobu war in der Nähe, aber ich schluckte Wasser, und er half mir nicht. Körperteile trieben vorbei, Torsos, ein Kopf, die gelierte Hand aus dem Glas in der Klinik meines Großvaters. Nicht weit von mir neigte sich ein Schiff zur Seite und fiel mit einem enormen Krachen um.

Ich öffnete die Augen, und Hitze und Licht explodierten in mein Gesicht. Ich war froh, aus meinem Traum erwacht zu sein. Seit ich die Briefe meiner Mutter gelesen habe, träume ich diesen Traum von Zeit zu Zeit und bin immer froh, aus ihm aufzuwachen.

Ich setzte meine Brille auf, zog mein Blatt Papier heran und machte mich an meine lange verschobene Aufgabe.

»Ich, Myshkin Chand Rozario, bin im Vollbesitz meiner geistigen und körperlichen Kräfte und erkläre hiermit …«

Ich legte meinen Stift zur Seite und wandte mich dem Gewimmel um mich herum zu, Packern, Köchen, Offizieren, Ingenieuren, Mechanikern, die ihren Aufgaben nachgingen und mir keine Beachtung schenkten. Ich bin ein Stück Fracht für sie, der einzige Mann an Bord, der nichts zu tun hat. Die Reling war nur ein paar Meter entfernt: Es war ein richtiges Deck, keines, das ich nach Bildern und Briefen im Traum sah. Und es war ein richtiges Schiff, ein Frachter auf dem Weg nach Singapur, auf dem ich eine der Kabinen für Passagiere gebucht habe.

Ich mache die gleiche Reise wie meine Mutter, mit Zug, Schiff, Dampfschiff, Boot, über den Indischen Ozean, vorbei an tausend Inseln. Alle paar Tage verweile ich, bis ich weiterwill. Ich werde die Inseln nach Spuren von ihr absuchen. Vielleicht gibt es noch ein paar Leute, die sie kannten und wissen, was aus ihr geworden ist. In Surabaya werde ich einen Halt einlegen und Lokumulls Laden suchen. Nach Nachkommen von Queen Fatima werde ich suchen, in den Museen auf Java und Bali nach ihren Bildern Ausschau halten, die Häuser suchen, in denen sie gewohnt, die Zimmer in denen sie gearbeitet hat, den Töpfer, der ihr Lehrer wurde.

Ich stand auf. Das schiefergraue eiserne Deck war heiß genug, um die Sohlen meiner Schuhe zu verbrennen, als ich an die Reling trat. Wellen schlugen gegen die verfärbten Seiten des Schiffs, weißer Schaum wirbelte in seinem Kielwasser auf. Hatte sie bemerkt, dass das Schiff, während es sich seinen Pfad durch Schaum und Wellen schnitt, ständig seufzte?, hatte der große Dichter meine Mutter auf ihrer ersten Reise nach Bali gefragt. Klang dieses nie endende Seufzen nicht so, als umspülten die Wasser des Ozeans die Erde mit Tränen der Trauer?

Ich hörte das ungläubige, unhöfliche Jungmädchen-lachen meiner Mutter in meinen Ohren. Trauer war das Letzte, woran ein Mädchen dachte, das eine neue Welt be-jubelte, eine Welt, die es malen wollte, jeden Teil von ihr. Ich wünschte mir, dass das Seufzen des Ozeans für sie auf all ihren Passagen seine Bedeutung nicht geändert hatte.

Ich beugte mich über die Reling, so weit ich konnte. Von irgendwo auf Deck hörte ich jemanden rufen: »Was zum Teufel macht der alte Mann da?«

Ich zerknüllte mein angefangenes Testament zu einem festen Ball und warf es hoch in die Luft, aufs Meer hinaus.

Dank

Als Rukun Advani und ich, von der Hitze ermüdet, eines Nachmittags in Ubud auf Bali nahe daran waren, unsere Suche nach dem zweiten Haus von Walter Spies aufzugeben, und Nyoman Gelebug neben uns hielt und die Türen seines Wagens öffnete, da war klar, dass ich dieses Buch schreiben würde.

Bis dahin hatte es den Anschein gehabt, dass niemand sagen konnte, wie man dort hinkam. Alle Taxifahrer hatten nur mit den Schultern gezuckt. Dann geschah das Wunder: Nyoman stammte aus Sidemen in Ost-Bali und wusste genau, wie man zu dem Haus im weit abgelegenen Dorf Iseh beim Mount Agung kam, und als wir schließlich, umgeben von Feldern voller reifer, roter Peperoni, vor dem Haus standen, mit dem ruhigen, blauen Vulkan im Hintergrund, fühlte es sich gleich so an, als hätte mein Buchprojekt seinen Segen.

1895 in Deutschland geboren, verbrachte Spies den Großteil seines Lebens auf Bali, wo er sowohl Rabindranath Tagore als auch den bekannten Tänzer Uday Shankar kennenlernte. Er wollte Sanskrit lernen und nach Indien kommen, um indische Tanzformen zu studieren, ertrank aber im Alter von siebenundvierzig, als das Schiff, mit dem er als

Kriegsgefangener nach Indien gebracht werden sollte, bombardiert und zerstört wurde. Teilweise versucht sich dieses Buch vorzustellen, was hätte geschehen können, hätte er seine Reise nach Indien tatsächlich unternommen.

Da sich in diesem Roman Fiktion und Wirklichkeit überschneiden, habe ich mich oft auf die Hilfe anderer Leute und Bücher gestützt.

Auf Bali versorgte mich Janet de Neefe mit vielen Hinweisen, zum Beispiel auf das wunderbare Agung-Rai-Museum, in dem Bilder von Spies und seinen Zeitgenossen hängen. Sie hat mich auch zu seinem Besitz in Tjampuhan dirigiert, dem heutigen Tjampuhan Hotel, wo sein strohgedecktes Cottage noch komplett erhalten ist. In Jakarta hat mir die Schriftstellerin Dwi Ratih Ramadhany entscheidend mit den balinesischen Namen geholfen, und Lans Brahmantyo von Afterhours Books gab mir die Erlaubnis, Material aus John Stowells großartiger Biografie *Walter Spies, A Life in Art* (Afterhours Books, Jakarta 2011) zu benutzen. Dieses reichhaltige, schöne Buch ist voll mit Illustrationen und Übersetzungen aus Spies' Briefen, wovon ich vieles von dem, was er in diesem Roman sagt, abgeleitet habe. Rahul Sen sorgte dafür, dass mich das Buch erreichte, von Hand zu Hand weitergereicht, von Jakarta über Singapur und Jaipur.

Nur in einem einzigen seiner Briefe spricht Spies von Rabindranath Tagores Besuch auf Bali, und der wird in Stowells Buch nicht wiedergegeben. Diesen Brief (Brief Nr. 56, datiert auf den 21. September 1927, in Hans Rhodius: *Schönheit und Reichtum des Lebens. Walter Spies – Maler und Musiker auf Bali. 1895-1942*, Den Haag 1964) hat mir Prof. Francesca Orsini aus der British Library besorgt.

Katharina Bielenberg übersetzte ihn ins Englische, Zeilen aus ihrer Übersetzung bilden einen der Vorsprüche dieses Buches. Ich habe den Überblick über die zahlreichen Gefälligkeiten Katharinas verloren, die Übersetzung ist nur die letzte von ihnen.

Zum ersten Mal bin ich Walter Spies in Cristina Jordis' umwerfendem Reisebericht *Bali, Java in My Dreams* (aus dem Französischen von George Bland, Harvill, London 2002) begegnet. Ich wollte mehr erfahren und las Colin McPhees *A House in Bali* (Victor Gollancz, London 1947), eine poetische Darstellung seines Lebens auf Bali, besonders der Musik. Für einen Eindruck von Bali in den späten 1920ern vom indischen Standpunkt aus habe ich mich auf zwei scharfsinnige, fachkundige, anschauliche Bücher auf Bengalisch gestützt: Rabindranath Tagores *Javajatri'r Patra* (Briefe von einem Reisenden auf Java) in *Rabindra Rachnabali*, Bd. 19 (Visvabharati, Kalkutta 1968) und Suniti Kumar Chattopadhyays *Rabindra-Sangame Dipamay Bharat O Shyamdesh* (Die Inseln des Indischen Ozeans und Siam mit Rabindranath, Prakash Bhavan, Kalkutta 1940). Manishita Dass, die immer findige Buch-Aufspürerin, hat mir diese beiden Bücher nicht nur beschafft, sondern auch mein erstes Manuskript gelesen und meine Übersetzungen geprüft.

Wie immer hat Myriam Bellehigue die erste Version dieses Buches genau gelesen und mir einen klaren Blick auf seine Probleme gegeben.

Einer der glücklichen Zufälle während des Schreibens an diesem Buch war, dass ich, wirklich rein aus Zufall, einen Roman der bedeutenden bengalischen Autorin Maitreyi Devi zu lesen begann. Sie war eine Verwandte, die Frau eines Onkels väterlicherseits. Ihr Buch hatte immer bei im Haus gestanden, doch ich hatte es nie gelesen. Als ich es nun tat, war ich tief bewegt und beeindruckt von den Parallelen zwischen der Protagonistin ihres autobiografischen Romans und der Heldin meines Buches. Ich begann, ihren Roman zu übersetzen, und am Ende wurden einige Passagen Teil meines Buches. Für die Erlaubnis, diese Passagen aus Maitreyi Devis *Na Hanyate* (Es stirbt nicht) zu übernehmen, bin ich Rupa Sen und Priyadarshi Sen verpflichtet. Die Übersetzungen ins Englische stammen von mir.

Die beiden in mein Buch aufgenommenen Auszüge aus Tagores Schriften erschienen zunächst in *Thoughts from Rabindranath Tagore, English Writings*, Bd. III, S. 58, hrsg. v. Sisir Kumar Das (Delhi 1996), sowie *Mone Pora*, in *Poems* (1922, Neuausgabe: Visvabharati, Kalkutta 2002).

Die Einzelheiten von Beryl de Zoetes Leben wären uns, von einigen Experten abgesehen, ohne die Arbeit von Marian Ury verloren gegangen, deren verfrühter Tod eine Veröffentlichung der Biografie verhinderte, an der sie gerade schrieb. Ihr anschaulicher, einfühlsamer Aufsatz *Some Notes Toward a Life of Beryl de Zoete* (*The Journal of the Rutgers University Libraries*, Bd. 48, Nr. 1, Juni 1986) liefert einiges an Information. Der Auszug über Aisha stammt aus *Siwa*, einem Vortrag, den Beryl de Zoete in Dartington im März 1941 hielt. Er wurde in *The Thunder and the Freshness, the Collected Essays of Beryl de Zoete* veröffentlicht, hrsg. v. Arthur Waley (Neville Spearman Ltd., London 1963).

Was die Geschehnisse im Zweiten Weltkrieg in Indien betrifft, habe ich viel vom herausragenden Wissen der Historiker Indivar Kamtekar und Yasmin Khan gelernt. Verschiedene Online-Archive, einschließlich dessen der British Library, haben mich mit unschätzbaren Informationen über den Krieg in Ostindien und Indien versorgt. Radhika Singha ergänzte ihren Aufsatz A »Proper Passport« for the Colony: Border Crossing in British India, 1882-1920 mit geduldigen Antworten auf meine Fragen über das Reisen in der Kolonialzeit. Für Einzelheiten zu Schlafplätzen für Passagiere auf Handelsschiffen bin ich Capt. Soumitra Mazumdar dankbar.

Erinnerungen von Alan Moorehead, Rajeshwar Dayal, Santha Rama Rau, Madhur Jaffrey und Nirad C. Chaudhuri erlaubten mir einen Einblick in das Leben in den 1920ern, 1930ern und 1940ern, Raghu Karnads Farthest Field in das Leben einer indischen Familie in Kriegszeiten. Mein Schwiegervater, der verstorbene Ram Advani, geboren 1920, war für alle ungewöhnlichen, spezifischen Fragen verfügbar, die nur jemand beantworten konnte, der jene Zeiten tatsächlich durchlebt hat.

Dank auch an Arundhati Gupta, Partho Datta und Teteii, dass sie sich von mir nach ihrer Familiengeschichte haben befragen lassen. Und an Elahe Hiptoola für ihre Hilfe mit Urdu. Und Piku, Soda und Barauni Jungshun, die mich an der täglichen, verrückten Freude ihrer Welt haben teilhaben lassen.

Zutiefst dankbar bin ich auch Monica Reyes für ihre Originalillustration für den wunderbaren Einband der englischen Ausgabe, sowie allen bei MacLehose Press und Hachette India, die das Büchermachen zu einer solch glücklichen Erfahrung werden lassen, besonders Poulomi Chatterji, Paul Engles, Avanija Sundaramurthy und Priya Singh. Und Thomas Abraham für seine liebevolle, lakonische Ruhe, während turbulenter Dekaden der Freundschaft und Arbeit.

Über die Jahre wurden einige Lektoratsbesprechungen auf der schönsten und gastfreundlichsten Terrasse von ganz Frankreich abgehalten, im Haus von Miska, Koukla und meinem Verleger und Lektor Christopher MacLehose. Obwohl ich bereits seit zehn Jahren mit Christopher zusammenarbeite, finde ich seine Fähigkeit, Manuskripte mit nervenaufreibender, anarchischer Brillanz zu transformieren, nach wie vor staunenswert – so staunenswert wie den Umstand, dass ich vier Bücher mit ihm gemacht habe und mich immer noch meines Lebens erfreue.

Die Erinnerungen meiner Mutter an die 1940er und ihre Beschreibungen des Lebens in einer weitverzweigten Familie in Jaipur haben mir geholfen, die Welt dieses Romans zu schaffen. Ebenfalls verwoben in den Stoff dieses Buches – und meines Lebens – sind herrliche musikalische Nachmittage mit der verstorbenen Sängerin und Schriftstellerin Sheila Dhar. Ich habe mich ihrer Geschichten über Begum Akhtar bedient, die in ihrem Buch *Raga'n Josh* (Permanent Black, Delhi 2005) vorkommen. Einmal informierte sie meine Mutter mit der für sie charakteristischen Dramatik, dass sie, »die andere Sheila«, meine »Pflegemutter« sei. Meine Mutter nahm das würdevoll, wie so vieles. Dieses Buch ist beiden Sheelas gewidmet.

Und am Ende wie am Anfang Rukun.

Glossar

Alu: Kartoffel, Gemüsecurry mit Kartoffeln

Anna: frühere indische Münze (bis 1957), 1/16 Rupie

Ayah: Kinderfrau, Dienstmädchen

Bageshwari: Bezeichnung für einen bestimmten Raga

Bahar: Bezeichnung für einen bestimmten Raga

Begum: urspr. Titel einer indischen Fürstin oder Prinzessin, auch: Beiname bei Musliminnen des indischen Subkontinents, auch: Geburtsname in Indien

Bhairavi: klassischer Raga

Bharatanatyam: einer der acht klassischen indischen Tanzstile, kommt aus Südindien

Bhatiyar: Bezeichnung für einen bestimmten Raga

Bibiji: respektvolle Anrede für Großmutter

Churidars: Hosen mit schmalem Bein

Dargah: Schrein über dem Grab einer verehrten religiösen Figur

Dhoti: traditionelles Beinkleid indischer Männer

Diya: einfache kleine Öllampe aus Ton oder Kupfer

Dupatta: Schleier, langer Schal

Durree: gemusterte, aus Baumwolle gewebte dicke Stoffe, mit denen Boden und Betten bedeckt werden

Esraj: nordindische gestrichene Schalenhalslaute

Gamelan: indonesisches Musikensemble, besonders in der traditionellen Musik von Java und Bali

Ghazal: Gedichtform aus der arab. Lyrik, Liebesgedicht

Ghee: eine Art Butterschmalz, verschiedene Herstellungs-methoden

Gulab Jamun: frittiertes Teigbällchen in aromatisiertem Zuckersirup

Hari Om: indische Grußformel, in etwa: Ich grüße das Göttliche in dir, ich wende mich mit Liebe an dich

Jai Hind: Anrede, Slogan, in etwa: Lang lebe Indien

Jalebi: Dessert, frittierte Weizenmehlkringel

Jibbah: muslim. Männerkleidung, knielanges, weißes Hemd, auch Rüstung aus dicker, gesteppter Baumwolle

Kabab: auch Kebab, verschieden zubereitete Fleisch-gerichte, Ursprung nahöstliche Küche

Kathak: einer der acht klassischen indischen Tanzstile, v. a. in Nordindien

Khabardar: Urdu für »Vorsicht!«, »Aufgepasst!«

Khansama: Koch und oberster Hausdiener

Khir: eine Art Milchreis

Khurpi: kleine Hacke zum Unkrautjäten

Koel: indische Kuckucksart

Korma: eine Art Curry, Ursprung Süd- und Zentralasien

Kulfi: gefrorenes Milchdessert, indisches Eis

Kumkum: heiliges Pulver von kräftig roter Farbe, aus der Wurzel des Kurkuma hergestellt, verwendet bei religiösen Ritualen

Kurta: einfaches kragenloses Hemd, meist knielang

Lascar: Seemann oder Milizionär vom indischen Subkontinent und anderen Gebieten östlich des Kaps der Guten Hoffnung, der auf europäischen Schiffen eingesetzt wurde

Nawab: historischer Herrschertitel im Mogulreich, auch typischer Titel eines muslimischen Herrschers auf dem indischen Subkontinent

Paan: Betelbissen, eine Art Kautabak, bestehend aus Blättern des Betelpfeffers, Betelnüssen und verschiedenen weiteren Zutaten

Paisa: Untereinheit verschiedener asiat. Währungen; Indien: 100 Paise = 1 Rupie

Parda: wörtl. Vorhang; Abschirmung der Frau

Puja: Ehrerweisung; religiöses Ritual im Hinduismus

Puri: in Öl ausgebackenes Fladenbrot

Rabindranath ki Jai: Hindi für »Sieg für Rabindranath«

Raga: melodische Grundstruktur der klassischen indischen Musik, wichtige indische Musikform

Ramkali: klassischer Raga

Rogan Josh: stark gewürztes Lammgericht

Roti: rundes Fladenbrot

Sarangi: weitverbreitetes Streichinstrument

Sarod: Langhalslaute, eines der führenden Saiteninstrumente der klassischen indischen Musik

Sahib: titelähnliche Bezeichnung für Europäer

Sepoy: indische Soldaten der Britischen Ostindien-Kompanie und der Britischen Indischen Armee während der britischen Kolonialherrschaft in Indien

Sharbat: asiat. Erfrischungsgetränk aus Früchten oder Blütenblättern

Shehnai: Blasinstrument, Bambusflöte

Shiuli: bengalisch für Nachtjasmin, Nycthantes arbor-tristis

Shloka: indische Strophenform

Sindur: rotes Kosmetikpulver, traditionell zur Kennzeichnung der verheirateten Hindufrau auf Stirn, Haaransatz oder Scheitel aufgetragen

Tanpura: gezupfte Langhalslaute

Tauba: arab., religiöser Begriff aus dem Islam, reumütige Umkehr des Menschen zu Gott

Thumri: nordindischer Vokalmusikstil, leichte klassische Musik, romantisch-lyrischer Gesang

Tikli: traditioneller bengalischer Stirnschmuck

Tonga: leichte Kutsche, von einem Pferd gezogen

Tuan: malaiisch für Herr

Vande Mataram: bengalisch für »Ich preise dich, Mutter«, Gedicht von Bankim Chandra Chatterjee um 1870, zum ersten Mal gesungen von Rabindranath Tagore 1896, wurde zum Lied der indischen Unabhängigkeitsbewegung

Zarda: Tabakmischung

Anuradha Roy

Ton für die Götter

Roman

288 Seiten, Luchterhand 87720
Aus dem Englischen von Werner Löcher-Lawrence

»Ein Roman, den man verschlingt.«
The New York Times

Ein Töpfer in Indien, der für seine Geliebte ein gigantisches Pferd aus Terrakotta schaffen will. Doch ihre Liebe ist ein Tabu – denn er ist Hindu, und sie Muslimin.
Eine indische Studentin im kalten England, die beim Töpfer in die Lehre ging, als das Pferd unter seinen Händen wuchs. Jetzt ist der Ton ihre einzige Verbindung zur fernen Heimat.

»Eine Geschichte, die von Liebe, Verlust und Sehnsucht erzählt, von Tradition, dem Schöpferischen und dem Zerstörenden – und von den unsichtbaren Linien, die Menschen, Tiere und das Göttliche voneinander trennen.«
The Guardian

Luchterhand
www.luchterhand-verlag.de